上册

公子难求

维和粽子 著

青岛出版社
QINGDAO PUBLISHING HOUSE

图书在版编目(CIP)数据

公子难求/维和粽子著.—青岛:青岛出版社,2021.3
ISBN 978-7-5552-8332-4

Ⅰ.①公… Ⅱ.①维… Ⅲ.①长篇小说－中国－当代 Ⅳ.①I247.5

中国版本图书馆CIP数据核字(2020)第138499号

书　　名	公子难求
作　　者	维和粽子
出版发行	青岛出版社
社　　址	青岛市海尔路182号（266061）
本社网址	http://www.qdpub.com
邮购电话	18613853563　0532-68068091
责任编辑	李文峰
特约编辑	崔　悦　田　宇
校　　对	胡　方
装帧设计	蒋　晴
照　　排	李红艳
印　　刷	三河市良远印务有限公司
出版日期	2021年3月第1版　2021年3月第1次印刷
开　　本	16开（710mm×980mm）
印　　张	26.5
字　　数	271千
书　　号	ISBN 978-7-5552-8332-4
定　　价	59.80元（全2册）

编校印装质量、盗版监督服务电话 4006532017　0532-68068050

人物档案

苏婉之

性别：女　　　　　　　　　　**身份**：北周丞相之女
昵称：之之　　　　　　　　　**身高**：162cm
体重：46kg　　　　　　　　　**生日**：农历三月初五
出生地：北周都城明都　　　　**居住地**：北周都城明都
武功：师承祁山韩先立
擅长：舞蹈，轻功
爱好：吃喝玩乐，看话本，捉弄王萧月，偷窥姬恪
外貌：温婉俏丽，喜好穿碧色长裙，眼睛大而明亮
发色：深黑
瞳色：深黑
最大的心愿：嫁给姬恪
座右铭：想做什么去做了便是
最痛苦的事：看着姬恪和王萧月成亲，苏慎言被箭射中坠地
最开心的事：和姬恪在一起
喜欢的食物：什么都喜欢
喜欢的颜色：红、黄之类明亮的颜色
喜欢的书：各种各样的话本，最近喜欢看《侠女闯天涯》
家庭成员：父亲、母亲、哥哥
喜欢的类型：长得好看、性格温柔的人
属下：丫鬟苏星
人物独白：为什么什么事情都要想这么多，姬恪，我只是喜欢你而已，很喜欢很喜欢

◇ **来自他人的话**：
苏星：小姐的脾气其实还是蛮好的，就是能不能少惹点儿麻烦啊（叹气）。
计蒙：我真是第一次见到你这种女子……
王萧月：哼哼，她就是个野蛮暴躁女。
容沂：我觉得师姐很厉害啊！
邓玉瑶：只要不跟我抢计师兄，苏婉之还是个不错的人。只是，你怎么可能会不喜欢吃红烧肉呢？！

人物档案

姬恪

性别：男　　　　　　　　　　身份：北周四皇子
绰号：北周第一美男子　　　　身高：178cm
体重：62kg　　　　　　　　　生日：农历九月十五
出生地：北周都城明都　　　　居住地：北周齐州
武功：无
擅长：诗词歌赋、琴棋书画、谋略
爱好：喝茶、绘画
外貌：俊美非凡，身形修长，略显单薄，一头长发乌黑润泽，松松地束在身后，整个人宛若画中仙人，不食烟火
发色：黑
瞳色：墨色
最大的心愿：母亲能活过来
座右铭：朋友都是假的，只有利益才是真的
最痛苦的事：眼睁睁看着母亲被毒死
最开心的事：苏婉之原谅了自己
喜欢的食物：清淡的食物
喜欢的颜色：白色
喜欢的书：《孙子兵法》
家庭成员：父亲、大哥、二哥等
喜欢的类型：懂事、听话、温顺的人
属下：其徐
人物独白：苏婉之，喜欢上我当真不是什么好事

◇来自他人的话：
姬跃：四皇弟，你总这么笑着，不累吗？
其徐：公子……其实活得很辛苦。
苏慎言：恪，下次我们再一起喝酒好了。
计蒙：这人就是个彻头彻尾的骗子！

人物档案

苏慎言

性别：男　　　　　　　　身份：北周丞相之子，大理寺少卿，苏婉之的哥哥
身高：183cm　　　　　　体重：69kg
生日：农历四月二十三　　出生地：北周都城明都
居住地：北周都城明都
武功：师承祁山韩先立
擅长：武功，四书五经，断案审讯
爱好：逗弄年轻女子
外貌：一双多情的桃花眼宛若星辰，唇畔常挂笑容，紫衫飘逸，倜傥风流
发色：黑色
瞳色：黑色
最大的心愿：沈祭月复活
座右铭：随心所欲，兴之所至
最痛苦的事：沈祭月的死
最开心的事：苏沉澈的出生
喜欢的食物：桃花酥
喜欢的颜色：紫色
喜欢的书：各类诗词歌赋
家庭成员：父亲、母亲、妹妹
喜欢的类型：漂亮聪慧的女子
人物独白：我不是风流多情，只是博爱而已

◇来自他人的话：
苏婉之：哥，你也稍微有点儿节操吧！
苏星：公子总是有办法！
姬恪：谨与，你还是没变啊。
苏夫人：其实……我没想过把儿子养成这种类型的，呜呜，我更想要一个温文尔雅、温润如玉、谦谦君子的儿子啊……

人物档案

计 蒙

性别：男　　　　　　　　　**身份**：祁山大师兄
昵称：师兄　　　　　　　　**身高**：186cm
体重：72kg　　　　　　　　**生日**：农历五月二十五
出生地：祁山　　　　　　　**居住地**：祁山
武功：上佳
擅长：武功、处理各种事务，照顾人
爱好：耍弄人
外貌：靛青色纱衣罩在身上，领口边和袖口都有细致的玄色纹绣，藏青色的丝带松松地绾着如云般的乌发，眉目间有一种极致的俊朗，标准的剑眉星目，唇畔噙着淡淡笑意，若有似无
发色：黑色
瞳色：黑色
最大的心愿：把祁山的传统发扬光大
座右铭：无
最痛苦的事：发现苏婉之在婚礼之前逃跑
最开心的事情：无
喜欢的食物：肉
喜欢的颜色：靛青色
喜欢的书：所有武功秘籍
家庭成员：父亲、妹妹
喜欢的类型：无
人物独白：有时候连我也不知道自己在想什么

◇ 来自他人的话：
苏婉之：计蒙师兄有时候还是蛮可靠的。
邓玉瑶：计蒙师兄，你、你……愿意跟人家一起去看星星、看月亮吗？
容沂：计蒙师兄的武功真的好强，不过我会努力打败你的！
钟小生：浑蛋计蒙！等我闭关出来一定会踩蹋死你的！
苏慎言：和他比武？不不，我是贵公子，才不会做那种事情呢！

第一卷　公子是个渣

楔　子	001
第一章　齐王归来了	005
第二章　美人齐王君	014
第三章　围猎遇险情	023
第四章　同甘共苦中	037
第五章　酒宴再相见	047
第六章　只想嫁予君	061
第七章　痴心错付人	073
第八章　心已若死灰	082
番　外　姬恪的内心	096

第二卷　难求就不求

第九章　初上祁山殿	103
第十章　情错悔亦迟	117
第十一章　计蒙师兄来	137
第十二章　小书生谢宇	147
第十三章　窝藏小书生	155
第十四章　师兄很生气	171
第十五章　师兄暴怒中	185
第十六章　谢宇真身份	199
番　外　姬恪的过去	219

下册

第三卷　还是拿下吧

第十七章　牢狱山寨行　227

第十八章　重回祁山上　246

第十九章　再闻姬恪讯　255

第二十章　成亲与看诊　273

第二十一章　到达回春谷　303

第二十二章　迷醉忘前尘　318

第二十三章　师兄找上门　329

第二十四章　痛恨与原谅　348

第四卷　番外卷

第一章　成亲　363

第二章　婚后　369

第三章　苏慎言　376

第四章　其徐苏星　404

第五章　计蒙　409

楔 子

曙光刺破天穹，自陆地的尽头蔓延开来，照在碧波粼粼的护城河上。浅金色的光晕笼罩着明都，恢宏的建筑群蓦然散发出一种令人折服的气势。

明都城外，一辆马车渐渐驶近。

尚是清晨时分，城门口来来往往的人多是商贾小贩，这辆颇为华贵的马车便显得格外醒目。

马车驶至城门口，守卫刚要喝令其停车，却见戴着斗笠的车夫从怀中掏出一块金灿灿的令牌，车夫将其中一面儿展示给守卫看。

令牌正中是一个硕大的"齐"字，刻得笔力遒劲。

守卫见后，当即一惊，便要跪下。

车夫手一抬，阻止守卫跪拜。

守卫惊骇地抬头，说道："不知……"

车夫淡淡地开口："不用讲太多虚礼，我们只是进城而已。"

守卫连忙答道："是，是，小人知道。"

于是，守卫不再阻拦，马车顺利进入城内。

守卫目送马车远去，直到再也看不到马车，才收回视线。

另一守卫见此，好奇地问道："这是哪位大人进城，竟然把你吓成这样？"

回头的守卫仍然带着满面的讶异，似是没收回神来，良久才道："不是哪位大人，是……"

"是什么？"

"是齐王殿下！"

"那位号称神童的齐王殿下？可……齐王殿下不是八年前就因为体弱去了齐州封地养病吗？"另一守卫略带诧异，又忍不住问道，"那你可看见齐王真容了？"

守卫摇头："哪能啊，那车帘一直盖着，我又不敢掀开，不然倒真想看看齐王殿下是不是真如传闻中那般风华无双。"

"此事要不要告诉上面的人？"

守卫继续摇头："不用了，即便我们不说，只怕不出两日，这事也会传遍明都的。"

马车入城，一刻不停地朝着城西的偏路驶去。

这条路通向城西的义庄，一向人烟稀少，又因时间尚早，更是渺无人烟。

车夫放缓马速，低声问道："公子，这条路看来没有变化。只是，不知公子打算何时进宫？"

车夫等了一会儿，才听到车中传来回应，那声音宛如流水般柔和悦耳："等我祭拜过先人，便进宫面见父皇。"

随着声音落下，马车一侧的车帘被缓缓掀开。

街上无人，街道两边也少有店铺，显得冷冷清清。唯有沿街种着的碧绿垂柳随风轻扬，方使街道显出些生气来。

透过低矮的民居，隐约可见位于明都正中的皇城。

轻微的叹息声隔着车帘传出来，那动人的嗓音比才才多了些清冽："八年了，明都还是老样子。"他顿了顿，说道，"其徐，不用管我，驶快些吧！"

驾车之人闻言，扬鞭策马，马车又奔驰起来。

马车内的男子微微扬起头，露出那张酷似他母妃——当年艳绝明都的萧妃的容颜。他淡漠的目光穿透那些低矮的屋檐，一直望到天幕的尽头，才慢慢合上眼睛，敛起心绪。

他在心里默念：明都，我回来了。

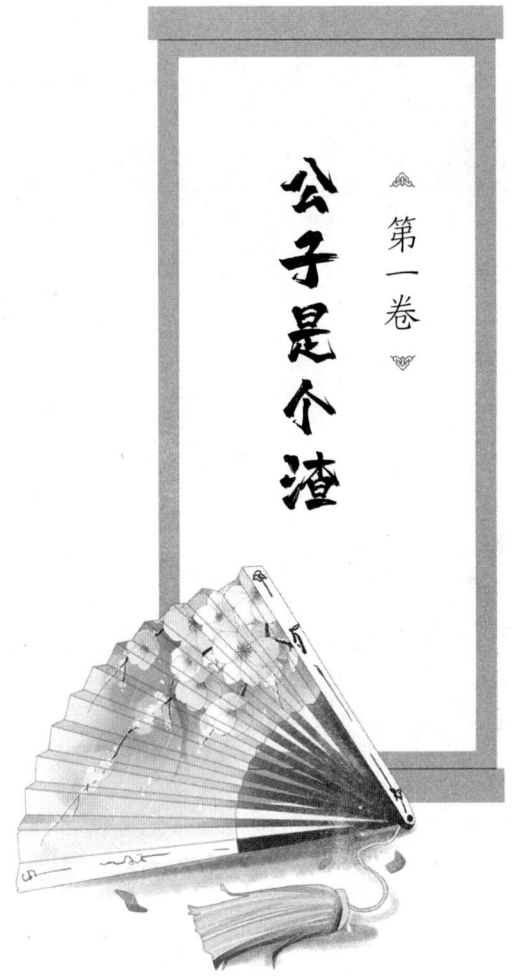

第一卷
公子是个渣

第一章
齐王归来了

"齐王殿下回来了!"

果不其然,不出两日,这个消息便传遍了整个明都。

街头巷尾的人们议论纷纷。早几年,齐王姬恪之名便传遍了明都,当年十一岁的齐王已经有了神童之称,他七岁作诗,八岁熟读四书五经,九岁便敢与教习的大儒争辩。只可惜他因母妃去世而大病一场,不得已去了齐州的灵泉调养身体。

没想到正是在齐州的八年,齐王姬恪声名鹊起。

不单因姬恪遗传自萧妃的容貌以及越发温润谦和的性子,更因为短短八年,姬恪便将原本贫困潦倒的齐州治理得夜不闭户,路不拾遗,人人富足。

当然,齐王的美名不只在普通百姓中传颂,更是传入了无数小姐的闺房。

比如,此时明都苏丞相府上。

"小姐,齐王当真有这么厉害吗?"

苏婉之舔唇,双手捧着脸,一脸向往:"这是自然,小姐我看上的男子,怎

么可能不厉害？"

苏星抽了抽嘴角："小姐，你能不能稍微含蓄些……"

苏婉之想了想，说道："你如果让我出门的话，我就含蓄一点儿。"

苏星迅速答道："不可能！"

苏婉之："不要拒绝得这么干脆啊！"

苏星一脸苦相地说："小姐，你就安安分分地在府上待着，不行吗？"

苏婉之可怜巴巴地眨着无辜的大眼睛道："我想去看齐王嘛……"

苏星又抽了抽嘴角，伸长了双臂拦在门口，完全不为所动："小姐，再装可怜我也不会让你出门！难道小姐忘了，你上次出门惹上礼部侍郎家的公子，把人家打落湖中，他差点儿被淹死，老爷罚小姐禁足一个月！还有上上次，小姐你非要去见什么新科状元，因人家年过不惑、貌不惊人，硬是把人家气得当场要自尽！还有上上上次……"

苏婉之无力地抚额："够了，你别说了！"

这丫头爱记旧账的破习惯到底是和谁学的？

如此争辩，自然是毫无结果的，她早就料到了。

夜深人静的时候，苏婉之假装早早入睡，在被褥中换上一身小厮的男装，趁着皎月当空，蹑手蹑脚地溜出房间，又在外间香炉内丢了一把安魂散，然后借着白绫翻墙而出。

这样的事她已经做得再熟练不过，若无意外，必然能顺利出府。

但偏偏那夜苏婉之的运气实在不佳，翻墙而出时，恰巧遇到正翻墙而入的翩翩公子。

她刚一落地，便见一紫衫公子腾起身子，身法优美，飘逸至极。院外几株桃树微摇，落下一两片花瓣，衬着那淡紫色的衣衫和如墨的长发，煞是好看。

这位好看的公子，正是苏婉之的大哥苏慎言。

于是，苏慎言脚跟一转，原本欲过墙的身体转了回来。

"之之，这是想去哪儿？"

一双多情的桃花眼璀璨闪亮，宛若星辰。

苏婉之悲愤地扭头，若不是长年累月受其所害，她怎会眼光水涨船高，怎会对礼部侍郎家的肥猪痛下狠手，又怎会被新科状元的相貌所惊而言语不慎？

罪魁祸首当属她眼前这人。

显然，苏慎言并没有这个自觉。

苏慎言见苏婉之不回答，反倒逼近了一步。

她下意识地退了一步，淡淡脂粉的香气从苏慎言的衣衫上透了过来。她转了转眸，站定后道："哥哥……这是刚从醉烟阁回来？"

苏慎言在她身前站定，手中折扇一点："你待如何？"

他的神情一派悠然，丝毫没有半分被威胁的样子。

苏婉之语塞——这家伙怎么逛窑子都能逛得这么理直气壮？我是你亲妹妹啊！亲妹妹啊！你稍微有点儿羞耻心好不好啊！

"想出门玩？"苏慎言打量了一下苏婉之，唇角勾起一抹笑，"也罢，你也憋了好些日子没出去了吧。正巧哥哥今晚高兴，就陪你一晚好了。"

苏婉之讪笑："这怎么好意思？"

谁要你陪啊！你陪我？你陪我，我还怎么去打听齐王啊！

苏慎言笑道："有什么不好意思的，亲兄妹何须客气！"

苏慎言一收折扇，揽过苏婉之的肩膀，边朝外走边道："哥哥也多日不见你了，今日以身作陪，你难道不高兴？"

苏婉之欲哭无泪，干笑道："高兴，高兴。"

苏慎言挑眉："不开心？"

苏婉之早已在心里骂了苏慎言千万遍，却只得道："开心，开心，怎么不开心？我这辈子都没这么开心过……"

苏慎言闻言，摸了摸苏婉之的脑袋，大笑出声。

苏婉之根本不想理他……

苏婉之跟着苏慎言，自然不会再走小路。

因苏婉之未满十六岁，身板尚未发育，宽大的小厮服一盖，倒也看不出男女，更何况她走在苏慎言身旁，众人只当她是苏慎言的仆从，十人有九人去看苏慎言，自然没人注意到一边的苏婉之。

借此机会，苏婉之见识到了苏慎言的姘头之多，简直令人惊叹——她跟苏慎言每走几步，就能看见少女掩面偷窥苏慎言，更有女扮男装的少女前来攀谈，显然与苏慎言相熟也不是一日两日了。

这还是在晚间，白日更不知有多少。

这个花花公子！薄情汉！

苏婉之正腹诽着,眼前突然闪过一个人。

那人在侍卫的掩护下,瞬间从轿中闪入酒楼。苏婉之甚至未看清他的面目,但只一个温雅清俊的侧脸,便让苏婉之眼眸一亮。

当下,苏婉之懒得去管身旁的苏慎言,脚下如风,几步便从人群中挤了过去。可惜待她到时,那人已不见踪影。

苏婉之站在酒楼门口,望着人群,方觉刚才的行为实在鲁莽。

这人他……究竟是在哪儿?

苏婉之刚待了不到一刻,肩膀便被人按住。

不用猜,苏婉之便知是谁。她把手缩进衣袖里边,慢吞吞地回头朗声唱和:"苏公子……"

苏慎言看也不看她,收回手道:"我便知你见色起意的坏毛病又发作了。"

苏婉之不乐意了:"公子,饭可以乱吃话不能乱说。我整日所见男子不过你一人,看久了已是审美疲劳,多看看其他人调整一下也是好的。"

苏慎言问道:"看腻了?"

她点头:"腻了。"

苏慎言半句话不多说,抬腿便走,直至出了酒楼,声音才悠悠地飘来:"既然腻了,那上面那位公子只怕也入不了你的眼,我们走吧。"

苏慎言这话在苏婉之脑中略一转,她突然想到一件事——苏慎言可能认识姬恪!

"公子,公子……"苏婉之瞬间变了脸色,一脸乖觉地望着苏慎言,微微抬起头,企图给他一种被仰视的感觉,然后急切地问道,"苏公子,你认识方才进去的那位公子?"

苏慎言握着手中的扇柄,一下一下敲打着手掌,完全没有搭理她的意思。

苏婉之哼了一声,说道:"苏公子你不告诉我也无妨,反正那位公子人已在酒楼了,我便一间一间地搜。若是有人盘问起来,便说我是苏相家苏公子的小厮,苏公子的侍妾与人私奔,我前来追人。"

苏慎言不语。

她继续慢悠悠地朝酒楼晃去,边走边偷偷举袖掂量着,一,二,三……

"之之,慢着。"

苏婉之压住上扬的嘴角,装作不耐烦地道:"苏公子又有何事?"

苏婉之刚一转头,便见苏慎言将那把竹骨折扇一抬,似是要敲在她的头上。她身形一闪,躲过当头一敲。

苏慎言顿了顿，终是摇摇头，有些宠溺地笑道："你还真是半点儿亏也不肯吃。好吧，告诉你便是。"

"那人……"苏慎言故意拖长了音调，欠揍地说道，"正是……你一直想见的那个人……"

"真的？！"

齐王姬恪。

苏慎言尚未说出名字，她已经一下子明白了。

她呆了半晌，问："他……是齐王？"

苏慎言毫不犹豫地颔首。

真是踏破铁鞋无觅处，得来全不费工夫！

苏婉之立即举手摸摸额、捏捏脸，确定这不是做梦，然后二话不说抬腿便要朝酒楼走。

倒是苏慎言先一步唤住了她，无奈地道："你就这样去，如何能见到齐王？"

为人当能屈能伸，她懂的。

只见苏婉之垂下头，转过身，把双手低放在腿上，眨着眼睛，乖巧地道："哥哥，此事拜托你了……"

苏慎言叹气，摸了摸苏婉之的头："你也就只有求我的时候才会这么乖。"

"喂喂，我哪有……"

苏婉之正想反驳，就见苏慎言扬起唇轻轻地笑了："不过幸好我只有你这一个妹子。"

月色荡入苏慎言的眸中，他的眸子温润无比。

苏婉之见此，不由得心软。

姬恪所进的酒楼乃是明都数得上名号的邀月楼。作为风月场上的老手、文士中的败类，苏慎言自然是熟客，他带着苏婉之一路寒暄，很快便找到了姬恪所在的包间。

苏慎言推开门的一刹那，苏婉之有些许恍惚……

她其实是见过姬恪的。

八年前，太后大寿，皇帝宴请群臣。

苏婉之看多了传奇话本，对皇宫总是有种难言的情结，难得有进宫的机会，她自然不会错过，软磨硬泡之下跟着爹爹进了宫。

进宫之后，苏婉之装乖没装多久，就找了借口从大殿溜了。

那时，八岁的苏婉之在师父的教导下轻功已有小成，自忖逃跑不成问题，便左手握了只鸡腿，右手抱了个肘子，边啃边四处张望。

苏婉之第一次见到姬恪正是那时。

不得不说，苏婉之八岁前大多待在苏府中，爹爹官务缠身，没空搭理她，师父又神龙见首不见尾，有个师弟还未见过，日日朝夕相对的男子只有苏慎言。

而苏慎言自小就有"小潘安"之称。

这直接扭曲了苏婉之的审美——那时在她眼中，年纪相仿的少年不过两类：一类比苏慎言好看，一类比苏慎言难看。

所谓物以稀为贵，后者数量太多，她实在记不住了，就姬恪这么一个前者，苏婉之记了整整八年，还时常回味。

犹记得，那是四月的一天。

御花园里的月季开得极好，少年裹在厚厚的银白色裘皮外袍中，只露出半张脸和一双修长的手。听见她的脚步声，少年缓缓侧头。那一幕像是戏曲里刻意回闪那般，她看得眼睛一眨不眨，直到少年转过整个头来，才恍然回神。

那一张脸，竟衬得园里清丽脱俗的月季花都淡了三分。

苏婉之的少女春心，从那时起便懵懂地动了……

苏慎言抬袖，低首道："拜见齐王殿下。"

随着苏慎言这一声，苏婉之的思绪也从神游中回来了。

苏婉之仍是恭谦地站在苏慎言身后，眼睛却悄悄向上瞅。

人还未看到，她已听到一道极其悦耳的嗓音。

"是谨与吗？我还在想入京后何时能见到你呢。"

"谨与"是苏慎言的字，若非他二人关系密切，姬恪是不会知道的。

他们果然很熟！

苏慎言闻言，立刻恢复了风流公子的常态，一点儿也看不出刚才谦恭守礼的模样："谨与也是刚知道消息，尚来不及拜访，方才在路上瞧见王爷的身影，便过来看看。"苏慎言的语气显得十分闲适。

苏慎言的话音未落，两道沉稳的脚步声便响了起来。

这两声直踏得苏婉之心头荡漾，视线顺着白缎绣云纹的长靴飘了上去。

姬恪离她仅有五步之遥，身后的小几上摆着一张棋盘和一杯冒着热气的清茶，一袭白衣如雪，穿在他身上，平白多了几分清冽之感，又隐隐透出帝王家说不出的尊贵，仿佛高山流水，流云飞絮。

姬恪看苏婉之眼睛一眨不眨地望着他，微微侧过头来看向她，那一双眸子里是比墨更深沉的光泽，却又带着丝毫无害的温润，比起八年前的小姬恪，更是……

苏慎言踩了苏婉之一脚，她艰难地咽了咽口水，迅速低下头，同时琢磨着怎么报这一脚之仇。

"这是……你新找的小厮？"

苏婉之迅猛抬头，想介绍自己："我是……"

不料苏慎言快速地打断她的话："是啊，刚刚买回来，笨手笨脚的什么都不会，还总是惹麻烦，不听话得很。"

苏慎言，我记住了！

姬恪蓦然笑了，这一笑光风霁月，似乎将他周身弥漫着的淡淡疏离气息驱散。

他的身后是如墨的夜色，外面挂着几盏精巧的宫灯，在微起的风中摇曳，灯火映在他身侧，斑驳的光影投射在他身上。他微微侧首弯眸，眉目疏朗，容颜清冷，雪白的衣袂随风漾起……这等景象，可以入画。

此时此刻，偏偏有个煞风景的声音响起："之之，口水快流下来了……"

苏婉之僵硬地回头。

"公子，你说什么？"

苏慎言以扇掩面，飞快地回道："公子只是觉得带这样的小厮出门有些丢人……"

苏婉之："……"

两人无视苏婉之，继续闲聊。

"恪怎么此时入都？"

"父皇五十寿诞，我总要回来的。"姬恪漫步走回桌案边，信手收着棋子，声音有些许怅然，"许久未回，感觉明都都有些陌生了。"

"若是恪不嫌弃，谨与倒是可以做个向导。"

姬恪微笑："那倒不必，大理寺的事务想必很繁重，就不麻烦谨与了。"他略停了停，"更何况，明都多少也算我的故地。"

"那样的话……"

苏慎言一句话还没说完，苏婉之已经极凶猛地用小指戳了他数次。

苏慎言这回终于没拆她的台："不如让我的小厮带着恪在明都转转？虽然这

小厮,喀喀……不过城内的地方她倒还熟悉。这几年明都内大大小小地翻修了几回,只怕同八年前多少有些差别。"

苏婉之忐忑地偷偷瞄着姬恪。

姬恪静静地回过头,眸光里是淡如水的平静,随即微笑起来:"正好我也要找个地方,那便麻烦了。"

明都大大小小的地方,苏婉之多少也都逛过,夜间出门尤其多。

于是她跟着姬恪上轿子上得甚是坦然,姬恪这顶轿子是按照藩王的规格制作的,舒不舒服姑且不论,但绝对大气,坐了姬恪、苏婉之两人仍显得宽敞。

两人座位正中多出来个隔板,隔板上整齐地摆了一套书,边上放了一个镂花雕刻的匣子,轿子四壁均铺陈着上好的绣品,轿内明明没茶却散发着隐约的茶香。

那是姬恪的气息。

苏婉之想到这儿,顿时精神一振,不过她也没忘了姬恪让她带路的初衷。

苏婉之问道:"王爷想去什么地方?"

姬恪道:"暂时不急。自回明都我还未在城内逛过,你可以先带我四处看看吗?"

姬恪的声音不疾不徐,很是平静,但苏婉之怎么听都觉得心神一荡。

遗传自老苏丞相,苏家这两兄妹都口才上佳。苏婉之的一番介绍妙趣横生,说到兴起之处,她还连比画带演示,反正她现在一身小厮打扮,也用不着顾及什么大家闺秀的形象。

姬恪一直安静地听着,丝毫没有不耐烦,甚至偶尔还会问上一句,表示他在听。

轿子从邀月楼一路顺着长街而下,拐了个弯便是明都的南城门。

轿夫抬得很稳,自南城门行至北城门几乎没有颠簸,但苏婉之看见紧闭的北城门,就知道这一趟只怕是要走到头了。

苏婉之解释道:"这是北城门,出了城就是北郊镜湖,王爷如果无事,不妨去看看。每到夏日,镜湖边百花齐开,湖面倒映花影,层层叠叠、密密麻麻,如同花海一般,最是美不胜收,再向北过几座城便是北庸关,不过那个地方嘛……小人也没去过。"

"是吗……"

轿子停在城门前,姬恪下了轿,声音带着轻松:"我倒很想去看看……"

他的视线放空，不知落在何处。

苏婉之提着灯下轿，静静地站在他的身边，想说什么，可一时怎么也开不了口。

姬恪的身形挺得很直，如同一棵青松立在城门边，白皙的面容被斑驳的灯光映得近乎苍白，双唇淡淡的，毫无血色，颀长的背影透着单薄，好像他随时会羽化登仙，在这个世界消失。

姬恪明明近在咫尺，却像与她隔着无法跨越的距离。

她不要。

苏婉之忍不住伸出手："王爷……"

"怎么了？"姬恪缓缓回头，一阵凉风吹过，他忍不住掩唇咳嗽了一声。

身后的侍卫连忙帮他披上斗篷。

苏婉之想起姬恪十一岁大病之后身体便一直不好的传闻，心头一酸，迟疑了一下，仰首道："王爷，现在天色已晚，春寒料峭，您还是赶快回轿子里吧。您要去寻什么地方，不如明天小人再带您去？"

姬恪笑着摇头："不用了，我要找的地方便在这附近。你先回去吧。"

说罢，姬恪振了振袖，轻描淡写地对身后的侍卫道："送苏小姐回去。"

苏婉之的如意算盘没有打响，心里说不出地失落。

她垂头丧气地坐在不知姬恪何时叫来的另一顶轿子里，朝苏府而去。

然而，苏婉之想着想着，总觉得哪里不对……

等等，方才姬恪说送她回去时，说的是——苏小姐！

第二章
美人齐王君

苏婉之懊恼了整整三日。

每每思及那晚之事，她都觉得面子、里子都丢尽了。

自己装小厮也就罢了，竟然还被姬恪一眼看出来了……他会怎么想自己？会不会觉得她很胡闹、很没有女人味？

之前她的表现糟透了吧？一点儿淑女的风范都没有啊！

苏婉之抱头蹲地，越想越懊恼！

苏星不知道发生了什么，看着自家小姐食不下咽、悲愤难当的模样，也忍不住跟着急得团团转。倒是因为大理寺公务繁忙、白日少见回府的苏慎言笑眯眯地撑着折扇对苏星道："不用担心，我只消用几句话，就能让你家小姐恢复正常。"

说罢，苏慎言露出一个诡秘的笑容。

苏星坚定地表示不信。

谁知，苏慎言只进屋片刻，出来之时，苏婉之已经由悲愤变成兴奋了。

苏星大为惊奇，忙问："大少爷，您刚才对小姐说了什么啊？"

苏慎言把折扇一收，举扇在苏星眼前晃了两下，笑得更加诡秘："佛曰，不可说。"

不过就算苏慎言不说，苏星的疑问也很快得到了解答。

三日后，晟帝为四皇子齐王殿下接风洗尘，特宴请明都的青年才俊到齐王旧府同乐。

齐王旧府无人居住已久，平日只有一两个老仆打理照料，齐王这一回来，定然不能再如此了。晟帝拨了几十个侍女和侍从伺候齐王起居，又令工部修葺齐王府。短短几日之内，齐王府便大变了模样，亭台楼阁飞檐走壁，假山怪石一样不缺，所有家什也都彻底翻了新。

起初苏婉之不知此事，还暗自想过，就齐王府那个破旧模样能开宴席？

此时一见，苏婉之顿时为工部的效率所震惊。震惊之余，她还有些忐忑——虽然她是和苏慎言一同去的，但青年才俊与她无关啊……

她会不会被撵出去啊？

没想一步入齐王府中，苏婉之就见到了很多的大家闺秀，莺莺燕燕，心中大定之余，又有些不爽。

苏慎言一向能言善语，没一会儿便同几个年纪相仿的青年聊到了一起。

苏婉之扫了一眼，那几个青年也都是世家出身，光看打扮，个个都是一副翩翩公子、气度不凡的模样，又是玉佩，又是峨冠，衣衫上绣着大团大团繁复精致的花纹，人手一柄折扇。

不过，苏婉之将视线移到公子们的脸上……发现能看的还真没几个……

但就那么几个能看的，苏婉之已经瞧见不少小姐正在朝他们暗送秋波。

苏婉之自小就在男孩堆里混，后来情窦初开，晓得男女授受不亲后，又因为性格同这些大家闺秀处得不怎么好，再后来苏婉之剽悍的名声渐起，就更没人乐意同她一起了，如此一来，苏婉之自然没有什么闺中密友。

好在她也不大在意。

苏婉之四处闲逛，正想逮个侍从问下齐王何在，就听见一道尖刻的女声："有些人，长得不怎么样，偏偏还总做些痴人说梦的事情，真是可笑！也不瞧瞧自己那副河东狮的模样……"

在这帮娇小姐里，苏婉之最看不惯的人便是这位说话的王萧月小姐。

所谓宿敌,无外乎于此。

当初苏婉之刚刚意识到自己是个女子时,也曾想同这些世家小姐处好关系。奈何她久在男孩堆里,女孩家该会的事情她一件也不会。哪家的布料好看,哪家的簪子做工好,哪家的成衣铺最合心意,哪家的胭脂水粉最艳丽,对于苏婉之而言,都好似天方夜谭。

她熟悉的是刀枪棍棒,玩乐混世。

苏婉之深思熟虑后,意识到她分明是找错对象了,虽然她父亲是丞相,可是这些文官家的小姐实在和她不对盘,她应该去找武官家的小姐才对!

想通之后,苏婉之立刻下手。

巧了,手握重兵的武官世家王家这一代家主王将军恰好有个女儿和苏婉之同岁。

苏婉之满怀希望地带着自己的宝物直奔王小姐,可惜,事与愿违。

王小姐尖叫着把苏婉之辛苦做好的泥塑和搜集的爬虫毁了个干干净净。苏婉之忍无可忍,大发脾气,握起小拳头,一拳把娇滴滴的王小姐彻底砸晕。

当然,事情发展到最后,娇滴滴的王小姐还是被苏慎言一番甜言蜜语外加两盒容坊新出产的桃花醉胭脂给解决了。

可是这两位大小姐也就此结下了梁子,两人每每见面,相看两相厌。

此时,苏婉之和王萧月在齐王府遇见,正是冤家路窄。

苏婉之一甩袖,特地挑的月白色滚金边长裙旋起,随着她的动作翩跹而落,雪白的流苏在腰间摆动,流云髻两边垂下的乌发散落于肩膀,就外表而言,她确实是个大家小姐的模样。

苏婉之娇弱地掩起唇,故作娇羞地道:"不知王小姐在说谁呢?"

王萧月见状,露出高傲不屑之色。

"说谁谁心里清楚。哼,苏婉之,你别以为现在你装……"

苏婉之却突然把视线朝王萧月身后移去,似乎看见什么般,讶异地道:"齐王殿下……"

王萧月顿时住口,一改脸上的表情,极尽大家闺秀姿态地缓缓回首,嘴角含笑:"齐王……"

苏婉之捂着肚子大笑。

"哈哈……王萧月,你这是第几次上我的当了……看你也挺聪明的,怎么就不长记性,哈哈……"

没想到，王萧月回过头来，非但没有露出出愤恨的表情，反而用同情的目光看着她。

苏婉之察觉不对，再想回头的时候，已然迟了。

姬恪从容地从她的身后走出，他换了一身深紫色的朝服，高冠上垂落下银色丝绦半掩住他的面颊，以至于叫人看不清那张脸上的神情。但苏婉之可以看出姬恪的精神似乎比上次见面时要好上一些，至少他的脸色不再那么苍白如纸。

苏婉之想到一连两次在心上人面前丢人，简直背运背到家了！她低着头，倘若此时地上有个坑，她发誓绝对立刻把自己埋进去，毫不迟疑！

她还没把头埋到底，就听见一道温润的男声在她的头顶响起："苏小姐，那日多谢了。"

苏婉之霍然抬头。

姬恪微微一笑，像是没注意到之前她的失礼，温声提醒道："那日劳烦苏小姐带路。"

姬恪不提便罢，一提苏婉之更加无地自容，只得结结巴巴地道："那件事⋯⋯齐王殿下还是不要提了⋯⋯"

姬恪浅笑颔首，温文尔雅。

他要招待的客人众多，自然不可能和苏婉之久聊，又寒暄了几句，转身远去。

姬恪刚走，王萧月便凑过来惊讶地道："你居然认得齐王？"

其实苏婉之跟齐王姬恪根本不算认识，但她看着王萧月的模样，就忍不住嘚瑟地点了点头。

苏婉之难得见到姬恪，又占了王萧月便宜，心情甚好，便在齐王府里逛了起来。

齐王府先前无人打理之时，苏婉之借着白绫，没少翻进来玩，她的个人爱好便是在这儿找寻姬恪曾用过的旧物，比如毛笔、砚台什么的，甚至连小花瓶都被她顺走了一个。

小小齐王府，苏婉之逛得再熟不过。

逛着逛着，苏婉之便走到了齐王府侧园。西侧有个小屋，那里少有人去，苏婉之记得幼时常在那儿囤积自己找到的宝贝。想到这里，苏婉之不禁有些雀跃——经年未去，不知那些宝贝还在否？

苏婉之漫步而去，没等走进木屋，就听见里头传来两个人说话的声音。

"刚才想说什么，快些说吧。"

"大哥，听宫里人说，圣上这几日每日都要召见齐王，亲自指点教授，宠幸非常，我们跟着大皇子可靠吗？要不要趁着时局还未明朗，叫父亲改投齐王？"

苏婉之对北周的皇位之争毫无兴趣，她父亲是位纯臣，一生只听从晟帝一人的命令，这等皇位之争跟她家实际上毫无关系。

不过，苏婉之还是回忆起了那位大皇子的模样——相貌尚算过关，只可惜那双小眼睛，尤其是笑起来的时候，令她怎么看怎么觉得他是一副贼眉鼠眼的模样。估计大皇子自以为爽朗潇洒，但在苏婉之眼里，只有二字能够形容——猥琐，跟她家齐王比起来简直是天壤之别。

这位兄弟真是有眼光，苏婉之想着，翻身上了房顶，继续听着。

"笨蛋！你懂什么？圣上再宠齐王，也不可能将皇位给齐王。"

"咦，这是为何？"

"你可知齐王的母妃萧妃是什么出身？"

"这个……不知，应该是哪个世家的小姐吧……"

"世家小姐？萧妃的出身可是比世家小姐要尊贵得多，她可是血统纯正的公主……可惜，却是个前朝的公主。"

"啊？"

"你当圣上是真的对齐王好？无非为了补偿这八年齐王受的苦，而且齐王在民间名声甚好，圣上自然是要做做样子给天下人看。"

"八年受的苦？齐王不是因病去齐州养病吗？难道……"

"因病？呵呵……谁都知道齐王幼时便能骑善射，身子虚？体弱多病？那根本就是中了毒！许皇后容不得齐王，当年若不是萧妃……"

那声音越来越小，苏婉之几乎听不清楚。

但苏婉之听了这些，心里的不舒服一点点堆积起来。

苏婉之刚想掀开一片瓦，听得更清楚些，忽然听见里面的人道："所以，你说齐王又非嫡子，怎么可能继承大统？要我看，他现在最该做的怕是赶紧巴结巴结大皇子，以求能颐养天年吧。"

另一人也附和道："嘿嘿，大哥说得是，不管齐王再怎么优秀，也就是个孽种而已。"

孽种？

这两个字反复地在苏婉之耳边回荡。

苏婉之的手掌握紧松开数次，听到最后一句话，她终于忍不住从房顶一跃而下，推开了小门。

果不其然，两个华服玉冠的年轻男子正站在其中，见她进来，神色有些慌乱，但还强装镇静。

苏婉之根本不等他们说话，上前逮着个子高的男子就给了他狠狠一拳。

"你……你是哪来的泼妇！"

另一个男子见状，忙朝外跑。

苏婉之手臂一扬，白绫便从袖中嗖的一声飞出，直直地绑住了另外一人的胳膊。

可是，她绑住了一人，另一人却趁机朝人多的地方跑去。

既然已经做了，苏婉之也懒得去管有什么后果，身形一动便追了过去。

直到被人群围住，她才觉得事情闹大了。

苏婉之丢下手里的男子，四下寻找苏慎言的身影，至少她得知道这两个人她惹不惹得起。

可是刚刚回过头，苏婉之整个人便僵住了。

是姬恪。

姬恪站在离她不足五步的地方，虽然只有一瞬，但是苏婉之仍能确定方才姬恪微微皱了皱眉。

姬恪是……不认同她的做法吗？

可是，她是为了……

姬恪踏着稳稳的步伐走向她。

苏婉之呆呆地站着没动，任由姬恪走到她的身侧，而后眼睁睁地看着姬恪从她身边走过，那淡淡的眸光并没有看向她，而是笔直地朝着那两个被她打了的青年看去。

姬恪开口的语气仍是温文尔雅："两位钱公子可有事？我府上尚未请大夫，如果两位不嫌弃，可以坐齐王府的马车到附近的医馆。"

年纪较小的那位钱公子见到姬恪，神情顿时有些不自在，忙扶起在一边哀号的大哥，对姬恪行礼道："齐王殿下，这个……这个就不麻烦了，我……我们休息休息就好了。"

姬恪见状也不强迫，沉吟了一下，温言道："若是如此，我府上有种从齐州带来的金创药，极是有效，不妨给令兄一用。"

钱公子自然不敢再反对，边点头边带着自家大哥到一旁厢房歇息，末了还狠狠地瞪了苏婉之一眼。

只可惜苏婉之根本没发现那一眼，她的注意力都集中在此刻看起来依然温和谦逊的姬恪身上。

她以为姬恪会教训她或者责骂她，没想到姬恪什么也没说，看见两位钱公子离开，竟也转身准备离开。

本来议论纷纷的众人，见当事人都走了，也就渐渐散了。

苏婉之看见姬恪竟真的快要消失在自己的视野里，才急了起来。

她咬咬牙，一甩裙裾，追了上去："姬恪、姬恪……你别走……"

姬恪闻言，竟然真的停了下来，回头温声问道："苏小姐有什么事情吗？"

"你是不是觉得我很不像个女子？"

没想到苏婉之会问这个，姬恪不禁一愣，片刻后，浅笑道："苏小姐，为何有此一问？"

苏婉之没有注意到姬恪脸上的笑容并未到达眼底，只是浅浅地浮在脸上，她现在急的只是怎么同姬恪解释。

"你……是不是觉得我太粗鲁了，太过分了？"苏婉之迅速在脑内组织了一下措辞，嗫嚅道，"我平时不是这样的，只是……只是他们欺人太甚，他们说你……"

"哦？"姬恪转过身来站定，看着苏婉之，展颜淡淡地道，"他们说我什么？"

说到底，这次出手，苏婉之一点儿都没有后悔。

无论如何，她无法忍受别人在自己面前诋毁姬恪，这几乎是有些偏执的念头。

姬恪不记得也罢，她却是记得的。

八年前，她在御花园里见到姬恪，十一岁的姬恪还未长开，五官轮廓都带着些许少年的稚气。他手里握着一卷已经翻皱了的书，身上散发着淡淡的书卷气，显得他整个人柔和而亲切。

她惊得差点儿连手里的鸡腿都没握住，拿着鸡腿哆嗦地指着他："你……你是人是妖？怎么长得比苏慎言还好看？"

姬恪放下书，冲她极温柔地笑道："我叫姬恪，是人。"

她两步跑到姬恪面前，仔仔细细地研究着姬恪的外貌。姬恪倒也不生气，任由她瞪着一双大眼睛将他里里外外地看了个遍，只是笑。

确定他是人后，苏婉之才放下心来，干脆一屁股坐在姬恪身边，问他："里面的宴席你怎么不去？"

姬恪缓缓坐直身体，不答反说道："油，你的脸上沾着油。"

"啊？"

姬恪修长的手指慢慢靠近她的脸颊，用略带薄茧的食指抹去她脸上蹭的油。

彼时，苏婉之还不知道什么叫心动，只觉得被姬恪微凉的手指触过的地方像火烧一样烫了起来，心跳也莫名其妙地快了起来，视线该往哪放都不知道了。

直到姬恪清冷的声音再度传来，她才找回神志。

"母妃病了，可是她怕过了病气不让我去看她，我也实在不想去那宴席。"

言罢，姬恪微垂下头，神情有些低落。

苏婉之的情绪也随着姬恪低落下去，当即，她做出了一个决定——把自己右手里用油纸包的肘子给了姬恪！

"喏，这个我还没吃过，给你。"她补充道，"我心情不好的时候，只要吃些我喜欢的东西就不会难过了，而且你没去宴席，肯定到现在都没吃东西吧，这个给你吃！"

姬恪看着那还冒着热气的肘子，疑惑地望向她。

她咬咬唇，大大咧咧地道："没事，没事，你吃吧，我还有个鸡腿。我最讨厌吃肘子了，给你给你……"

苏婉之确定自己对姬恪有意也是在那时，眼巴巴地望着姬恪吃掉她最喜欢的东坡肘子，她却一点儿也不觉得心疼，反倒比自己吃了还要满足。

她是喜欢姬恪的。

她记得有关姬恪的一切，她记得姬恪每一个微小的动作，她更记得姬恪残留在她记忆里的那种温柔的笑容。

她是那么那么喜欢他，哪怕别人辱骂姬恪一个字她都无法接受。

只是那些话她绝对不能跟姬恪说！

苏婉之慌忙道："不是……没说什么，只是……"她刚想再次扮作娇弱女子，干脆说他们调戏她便好。

可是，她一抬眸，看见姬恪幽暗深邃的瞳仁中带着丝丝犀利，仿佛能看透自己一般，那些到了嘴边的话怎么也说不出口。

苏婉之支支吾吾了半天，最后只憋出一句："是他们太过分了，真的是

他们……"

姬恪笑道："我知道了。还有别的事吗？"

苏婉之忍不住扯住姬恪的衣袖，可怜兮兮地道："你不要讨厌我好不好？"

她竟然说了如此任性、如此孩子气的话。

姬恪不着痕迹地将衣袖从她的手中扯出，仍是笑："我没有生苏小姐的气，苏小姐多虑了。"

说罢，姬恪便走了。

苏婉之呆呆地站在原地，有些没反应过来。

不知是不是苏婉之的错觉，她看到姬恪方才的表情竟是似笑非笑。

姬恪是多么温柔善良的人，她居然让他露出这样的表情，一定都搞砸了！当时她为什么不能再忍忍呢？至少在姬恪面前表现好一点儿啊……

苏婉之闭上眼，已经沮丧得没有任何念头了。

第三章
围猎遇险情

"之之,你还真的动手了啊?"

苏慎言摇扇,斜睨着苏婉之,动作风流至极,只是那慢悠悠的语调,怎么听都透着一种幸灾乐祸。

苏婉之坐在齐王府一角的石阶上,双手抱头,如云的衣袂掩住了面容,长长的裙裾拖到地面她也毫无察觉。

苏慎言拿着撑开的折扇在苏婉之身旁转了一圈,仍不见苏婉之搭理他,于是收了折扇,妥协似的轻叹了口气:"别懊恼了,那两人不过是太府寺少卿之子,区区一个从三品而已。"

苏慎言说罢,苏婉之依旧是那个姿势。

苏慎言耐心有限,转了转掌中折扇,忽然对着一处道:"咦,你怎么来了?"

苏婉之手臂微动,动了一半又停了下来,闷闷地道:"哥,别逗我了。"

这招他们兄妹二人从小用到大,苏婉之分辨起来几乎毫无难度。

"我的大小姐,你终于肯开口了……嗯哼?到底是怎么了?把你的沮丧说出来,也好让哥哥解个闷。"

苏婉之放下手臂,怒吼道:"苏慎言!"末了,她的声音又低了下去,"他讨厌我了。"

"谁?"

"还能有谁?"

苏慎言两步走到苏婉之面前,定定地看着她,略带诧异地问道:"那么多青年才俊,你这趟就光顾着看齐王了?"

苏婉之毫不迟疑地瞪回去:"这里还有比齐王更好看的吗?"

苏慎言盯着妹妹:"难道你还非齐王不要啊?"

苏婉之瞪着哥哥:"我还就非齐王不要了!"

苏家两兄妹相互瞪眼,都不甘示弱。

半盏茶的工夫后,苏慎言别开视线,嘀咕着:"你自小眼睛便大如铜铃,和你比这个,我太吃亏了……"言罢,苏慎言语带不快地道,"你就这么自信齐王能看上你?这满场的女子,想做齐王妃的人只怕不少。之之,你喜欢谁哥哥都不会管,可是,你最好还是趁早放弃齐王。"

苏婉之亦敛住笑容,端正地站在苏慎言面前问道:"为什么?我怎么就配不上他了?"

苏慎言瞧着如此认真对他说话的苏婉之,心中既有吾家有女初长成的欣慰,同时也有着深深的忧心。

苏慎言略一思索,低声道:"齐王他……之之,听我说,陛下这几年因为那些长生丹药形容变得越发枯槁,皇储未定,不论大皇子睿王、二皇子燕王,还是四皇子齐王、七皇子静王都有拥立者。现在父亲作为当朝一品官员,若是和任意一方牵扯上关系,很快便会被打入党朋一系。苏家历经三朝还能有此繁盛,无外乎一个'纯'字,你明白吗?"

苏婉之点头:"我明白,可是……"她抬起头,目光清澈而坚定,"哥哥,我若真想嫁,还是有办法的,对吗?"

苏慎言不着痕迹地移开注视苏婉之的目光,复又撑起折扇,散漫地道:"可是哥哥我不会帮你。"

他不仅不会帮,也许还会百般阻挠。

姬恪把一切都看得太透,之之啊,这样的男子又怎是你能掌控的?

"哥……"苏婉之哀声求道。

"没用的。"

苏慎言用扇子敲了一下掌心，闲闲地笑着。

若为帝王，姬恪定然是明君；若为臣子，姬恪也定是能臣。只是，这样的男子偏偏不适合做女子的良人。

笨蛋之之，你明白吗？

那日，无论苏婉之如何威逼利诱，苏慎言都不为所动，苏婉之贼心不死、死缠烂打的结果是，那日之后，她便再没在家见过此君。

苏婉之依旧被禁足，不知苏慎言对苏相夫妇说了什么，没过几日，苏婉之就见自家娘亲捧着厚厚一摞画卷走了进来。

苏婉之摊开画卷一看，是明都内各官宦世家子弟的画像。

她甚为无言地看着苏夫人携着两盒零食坐在她的身侧，拉着她的手，对着画卷一张一张评头论足，从家世到样貌到人品，大有长谈之意。

苏家家训——在外听老爷的，在内听夫人的。

苏婉之在家里敢和苏相据理力争，偏偏不敢得罪苏夫人。

苏夫人笑眯眯地说："之之啊，你也不小了，终于到了娘亲可以为你操心终身大事的时候了。这终身大事，娘亲定然要认真、仔细、严谨地帮你好好地操心一把，你一定一定放心。我想，我的之之这么乖，一定不会让娘亲失望的，对吧？不然，娘亲肯定会觉得很伤心很伤心的。"

苏婉之连半个"不"字都说不出来，只好双手交叠，作鹌鹑状乖乖地坐在椅子上。

看着苏夫人乐此不疲，好似挑珠宝一样地挑女婿，苏婉之抽了抽眼角，继续眼观鼻鼻观心地坐着，然后要么说"娘亲啊，这位公子如此优秀，好似仙男下凡，之之与其差距太远，无法相配，内心十分惶恐"，要么说"娘亲啊，您看这位公子面带煞气，瞧着就令人浑身难受，显然与之之八字不合，硬撮合成一对，只怕会有灾难，娘亲还是另择，另择……"

这么几次下来，苏夫人也觉察出苏婉之压根就不是在挑夫婿，而是存心捣乱！

苏夫人当即把画像一放，丢下手里吃了一半的核桃仁，冲苏婉之怒道："这个不喜欢，那个也不喜欢，死丫头，你到底是要哪样啊？知道你喜欢长得漂亮的，老娘托了十来个媒婆把整个明都官宦家美男的画像都给你弄来了，我容易吗？你还在这里给我挑三拣四的！"

苏婉之缩头缩手，一副低到尘埃里的乖巧样子。

"娘亲……"

身边的侍女已经习以为常地收拾起苏夫人吃剩的核桃壳。

苏夫人突然福至心灵一般，眼睛一亮，清了清嗓子，放低声音在苏婉之耳边道："之之，你老实跟娘亲说，你是不是已经有心上人了，所以这些才看不上，嗯？"

苏婉之很想羞答答地别扭两下，再做出万般无奈的样子说出姬恪的名字。但是她转念想到苏慎言说的那番话，又不知道怎么开口。

苏夫人看着苏婉之长大，见女儿神色犹豫的模样，就知道八成有戏。

她默默在心中感慨着女大不中留啊，当即旁敲侧击，软硬兼施，逼问女儿的心上人是谁。

苏婉之瞧着苏夫人兴致勃勃、口水满天飞的模样，嘴角抽搐，早知如此还不如继续听她挑珠宝……呃……挑女婿呢。

苏夫人见苏婉之一副油盐不进的模样后，又怒了："死丫头，让你说你不说，信不信娘亲明天就在这堆画像里随便找个人来跟你定亲！"

苏婉之小心地抬头，斟酌地道："娘亲，你愿意让女儿嫁给一个自己不喜欢的人？"

"不许跟老娘讨价还价。"苏夫人霍然起身，手指戳着苏婉之的额头，"之之，你说出来娘亲又不会吃了你……不然，小心娘亲一气之下把你嫁给大理寺卿张大人做续弦！"

苏婉之震了一下："娘亲，你有没有搞错啊，张大人他比我爹还大！"

苏夫人冷笑道："大又怎么了？老夫少妻很流行的！正好也不用你生孩子，买一赠三呢！怎么样，你要是愿意，我这就去让他来提亲……"

苏婉之果断地抱住苏夫人的大腿，泪奔道："娘亲……"

苏夫人挑眉："那还不快说！"

苏婉之想了想，反正这事迟早也是要被娘亲知道的，还不如自己说。苏婉之坐直身体，声音莫名地低落起来："娘亲，我告诉你了，你暂时不许告诉爹，也不许笑话我痴心妄想。"

"乖之之，我不告诉你爹那个老顽固，也不笑话你。你就别磨蹭了。"

"我喜欢的人是……齐王姬恪。"

说完这话，苏婉之便垂下头，半天没见苏夫人反应，刚想抬头，就听到娘亲若有所思的声音："齐王啊……娘亲从前见过他，相貌确实标致，你喜欢他倒也不奇怪……不过，之之，齐王……你不觉得难度太高吗？"

"娘亲你什么意思？"

苏夫人想了想，道："就为娘昔年所见，一个十来岁的孩子无论言语举止都沉稳有礼，待人接物张弛有度，加上他在齐州待了这些年，久居高位，只怕眼界太高，只看得见大局大势，未必顾得上那点儿男女的小情小爱。"

苏婉之望天，颇不以为然地道："娘亲，照你这么说，那爹呢？无论如何，我喜欢他，就是喜欢他。"

苏夫人伸出食指，继续戳苏婉之的额头："让你乱比喻，那能一样吗？你爹那个呆子……"顿了顿，苏夫人改戳为抚，"不过，有这等志向也不错，不愧为娘亲的女儿。娘亲看好你！"

苏婉之喜出望外："那娘亲不反对我喜欢齐王？"

"我为何要反对？在娘亲眼里，什么权势地位统统没我家女儿的幸福重要……"苏夫人坐回座位，抄了一把瓜子继续嗑，"但怎么能让齐王心甘情愿娶你，这可就是你的事了，他现在圣宠甚浓，圣上又对送他去齐州八年的事心存愧疚，不会强迫他娶妻。你娘亲去给你提亲要是被人赶出来，那脸我可丢不起。"

苏婉之得到苏夫人的口头支持后，虽然对怎么摆平姬恪还是一点儿头绪都没有，但依然觉得兴奋异常。

她把从齐王旧宅顺手牵羊来的齐王幼年的墨宝摆在桌上，用指尖轻轻抚摸着为保护这张薄薄的宣纸而特地托人定做的红木框架，不时发出几声傻笑。

苏星被苏婉之诡异的笑容弄得毛骨悚然，看了看那个怎么看都没看出门道的字，边帮苏婉之梳头边问："小姐，您这会儿又是怎么了啊？"

苏婉之头也不抬，摸宝贝似的摸了摸那幅字，悠然道："在想怎么把这幅字的主人变成你的少姑爷。"

苏星手一抖，差点儿被苏婉之绾发的银钗扎到。

"小姐你……"

苏星泪流满面。

老爷我对不起你，夫人我对不起你，大少爷我也对不起你！她都这么管着不让小姐随便出门了，小姐怎么还是变得越来越开放了啊！

苏婉之不以为意，继续看着那幅字。

能从姬恪那些关于天下苍生、花草树木、四书五经的练笔中找到这幅称得上

情诗的东西，她自然是宝贝得不能再宝贝。

虽然那上面写的是连三岁小孩都知道的《关雎》——

"关关雎鸠，在河之洲。窈窕淑女，君子好逑。

参差荇菜，左右流之。窈窕淑女，寤寐求之。"

她反复地念着，抱着木框架，唇边不禁挂起笑容。

就在苏婉之琢磨着怎么能再见姬恪一面时，好巧不巧地迎来了北周的围猎。

北周上任帝王在乱世中结束了风雨飘摇的前代王朝，靠的完全是手中的兵权，因此极其重视培养后代弟子的勇武之气，在位时便时常组织围猎。晟帝即位后，每季的围猎也作为一种传统保留了下来。

苏婉之坐在马车里，摇摇晃晃地跟着大部队奔向明牧围场。

如他们一般的官宦世家还有不少，都在队伍里。再往前，明黄的仪仗气势威武，透过缝隙，苏婉之能看见前面同色华盖下的龙辇。

齐王的队列在……

啪……没等苏婉之找到齐王，骑马跟在一侧的苏慎言就用扇柄敲了下苏婉之的头："乖乖坐回去。"

"哥……"苏婉之委屈。

"你瞧瞧哪家的小姐像你一样……"

苏婉之捂着额头不以为意："哥，齐王殿下在哪儿？"

苏慎言直接用扇子将苏婉之的脑袋戳回去。

"跟来看围猎就跟来看，哪里如此多废话！"

有苏慎言看着，苏婉之一路上都没找到机会接近姬恪。

出行第四日，车队终于到了明牧围场。此处林深静谧，水草丰美，禽兽繁衍旺盛，南北相距足有三百里，按照地形与猎物种类，共分六七十个围区。

众人在行宫内略微休整，翌日清晨，年轻男子便都换上劲装，带着保养良好的长弓箭弩策马进入围区。

作为年轻男子之一，苏慎言一早便随晟帝而去。

苏婉之混在众女眷中，轻易就偷到了一套太监服，乘人不备，换装溜入了贵胄子弟的行列。

这一趟出行，晟帝带了许多妃子皇孙，随侍的太监不少，并没人留意到她。

大多数人的注意力此时都集中在晟帝的身上，他的声音不大，但是一开口，场中便是一静。

苏婉之既不为官又不是诰命夫人，得见天颜的机会自然少之又少。

听到晟帝说话，她也忍不住朝那边望去，远远地便看见一个须发微白的老者穿着一身耀眼的明黄色龙袍坐在龙辇当中，皇冠的珠帘垂在双目前，声音浑厚有力，面貌较他的年龄显得过分苍老，脸色也有衰败的病态。

苏婉之很不"忠君"地想，看这样子，这老头只怕是活不长了。

晟帝言毕，策马的几个公子哥扬鞭打马朝围区深处奔去，手中握着长弓，似乎都跃跃欲试。

眼看人要走尽，苏婉之也没看见姬恪的身影。

再也等不及的苏婉之策马跟着其中一队奔了出去，这些队列中本就有负责拾取统计猎物的太监，所以也没人发现有什么不对，更何况此时众人的目标都是早早猎到猎物去晟帝面前邀功，没有人留意她这个不起眼的小太监。

好巧不巧，苏婉之走了一会儿，听见前面人的对话，才知道这一队竟然是大皇子的队列。

再瞅着带头人猥琐的小眼睛，苏婉之几乎可以断定他就是传闻中名声不大好的大皇子姬止……

此刻姬止握着手里的乌金木弯月宝弓，背手抽箭，用两指夹箭拉弦。

箭发出一声飞鸣，离弦而出，直射进前方狂奔的小鹿腹中。

苏婉之小心翼翼地挪到队伍最后。

姬止见射中了猎物，哈哈大笑，早已有拍马屁的侍从下马抓了小鹿到姬止面前。

"大殿下真是英武非凡，这么快就猎到了猎物，只怕全北周再找不到比大殿下更擅骑射之人了。"

姬止拊掌大笑："说得好！来人，赏！"

闻言，更多人拍起了姬止的马屁，一时间，赞美夸耀声不绝于耳。

姬止似乎很享受这样的恭维，摸了摸手里的宝弓，道："本王也以为男子就该如此，驰骋草原，金戈铁马……留在帐中只知喝茶看书的妇人态实在为人所不齿。"

"是啊，是啊，大殿下说得有理！"

"如大殿下这般才是真男儿啊！"

苏婉之却隐隐有不舒服的感觉……姬止说的是谁？

姬恪身子不好……难道，差到都不能来围猎？那么他现在真的留在了大帐里？

苏婉之犹豫了一会儿，便小心地退到后侧，待众人看不见后，策马狂奔向大帐飞驰而去。

然而，她不知道，就在前方距离她不到五里的地方，有整整二十个黑衣人举刀围住了姬恪，而姬恪的身边只有其徐一人。

被人团团围住，姬恪并没有露出慌张的神色，只是面沉如水地抬眸望着黑衣人，薄唇微启，语气淡漠而冰冷："是谁派你们来的？"

未等姬恪话音落下，侍卫其徐已拔剑立于姬恪身前。

其徐的姿势看似随意，却把姬恪死死地护在身后。

为首的黑衣人用眼神示意，二十人立即同时出刀，招招狠辣。

姬恪神色不变，漆黑的瞳孔深沉而望不到底。

这些人八成是二皇兄燕王派来的，其他的可能是大皇兄睿王和七皇弟静王派来的。

真要确定，还需要其徐抓住其中的刺客。

其徐一剑就割断了其中一人的咽喉，那剑快得恍若一道银光，光芒一闪，鲜血飞溅，黑衣人的头颅已骨碌碌滚到地上。

平日看起来沉默木讷的其徐爆发出浓烈的杀气，一人应付十多个人毫不吃力，甚至还能抽空问姬恪："公子，可有事？"

黑衣人的头颅离姬恪只有一步之遥，滴滴鲜血溅在他的身侧，一袭白衣依然雪白干净。

姬恪淡声道："我没事。"略顿了顿，他又道，"留一个活口。"

黑衣人此时才意识到眼前的情况有多棘手，事先并没有人告诉他们姬恪身边的男子武功如此高强。他看着姬恪淡定的模样，心想周围难道还有齐王的埋伏？但即便他们此时想退，也已经来不及了。

只要黑衣人一抽出刀，剑光便会瞬息笼住他们，下一刻，等待着他们的只有肢体残破的结局。

一阵响亮的马蹄声由远及近。

围猎刚开始，怎么会有马匹回转？

姬恪未来得及多想，马匹上太监的纤细身影已经模糊可见。

苏婉之习武，耳目较常人灵敏许多。

她远远听见打斗声，不祥的预感驱使她策马前来，没想到一眼就看见一群黑衣人正在围着姬恪主仆二人。

苏婉之一时不知该庆幸自己来得快还是该担心姬恪。

但身体的反应尚在大脑之前,她骑着马已经一往无前地冲进了打斗中。

姬恪不易察觉地皱了皱眉,在苏婉之到来之前,他对其徐低语:"别让她受伤。"

然而,不过一瞬,姬恪的话就显得多余了。

苏婉之纵马至此,毫不停顿,右手持缰绳,左袖口挥出一条白绫,在空中一荡,白绫便卷起姬恪的身子,疾掠十丈,眨眼间已把他拉到自己的马上坐好。

因为动作幅度太大,姬恪的身体不堪重负,他尚来不及说什么,已经一个急喘伏在了苏婉之的背上。

一时间,连黑衣人都有些怔忡。

本来明显是齐王二人占着上风的,可是这掠人之事……又是为何。

其徐见状,紧张的同时又有些哭笑不得。

其徐知道苏婉之不会伤害姬恪,周围还埋伏着数十名自齐州带来的暗卫,他倒不急,但手上的攻势显然比方才更凌厉了几分,黑衣人叫苦不迭。

只是谁也没料到,苏婉之的马在穿过众人后,突然脱缰狂奔起来,苏婉之拼命拉缰绳,马匹依然疯了般地向前狂奔,丝毫没有停下的迹象。

苏婉之勉强稳住上下颠簸的身体,朝下一看,才发现马匹狂奔的后蹄上银光闪烁。

显然是刚才在众人间穿梭时,不知谁的刀砍到了马腿……

苏婉之难得沮丧起来,这要跑到什么时候啊……

她却不知边上跟着的暗卫几乎同时泣血——我去,这要怎么救公子啊!

一个虚弱的声音在苏婉之的耳畔响起。

姬恪不知道什么时候略微清醒了一点儿,咬得死白的唇略松开,吐出两个字:"弃马……"

只是两人离得太近,又都在马上,颠簸中,姬恪的唇轻轻碰到苏婉之的耳垂。

柔软的唇瓣,温热的气息……苏婉之浑身一激灵,竟然忘记了反应。

姬恪的瞳孔突然猛地收缩,声音蓦然拔高:"快点儿……"

苏婉之一抬眼,也惊了。

此处原本就在明牧围场的边缘,她骑着马狂奔,竟然不一会儿就到了边缘。

而边缘的尽头……是一处断崖。

马速太快,自苏婉之看见断崖到近在咫尺,不过瞬息。

苏婉之在传奇话本上看到主人公自悬崖掉落遇见精怪、高人、宝物等的情节

数不胜数，可是真的站在悬崖边，她才知道，如果掉下去便是九死一生。

不知不觉又耽误了些时间，苏婉之快速寻到前方一棵树，白绫射出，缠住树枝，苏婉之拽了拽，一手握住白绫，一手抱过姬恪的腰。

姬恪有些不适地侧头，正看见苏婉之缠住的树枝。

姬恪低喘两声，声音小得近乎耳语："不行……那树枝……"

马蹄距离崖边只有几步之遥。

"来不及了！"

苏婉之手臂发力，抱着姬恪的身子腾空而起。

马匹显然也意识到了危险，想停下马蹄，但为时已晚，马腿交错之下，那马匹一声嘶鸣，落入了悬崖中……

苏婉之松了一口气。

她手臂再一收紧，准备借力将两人送回明牧围场之内。没想到白绫突然一松，只听咔嚓一声，白绫缚住的树枝承受不住两人的重量，竟然从中间断了！

完蛋了！

苏婉之脑中只有这三个字。

苏婉之不是第一次体会身体腾起的感觉，但是这样急速下坠的感觉却是生平第一次体验。

她听到耳边尽是咆哮的风声。那一刻，苏婉之的脑中一片空白，太过失力的感觉，似乎离死亡只有一线之隔。

但下一刻除了清醒过来。

掉下去的除了她自己，还有姬恪！

姬恪动了动唇，似乎说了什么。

风声太大，吹得衣袂猎猎作响，苏婉之实在听不清。

苏婉之把耳朵凑到姬恪唇边，分辨了几次，才勉强听出他的话。

"喀喀……看下面，是地面还是水面？有多深？"

苏婉之听清他的话，连忙朝下看。清晨刚过，依稀有晨雾缭绕，阳光透过缝隙渗透而下，雾气同时向着四面袅袅散开，她模模糊糊地看见一线江水。

苏婉之答道："水面，大概是……我看不清。"

姬恪的身体不适到了极限，急速下落几乎让他反胃。

姬恪强迫自己清醒……他还什么都没有做，他暂时……不能死。

"苏……苏小姐，你会游泳吗？"

"不会……"

姬恪心里一沉。

没等他再说什么，姬恪忽然听见苏婉之斩钉截铁的声音："姬恪，你放心，我不会让你死的！"

姬恪有些想笑，他会落到这个境地还不是因为……罢了，事到如今，怪罪她已然没有任何意义。

姬恪感觉五脏六腑在随着越来越急的下落翻滚不休。

他慢慢合上眼，积蓄体力。

掉进水面的那一瞬，姬恪蓦然睁开眼睛，挣扎着向上游，却发现手腕上绑着的那条白绫，正随着水拖他朝一边去。

他扯了扯白绫，白绫的另一端似乎绑在了一块暗礁上。

那苏婉之呢？

姬恪念头骤起，一瞬间的迟疑。

一道巨浪拍下，淹没了所有的身影。

姬恪清醒时，浑身酸痛，好似散架。

但他并没有死。

姬恪身下便是陆地，天色暗沉，暗色的骇浪仍是一个接一个地涌来。

向上望去，饶是姬恪也觉得庆幸……苏婉之并没有告诉他大河尽头是一道瀑布。

他手腕上的白绫破碎，只剩下短短的一截。

等等，姬恪想着……跌落瀑布的时候，似乎有人护着他。

苏婉之在……

暗夜里一切都如墨般漆黑，姬恪向边缘摸索，尚未摸到人，一股淡淡的血腥味已经飘进鼻腔。

姬恪再向上摸索，摸到的是略粗糙的布料，但入手滑腻。突然，姬恪手上沾到了某种液体，他将沾了液体的手指凑到鼻端，是血的气味。

待姬恪的眼睛渐渐适应了阴暗的环境，终于看清身边昏迷不醒的女子正是苏婉之。

只是在这暗下来的天色里，姬恪分不清哪里是靛蓝的衣料，哪里是血迹。

姬恪吃力地站起来，四下打量着。

原来他们身处一处浅滩，遥遥能瞧见瀑布奔涌的情形。他们身后是一个巨大的钟乳洞，洞壁光滑，寸草不生，洞外似乎是葱郁的林木，隐约可见伸展的枝蔓留下的阴影。

除此以外，周围不见灯火，更不见人家。

他们显然是被水冲过来的。姬恪略一思索，便准备先去钟乳洞中休息一会儿。他仔细看了下石洞，便猜出现在正是退潮时分，地面沙石尚湿，必然刚刚退潮。涨退潮间隔通常是三个时辰，时间还够，最重要的是……他现在急需休息。

刚迈出一步，姬恪想起仍躺在地上的苏婉之。

他弯腰探了探她的鼻息，苏婉之还活着。

虽然是苏婉之拖他下来的，但她毕竟也是在试图救他。

姬恪略微犹豫，试着抬起苏婉之的胳膊，不算重，他还拉得动。

姬恪将苏婉之拉进石洞里费了他大半的力气，坐在地上气喘吁吁。

病痛折磨了他太久，姬恪已经习惯了这具残破的身体。

这些年，他很容易生病，身体虚弱又乏力。

他再也做不回那个鲜衣怒马的少年了。

姬恪靠着洞壁，抱臂合眼浅浅呼吸。无论如何，他需要恢复体力才能走出这里。

然而，没一会儿，低吟声打断了他的休憩。

姬恪一睁眼便见苏婉之难受地皱着眉。姬恪才注意到，刚才拖她过来的时候，苏婉之的身下压着一块不大不小的石子，正好硌着她的半个身子。由于那块石子太不起眼，方才他并没有注意。

姬恪轻轻地用手指拨开石子，微一垂头，却正对上苏婉之睁开的眼睛。

大而圆的眼睛乌黑，在不甚明亮的月光下倒映着他的容颜，轮廓清晰而令人迷醉，随即那双眸子流露出些许痛苦之色。

姬恪就势扶她坐起，视线却并没落在她的身上。虽然苏婉之穿着相对宽大的太监长衫，但是被水一浸透，长衫紧贴着肌肤，就勾勒出了少女的身形。

姬恪微微垂下眸子。

苏婉之醒了后，先是身上的伤疼得她一激灵，而后又连忙拽住姬恪欲收回的衣袖。

"姬恪、姬恪，你没事吧？"

姬恪并未抽回衣袖，反倒微微一笑："我没事，你呢？"

苏婉之见姬恪无事，捂着身上的伤口嗷嗷叫了起来："好疼，痛死了……"

苏婉之看了一眼姬恪，低声道："我……我给自己上点儿药。"

姬恪闻声，闭上眼睛，声音温和地道："苏小姐放心，我不会睁眼的。"

苏婉之暗想，喀喀……其实我一点儿也不怕你睁眼……

她掏出怀里随身带的金创药，背过身去快速地处理着身上的伤。腿上有好几处伤口，右臂略有点儿脱臼，苏婉之左手一用力，把手臂扶正，还揉了揉，保证手臂的灵活性，最后再处理额头上的伤。

弄好后，苏婉之试探着问："姬恪，你真的没事吗？用不用上药？"

姬恪微微一笑："不用了。苏小姐还是先休息一会儿，此处不宜久留，涨潮前我们还要去找其他出路。"

姬恪说完，继续闭目养神。

苏婉之靠在另一侧，抱膝看着姬恪。

因为姬恪闭着眼睛，她才敢这么一眨不眨地看着他。

苏婉之越看越觉得他好看，姬恪清俊的脸上干净白皙，没有一点儿瑕疵。他眼睛紧闭，虽然看不见那双漆黑的眸子，但眼睑覆盖下的细细阴影总有种让人禁不住心软的孤寂。

苏婉之越看越觉得那张脸怎么这么好看！

姬恪蓦然睁开眼睛，看到苏婉之目不转睛地盯着自己，似乎有些无奈，却依然笑道："苏小姐，何故一直盯着我？"

苏婉之托着下巴，想也不想地说道："你好看啊！"

她不喜欢掩饰，想到什么就说什么。

倒是姬恪，听见她的话后怔了怔，有些不知该怎么回应，略咳了两声，别开脸道："还是先闭眼休息会儿吧。"

苏婉之闻言，不好意思再死死盯着姬恪，仰头看了看石洞外，再垂头看着地面，渐渐也有些乏了。

半梦半醒之间，寒气透过苏婉之单薄而湿润的衣衫侵袭而入，她觉得冷，下意识地朝姬恪的方向挪去，不一会儿就已经挪到了姬恪身边。

三番五次被打断睡眠，姬恪睁眼，只见一颗小小的脑袋靠在他的胳膊上，依偎的姿势十分小心翼翼，从这个角度可以看见苏婉之因为失血而显得苍白的脸，她安静下来倒也像是个大家闺秀。

一般人在这坐着睡都会觉得有些冷，更何况他们身上的衣服还只是半干。

如果苏婉之冻病了估计他也走不出去，姬恪犹豫了一下，抽出手微微揽住苏

婉之。

不料苏婉之即使在睡梦中依然会得寸进尺，一躬身，整个人就埋进了姬恪的怀里，兀自寻了一个舒服的位置沉沉睡去。

姬恪有些无奈——他和苏婉之算不上熟悉，这个女子到底是怎么做到毫无担忧地靠在他怀里睡去的？

她就不怕万一他做出什么不轨的事情吗？

姬恪思索间，苏婉之又调了一个位置，迷迷糊糊地用双臂抱住姬恪的腰身，脑袋还蹭了蹭，嘟起的唇喃喃地道："姬恪，嗯，别跑啊，我要嫁给你……"

姬恪："……"

良久，他哭笑不得地看着倚在自己胸口的脑袋，轻叹了一口气。

他要怎样才能让她知道……喜欢他真的不是什么好事情。

凉风徐徐，拂过姬恪的发丝，那一刻，他不得不承认，揽着怀中柔软的身体，再坚硬的心也禁不住软了几分。

虽然苏婉之粗俗了些，暴力了些，但是……至少心是真的。

而他的心呢？

姬恪垂下眸子，唇瓣紧抿。

尽管姿势并不舒服，姬恪还是强迫自己就此睡去。

两个半时辰后，姬恪准时醒来。

见怀里的人仍沉睡不醒，姬恪轻轻叫了两声："苏小姐，苏小姐。"

苏婉之没有反应。

姬恪无奈，只好又叫了两声："苏婉之，苏婉之。"

苏婉之闻声一惊，猛然抬起头，正撞上姬恪的下颌。

姬恪吃痛，闷哼了一声。

苏婉之迷茫了片刻，终于清醒过来，完全没有意识到自己是在姬恪的怀里醒来，径直伸手摸向姬恪的下颌："啊，有没有撞伤你？"

姬恪不动声色地避开她的手，撑着石壁站了起来，笑道："我没事。只是，我们再不离开就要涨潮了，下次我们未必会有这么好的运气了。"

说完，他看向远处，眼睛里的笑意渐渐淡去。

有些遗憾的苏婉之也跟着站起身，并没有留意到姬恪的神情。

第四章
同甘共苦中

清晨时分，天微微亮。

一缕晨光投射进张家寨的寨门。

张大嫂一早便爬起来送自家男人出去打猎，再回来劈柴做饭。看着炊烟自屋顶袅袅升起，她搓了搓手，忙活着把放在屋里的草药摆出去晒着。

张家寨不大，只有几十户人家，都很和善。

林里貂多，狐狸多，豹子也多，他们两口子靠着张大哥猎来的动物皮肉已能生活，张大嫂又粗通医理，一家人过得倒也不错。

寨里人良善而且好客，偶尔有些过路人在这儿借宿，往往出手大方，所以寨子里也不排斥外来人。

张大嫂刚晒了一半草药，就隐约听见敲门声。

敲门声很轻、很慢，并不扰人。

闻声，张大嫂擦擦手就去开门。

门外站着两个人,都十分狼狈,个子矮些的穿着靛蓝色长衫的人扶着个子较高的白衣人,两人身上都有淋湿的痕迹。张大嫂再一细看,目光停在白衣人的脸上,移都移不开。

白衣人乌发微散,雪白衣衫的下摆也染了些许污迹,但丝毫未能掩盖他的风华,尤其那张脸,真是好看。就连张大嫂进城采买见到的那些贵人也没一个比眼前男子更加清俊而气质干净的。

直到听见轻微的咳嗽声,张大嫂才反应过来,不等二人说话,便道:"两位是来求宿的吧?这儿尚有一间空房,我马上就去收拾干净。"

白衣人微微一笑,声音虚弱得可怕:"那便多谢了。大嫂,请问,这里是何地?"

"这里是张家寨。不知公子怎么称呼?"

"我姓萧,这位是……"

"小女子是公子的侍女。"

苏婉之之前扮苏慎言的侍从扮得习惯了,答得还挺流利。

她扶着姬恪坐进屋内的客房里,姬恪体力透支,很快便靠在榻上闭眼沉睡。

苏婉之早早便看见了外面摆着的草药,出门打算问这位大嫂借点儿药,再借点儿干粮和热水。

他们一路行来,她也看出姬恪体力不支。

她记得姬恪是需要喝药的,这一天一夜的路途中他未进食又未饮水,样子实在吓人。

没想她刚一走到外面,就见张大嫂笑吟吟地看着她,还冲她挤挤眼睛:"不用担心,此处人烟稀少,寨子里又一向安定,即使有人来巡查也不会发现你们。"

这诡异的话语,让苏婉之生出些莫名的念头:"大嫂,难道你以为我们是私奔出来的?"

张大嫂惊讶地看着她:"难道不是吗?"

苏婉之定了定神,无数念头在心中飞转,接着她羞涩地垂下头。

姬恪一向浅眠,这次却是沉沉睡了五个时辰才醒来。

待他起时,天色已经暗了下来。

醒来后,姬恪四处打量,还是那处民居,被褥上散发着淡淡的潮气,窗棂和墙面都已泛黄,陈设也相当简陋与陈旧。

姬恪听到欢快的交谈声自屋外传来。

他咳了两声，交谈声戛然而止，取而代之的是快步而来的脚步声。

"你醒了？"

苏婉之举灯进来，她换了一身浅粉色的布裙，质地很普通，裙上绣着的莲花图案也很粗糙，但穿在身上丝毫没有掩盖她那与生俱来的飞扬气息，尤其是那双大眼睛，亮晶晶的，像是能晃花人眼。

就连姬恪也愣了愣，才习惯性地绽开温和的笑容。

"饿了吧？有粥，你要喝吗？"

姬恪点点头。

苏婉之飞快地奔到隔壁，又咚咚咚地跑回来，手里多了碗冒着热气的粥。

不等姬恪反应，苏婉之已经自发地举起勺子在唇边轻吹，然后递到姬恪唇边。

勺子边缘有一道深茶色的裂纹，看起来并不怎么干净。

苏婉之的眼睛晶亮，她期待地看着他。

姬恪抿了抿唇，还是微张开了口。

粥的味道很一般，还隐约有煮糊了的黏腻感，勉强可以入口。

但姬恪确实饿了，一勺一勺地吃下去，竟没有抗拒，吃得一干二净。

苏婉之又跑去收拾碗碟。

方才那位张大嫂站在门框处，笑着看向他们，目光中充满了然之色。

姬恪隐隐有些不怎么好的预感。

张大嫂已经感慨地开口："这姑娘对萧公子是真好，倒让我想起年轻时我和我家那口子，哎哟，那个老鬼当年可不是现在这个样子，乡里好几户姑娘都对他有意思呢，要不是我……"

"是吗？"

姬恪笑着接话，唇角的弧度伪装得恰到好处。

夜晚，苏婉之睡在榻上。同一间房内，已经睡足的姬恪换上张大嫂留在床沿边的青布裋褕漫步而出。他跟打猎归来的张大哥问了路，才知此地距离明都并不远，但麻烦就麻烦在当中隔了一条山脉，山路崎岖，峰险壁陡，并不好走，夜间更是容易遇上猛兽。

一旁的张大嫂建议他绕行，虽然可能多上半个月的行程，但比横越山脉更安全。

姬恪笑容依旧，他没有表态，只是似想起什么地问："请问，在下之前的衣服呢？"

张大嫂到院中，不一会儿就抱着他穿的白衣过来，已经洗净干透，还晾出了淡淡的春光的味道。

姬恪翻到白色裘衣，略诧异地问道："这是……我身上那套？"

张大嫂笑叹道："还不是你家姑娘帮你买的！那可是上好的绸子，她卖了自己的珠链才有闲钱给你买了套现成的。不是我说，这姑娘对公子你可真是痴情，又是帮你置办东西又是给你煮粥，方才还问我有没有调养身子的药，想给你熬一碗。唉……这么好的姑娘，公子可别负了人家。"

姬恪顿了顿，只是笑着，没有答话。

第二日，小寨中忽然下起了雨。

天边还只可见一丝光亮的时候，沉沉的云朵厚积在天穹，一片苍然的暮色，细雨斜斜落下。

一早，张大嫂就在忙碌地朝屋中搬运东西，一扁篓一扁篓的药材很快便堆满不算大的屋子。

刚歇下一口气，张大嫂就看见姬恪倚在门边，疏离的目光望向天边。

尽管他的面上带着倦容，但丝毫无损那清俊绝伦的容颜。

"萧公子这么早就起来了啊？你看我这忙得都没注意。我先给你倒杯热水吧。"

姬恪闻言，谦和地一笑，眸中那一汪深沉的墨色蜿蜒成了流水般的和顺："多谢了。"

温水入口，压下了姬恪一夜的倦怠。

"萧公子，看这天色，恐怕你们还要等上几日才能走。若是下雨，山路泥泞，极易出事。"

"多谢。我知道了。"

"别看这雨来得突然，对乡亲们而言可是天大的好事，这天可都旱了好些日子了。"看姬恪的神色似乎有些失望，张大嫂多起嘴来，"萧公子若是无事，可以带着那位姑娘去看晚上寨里的雨神会。每年开春下雨，寨里都会举办一场雨神会，寨中的年轻男女都会去，很是热闹。"

"有趣吗？"

苏婉之揉了揉眼睛，睡眼惺忪的模样，显然是刚起来，发丝蓬乱地散在肩头，笑语盈盈。

那笑容太明媚，姬恪一瞬间失神，慢慢别开视线。

午时，大雨倾盆。自窗望去，整个世界都淹没在水雾中，低矮的村落似乎染上靛青的色泽，影影绰绰。

直到晚间，雨势才渐渐变小，又恢复了斜风细雨的模样。

苏婉之见姬恪走了出来，发现他并没有穿他自己的白衣，而是换了一身同她差不多的蓝衫，万千发丝扎成一束，除了那张脸，打扮与当地青年无甚差别。

苏婉之讶异。

姬恪笑得温和而沉静，看不出病态："你不是很想去吗？那就走吧。"

苏婉之欢呼一声，几乎要冲过去抱住姬恪。

雨神会在一条浅浅流淌的河水边举办，他们到时，那里已经搭了好些棚子，有些是歌棚，年轻的男子女子在里面欢声笑语；有些棚内则摆上自制的布织工艺品和向雨神祈福的面具等；另有一些棚内更是设座备茶，款待从其他村寨来的年轻人。人山人海，好不热闹。

苏婉之前对这些民间的东西只是耳闻，从未见过，顿觉新奇，想凑上去看，又担心人群冲散她和姬恪，只好探头探脑地伸着脖子瞧。

苏婉之跟在姬恪身边，等了一会儿，忽然发现他好半天没有走动。

她顺着姬恪的视线看过去，摆在地上的是一面绣得极精致的宝蓝色双面绣锦囊，那针线与手艺极为精湛，是苏婉之一辈子也到不了的水平。

苏婉之突然一个激灵——姬恪难道喜欢会女红的女孩子？

完蛋了，这是她的软肋啊！

姬恪感应到她的目光，只是笑笑，眼中的落寞一闪而逝，直言道："没什么，只是想起母妃小时候也曾给我绣过一个。"

只是这样？

苏婉之松了一口气，连忙指着锦囊问摊主道："这个可不可以卖给我？"

摊主是个小个子的男人，笑着递给苏婉之一串竹环，"这个可不卖，五文钱一次，要是套中了便给你。"

"这个怎么可能套上去？"苏婉之拿着那串只比手腕粗些的竹环，装出苦恼的表情。

对方精明一笑："那可不是我的事。"

苏婉之掂量了一下竹环，又看了看姬恪。

姬恪笑道："没关系，我并不想要。"

没想到，苏婉之对他眨了眨眼睛，做了个无声的口型：看我帮你赢到手。

一环，两环，三环……摊主目瞪口呆地看着苏婉之轻巧地把十来个竹环投在锦囊上，一个也没落空。

苏婉之能把白绫玩得如臂延展，这点儿功夫自然不在话下。

摊主收了竹环，苦着脸把锦囊递给苏婉之。

苏婉之掂量掂量锦囊，便笑着抛给了姬恪。

那锦囊做得很漂亮，价钱应该远在五文之上。姬恪跟在苏婉之身后，宝蓝色的锦囊在他的指间转动，平静的视线流淌过细细的丝线，落到前面女子浅粉色的衣衫上。

他不知自己在想些什么。

突然，苏婉之扯扯他的袖口，用手指着不远处，低声道："那个是……"

棚中，戴着狰狞鬼脸面具的年轻男女围在一起，正在放肆地跳跃、舞蹈，他们手里拿着各种古怪的乐器，配合着跺脚和击掌发出奇怪的响声，动作夸张，但是极其炫目，富有感染力。路过的人都忍不住驻足观看。

姬恪看了一眼，温声回道："那是傩舞，源于上古氏族的图腾膜拜，对于常人而言，可以驱鬼逐疫。"

苏婉之回首，笑得明媚："你会跳吗？"

姬恪一愣，笑着摇头道："那种舞是古时流传下来的，舞姿和仪式已经遗失了大半，现在跳的多半是没有定式的。"

苏婉之了然地点点头。

没有要求的话……苏婉之拽着姬恪上前，问边上摊位的摊主："你这里有面具卖吗？"

半刻钟后，熙熙攘攘的笑闹声迎面扑来。

傩舞的队伍中，多了一对年轻男女。

舞乐声震天，就连滴答的雨声也被淹没在了欢庆的声音里，无人留意。

舞动的人群中，一道玉带轻盈扬起，浅粉色的衣衫翩翩若飞，女子皓腕轻抬，那条玉带便围着女子疾速腾转而起。忽隐忽现的那抹粉色莫名地夺人目光，女子身躯虽似柔若无骨，其间却蕴藏着一丝凌厉的气势，旋转间不论动作还是步伐都简练干脆，又似乎绵延不绝，给人的感觉热烈、张扬，而又不乏柔美。

渐渐地，几乎所有人的视线都汇聚在了正在跳舞的女子身上。

张家寨在此地虽算大的地方，但比起大城镇，这里的人还是显得孤陋寡闻，这般舞蹈,人们是从未见过的。

戴着面具的姬恪渐渐退到一侧,眸中映着女子飞快旋转的身影。

虽然苏婉之穿的只是粉色的布衣,却舞出了血色红衣的气势。莫名地,姬恪想起在自己府上苏婉之拽着钱家公子的衣襟时气势逼人的模样。

人有百样,女子为何不能是如此模样?

姬恪正想着,那条玉带似有生命一般灵活地舞到他的身前,钩起他的手指便把他钩到近前,姬恪微微愕然。不知是受民风影响,还是苏婉之本就大胆,姬恪一时看不清面具下她的表情,但苏婉之的手已经递到了姬恪的身前。

那双手干净细长,掌心有习武的薄茧,还有这几日落下的大大小小的伤口。

苏婉之跳跃舞动的速度渐渐慢下来。

不知是谁先起的头,有人嚷嚷道:"跟她跳吧,大男人还害羞什么?"

"就是就是,姑娘家都不怕羞了。"

"快点儿去吧,可别让姑娘等着你啊。"

乐声还在耳边奏响,苏婉之的手固执地停在他的身前,明明是矮他半个头的个子,却没有一点儿怯弱。

姬恪感觉空气像一瞬间就静了。

苏婉之那双手就在他眼前。

一份静止的等待,一切一切都在诱惑着他把手交付。

一时间,他被蛊惑了,只是不知蛊惑他的是眼前的女子,还是此时此刻此情此景。

不管姬恪是迟疑还是失神,等他回过神,手已经放在了苏婉之的手上。

那是姬恪一生中少有的在想之前便已经做了的事。

雨神会一直持续到夜晚。

饶是苏婉之习过武,也已经跳得筋疲力尽。

此时雨神会仍是灯火通明,她找了一处斜坡就地坐下。姬恪坐在她身边,神情恬静,望着不远处,不知在想什么。

苏婉之揭开刚买来的小酒坛,咕咚咕咚地喝了两口。

这是当地的佳酿,酒劲不大,女子喝也无妨,偶尔喝还能强身健体。

苏婉之抹了抹嘴角,终于忍不住好奇地问:"你在看什么?"

姬恪沉默了一会儿,才转头道:"我在看夜色。"细长的眉眼弯弯,似怅然似迷惑。

"咦,夜色吗?"

姬恪没有答话，只是示意苏婉之抬头。

苏婉之摇摇晃晃地站稳身子，瞧着仿佛近在咫尺的屋檐，仰头望去。

一望无垠的夜空，漆黑如墨，无边无际。

万千繁星浩渺，好似有人捧着细碎的银沙，撒于空中。

那一瞬间，她被看到的景色镇住了。

苏婉之再看向姬恪，姬恪似乎并没有要她说什么，只是平静地看过来，微笑道："真的很漂亮，齐州并没有这样的夜色。"

苏婉之的视线从天空转到姬恪身上，就再难移开。

在她看来，比起静静的夜空，站在身边的这位活生生的齐王要美得多，也更有诱惑力。

他温柔地注视着她的时候，她甚至有种被疼着、宠着的感觉。

姬恪真是太温柔了。

苏婉之歇了歇，忽然问："姬恪，你在齐州真的如传闻中那么厉害吗？"

好吧，她其实想问很久了。

姬恪笑："什么传闻？"

"就是说你一到齐州就大发神威，惩治贪官污吏，干旱了好些年的齐州随着你的到来天降甘霖，年年丰收，人人安居乐业，家家户户都敬你做门神……"

苏婉之越说越夸张，姬恪失笑，平淡地说道："没有这么神奇，不过是调整了一些政策，几年下来略有所成而已。在一地，便谋一地福祉……"

姬恪没说出口的还有——谋一地的民心。

不论最终目标是否能达成，至少齐州是他最后的退路，怎么能不好好经营？

"姬恪、姬恪，那是不是也如传闻中一样，齐州有许多小姐倾慕你？"

姬恪哑然了一瞬，摇头道："那更是无从谈起，小姐们都在深闺之中，哪里来的什么倾慕？"

姬恪这话一半一半，倾慕自然是有，只是他一向对女子温谦有礼，少有过分的亲近暧昧，再加上敢直言爱慕他的女子少之又少，像苏婉之这种毫不避讳地天天紧缠他的更是奇葩一朵。

闻言，苏婉之的神情雀跃起来，脸颊也浮起了淡淡的薄红。

她只犹豫了一下，突然歪头看着姬恪开口："姬恪，其实我八年前在宫里见过你，不知你是否记得？"

一提到宫中，不知为何，姬恪的表情忽然就暗淡了。

他微垂着头，浓密的睫羽投射出淡淡的阴影，看不清他眼底流转的波纹："在宫中时日太过久远，我只怕已经记不清了。"

记不清？

苏婉之诱导他："你再想想，记不记得有个小女孩曾经给你送过一个酱香东坡肘子？用油纸包着的！还热乎的！"

面对苏婉之的满面期待，姬恪仍是摇了摇头。

苏婉之仍旧不死心地问："你真的一点儿都不记得了？再回想看看，东坡肘子，非常好吃的东坡肘子，汁液浓厚，肉质鲜美，筋肉活络，充满嚼劲，一咬下去满口生津……"

姬恪想了想，还是道："真的。"

苏婉之顿时神情黯然："我记得很清楚啊，你怎么能都忘了……"

她提起酒坛，无精打采地喝了一口酒。

这次，姬恪倒是真没骗苏婉之。对他而言，宫中不堪的记忆要比美好的多得多，太久没去回想，也已经遗忘得差不多了，那些细枝末节，更是无从回忆。

但见苏婉之失望的模样，姬恪心里升起了异样的感觉。

他并不想看见苏婉之失落的样子，她本该是个笑着的姑娘。也许是因为当下的场景实在太过平和，他不需要思考太多，也不需要斟酌是否应该，脱口而出："不然我跟你说些我小时候的趣事？"

说完姬恪就有些后悔，他并不喜欢说他以前的事情，虽然有欢乐，但更多的回忆是阴冷而残酷的。

今晚他是怎么了？

眼睛一亮，苏婉之才不管其他的，竖起耳朵，生怕姬恪反悔一样凑过来："你说你说！我要听！"说着，她又取了一坛酒递给姬恪，"你也喝点儿吧，这酒不烈，喝了很舒服。"

姬恪身体不好，酒水更是少沾。

但今晚姬恪已经破例太多，也不在乎这一个。

他仰头喝了一口酒，摸着腰间的宝蓝色锦囊，淡淡地想，就这么一晚，他不想再做齐王，只想做姬恪。

那酒的酒劲不大，不足以醉人，却足以让人放下防备。

苏婉之兴奋地抱着酒坛子，听姬恪说着那些已有点儿陈旧的、她未曾接触过的记忆：比如习字不认真，被母妃责罚，姬恪为了偷懒握两支笔上下铺陈两张纸

同时书写，结果事败后的惩罚整整多了三倍；又比如他和教习的大儒争辩，引得太傅前来，老头子狠狠训了姬恪一顿，末了让姬恪把他的理解整理好，连夜批阅，第二日当堂夸奖姬恪……

都是些琐碎而沉闷的事情，可苏婉之听得如痴如醉，她仿佛能透过这些零碎的记忆依稀窥到当日少年的影子，无比鲜活。

她喜欢他，很多年前就喜欢。

不只是喜欢他的容貌，她喜欢他温柔沉稳的性格，她喜欢他的笑容，她喜欢他身上的气息，她喜欢他说话的方式，她喜欢他不动声色的体贴，她喜欢他偶尔的沉默和寂寞，她喜欢他的一切一切……

最后，苏婉之抱着酒坛子，不知不觉地沉沉睡去，唇角犹带着甜蜜的笑容。

姬恪咽下最后一口酒，不由得轻笑。

人群已渐渐散去，好些男子前来搭讪，询问是否需要帮忙送苏婉之回去。姬恪婉拒，抱起苏婉之回到张大嫂的屋中。

苏婉之不轻，但他抱在怀里却也觉得没那么重。

只可惜，这是他第一次抱她，大概也是最后一次了。

第五章
酒宴再相见

　　雨神会后，天气越发晴朗。
　　苏婉之和姬恪两人给张大哥、张大嫂留了两锭银子，带足了干粮和水，把竹子当作拐杖，顺着张大哥说的路离开了张家寨。
　　一路上，苏婉之缠着姬恪聊天，把自己知道的天南地北各种事都聊了个遍。姬恪倒也好脾气地陪她聊着。姬恪的知识本就渊博，有些东西苏婉之不是很清楚，姬恪却能脱口而出，无论是什么内容都说得妙趣横生，听得苏婉之恨不得取支笔现场记下来。
　　他们路上走累了，姬恪坐下喝了一口水，笑道："你不觉得我无趣就好。"他的脸色虽白，精神却很好。
　　苏婉之也跟着坐下，拼命摇头："怎么会无趣？！你说的那些比我哥说的都好呢！"
　　"谨与？"姬恪顿了一下，"你还真是不像他的妹妹。"

"咦？哪里不像？"苏婉之狐疑道，"等等，他不会跟你说了我什么坏话吧！喂喂，那些都是假的啊，不可信的啊……他自己才过分，从小到大都欺负我。他小时候经常往我的房间放虫子之类的东西，还特别喜欢捏我的脸捏到我哭，实在是太讨厌了啊……"

苏婉之喋喋不休地说着，突然听到一声很轻却很愉悦的笑声。

正在握拳皱眉的她愣愣地抬起头，恰好看见姬恪的笑颜，逆着耀眼的阳光，她看见姬恪微微扬起的嘴角荡在薄薄的晨光里，美好得不可思议。

苏婉之就这么呆呆地看傻了。

她是第一次看到姬恪笑得这么简单明媚，好像不需要什么理由，就是单纯地想笑而已，和往日总是恰到好处却疏离的笑容并不一样。

苏婉之感觉他们俩之间好像云端一样遥远的距离似乎一下子消失了。

她的心跳骤然加速，快得无法抑制。

"怎么了？"

姬恪止住笑，看着苏婉之。

苏婉之一下子清醒过来，红着脸扭过头，心几乎要蹦出胸口。

而后，她才听见姬恪的声音："很让人羡慕呢。"

"羡慕？"

姬恪点头道："嗯，你和谨与的感情还真好。"

"啊？不是吧……你居然能感觉出我们感情很好……"苏婉之嘀咕了一声，"才没有很好呢，我们经常吵架啊，对了，这次回去估计又要被他骂了！啊啊啊，好头疼……"

"他没有说过你的坏话，相反，他很疼你。"姬恪轻轻地道。

姬恪是听苏慎言提起过自己的妹妹，但那时候他并没有在意，如今一想，像是一切都从记忆里被翻出来，清晰无比——

"我妹妹啊，肯定是比不得朝阳公主的，是个很让人头疼的家伙。你都不知道我帮她收拾过多少次残局了。"

"人笨得要死，看她的外表，你绝对想不到她能蠢到那种地步。"

"不过，她心肠很软，又没什么城府，我倒很担心她以后会被人欺负。罢了，若是她的夫婿对她不好，那我也只好养她一辈子了。"

…………

那些未经在意就停驻在姬恪脑海中的信息和眼前活泼明媚的女子对应上，突然就鲜活起来，好像伸出手就能触碰到那份意外的美好……

"啊，疼我？他哪里有疼我啊，喂喂，让我疼还差不多！"

苏婉之撇了撇嘴，虽然嘴上不承认，但心里也知道，苏慎言虽然看起来各种不靠谱，但实际上对她这个妹妹还是相当照顾的。

她转念想到姬恪："别说我，你呢？"

"我？"纤长的睫羽垂下，他的声音淡淡的，"我和皇兄的感情并不好。"

何止不好，简直是不死不休。

苏婉之似乎想起什么，刚想开口，但微风渐起，姬恪掩着唇咳嗽了一声。苏婉之的注意力立刻被转移："啊，姬恪，你觉得怎么样了？要不要喝点儿水，还是吃点儿干粮？实在不行，我去弄点儿水给你熬药？"

姬恪轻轻摇头："不用了，我们快些赶路吧。"

苏婉之并没有留意到姬恪骤然冷下来的视线，冰冷得不带丝毫温度。

两人又走了一日，在路上遇到了一队在山中采药的商贩，说明去意后便跟着那队商贩的马车一起往回走。

同行的人一多，苏婉之自然不好再和姬恪说话，但好在商贩那里有充足的草药，苏婉之忙前忙后，给姬恪熬了好几次药。

此时，距离围猎已经过去了十来日。

又过了一日，他们遇到了其徐来找他们的队伍。

起初，一群人将车队团团围住，众人还以为遇到了劫匪，然而等失魂落魄的其徐见到姬恪时，几乎所有的人都在瞬间跪下。

苏婉之端着药碗，刚想去找姬恪的时候看到的正是这样一幕，其徐跪在姬恪的身前，仿佛要哭出来。

明明是开心的事情，可是苏婉之心中不由得涌起了失落——和姬恪单独相处的日子，到底是到头了。

姬恪坐在马车上掀开帘子，微微抿唇垂眸，他似乎一下子又成了那个遥远的齐王。两人之间明明已经消失的距离好像一下又出现了。

姬恪，不再是她一个人的姬恪。

不知道她以后还有没有机会……

不，不对，她是要嫁给姬恪的，一定有机会的！

苏婉之抬起头，却听见姬恪道："多派些人送苏小姐回去。"

"你……不跟我一起回去？"

姬恪的视线移了移，看着她绽开标准的微笑："我还有些事，迟点儿回去，你……先回明都吧。"

姬恪的口吻虽然淡淡的，却有一种让人臣服的力量。

苏婉之还想再争取一下，却见姬恪已经转头和其徐低声交谈起来。

苏婉之跟着齐王派的人一路回到明都，情绪总算好了些。一进城门，她就看见黑着一张脸的苏慎言。

"之之。"苏大公子摇扇轻声道。

苏婉之耷拉下脑袋："哥，我知道错了……"

苏慎言拿扇柄敲了下苏婉之的头，苏婉之梗着脖子，乖乖任他敲。

瞧着苏婉之因为长途跋涉而愈见褴褛的布衣和未经梳洗而显得蓬乱的头发，甚至原本细嫩白皙的脸也因风吹日晒而黑瘦了不少，苏慎言难得心软了。

"好了，你哥哥我一向好心，就不追究你了，不过爹娘那里我可做不了主，你不知道这回闹得有多大。先回家吧。"

"我知道了。"

苏婉之点点头，绽开笑容。

苏府。

"死丫头，你还敢回来！"苏夫人一推屏风，直直上前拎起苏婉之的耳朵，愣是把她从温热的水中提了起来。

"娘，娘亲……您轻点儿，我是您女儿不是您儿子啊。"

自小苏婉之就调皮捣蛋，虽然时常拿师弟容沂顶罪，但也有被抓个正着的时候，因此没少被苏夫人教训，这提耳朵就是最常用的惩罚手段。只是考虑到苏婉之年岁渐长，苏夫人动手的次数也少了许多，一时半会儿苏婉之竟有些不适应。

苏夫人扯了件外袍给苏婉之裹上，气不打一处来地教训道："你还知道你是个女儿家啊，趁着围猎追出去找男人我也就不说你了，居然还抱着男人跳了崖，你当你是在演梁山伯与祝英台啊？"

苏婉之讪笑："娘亲，我那是情况紧急，情况紧急……"

苏夫人双手叉腰围着苏婉之转了好几圈，一个栗暴弹在苏婉之的头上，怒道："你可知前几日燕王殿下还来找你爹，说有意向你提亲！早知今日我就直接把你许给燕王殿下了！燕王殿下虽然是有那么一点点花心滥情，但你嫁过去就是王妃，到时娘亲再教你把小妾一个个收拾了，燕王殿下还不就是你一个人的……"

"何止是一点点花心滥情，娘亲，您太含蓄了……"苏婉之小声嘀咕，"而且收服那么多人，您也太看得起女儿了……"

"算了，还是让韩先生来教训你吧！"

苏婉之惊悚地抬头道："什么？师父回来了？！"

苏婉之的师父韩先立是她爹苏丞相的至交好友。据说苏丞相还是秀才的时候两人就相识了，手无缚鸡之力的苏丞相能平平安安"蹦跶"到现在，韩先立功不可没。因此，苏丞相从小就逼着苏家兄妹二人拜在韩先立门下，跟他习武。

提起此事，苏婉之就满腹牢骚——她被迫习武的时候，苏慎言已经被蹂躏得很淡定了。当时，苏慎言每日做完自己的功课就去看她蹲马步做苦力，然后在一边幸灾乐祸。别的少女在那个年纪是被娇养在家里，可怜她自懂事后，就一日比一日苦，整日想着怎么应付韩先立每日布置的习武内容和每旬一次的考查。

终于，两年前，苏婉之勉强出师后，韩先立高人表示要带着关门小弟子容沂出门游历。

苏婉之当晚就给观世音菩萨烧了三炷高香。

没想到，韩高人走前丢下一句"不日归来检查汝兄妹功夫"，然后飘然远去。

他这一去就是两年，苏婉之本以为已经高枕无忧了，没想到他居然真的还有回来的一日！

苏婉之还没感慨完，一道清亮的少年音已经迫近："师姐，师姐！"

小师弟容沂先一步迈了进来，后面紧跟着一个一身寻常青衫却难掩非凡气势的男子。

"婉之，我上次教你的剑术与白绫融合得如何了？"

苏婉之乖巧地低头道："师父，您一路奔波也累了，先休息会儿吧。"

韩先立淡淡的眸光一扫："你是不是一点儿也没练？"

苏婉之装傻："呵呵，怎么可能啊，师父。"

"那就练给我看。"

那剑法别说练了……苏婉之连记都记不大清楚了……

苏婉之苦哈哈地握着白绫的一端，在韩先立的凝视下，一步步挪到校场……结果自然是……

韩先立冷冰冰地盯着她，吐出六个字："每天练五十遍。"

然后，苏婉之的苦日子便来了。

每日天不亮，她便早起负重绕着苏府跑上十来圈，直到日上三竿，然后开始在校场练剑。容沂看着她，她练了一遍又一遍，直到日落西山，浑身都似散了架一般。

苏婉之不是没想过偷懒，反正容沂好糊弄得很，随便装着哪里不舒服，呆头呆脑的小师弟就连忙嘘寒问暖，端茶递水送点心。

可惜这样美妙的待遇只享受了两次，就被韩先立当场抓住，结果换成了韩先立亲自监督两人一人练一百遍，一直到更夫敲响三更钟，韩先立才算放过他们。

那之后，苏婉之再想偷懒，容沂干脆去厨房端一碗黑漆漆的药汁过来，说是可以治愈头疼、眩晕、发热、腿软等等病症。

苏婉之瞪着那碗味道诡异的药汁，又瞪了瞪一脸关切的容沂，决定还是老实练剑。

这一练就是十来天，累得苏婉之每日大脑空空，几乎想不起其他，直到晟帝的五十寿辰才得空休息。

晟帝的寿宴是在宫中最大的殿里举办的。前殿坐着晟帝和三品以上的官员，各携了家眷，满堂莺莺燕燕。

苏婉之跟着苏丞相，自然位置很靠前。

而姬恪坐在晟帝下首的第三个位置。

几日不见，姬恪在路途中迅速消瘦的脸庞像是丰盈了一些，衣着华贵繁复，璀璨金黄的长袍上绣着层层叠叠的图案，乍看之下，那上面的流云飞絮都似活了一般起伏缠绵，乌黑长发被一顶紫金冠高高束起，越发显得他丰神俊朗。

苏婉之边夹菜，边瞥向姬恪，觉得他秀色可餐。

苏婉之正看着，就见一个同样盛装的少女走到姬恪身边，少女笑颜如花、冰雕玉琢的容貌极美，神情恬淡如雪，隐隐透着一股清澈之意。

即便没见过，苏婉之也能猜得出来这是晟帝最宝贝的小公主——朝阳公主。

小公主只说了两句，就坐在了姬恪身侧，托着下巴看着姬恪，嘴里喋喋不休地说着什么。

姬恪自始至终都微笑看着她，安静地倾听，目光如水，极耐心也极温柔的样子。

苏婉之默默眼红了。

"苏悍女，羡慕了？"

好巧不巧，王将军一家正坐在苏婉之的下首，王萧月夹了一块精致的糕点，语气闲闲，笑得很是欠揍。

"就你这样怎么跟朝阳公主比？母夜叉！"

可谓冤家路窄，苏婉之侧脸，嘴角露出一抹阴笑："要不要我们出去比比？"

接着，苏婉之指节一弯，咔咔作响，威胁意味十足。

苏婉之和王萧月正说着，小公主拉着姬恪离席了。

苏婉之眼尖地看见了这一幕，再偷眼看到苏大人和苏夫人正在同前来敬酒的官员客套，便乘其不备轻手轻脚地站起来，朝后退去。

显然王萧月也看见了，跟着苏婉之退了退，细声问道："苏婉之，你这是要去哪儿啊？"

苏婉之微笑吐字："我去净房。"

"苏婉之！"王萧月一阵恶寒，"女孩子家的说这个……你恶不恶心。"

苏婉之咧嘴一笑："我乐意。"

苏婉之前脚刚走，就发现王萧月还是跟了过来。

"王大小姐，干吗跟着我？"

"谁跟着你了，我也出恭不行吗？"

两人正争执着，忽然看见不远的树荫里，一高一矮两个华贵的身影一闪而过。

两位千金小姐对视一眼，顾不上吵嘴，都跟了上去。

朝阳公主带着姬恪一路前行，脚步不停，竟渐渐走进了外臣禁地——后宫。

苏婉之犹豫了一下，看王萧月没有回去的意思，想着自己怎么也是女子，咬咬牙继续跟了上去。

王萧月此时也抱着同样的心思。

苏婉之习武，脚步轻灵，王萧月又跟得略后，她们这一路倒也没被发现。

再往里走，两位大小姐发觉不对了。

这里是后宫，可怎么越走越荒芜，她们一路过来不只没看到几个宫人，就连宫殿也越发破败，金碧辉煌的连绵殿宇变成了长满青苔的陈旧古殿。

女子为了美丽本就衣着单薄，此时，两人更觉得阴风阵阵。

她们实在想象不到宫中竟然有这样的地方。

前方，朝阳公主同姬恪仍在走着，丝毫未停留，只是此处没有多少遮蔽，苏婉之二人怕被发现，离得远了些。

她们又走了走，几个转弯之后，竟跟丢了。

四周寂寂无声，唯有落叶沙沙拂动，两人面面相觑，思索何去何从。

王萧月抑制不住回转的念头,哆嗦道:"苏……苏悍女!我们还是回去吧……"

苏婉之虽然会武,但瞧着这阴气甚重的地方,心里也有点儿犯嘀咕,本想退回去算了,但眸光一瞟,看见抱臂瑟瑟发抖的王萧月,心中恶念一起,露齿笑道:"王大小姐,你平日不是胆子大得很吗?何时变得如此胆小怕事了?"

苏婉之这番表情实在不厚道,王萧月恨得牙痒痒,刚想回嘴,苏婉之已经一个人朝前走去。

比起一个人往回走,至少前行还有个伴,王萧月跺跺脚,到底跟着苏婉之走了下去。

她们越往里走,越显阴森,不知不觉,路的尽头出现了一座破落的殿宇。金漆的柱子被磨得褪了色,整个大殿顶端被蜘蛛网缠绕着,就连牌匾也掉了大半,只隐约可见开头一个"霜"字,殿门随着微风发出轻微的吱呀声。

王萧月终是扯住了苏婉之的衣袖:"这里面怪怪的,我们快回去吧。"

苏婉之左右看看,再无别的出路,那么姬恪和小公主十有八九是进了这里面。虽然这里有些骇人,不过都跟了这么久,如果不进去看看,苏婉之觉得亏得慌。

苏婉之嘴角一勾,笑得无害:"王小姐,你要是怕,就自己一个人回去呗。"

说完,她用手帕包着手,推开眼前摇摇欲坠的大门。

簌簌的灰尘落了满地,殿宇也落入了苏婉之的视线中。

空荡荡的大殿里损坏了十之七八的家什东倒西歪,地面薄薄一层尘土,蛛网密布,是苏婉之意料中的颓败景象。

空旷的大殿一望能看到边——这里并没有人。

不得不说,苏婉之此时确实有些失望。

没想到她跟了大半天还是白跑,至少也得让她多看姬恪两眼嘛。

苏婉之刚想离开,忽然听见清风中传来一道极细微的声响。

"什么声音?"

还没听清声音,苏婉之就听见王萧月突然尖叫起来。

苏婉之抬手一把捂住王萧月的嘴,侧耳倾听,声响越来越大,像是一个女人的声音,一个女人的笑声。

苏婉之还没听仔细,突然手指一痛。

王萧月竟然用牙咬了她的手,苏婉之大怒,看向王萧月正想发火。突然间,王萧月的眼睛直直地盯着她的身后,嘴张得老大,却半晌发不出声音,只喉咙咯咯响了两声,接着两眼一翻,竟晕倒了。

苏婉之不明所以，回过头去……

"啊啊啊啊啊……"

一个披头散发的白衣女子把脸凑到苏婉之面前，她的脸跟苏婉之的脸之间只余一指的距离。那女子正咧着嘴阴阴地笑着。那张脸几乎称不上是脸，皮肤大半溃烂，满是疮疤，一道伤口横在鼻梁上，仿佛把这张恐怖的脸一切两半，再配上那诡异的笑容，尤其在空旷的大殿中，要多恐怖有多恐怖。

女子笑了一会儿，却见苏婉之还在尖叫。

她撇了下大约是唇的部位，声音嘶哑道："我不可怕吗？"

苏婉之停止尖叫，中肯地回道："可怕。"仿佛怕对方不信，她还点了下头，补充道，"真的很可怕。"

"那你为什么不晕倒？"那声音依然嘶哑，如同拉破的风箱。

苏婉之想了想："如果你能告诉我姬恪在哪里，我就告诉你我为什么没晕倒。"

白衣女子略退了退，用手托着自己惨不忍睹的脸，似乎在沉思。

苏婉之离得稍远了些，觉得那张脸似乎也没那么可怖，于是在心中将它当成一个肉团，却莫名想起席上没来得及吃的羊肉。

苏婉之咽了咽口水，乖乖地等着。

说起来，这倒要感谢苏慎言——作为一个从小以看妹妹惊慌失措、倒霉犯错为乐的哥哥，苏慎言还是个小粉团子的时候就会把死老鼠、死蟑螂塞进苏婉之的被窝、梳妆盒等地方。苏婉之从一开始的尖叫晕倒到面不改色心不跳地把东西塞回苏慎言的被窝，她的适应能力可谓与日俱进。

苏慎言以新科一甲第三名探花的身份自请调入大理寺之后更是变本加厉，没事就给苏婉之捎点儿大理寺的"特产"——谁都知道大理寺那个和刑部直接挂钩的地方能出什么好东西……

苏婉之恶心着恶心着、吐着吐着就习惯了。

"姬恪在……"

嘶哑的声音再度响起。

苏婉之抬起头，屏息听着。

突然，苏婉之蓦地扬腕，一条白绫自袖口嗖地甩出来，缠住身后正要袭击她的木棍，只听咣当一声，木棍落地，滚得远远的。

小公主举着双手站在苏婉之身后，一瞬间呆怔，似乎还不相信刚才发生了什么。

"不知道苏小姐这一路跟着我们到底是为了什么？"一道声音温和无奈地响

起，无比耳熟，无比悦耳。姬恪摸了摸朝阳公主姬阳的脑袋，对苏婉之做了一个拱手的姿势。

金光灿灿的姬恪站在这冷冷清清的大殿中，倒把大殿衬得似乎亮了三分。

苏婉之被晃了晃目，像是没有留意到姬恪刻意的语气，讪讪地笑道："没什么，没什么，就是吃撑了出来逛逛，不小心就逛到这儿了，而且……"

她刚想说王萧月，这才意识到王萧月已经晕了，正四仰八叉、不甚雅观地倒在地上，人事不知。

姬恪叹了口气，明知这是苏婉之的托词却也没点破："苏小姐，烦请现在带着王小姐快回去吧，此地不宜久留。"

倒是小公主听见姬恪的话，惊讶地眨了眨眼睛。

只见小公主瓷娃娃般的脸上露出为难的神色，扯着姬恪的衣角，柔声撒娇道："恪哥哥……"

姬恪无声地摇摇头，抬手制止了她的话。

他两步走到苏婉之身边，扶起王萧月交给苏婉之："苏小姐，自前方沿着此路向下，不出半刻，便能看见巡逻的守卫，你就说迷了路，他们会带你们回去的。"

苏婉之接过王萧月，就见姬恪忽地展颜一笑，略显白皙的面容在这一笑的衬托下更是透出令人心折的味道，明月清辉尚不及他一分容色，直教人怦然心动。

"今日之事，还望……"

不等姬恪说完，苏婉之就目光直直地点头若捣蒜。

然而，便是在此刻，女子的笑声再度诡异地响起。

"嘻嘻嘻嘻……"

阴风一起，那凄婉催命般的声音忽然飘起，让人觉得毛骨悚然。

小公主已经当先跑了过去。

姬恪脸色一变，很是难看。

苏婉之不明所以，看向方才那个女人，对方也看向她，肉色的嘴唇紧闭——显然，这次的笑声不是这个女人发出来的。

而且，这声音虽没有方才的笑声大，但明显更加凄厉，也更加悚人。

皇宫内的隐秘苏婉之在话本里也曾听说过，但没想到能真的遇上。

再一会儿，小公主哽咽的哭声断断续续地传来，姬恪顾不上苏婉之，匆匆循着声音走了。

苏婉之和女人大眼瞪小眼地瞪了好一会儿，女人扯着嘶哑的嗓音对她道："公子让你走！你走！"

苏婉之试探着问："这里面到底是谁啊？"

女人作恐吓状："不关你的事，知道了会死。快走！"

苏婉之转脸看着她："你为什么变成这个样子啊？"

女人瞪大眼睛，神情惊讶，似乎没想到苏婉之的胆子会大到这个程度。

这些年误入此地的宫女、太监和内眷加起来也有七八个，不是被她吓晕，就是被公子的手下处理掉，可这小姐看起来竟丝毫不怕。

然而，更让女人诧异的是另一件事，这人一看衣着就知十有八九是官家小姐，一旦把此地的情景说出去可谓后患无穷，可是，公子居然打算放她走……

"你不说那我自己进去看了……"

"等等……"女人涩声问，"你不怕死吗？"

苏婉之毫不犹豫地点头道："怕。"

"那你为何还不走？"

"他们方才从里面出来，也没死啊！"苏婉之摸摸下巴，一副理所应当的样子继续道，"更何况，如果那里面有什么危险的话，姬恪待在这儿我不放心。"

苏婉之言罢，把王萧月靠在边上摆好，便打算跟进去。

那女人拦在前面，用一种古怪的口气问道："你和……公子是什么关系？"

女人这个问题问得甚合苏婉之的意。

苏婉之整整衣裙和鬓发，双手捧腮，微微侧脸，粲然一笑："你不觉得我和姬恪很般配吗？"

明明是在这样阴暗的环境里，苏婉之的笑容却仿佛让眼前的一切都明亮起来，甚至有些灼人。

那女人的神情更加古怪了。

苏婉之趁女人不备，脚步一晃，越过她朝里面走去。

"不许去，你……"

苏婉之狡黠一笑，已经先一步踏了进去。

女人伸手一把向苏婉之抓去，眼看就要够到她的衣袖，忽见苏婉之白绫一扬，力若千钧般挥开女子的手。随着白绫嗖的一声回到苏婉之身边，她脚尖一蹬，已远远跳开数丈。

方才苏婉之和王萧月没有留意，大殿之后还有一个不起眼的小门，位置极隐秘，正通向后面的偏殿。

地上还有木头的碎屑，苏婉之轻巧地越过。

苏婉之再一迈步，不顾女人的呼喊，闪身进了殿内。

那诡异的笑声越发清晰，不知是不是听得多了，苏婉之倒觉得没那么可怕了。

偏殿依然是荒废已久的模样，只是收拾得略干净了一些，而那笑声却是从地下而来。

苏婉之飞快地扫了一眼四周，最后目光停在边角不起眼的一个小柜子上。柜子倒在地上，上面的灰却不及地面多。

她掀开柜子，发现下面有两个把手样的钩子。

苏婉之用白绫一拉，那看似很重的地砖竟被拉了起来，露出一个只容一人通过的洞口。

苏婉之钻进去的时候，女人刚刚走进殿中。

苏婉之没料到的是，刚一下洞，两眼尚在一片漆黑之时，就有人拿剑架在了她的脖子上。

寒光凛冽，苏婉之咽了咽口水，指尖捏着剑锋，细声细气地说："壮士，能不能把剑拿开一点儿？我怕你手抖。"

对方听出了她的声音，口气生硬地问道："苏小姐？"

"咦，你认得我？"

苏婉之一转身，还没看清人，已经被另一个人的声音镇住。

"其徐，放开她。"姬恪自微光中走出，不论发冠衣着都一丝不苟，但苏婉之莫名觉得他好像很疲惫的样子，"苏小姐，你怎么还没走？你不该来这里。"

那柄悬在她脖子上的剑瞬间抽开，移开时甚至还带下了一缕她的头发。

苏婉之扫了一眼，发丝断口处平整光滑，倘若刚才那剑抹过她的脖子……

苏婉之开始隐隐觉得脖子疼。

果然，有些事她还是不要深想的好。

之前的笑声渐渐低下去，苏婉之下意识地朝姬恪身后望去。

姬恪的反应让她不得不想，里面那个女人……该不会是姬恪的母妃萧妃吧？

姬恪似乎知道瞒不过她了，所以并没有挡住苏婉之的视线。

地窖的这端没点灯，尽头处却亮着盏油灯。

眼睛渐渐适应了昏暗的光线之后，苏婉之才看清那头是个地牢，朝阳公主蹲在地上拉着地牢里女人的手，那个女人的头断了般低低地垂着，一动不动。

之前那个鬼脸的女子也爬了下来，只看了苏婉之一眼，就踉跄地向前跑去。

"姬恪……这里也没什么啊。"

姬恪的视线如水一般滑到苏婉之面前，油灯的烛光在他清俊的面容上明明灭灭，留下一片晦涩的阴影。

"你还想看到什么？"姬恪语气颇淡，却带着些许不加掩饰的不悦。

这是苏婉之第一次听见姬恪用这样的语气同她说话。

她试探着问："姬恪，你生气了？"

"没有。"

他还说没有，那语气那神情……

苏婉之抬起头，用大大的眼睛盯着姬恪，咬咬牙道："好吧，姬恪，我就是想来看看你，听你说说话，什么宫廷隐秘、什么谜团我都没兴趣知道，我都快半个月没见到你了！"

当的一声，身后其徐的佩剑撞上了石壁。

一时间，连姬恪都不知该说什么好了——苏婉之竟然在这样冷僻的环境里说出这样的话，实在格格不入。但她说得如此自然，如此理所应当，好像没有觉得有任何不合适。大概是苏婉之觉得毕竟和姬恪有过那么一段共历生死的独处时光，说起话来更加直截了当。

姬恪微微别开视线，不去看那双似乎有光晕流转的眸子，接着轻叹一口气："就算如此，你也无须跟到这里。你难道不知这里藏有隐秘？虽然这个秘密在皇室中已不算绝密，可你是外臣之女，如果牵连重大，只怕你再也走不出这里。"

牢中关的是云妃，朝阳公主姬阳的母妃，早几年已经销声匿迹的晟帝宠妃。但对姬恪而言，她还有一个身份，便是自己母妃萧妃的陪嫁，他的族人。

萧妃死后，姬恪去了齐州，这位同样美艳的侍女曾经一度取代了萧妃，甚至还生下了备受宠爱的姬阳公主。可是晟帝到底受不了一个时而会向自己提起萧妃过往时而有些神经质的妃子，于是在许皇后的施压下，云妃被打入冷宫，人也渐渐疯癫起来。

姬恪回到明都时，云妃因为在冷宫中多次伤人被关进了地牢。

在姬阳的恳愿下，姬恪去见过几次云妃，这也是一种试探。许是因为愧疚，晟帝虽然知道，但是只字未提，也从未阻拦。

苏婉之眨了眨眼睛，当下继续用更细致的目光描摹着姬恪的面容，声音中没有丝毫担忧，非常真诚地道："姬恪，如果能一直陪在你身边，留下也没什么的。"

话到末了，苏婉之竟还有些羞涩。

姬恪顿时语塞，有种鸡同鸭讲的无力感。

阴森的环境里，姬恪清晰地看到其徐似不忍观之般微微扭过头去。不远处的姬阳也向这边投来疑惑的目光，似乎是奇怪为什么姬恪在那里耽误这么久。

姬恪沉吟道："方才是我语气重了，苏小姐还是请回吧。"

苏婉之的私心不过是来看看姬恪，她总觉得自己和姬恪相处的时间不长，对姬恪也不够了解，所以便想着能与他亲近一些。

此时，看姬恪的神情，苏婉之倒也不想急于求成，那样会显得太过分。

"我这就走，这就走……姬恪，你能不能不要再叫我苏小姐了？我听着别扭，你叫我婉之吧。"

苏婉之在姬恪面前站定，大有姬恪不叫她便不走的意思。

姬恪的视线转到苏婉之的脸上，深黑的瞳仁不见光泽，温和的笑意也被掩藏在了黑暗之中。然而苏婉之就这么看着姬恪，微微撇着嘴，睫毛轻颤，眼睛却一眨不眨，流转着清澈见底的水意，无遮无拦，更显得无畏。

他们之间几秒的对视，像是过了几年。

姬恪动了动唇，垂眸认输，声音低沉地叫道："婉之……"

那一声与其说是呼唤，倒不如说是叹息。

即便如此，苏婉之还是听得心头一荡，叹息般的呢喃何其勾人，更何况是用姬恪那温润如玉般柔和的音色说出来的，她恨不得当场挠墙。

"之之"听多了像是叫鸟，哪有"婉之"来得娴静婉约，更带着不言而喻的暧昧。

心满意足的苏婉之飘飘然出了地牢。

姬恪的目光在苏婉之身上一扫而过，他大步走向地牢深处，烛火在他幽暗的眸中跳动，一片沉寂。

那一声"婉之"随着清风渐渐消散，再无痕迹。

第六章

只想嫁予君

　　苏婉之回到宴席的时候，庆典刚过半。
　　因她久久未归，苏夫人问及，苏婉之捂着肚子，表情扭曲，装作吃坏了东西刚从净房出来的样子。苏夫人见状也就没再追问，只顺口问了一句："之之，你方才出去见到隔壁王家的小姐没有？"
　　苏婉之假装沉思了片刻，道："我似乎刚才看到她也朝着净房去了……"不知道王家大小姐被人发现晕倒在净房里间会是什么光景。
　　大殿正中建起墩台，一队身姿袅娜的舞姬身着轻纱薄衣，高高踮起脚尖，在乍暖还寒的天气里，随着悠扬华贵的琴声轻歌曼舞。
　　姬恪还没回来，苏婉之百无聊赖地拿筷子夹着肉往嘴里塞。
　　苏婉之吃得有点儿饱，就去了趟净房，未料刚从净房出来就遇上了一个不想遇到的人——燕王姬跃！
　　姬跃一身白色锦袍，腰间一条蟠龙玉带，明明是素色的装扮，被一脸妖孽笑

容的姬跃穿来却反透着一股禁欲般的气质，好似无限斑斓的颜色都掩藏在白袍下。

苏婉之一直认为晟帝的二皇子燕王姬跃是个变态。

姬跃的母亲是已逝的玉皇后，玉皇后在生下姬跃后便难产而死。说起来，这位十三岁嫁给晟帝、十七岁为晟帝生下嫡子的皇后也算鞠躬尽瘁，奈何这位皇后有个缺点，致命的缺点——其貌不扬。

一个要和成百上千个女人抢男人的女人，可以笨，可以蠢，也可以狠毒，但绝对不能不漂亮，不漂亮的下场就是不受宠，不受宠的结果就是自己的儿子被包括晟帝在内的所有人忽视。

姬跃在扭曲的环境中长大，许是玉皇后的怨念有了效果，他从十来岁开始便越长越妖孽，越长越勾人。他本人更是偏爱艳色，每每出场光是衣着打扮便能震倒一片。奈何姬跃那张脸确实不错，除了打扮夸张，看久了总体还是好看的。北周人民向来对美人比较宽容，加上姬跃身份特殊，如此这般，硬是让姬跃开创了新一代妖孽美人的先河。

当然，这不是苏婉之觉得他是变态的原因。

姬跃十四岁便被封王出宫建府，比他大哥姬止还要早上一年，论起原因……苏婉之抽了抽嘴角，北周因为染指宫女太多被赶出皇宫的恐怕只有这位殿下了吧，更有传言说，姬跃还在燕王府里养了几十个宠姬……

苏婉之曾听说北地为了产更多好马，会取其中血统最纯正的公马与母马交配，这位燕王殿下只怕比那些配种的种马还要生猛！

但最让苏婉之费解的是，就是这样一位生猛的殿下，依然有众多的名门小姐犹如飞蛾扑火般，恨不得立刻扑进他的怀抱再不出来。

而姬跃变态就变态在这里——他来者不拒！

最让苏婉之无法忍受的是，如果她没记错，这家伙几天前刚刚上门跟她爹说有意要娶她！

苏婉之学着王萧月的小碎步，小心地拎着裙裾，力图制造一种大家闺秀的气质。

"苏小姐。"

苏婉之垂头看着地面，温婉地笑道："燕王殿下有什么事吗？"

姬跃不知从哪里摸来了一把折扇，居高临下地俯视着苏婉之，用折扇勾起她的下颌，声音里带着些许威胁的味道，眼睛眯得很是危险："苏小姐，你跑什么呢？"

苏婉之一阵恶寒——哪里来的惯例，调戏姑娘就一定要用折扇勾下巴？

苏婉之眨巴了两下眼睛，按着心口："殿下，小女子……"

姬跃向前逼近一步，苏婉之倒退一步。

"殿下，请你离小女子远点儿……别靠这么近……"

一步又一步，不知不觉地，苏婉之就被逼到了廊上。她正想拐个弯从边上再退后，却已经被姬跃握住了手腕。

苏婉之讪笑道："殿下，你抓着我的手干吗？给人看到了多不好……"

姬跃毫不为她所动，逼着苏婉之乖乖站定，问道："你觉得我好看吗？"

苏婉之点了点头。

虽然苏婉之对姬跃没有丝毫兴趣，但她也承认姬跃这个变态从皮相上来说绝对不难看。

姬跃紧紧攥着苏婉之的手腕，眉梢挑起，斜斜入鬓，语气甚是疑惑地问："那你为什么好像不喜欢我？"

苏婉之哈哈干笑。

姬跃攥着苏婉之手腕的手更加用力，一捏之下，隐约可听见两声骨骼扭动的咯吱声，苏婉之顿时疼得龇牙咧嘴。

这个变态！力气这么大！

好吧，殿下你赢了……苏婉之没骨气地打算求饶。

苏婉之正欲开口，眼见一个同样身着白衣的身影自不远处走来，别人的身影苏婉之或许会认错，但姬恪的绝对不会！

她当即张口就喊道："姬……"

姬跃像是发现了什么一般，迅速伸出两指一掐，咔嚓一声后，苏婉之的下巴便被他利落地卸了下来。

折扇也不用了，姬跃直接上手勾住苏婉之的下巴，唇角一咧，笑容透着一股说不出的诡异与妖魅，抹额的琉璃似因他的神情染上了些许幽暗的色泽。

"你就这么喜欢姬恪那个冷血变态？"

苏婉之有口难言。

你还好意思说别人？你才是变态呢！

下巴被卸了，手腕被抓了怎么办？她不还有腿嘛。

苏婉之忍无可忍，眼中厉光一闪，抬起膝盖，狠狠朝姬跃下身顶去。

幸亏姬跃学过武反应快，下一秒便抽身退离苏婉之一步以外。

苏婉之那一腿踢得又狠又猛，丝毫没留情，即使没踢到姬跃，仍带起短促的风声。

姬跃这一退离，苏婉之自然从钳制中脱身，扶着下巴拧了两下，把掰开的下巴又托了回去，同时揉了揉剧痛的手腕。

苏婉之定定地看着姬跃，咬牙切齿地吐出五个字："殿下，请自重！"

姬跃若有所思地看着苏婉之，似乎在看一样待价而沽的商品。

苏婉之懒得再和姬跃纠缠，正准备从姬跃身侧闪过，不料姬跃脚步一移，又挡在了苏婉之身前。

姬跃眯起眼，嘴角溢出一个妖娆的笑容，似乎也不打算再纠缠下去："姬恪不会娶你的，我自觉比起他容貌才学都不差，不如嫁给我如何？"

谁要嫁给你这个变态种马啊？

苏婉之用一个"殿下您在说什么我怎么听不懂"的目光回应了姬跃。

姬恪方才刚走过去，现在没走太远，此时她若是去追应该还来得及。

姬跃却堵着她的路，完全不让她走。

"苏小姐，你真的不肯再考虑一下？"

北周的燕王殿下勾起一侧的唇角，手指随意梳理着自肩头滑落的鬓发，墨黑和雪白的反差格外夺人眼球，眼角微扬，流泻着几分魅惑，声音近乎低语，勾魂摄魄。

苏婉之一心扑在姬恪身上，根本没有注意到姬跃为了勾引她特意流露出的魅惑。

"除此以外，殿下还有别的事吗？没事的话……喂喂，能别挡着道吗？"

姬跃漂亮的眼瞳中闪过一丝恼怒，但立即被他压了下去。

"苏小姐，若你嫁我，我可保你享尽宠爱与荣华，一生不论是否有所出，燕王正妃的位置都是你的，你想何时回苏府我都应允，绝不会让你受人欺凌。如何？"

这番话姬跃说得很是自信，他允诺的条件是多少名门小姐奢求的，更何况，他本人并不差。

苏婉之连想都没想就直接说："就这个吗？我知道了！好的，殿下，我会考虑的。那不知小女子可不可以先告辞了？"

她压根没想过嫁给姬跃，这些根本与她无关嘛。

虽说苏婉之回话回得快且认真，但是口吻里的敷衍，姬跃却是听得一清二楚。

姬跃本来就不是好脾气的人，更不如姬恪性子隐忍会伪装，见苏婉之走也不再阻拦，只是声音里的那点儿柔情蜜意马上就消散了，余下的唯有阴冷，带着几分讥诮："苏小姐，本王可比你更了解我四弟，娶你对他而言是桩不划算的买卖，以他从不肯吃亏的性子,要他娶你,你做梦吧。"

苏婉之的脚步顿了顿,回首看去。

她的音色淡而清越,反倒不见恼怒:"成与不成,不在你也不在他。我自己做的事,合乎于心,我乐意便足矣。"

语毕,苏婉之看见姬跃一瞬间怔住的神色,用力在他的白袍上踹了一脚,抬腿狂奔。

苏婉之颇为提心吊胆地坐回自己的座位,喝了口茶压惊。

欢歌笑语中,晟帝同身侧的太监耳语两句,乐声戛然而止,取而代之的是晟帝浑浊的言语声。

苏婉之有一句没一句地听着晟帝的致辞,乍然听到一声"赐婚"一词,登时竖起耳朵。

"儿臣无异议。"

苏婉之循声望去,晟帝的长子睿王姬止面色如常地应声,倒是被赐婚的工部尚书一家面如死灰,看那家小姐的样子都快哭出来了。

苏婉之不禁幸灾乐祸,谁都知道睿王殿下有玩弄女子的爱好……

谁知,晟帝又把目光转向燕王姬跃。

"跃儿可有心仪的女子?若有,便说出来,朕也一道给你赐婚。"

苏婉之一凛,下意识地看向姬跃。

姬跃不知何时换了一袭纹样繁复重叠的深紫色锦袍,极其风骚,头上戴着紫金冠,衬着明晃晃的紫玉琉璃抹额,迎光一闪似能刺目,眉眼间昳丽得近乎妖异。

"儿臣……"

姬跃扬袖,那紫衣在他身前翩然舞出一道极华丽的弧度,隐约可见玉带自腰间穿行而过,更衬得他腰身细如柳,束发的紫金冠随着他微微低头闪耀出炫目的光晕。

"属意……"

姬跃的尾音微颤,显得意蕴悠长,引得众人都忍不住侧耳倾听。

苏婉之暗暗挠桌,姬跃不会玩殿上逼婚这种把戏吧……

姬跃似乎是有意的,眼眸一斜,瞥了一眼苏婉之所在的方向,那一眼真是含情脉脉,欲语还休。

这一片若干家的小姐都忍不住羞红了脸,若能译成言语,只怕便是"殿下,

你好坏"。

苏婉之眼观鼻鼻观心，故作淡定。

姬跃折磨够了一片芳心，勾唇笑得妖娆："儿臣属意在座最大胆的小姐。"

姬跃此言一出，周围顿时一片哗然。大家开始八卦地观察谁家的小姐为人处世最为放肆。

苏婉之努力往桌子底下缩，还是受不了众人逐渐投过来的视线。

尤其在姬跃话音刚落的同时，苏婉之忽然发现正襟危坐的姬恪似乎有意无意地瞟了她一眼，那目光若有似无地透着笃定。

苏婉之悲愤极了。

历数了一下自己做过的"好事"，苏婉之嘴角抽了抽——害礼部侍郎家的公子落水，逼得新科状元差点儿自尽，还拳打太府寺少卿家的两位公子……

她第一次开始反省自己为何不能像个正经的大家闺秀一样大门不出二门不迈，就算出门为何不女扮男装、乔装改扮，也好过现在丢人丢到家还搞不好被选出去同姬跃……

晟帝目光绕了几圈，在众人的视线指引下，苏婉之到底没逃过被点名的宿命。

"呃……那一直朝着桌里躲的是谁家的小姐啊？"

苏婉之讪笑着从桌下起来，双手交握放在膝上，头低低地垂着，发丝遮住脸颊，一副标准小媳妇状，声音细弱："陛……陛下，人家害怕……"

晟帝眼睛扫过苏丞相，继续追问道："是苏卿家的丫头啊。你怕什么呀？"

苏丞相看着自家不争气的女儿，心头默默泣血，刚想替苏婉之向圣上认个错，不料苏婉之已经开了口："大家都看着人家，人家害怕嘛……"

苏婉之那声音娇滴滴、脆生生的，活脱脱一个弱质少女的样子。

闻言，就连苏丞相和苏夫人都抖了抖。

说罢，苏婉之悄然抬眸看了一眼晟帝，又受惊似的垂下眼帘，头低得几乎埋进膝盖里。

众人更是默默无语。

苏丞相心头接着泣血，圣上若是知道真相，会不会……会不会觉得他家欺君啊……

晟帝的目光转回了姬跃身上。

"不知跃儿觉得哪家的小姐最大胆呢？提出这样的要求，只怕跃儿心中已有人选了吧。"

姬跃自袖中伸出修长的手指,朝苏婉之的方向直直指去,笑容里带着几缕邪气,音色若低吟般婉转:"就是她。"

晟帝似乎没反应过来,愣了一下才道:"跃儿是想娶苏卿家的这个丫头?"

苏婉之想揍人,真的,很想很想……

姬跃绕了这么大圈子还是她,玩她呢?

苏婉之浑然不觉地将握在手里的那根玉筷悍然掰断了,嘎嘣一响,好似她掰断的正是姬跃的子孙根。

"儿臣以为不是。"声音柔和而不显懦弱,温润若流水绵延,是姬恪!他坐在座中浅笑着,眼瞳淡淡似有微光泛起,气质清朗,风光霁月,言辞落落大方,"既然二皇兄喜欢大胆的女子,如今瞧来便不是苏家小姐。"

大约姬恪的言语过于理所应当,仿佛只是陈述事实,更何况对象又是苏婉之,倒也没人朝着争风吃醋的方面去想。大家只是暗地里想着,齐王殿下还真是才从齐州回来啊,性子又好,连苏家小姐方才的样子都当了真……

苏婉之的头埋进膝中,都快笑得合不拢嘴了。

晟帝思忖了片刻,问姬跃:"跃儿,是如此吗?"

被唤到的燕王看向另一侧的齐王。姬跃倒不是没料到姬恪会出口阻拦,虽说苏婉之的确是个很有趣的女子,但他想娶苏婉之也是冲着苏婉之背后的苏丞相。

虽然大皇子姬止已有许氏一族的支持,但如今许氏已经没有那么讨圣宠了,更何况帝后不和已不是一日两日,如今许皇后大约意识到当年为了保住皇后之位杀戮太重,近几年都躲在自己的殿中吃斋念佛,不管世事。比起姬跃,姬恪的优势更小,血统会制约他继位,只要有其他皇子在,守旧派的大臣抵死也不会让姬恪继位,因此晟帝的几位皇子中,目前确实是姬跃的胜算最大。

所以,姬跃目前要做的不是赢取更多的支持,而是稳固自身——苏丞相为相已久,是清流中的支柱,若他投向哪方,哪方必会势力大增。但姬跃想想便知,这没那么容易,他也没想只通过联姻就赢得苏相的支持。娶苏婉之虽不会直接为姬跃带来多大的利益,可至少会让其他几方投鼠忌器,也会隐隐让他沾上几分清流的味道。换言之,苏相只有这么一个女儿,若姬跃做出了夺权违逆之事,罪及九族,苏相也脱不了干系。无形之中,苏相和他就成了一条绳子上的蚂蚱。

当然,姬跃不介意拖几个替死鬼一同下地狱。

姬恪自然能猜到姬跃的打算,于是他的阻拦就在姬跃意料之中了。

可是……

姬跃伸舌舔了舔唇，看着姬恪毫不示弱地回盯着他的目光，颇有几分玩味——苏婉之喜欢姬恪，就连他只是在席上看到她热烈的目光就能猜出，他聪明的四弟姬恪又怎么会不知道。这么一说，姬恪倒不怕被她误会吗？

苏丞相先一步跨了出来，朱色官服长揖到地："圣上明鉴，小女顽劣，实在配不上燕王殿下。"

"苏卿何必如此说，朕瞧着苏小姐还是很不错的嘛。"

晟帝瞪大了眼睛，苏婉之模模糊糊的身影在他的视线里朦胧成像，至少眼睛是眼睛鼻子是鼻子，看身材也不差。

"跃儿，你倒是说说，你看上的到底是不是苏家小姐啊？"

姬跃以手掩目，做出了一副黯然神伤的模样。

"苏相都这么说了，想必苏小姐觉得儿臣不够优秀，不愿嫁给我，父皇又何必要儿臣明言？"

姬跃这句话说得是两分失望、三分黯然外带五分叹息。

在席众人纷纷以"真是不识好歹"的目光看向苏婉之和苏相。

"哦？"晟帝闻言，冲苏婉之道，"苏小姐，你是否不愿嫁给跃儿啊？"

父子俩短短几句话，硬是把选择权都扔给了苏婉之，说是让她选择，然而这选择中却还是带着强迫。

若是苏婉之说愿意，那必然得嫁给姬跃，还得说是心甘情愿嫁给姬跃；若是苏婉之说不愿意，那么肯定会得罪晟帝与燕王，只怕以后也无人再敢向她提亲——连燕王殿下都看不上，那还能看上哪家？以后就算苏婉之主动倒贴，只怕对方也会碍于燕王的身份不肯迎娶。

苏婉之略一思忖，缓缓抬起头，敛了笑意和羞涩，声音依旧细弱，但面容上却是少有的认真与正经，让人不由自主地留心听她的话："小女子并非觉得燕王殿下不好，也并非以为燕王殿下配不上小女子。只是小女子常闻'执子之手，与子偕老'，又常见父母以彼此为唯一，相爱甚笃，因而心中难免有所希冀。小女子也常闻女子相夫教子遵守三从四德，然而男子却三心二意流连于烟花之地对妻儿置之不理，不免为此愤愤。或许可笑，但小女子真的只愿能寻到一心人，白首不相离。燕王殿下尚未娶妻却已有姬妾无数，恐小女子嫁过去之后会成为妒妇，与燕王殿下争执不休使家宅不宁，所以……"

朝堂之上大臣们皆知苏相未纳姬妾也从不出入烟花之地，笑他惧内的不少，苏相未有解释，此时听来倒也确实是爱护妻子之举。

寿宴上来了不少官员的家眷，其中不乏诰命夫人，听了苏婉之的话，一时之间倒有不少深有同感，忆及年少时对心上人的期待，再看看旁边的死鬼，顿觉伤感，忍不住应和起来。

苏婉之这番话其实说得很是大胆，但她说得坦荡，毫不掩饰内心的想法，反倒让人觉得直率，又因燕王确实在这方面名声不大好，晟帝一时不知如何应答。

姬恪端起酒杯，喝了一口杯中佳酿，唇角不自觉地弯了起来。

宴席后，暗夜轻笼薄纱，烟雾袅娜。

成群的宫女如流水般穿行，将席上的残羹冷炙一一端下。几点宫灯串成一条回廊，红漆木的廊柱曲折蜿蜒。

两个气质迥然不同的男子立于回廊一头。

"二皇兄，不知有何事？"姬恪用温而不懦的音色问道，唇畔犹带笑意。

姬跃斜挑起眉，睨着自己同父异母的弟弟："姬恪，你一直这么伪装，不累吗？"

"恪一向如此，二皇兄何出此言？"

虽然言辞温和，但姬恪回看过去的视线却丝毫没有躲闪。

片刻后，姬跃扑哧一声大笑。

单论皮相姬跃确实比不上姬恪，但姬跃向来喜怒形于色，从不压抑自己的情绪，他神采飞扬，比姬恪的恭谦和顺生动得多，大笑之下，容色极艳，此时若是有女子在侧，只怕要当场失神。

姬跃大笑后，神情变得柔和："四弟，你何必同我如此生疏。你在齐州的八年是因为谁造成的你恐怕也清楚得很，你我都不喜欢姬止，更不愿许后掌权，何不彼此合作？此后皇位一事，你我再各凭本事，如何？毕竟若是姬止继位，你我以后只怕都会……而且，弑母之仇，我绝不会忘。"最后一句，姬跃是咬牙切齿说出来的。

姬恪沉吟了片刻，才低叹一声："是。不过，二皇兄，皇位之事我从未想过。"

姬跃拍了拍姬恪的肩，笑得极是亲昵："那更好，我也不愿与四弟你相争。这样，你若助我为帝，我保你在齐州永世安稳。"

姬恪但笑不语。

姬跃似忽然想起什么，突然道："对了，不知四弟对于苏相之女是何看法？我欲娶她为妻，若四弟无意，那我也不用忌讳。"

姬恪闻言心中一动，回道："即便娶了苏相之女，也不会有任何襄助，二皇

兄为何……"姬恪言辞间似乎充斥着不解。

"四弟只用告诉为兄你是否对其有意便可,其他的事为兄自会掂量。"

那张极生动的女子面容在姬恪脑中一闪而过,他心口一闷,缓缓摇头。

得到姬恪的否认后,姬跃仿佛很开心,含情的双眸蕴藏着笑意,同姬恪又聊了两句,便各自分开。

分开之后的刹那,两人的神色俱是一冷。

两人同时暗想:满口胡言。

参加宴会的人潮散尽,姬恪走出皇宫。

在他去见姬跃之前,其徐已将轿子停在了宫门口。

他这一路直走到宫门,不算长也不算短。

天气微寒,姬恪轻咳了一声,拢紧衣领,步伐不紧不慢,镇静如常。

"姬恪。"

姬恪走了不一会儿,忽然听到熟悉的少女声。

天下会直呼他名字的女子只有苏婉之一个,偏偏姬恪又不知怎么让她改口,便一直这么应了下来。

姬恪有些头疼地停下脚步。

她怎么还没回去?

在他回身间,苏婉之小跑而来。漆黑的夜色下,她的碧色裙裾裾飞扬,广袖如云,纷扬的三千发丝随着鬓发间叮咚作响的环佩轻盈舞动,好似她身后并不是宫闱深深的皇城,她也不是世家出身的大小姐。

一瞬间,姬恪想起了在齐州曾见过的奇景——秋日高起,成群的鸟雀展翅,自无际苍穹一掠而过,不知飞向何处。

仿佛它们拥有无比的自由,毫无束缚。

"苏……"

"小姐"二字还未出口,苏婉之已出声打断他。

"姬恪,我不想嫁给二殿下。"此刻的苏婉之虽然早已没了在大殿上让人无可辩驳的气势,但还是那般正经而认真的模样。

姬恪轻轻嗯了一声。

"姬恪,我喜欢你。"

苏婉之直白的、毫无掩饰的、没有丝毫虚假与试探的话语,让姬恪来不及躲闪。

只见苏婉之流光溢彩的眼眸中，流露出显而易见的深情，姬恪心口突然震了一下。

苏婉之喜欢他。

这点就算不用脑子想，他都能看得出来，可是……

苏婉之顾不上去想姬恪此时的无言究竟是何意，吞了两下口水，定定神，拽着姬恪的衣袖问道："那你呢？"

对于苏婉之而言，姬跃太不可靠，她不想要变数，更不想嫁给姬跃，在殿上说出那番话的同时，她就已经盘算着既然躲无可躲，倒不如早点儿定下来——夜长梦多，而且有了那番话，她就可以名正言顺地一个人独霸姬恪。

姬恪没有甩开苏婉之的手，只听见自己说："我不讨厌你。"

姬恪说的是实话，心底的实话。

"那喜不喜欢？"

不知不觉中，苏婉之攥着姬恪衣袖的手指因为用力而泛起了白色，她的视线紧紧停在姬恪的面容上，不肯漏掉一点儿细节，目光里不由自主地流露出一点儿让人不忍拒绝的希冀。

四周宫人的脚步声与交谈声好似一下子远去了。

那一刻，万籁俱静。

那一方天地里，仿佛只剩下他们两个人。

姬恪忽地扬唇，展颜一笑。

"你为何这么紧张？"

他这一笑，方才紧张的气氛荡然消失。

苏婉之不死心，用力地扯着姬恪的衣袖，头低低地垂着："姬恪……我不想嫁给二殿下，我想嫁给你……你娶我好不好？"

即便大胆如苏婉之，这样的话也说得磕磕绊绊。

姬恪沉默。

他虽然心思深重，但极少欺骗女子，也不轻易承诺。

苏婉之攥着他的手越发收紧，仿佛那只手里承载着她所有的期望。

姬恪不忍心那双眼瞳里的光点暗去，就像在张家寨的时候，他不忍心看着苏婉之失落。

一瞬间，二人恍惚又回到了那时。

姬恪鬼使神差地点了点头，轻声道："我愿意娶你。"

苏婉之紧攥的手放松，她顿时眉开眼笑，拉着姬恪便朝宫门走去。

人已经散尽，无人察觉他们的逾越。

两人的靴子踏上脚下的青石板，一步一响，寂静中听得格外分明。

姬恪跟着苏婉之，就这么一直走着。

长长的路途，似乎要走很久，但其实也不过一瞬。

宫门口，青衫风流的苏慎言已握扇等待良久。

姬恪抬眸，望见苏慎言投来的目光，方才还氤氲着几分漫不经心笑意的双眸此时已经隐隐染上了一些墨黑的色泽。

两人是自小的玩伴，苏慎言一个眼神姬恪便心知肚明。

苏婉之尚未察觉之前，有些事情已经在苏慎言和姬恪之间无声地达成了默契。

我愿意娶你，不代表……我能娶你。

第七章
痴心错付人

苏府内。

"之之,你若是再乱跑,不要怪为兄心狠手辣。"

苏婉之嗤笑道:"就你还心狠手辣?"

苏慎言将折扇握在手中有一下没一下地敲着,然后危险地眯起眼睛道:"你这可叫'三日不打,上房揭瓦'!你信不信我能一扇子隔着筋肉将你的腿骨打断,而且保证你三个月下不了床?"

苏婉之的眼皮挑了挑,听这口气,这会儿苏慎言是真生气了。

虽然他们兄妹两个是同一个师父教出来的,但就武功而言,苏慎言高了她不知多少。

苏婉之泄了气,撇了下嘴道:"我不出门也成,你把姬跃换成姬恪,你赶我我也不出门。"

她见不到姬恪也罢,偏偏这几日姬跃三番五次地上门,就连在苏相的默许之

下府门大合，都能被姬跃以送圣旨为名混进来。

谁知道这位孔雀一般的殿下到底打的什么主意？

坊间流传，二殿下对苏相之女情根深种，非卿不娶，苏婉之甚至还无意间在小书坊内间翻阅到一本臆想她和姬跃之间恩怨情仇的小册子……

苏慎言以扇顶额，很是无奈地说："除了那张脸，姬恪到底哪里值得你如此倾慕？"

苏婉之眨眨眼，飞快回道："哥，其实我也从来没觉得你除了脸哪里值得倾慕……"

苏慎言怒了，指向一边围观的小师弟容沂："小沂，把你师姐送回屋，不许她出院子半步。"似乎还不满意，他又补充了一句，"如果你胆敢放她出去，回来之后，每人每日一顿板子。"

半个时辰后。

"小师弟，小沂，沂沂，你让我出去吧。"

容沂难得坚决地摇头，搬椅子堵在院门口道："不行，大师兄说绝对不让你出门。"

韩高人接受友人邀请继续云游，苏氏夫妇去敬香，苏大少去应酬，现在她唯一需要摆平的只有小师弟容沂。

苏婉之循循善诱："男子汉大丈夫，怎么能随便听从他人的要求？如此这般，多没有男子的气概，大男子当有自己的决断！"

容沂想了想，才仰起脸微笑道："可是我也觉得大师兄说得很对啊，师姐你还是不要出门的好……"

苏婉之身后的苏星一边泡茶一边偷笑。

苏婉之瞪了苏星一眼，继续绽开师姐的温柔笑容。

"那这样……师姐跟你说一件事，好不好？"

容沂眨了眨眼睛："什么事？"

苏婉之轻勾手指，压低声音："凑过来点儿，师姐就告诉你。"

容沂迟疑了一下，将耳朵靠过去。

砰！

容沂不可置信地扭过头看向苏婉之，张大了嘴，慢慢倒下。

丢开藏在身后的花瓶，苏婉之嘿嘿一笑，转头看向苏星。

苏星抱着茶杯，倒退两步。

"小姐，小姐，你要……要做什么？"

苏婉之温婉一笑道："我死也不要嫁给姬跃，那么就辛苦你了。"说着，她渐渐逼近苏星。

苏婉之的那个笑容，苏星怎么看怎么扭曲，怎么看怎么狰狞。

苏星权衡之下，看了一眼手里端茶的瓷碟，又看了一眼苏婉之，当机立断，把瓷碟拍在自己的脑袋上。又是砰的一声响，苏星晃了两下，颓然倒地。

苏婉之很满意地拍拍自家侍女的面颊，准备走人。

抬腿到一半，她忽然灵机一动，想起放在自己闺房里的那幅字。于是，苏婉之转身取出了那幅字，才出门。

苏府的位置好，正在"高官一条街"的正中。高官们怕担上结党营私之名，轻易不串门，因此这条街上长年累月不见人烟，显得十分空旷。

苏婉之自后门而出，小心地抱着画框，左右看过之后，才大步朝齐王府走去。

不料，苏婉之刚走了两步，便见一顶极其奢华的轿子从巷头拐了过来——轿身被绛红色锦缎包裹着，边缘镶着数颗猫眼大的宝石，流光熠熠，顶盖上璀璨的银色流苏华丽地倾泻了一窗，轿门前的轻纱帷幄微卷，上面一道道繁丽的花纹纵横，比起姬恪的轿子档次只高不低。

苏婉之抽了抽嘴角，脚跟一转，便想溜回去。

可是对面轿子的轿帘已然掀开，露出一张很是妖艳的脸庞，琉璃抹额微颤，那声音也颤了颤："我的苏小姐，你这是……要去哪儿？"

苏婉之也跟着颤了颤，挤出笑容："二殿下，您怎么……"又来了！

姬跃好整以暇地以手支腮，半探出身，低笑道："你若是想出门，不妨和本王一道。"

"男女授受不亲，小女子还是……"

苏婉之低垂下头，声音放柔……

"听说今日王将军举办家宴，请了我四弟，不知道苏小姐有没有兴致同去？"姬跃慢条斯理的声音中透着笑意。

四弟？姬恪？

苏婉之蓦然抬头，转瞬又低下，娇羞地拧了拧手里的画框："小女子还是跟燕王殿下一道吧。"

燕王不请自来，倒真是出乎王如松的意料。

然而更加出乎他意料的是，与燕王同来的竟是苏相的女儿苏婉之。

苏婉之同王萧月素来不和，这是众所周知的。而且上次晟帝寿诞之后，一提到苏婉之，王萧月就恨得咬牙切齿。此次苏婉之主动上门，又是和燕王殿下一起，王如松不禁一头雾水。

"不知燕王殿下所为何来？"

姬跃下了那辆风骚的轿子后，抬袖拱手，笑眯眯道："本王闲来无事，路遇苏小姐，听闻她要来找王小姐，我便送她过来，也顺便叨扰一下贵府。"姬跃的语声一顿，更显得意蕴悠长，"王将军该不会是不欢迎本王吧？"

苏婉之未说话，显然是默认了姬跃的说法。

王如松自然不会说不，忙扬起手作请状，心里暗想苏婉之怎么可能会来找他家萧月，接着又想起府里还有个齐王殿下，顿时觉得头更大了。

"本王多谢王将军款待。"

语音未落，姬跃便携着苏婉之大摇大摆地走了进去，一袭深紫色锦袍在地面蜿蜒而过，姿态极是随意自然，俨然是主人。

苏婉之紧随其后，迈着极迅捷的小碎步，步伐稳健。

姬恪是受邀而来，此时正在将军府花园内的石亭中。

将军府的花园自然与别处不同，花卉甚少，假山极多，怪石嶙峋，雕刻得独特别致，奇崛非常。

王萧月穿着崭新的粉嫩裙装，怀中抱琴，一步一步逶迤而来，裙裾上的粉色芙蕖随着她的脚步微微颤动。

姬恪的视线越过这些诡谲的假山落到了王萧月身上。

王萧月随之低头，发出银铃般的笑声，似乎很不好意思，却又下意识地挺了挺胸。

"那些假山都是府里侍卫弄的，我什么也不懂的。"王萧月低头细声道，"我平日在府中都是弹弹琴、作作画、做做女红或者看看《女诫》，舞刀弄枪什么的其实我都不懂。"

"嗯，王小姐当真是大家闺秀。"

姬恪浅笑，眸光淡淡。

王萧月闻声更是羞涩，根本不敢抬头看姬恪，抱紧手中的琴道："听闻齐王殿下对琴棋书画皆有造诣,那……那小女子弹一曲请齐王指教可好?"

姬恪点头,温文尔雅的笑容不变:"我不过是略懂皮毛而已,小姐弹便是。"

王萧月端坐在石亭一侧,放下琴,深吸一口气,十指拨弄琴弦,弹得小心翼翼,叫人昏昏欲睡。

姬恪无言地发现,即便如此,这一首曲子仍然弹错了五六处。

既然她学不来风雅,又何必附庸风雅?倒不如……

他微微合眸,屏退脑海中那张明艳的笑脸,刚想说两句宽慰王萧月,忽然眼前人影一闪,仿佛是幻觉一般,刚才浮现在脑海中的面容此时竟然出现在他的面前。

姬恪再一眨眼,才发那并不是幻觉——苏婉之,怎么到这里来了?

"闻美人琴声,玩赏风景,四弟真是好情致。"

姬跃翩然而入,嘴角似笑非笑,语态轻佻,气势却不自觉地强了起来。

姬恪笑着侧身看向姬跃,只是眼底渐渐冰冷。

姬恪无声地问:你到底是来做什么的?

姬跃甩袖,无声地应道:我自然是来搅局的。

姬跃也试过接近王家小姐这条路,可惜对方完全不喜欢他这种类型。既然求不得,他也不与之交恶。

毕竟兵权可是实实在在的东西。

继而他才把视线投向苏婉之,既然要拉人下水,什么强取豪夺他全然不怕。

如此,他又怎么会轻易让姬恪得偿所愿。

姬跃用指节敲击着石桌面,笑道:"四弟,听闻你的琴技超凡出众,不如也弹一曲来听听如何?"

这算是姬跃说过的唯一一句苏婉之想附和的话,当即,她甚是期待地看着姬恪。

姬恪未说话,漫步走到石桌前,修长如玉的手指轻拨了两下琴弦,弦音颤动,恍若扣在众人的心房上。

姬恪信手弹了一小段曲子,很是舒缓的调子,自耳中流淌过心间,如山涧清泉,纯醴而清洌,让人不知不觉便陶醉其中,似沉入梦境中,随着曲调轻漾,或高或低,时而缠绵如水,时而温和若风,令人静气凝神,连呼吸也像是缓了下来,在琴音的温柔抚慰中忘却尘忧。

姬恪的表情亦是温柔安宁,手指抚弄的动作轻柔,淡淡的柔情让他整个人都柔软下来。

曲调悠长,绵延不绝,仿佛有光在姬恪身侧流转。

苏婉之不禁屏住呼吸，心却跳得飞快。

在苏婉之和姬跃来王将军府的路上，姬跃不知是有意还是无意地问她："我一直想不通，你为何会喜欢姬恪？"

这个问题苏慎言也问了她不下十几次，苏婉之就掰了十几个答案给他，但实际上，若真的要苏婉之一条条说出喜欢姬恪的理由，她倒真的不知道该怎么回答。

若说是喜欢上姬恪那张脸，那她为什么对姬跃一点儿感觉都没有？

若不是因为相貌，那又是因为什么？

然而此刻，苏婉之像是突然福至心灵。她想，她喜欢姬恪，也许只是因为他那一刻的柔软。

八年前的姬恪，一脸错愕地接过她递过去的肘子，听完她的话，一瞬间笑靥如花。

八年后的姬恪，不会再那么容易脸红，也比小时候成熟得多。但她的姬恪还是她的姬恪，不论外表如何，她相信他的内心依然是安宁柔软的。

她的姬恪会陪她任性跳舞，会忍不住替她解围，也会被她的固执打动，温柔地唤她的名字……

随着尾音落下，苏婉之才恍然回神，似大梦一场。

姬恪弹琴的余音似乎仍旧在耳边回响，令她久久不愿遗忘。

她喜欢姬恪，很喜欢很喜欢……

苏婉之一直神游到姬跃说告辞时才回过神来。

"苏小姐？苏婉之？婉之？"

苏婉之被姬跃的声音震醒，才发现不知何时姬跃已从石凳上下来，凑到她耳边，越凑越近。

苏婉之连忙向后一跃，避开姬跃，很不客气地说道："殿下，有事吗？"

"嗯，我们该走了，这算事吗？"姬跃假意思忖道。

苏婉之目光转了转，发现姬恪正双手托着琴还给王萧月。

王萧月神情痴痴地看着姬恪，不知是沉醉在曲中还是沉醉在姬恪的风华中无法自拔，整个人都显得晕晕乎乎的。

对比之下，苏婉之自觉还是比她有出息得多。

"那恪便告辞了。"

姬恪恭谦有礼、温文尔雅，苏婉之又嫌弃地看了看依旧晃着额间琉璃抹额卖弄风骚的燕王殿下，觉得自己甚是有眼光。

刚一出将军府，苏婉之就敛了敛身上的剽悍之气，率先对姬恪道："姬恪，我没坐轿子过来，你能不能载我一程？"

她一钻进轿子，就径直找了个舒服的地方坐着，让人想赶她下去都无从下手。

不可察觉的隐光自姬恪微颤的瞳仁中一闪而逝。

他权当是……最后一次陪她吧。

"苏小姐现在回苏府吗？"

苏婉之迅速抓住姬恪话中的漏洞，眨着眼睛得寸进尺地问："那现在可以先不回苏府吗？"

姬恪无奈地道："不知苏小姐想去哪儿？"

苏婉之撇撇嘴，不乐意地道："你可以不叫我苏小姐吗？"

这次姬恪犹豫的时间明显比上次要短，妥协道："不知婉之想去哪儿？"

苏婉之想了想，突然道："还记得我曾经跟你提过的镜湖吗？就在北城门外，现在已是夏季，百花齐开一定很好看。"

夏日的镜湖，一池的睡莲摇曳生姿，湖面粼粼波光铺散开来。

苏婉之同姬恪坐船而下，沿岸轻漂而去。

湖面倒映着花枝迷人的倩影，偶尔轻风微拂，有一两个花瓣随风飘落在湖面上，好似湖水也被染上了花瓣的色泽。

船行过其中，让人如同置身花海。

苏婉之忍不住站起身，袖中白绫飞出，朝着花枝掠去。

不多时，租来的小船中便摆满了苏婉之摘来的花朵，芳香四溢。

姬恪未曾留意，只静静地看着周围的美景——齐州的气候较这里要差得多，也少有这么繁丽绚烂的景象。

苏婉之挑拣花枝，趁着姬恪走神，偷偷把花枝摆在姬恪的衣角。

苏婉之像是想起什么，自怀中摸出一个小画框，把它递给姬恪，神情颇为骄傲。

姬恪接过画框，看见了稚嫩的笔迹——里面是一份稚童手抄的《关雎》，笔意尚不成熟，但也有了几分清逸和潇洒。

姬恪感觉笔迹很熟悉，只辨认了一会儿，就确定这是自己年幼时的笔迹。

他抬头，眼中的光有些晦暗："这……你是从哪里弄来的？"

苏婉之不无得意地说："我可是找了很久，才从你那些天下苍生、花草树木、四书五经的练笔里找到的。"说完，她又意识到自己的行径似乎不那么妥当，讪讪地说，"那个……姬恪，齐王府常年无人，我进去取你几幅练笔不妨事吧……"

姬恪笑着摇头，却不由自主地握紧手里的红木画框。

他见画框四周已有些褪色，那是被人反复摩挲的结果。

河岸边传来女子隐约的吟唱声：

"关关雎鸠，在河之洲。窈窕淑女，君子好逑。
参差荇菜，左右流之。窈窕淑女，寤寐求之。
求之不得，寤寐思服。优哉游哉，辗转反侧。
参差荇菜，左右采之。窈窕淑女，琴瑟友之。
参差荇菜，左右芼之。窈窕淑女，钟鼓乐之。"

她为什么这么喜欢他？

姬恪看着眼前的少女正在无忧无虑地看着自己笑，亮晶晶的大眼睛里满载着深情，纯粹且不掺杂任何的杂质。

苏婉之喜欢他，他知道。

不是因为他齐王的身份，没有任何目的和企图，只因为他是姬恪。

但他其实……不值得。

窈窕淑女，君子好逑。

女子不该是被疼惜、被追逐、被爱护的吗？

姬恪心里忽然有些莫名的酸涩。

眨眼之间，姬恪收敛了所有的情绪，似乎方才所有的动容都不曾存在。

他一向很擅长控制自己的情绪。

姬恪把画框还给苏婉之，抿了抿唇，语气平淡地问道："你为何不问我今日怎么会在王将军府上做客？"

苏婉之把画框收起来，迟滞了一瞬，仍旧轻松地道："不就是做客嘛，又能怎么样？"

"我是因为……"

苏婉之打断姬恪的话，仰起脸道："这些我都不关心，我只关心你。"
姬恪那些残忍的话，就这么被堵在嘴边，再也说不出口。
湖面荡起微波，漾着清清浅浅的涟漪。
小船在悠长的河道渐行渐远。
一汪碧水，万顷清冽。

七日后，苏婉之才得知姬恪的婚期定在下月十五。
新娘不是她，是王萧月。
年少轻狂，不问情缘深浅。相思无常，待回首，终不复。
苏婉之终于淡定不下去了！

第八章
心已若死灰

姬恪婚宴的前一晚。

夜色凄迷,伸手不见五指。

更鼓声自外面遥遥传来,声音似远又近,一声一声悠悠荡荡地响起,清脆而嘹亮。

"喏,这个就是赤血丸,吃下以后会瞳色变红,杀戮欲起,整个人的潜能都会被激发出来,但是不能维持太长时间,而且药效过后的反噬也同样严重⋯⋯"

昏黄的光线下,苏婉之看着指间拇指指甲大小的红色药丸,忍不住轻咬嘴唇。

艳红色的药丸倒映在苏婉之的眸子中,带着宛如鲜血般的色泽。

容沂又指了指另外一颗暗褐色的圆丸:"这个叫作雷鸣珠,大力投掷出去后,能引起很大的爆炸声和大量的烟雾,还有一定的杀伤力。"

"嗯,我知道了。"

容沂站在苏婉之面前,有些局促地握住了手,似乎很想把苏婉之手里的药丸抢回去。

"师姐,你快些看吧,你还是……让我赶快把它们放回师父那里吧。"

苏婉之摇摇头,轻笑道:"这个嘛,来,我偷偷告诉你……"

"什么?"

容沂不由自主地朝苏婉之的位置靠了靠。

砰。

容沂软绵绵地倒了下去。

苏婉之抿唇,暗叹,这小子还是这么好骗。

她利落地把容沂绑好,塞进一边的衣橱里,然后擦了擦手,把那颗红色药丸吞了下去。

而后,苏婉之静静坐下,等待着药效发作,也等待着天色亮起。

既然她已经做了决定,就绝不后悔。

明日一早便是姬恪的婚宴。苏婉之咬牙切齿,她怎么也不会让他娶王萧月!

苏婉之十指弯曲,面上渐渐泛起狞色。

半月前。

苏婉之是从苏星嘴里得知姬恪大婚这件事的。

那日,定时采买胭脂、水粉和布料的苏星从外头回来,面色古怪,透着说不出的感觉。

几次欲言又止,苏星最终忍不住,在苏婉之优哉游哉地捧着以前根本不会碰的刺绣时,脱口将姬恪要成婚的事说了出来。

那根针就这么直直地刺进了苏婉之的手指,鲜血从指尖沁出,滴落在雪白的绣布上,宛如落梅。

苏婉之的声音听起来有一种说不出的僵硬:"苏星……你在说什么?"

她有些不自然地转过脸,直直地看着苏星,方才愉悦的笑容仍挂在脸上,未曾淡去。

苏星莫名觉得寒凉。

苏星缩了缩脖子,还是重复了一遍:"刚才街上的人都在说,齐王殿下已经往王将军府下了聘礼,下个月十五日王小姐就要过门了……"

"娶谁?"

"王萧月……小姐你别跑。先把手上的伤口处理下,小姐,小姐……"

苏婉之的轻功使到极限，苏星根本追不上。

然而，苏婉之终究没能如愿出府。

这几日都将公文挪回府里处理的苏慎言已经闻声拦住了苏婉之的去路。

"之之，你这是想去哪儿？"

苏婉之一把推开苏慎言拦在她身前的扇子，夺步便要出门。

苏慎言又是一个闪身，折扇唰的一声展开，又挡在苏婉之身前。

苏婉之咆哮道："滚。"

"你想去找齐王殿下。"苏慎言用的不是疑问，而是肯定句，"你以为你是姬恪的谁？他凭什么要因为你改变他的决定？苏婉之，我早跟你说过，不要去招惹姬恪，不要去喜欢姬恪，你为什么就是不肯听哥哥的话？"

就是因为太了解自己这个妹妹，苏慎言才会在这个时候守在这里，甚至说出这样一番话。

苏婉之的眼圈不知不觉地红了，气势却半点儿没弱："你都知道，是不是？"

他知道姬恪要娶王萧月……

"为什么不早点儿告诉我？"

苏慎言无言。

从小到大，苏慎言只见过苏婉之红过一次眼睛。

那是小时候抚养他们的奶娘去世时，奶娘很疼苏婉之，每次苏婉之惹了麻烦，奶娘总是尽可能地护着苏婉之，因此苏婉之对奶娘的感情也很深，甚至连苏夫人都一度嫉妒苏婉之对奶娘的感情。

奶娘去世的时候，苏婉之在奶娘坟前跪了整整一天一夜，整整七天一声不吭。

她一直……都是个很重感情的人。

苏慎言按了下苏婉之的额头，轻叹了一口气道："别去了。即使你去了，也改变不了姬恪的决定。忘了他吧。"

"可是他明明说过……"

"都是骗你的……无论再美的许诺，也只不过是男子对女子说的一句话，怎可当真？"

骗你的……骗你的……骗你的……这三个字在苏婉之的脑海里不断回响。

姬恪陪她在张家寨跳舞，说愿意娶她，帮她解围，陪她游船……难道这些都是假的？

苏慎言像是料到了苏婉之在想什么，斩钉截铁地道："都是假的，你所见到的姬恪……都是假的,那只不过是他的一种伪装而已。"

他早就想和苏婉之说,但是深深倾慕姬恪的苏婉之根本听不进去。他想,痛一次总比痛一辈子要好。我不是个好哥哥,能为你做的也只有如此……

只是希望,你能承受得了……

这番话说完,苏慎言以为苏婉之会生气,会大怒,甚至……会哭。

但是苏婉之没有。

她垂下头,久久没有说话,意外地安静。

苏婉之双手在身侧攥成拳,声音平静地道:"我知道了。"

苏慎言始料未及,顺着道:"你明白就好,不要做傻事。"

"嗯。"

苏婉之有些僵硬地转身,一步步往回走。

她一直垂着头,苏慎言以为苏婉之是受不了打击而消沉,却未曾发现苏婉之那双清亮的大眼睛里闪出的森然眸光。

姬恪,我喜欢你,所以为了你,不论被怎么对待,我也会甘之如饴。但我不是笨蛋,我的感情也没那么好践踏。

我不是那么……好骗的!

随着震耳欲聋的爆竹声,一场盛大的婚宴即将开始。

流水般的宾客拥进齐王府,贺礼高高堆叠。

谁也没料到齐王殿下会这么快娶妻,前一日,是大皇子睿王殿下迎娶工部尚书之女的日子,今日又是四皇子齐王殿下的婚宴。晟帝为了两位皇子的婚宴特地罢朝两日,并命工部昼夜不停地布置齐王府,可见晟帝对姬恪的恩宠甚笃。

姬恪自清晨醒来便眼皮直跳,直到换上大红喜服也未见好转。

待发冠束好,姬恪走出门外,登时一众宾客都看得愣了。

平日里姬恪大多以一身白衣示人,甚少穿其他颜色的衣裳,也向来少戴配饰,此时穿上大红色泽的华服,绛红色涤带顺着两鬓流泻下来,姬恪那温和清俊的眉眼一下子被红色强烈的反差衬托得流光溢彩,有几分像姬跃,却又比姬跃更加好看,一个眼神都带着难以言说的美丽,让人惊艳不已。

若说姬跃是天生的妖孽,那此时的姬恪便是堕入魔道的神仙,禁欲般的清冷与艳丽热烈地交织在姬恪的身上,辉映成难以用言语形容的韵味。

姬恪见状,淡淡一笑,眸光略扫,端盘子的丫鬟呼吸都快停滞了。

最无法呼吸的是今日的新娘——王萧月。

看着整个将军府贴满的大红喜字和大红帷幔，王萧月一直像是做梦。

她不知姬恪怎么会上门向她提亲，此时又怎么要和她成为夫妻，但在想明白之前，她已经陷在了姬恪的笑容中。

王萧月怀着忐忑的心情换上鲜红欲滴的大红喜服，戴上尊贵无比的九龙四凤冠，看着凤冠上无数的翠玉珠花，她激动得有些呼吸不畅。

这一切都是梦吧。

只有一遍遍地提醒自己，她才能相信这都是真的。

婚礼仍在进行，喜娘扶着新娘坐上花轿，越过火盆，经历了一道道仪式，王萧月终于踏进了齐王府的正堂。

透过轻薄的喜帕，她望向不远处长身玉立的姬恪，视线所及，皆被头帕染成鲜红。

莫名地，她的心跳得更快了。

她却不知，站在那头的姬恪，同样也觉得心跳加快。

这太……顺利了。

整整半个月，苏婉之都没有来找他，也没有要他的解释……如今，他马上要礼成了，苏婉之还没有任何反应……

这太反常了！

"新人拜堂，一拜天地！"

"二拜高堂！"

"夫妻对拜……"

看着对面跪下的女子，姬恪有一瞬间的恍惚。

下一刻，便是乾坤变色。

两道巨大的响声在正堂外响起，缭绕的烟雾瞬间涌开，冲进正堂。

正堂内外所有人都忍不住用手掩住双眼。

就这样，穿过重重守卫，有一个轻灵的人影自烟雾中漫步而来，绛红色的长裙似火焰般燃烧，落在姬恪的眼中。

她……终于还是来了。

姬恪不自觉地……松了一口气。

苏婉之提着一把刀，走得很稳。

那把刀是容沂的，极其锋利，刀身呈弯月状，刃口处寒芒闪闪。

绛红色的衣衫遮住了苏婉之身上不断浮现的血红色光斑，那一刻她的眸子已是深红。

当护卫们想要拦住她时，已经迟了。

苏婉之只跨了一步，便越过众人，站在了王萧月的身边，一把扯下王萧月的盖头。

看见身着凤冠霞帔、眼波含春的王萧月，苏婉之的瞳色深得仿佛要滴出血来，但转瞬就化作了更加阴郁的色泽。

姬恪与她近在咫尺，他似乎没有看见苏婉之手里提着的刀，神色依然平静，墨色的眸凝视着苏婉之，没有笑意也没有丝毫感情。

苏婉之紧紧攥着红盖头，缓缓垂下眸子，手指因为过分用力而显得有些扭曲变形，即便如此，她还是紧紧攥着，不肯松开一点儿。

空气像是凝滞了。

苏婉之的声音轻到缥缈的程度："姬恪，你说过愿意娶我。"

细弱的女声飘飘摇摇地落在姬恪的耳中，却宛如炸雷般在他耳边响起，几乎要听不清周围的声音。

姬恪垂眸，一如既往地镇静："是，可是我并没有承诺要娶你。"

他说得那样理直气壮，那样理所应当，语气里的淡然就好像他说的都不过是实话而已，从来不曾欺骗，也从来不曾利用过言语间的漏洞。

所有的一切都只是她的一厢情愿。

只是一厢情愿，多么让人心寒。

这是她深深喜欢着的人呢！

她以为会与之白头到老的人呢！

苏婉之忍不住大笑出声："姬恪，以前我只以为你聪明睿智，却没想到……你同样狡猾。我一时兴起要你跟我说的话，你居然都要在里面设下陷阱……是我的错，是我听错话，会错意，领错情！"

苏婉之的笑容里有凄怆，有悲凉，也有不可抑制的杀气。

正对着她的姬恪感觉到一阵寒意从背后袭来，但他没有动，甚至连位置也没偏离半分。

在他们说话时，护卫已经把苏婉之重重包围，被她拽着的王萧月也试图挣开苏婉之的手臂。

谁也没有看清苏婉之的刀是怎么抬起来的，但下一刻，那把刀就已经架在了王萧月纤细的脖子上。

她的速度实在太快，这个动作亦太过骇人，一时间，所有的护卫都举着刀不敢轻举妄动。

姬恪同样看见了，苏婉之的武功绝对达不到这样的水平，若她的武功如此之强，那两人掉落山崖后就不会那么辛苦了，她平日表现出来的武功不过和宫中护卫不相上下。再结合苏婉之眼里不正常的红色，姬恪一下子便明白了——苏婉之只怕是用了禁药来短暂提高功力。

笨蛋。

姬恪不易察觉地移了一下眸子。

苏婉之血红色的眼睛盯着姬恪，她似乎还是不死心，又似乎是想给自己一个死心的理由。她狠狠地闭了一下眼，让自己冷静下来，接着抿起血红的唇，问姬恪："我只问你一句——姬恪，你说愿意娶我，这句话，到底是不是真的？"

她看着姬恪，每一次都是这样认真专注的目光。

但这一次……苏婉之的眼睛里甚至有一丝让人心酸的恳求。她还是喜欢姬恪，她不想彻底忘掉姬恪……

姬恪两片蝶翼似的睫毛颤动，扑闪下两片浓重的阴影，然后薄唇轻启。

他说："苏小姐，放开我的新娘。"

点到为止，婉转而且不着痕迹，正是姬恪惯有的风格。

苏婉之对姬恪情根深种的时候，大脑不由自主地犯傻，总是把一切都朝着姬恪喜欢她的地方去想。若是半月前，她还会以为姬恪这是在保护她，姬恪让她放开王萧月是为了让她快点儿逃出去……

可是……现在她可以轻易地分辨出，姬恪的意思是——我的新娘是王萧月，不是你。不论我愿不愿意娶你，都没有任何意义。

苏婉之心里最后的一点儿希冀慢慢冷却下来。

她的声音也冷了下来："姬恪，让我放开她不是不可以，只要你发一个誓——血誓。"

众人闻言都是神情大变。北周最高级别的誓言便是血誓，仪式很简单，刺破手指，将血滴进碗中，对自己的血许下誓言，再喝下，寓意是只要自己的身体里还流淌着一滴血，就不能违背自己的誓言。

这是北周开国皇帝为了巩固皇权而带头逼着与自己一同打拼天下的兄弟立下

的，姬恪作为北周皇子，这个誓言，一旦立下了就绝对不可以违背。

姬恪只是迟滞了一下，便道："是什么誓言？若是伤害他人，或违背道义伦理，我便不能答应你。"

苏婉之几乎想上去撕破姬恪脸上淡淡的表情，这个人，怎么可以在这个时候还这么淡然？

为什么……为什么自己都快疯掉了，他还可以这么冷静！

苏婉之努力压制着心口翻涌的恨意，冷笑道："你放心，我要你许的誓言很简单——此生除了苏婉之，你不得娶任何人为妻，也不得纳任何侍妾。"

这话一说，倒是苏婉之怀里的王萧月率先发作，她尖叫道："苏婉之你还要不要脸？居然敢让齐王殿下许下这样的誓言！"

苏婉之手中一紧，那把锋利的刀便在王萧月的脖子上划出了一道血痕。

王萧月顿时吓得花容失色，再也不敢说什么了，毕竟夫君没了还可以再找，但是命没了，就什么都没了。

"你这个誓言，我……"

不等姬恪接下来的话说完，苏婉之右手一拍，说时迟那时快，无形的掌风骤起，那个方向的几名护卫顿时嘴角流血，昏倒在地上失去知觉。

"如果你不答应，我就杀光这里所有的人……我说到做到！"

像是过了一瞬，又像是过了千年，姬恪叹息道："苏婉之，即便如此，我也不可能……"

苏婉之不耐烦地打断他的话："这不重要，你答应还是不答应？"

两人之间剑拔弩张的气氛更加浓烈。

苏婉之见姬恪没有反应，再次做出扬手的姿势。

这次，姬恪终于妥协道："好，我答应你。可以放开她了吗？"

"不。"苏婉之笑得妩媚，"我要看着你许下血誓。"

她拽着王萧月的头发，走到姬恪身前，端起一边的交杯酒，递到姬恪手中。

姬恪咬破手指，将血滴在了杯子里。

苏婉之盯着姬恪。

姬恪闭眼道："我北周齐王姬恪发誓，此生除了苏婉之，不会娶任何人为妻，也不得纳任何侍妾，若违誓言，便……"

"便身败名裂，死无葬身之地。"苏婉之瞪着血红的眼睛补充道。

姬恪又重复了一遍，将杯子递到唇边，顿了顿："你现在可以放开她了吗？"

"好。"

她松开手，几乎在同一瞬间，姬恪衣袖内的袖箭射向了苏婉之。

那涂了软筋散的箭确实射中了苏婉之。然而，他没料到，在同一时间，苏婉之张开双手，硬生生迎着箭，手托着杯底，把那杯酒灌进了他的嘴里，一滴不剩。

苏婉之的手按着胸前的箭，猛然拔了出来。箭刺得不深，只有丁点儿的血丝。她仰天大笑道："姬恪……我这辈子，绝对不会嫁给你的！"

然后苏婉之骤然转身，提起刀，一个纵跃从包围圈中飞出。

反应过来的护卫们连忙追出去。

姬恪的视线扫过落在地上的袖箭。

他射出的袖箭不该只刺进去这么深，苏婉之身上应该穿了类似于软甲的东西……即便如此，她还是中了软筋散。

那么，一切都还在他的计划之中。

姬恪擦了擦嘴边的酒水，一眼也没看已经瘫软成一团的王萧月，踏步出门，对属下道："其徐，帮我备马，我要最好最快的马。"

其徐低声道："公子，刚才苏小姐掌风劈倒的那两个人并没有死。"

他小心地抬头看着姬恪，方才他其实可以在一开始就护住姬恪的，可是……对那个单纯女孩的怜悯让他迟疑了一瞬，就是这么一瞬，姬恪便被逼着许下了血誓。

这样的誓言……对于任何一个男人而言，都是无法忍受的吧。

姬恪冷淡的神情却还是一如既往。

"我知道。"姬恪轻声道。

结束了吗？

姬恪抬眸看向远方，那抹艳红的色泽已然远去，视线中只余下隐约的红色痕迹。

不……苏婉之，还有别的事在等着你……

苏婉之纵起轻功飞驰出去，不过一瞬，她就察觉到身体里有些不对劲。

赤血丸药效完全发作的充盈感似乎在一点点变弱，苏婉之感觉自己的力气也在快速流失。

糟糕……

她的眸子在深红和乌黑中变换，之前身上连续浮现的血红印记也开始变淡。

这才是最让苏婉之担心的——赤血丸的药效虽然强劲，但只能支撑很短的时间，而且之后她的身体就会处于极度虚弱的状态。

身后的追兵眼见苏婉之的速度突然慢下来，心中一喜，加快了脚下的速度。

城门已经近在眼前，姬恪还来不及通知城门守备，苏婉之想，自己一定可以硬冲出去的。

苏婉之已经打定主意，身上带足了盘缠，可以先去外面避些时日。虽然她大闹了姬恪的婚宴，可是她并没有杀害一人，也没有做出十恶不赦的事。即便牵扯到苏相，最多也就是被晟帝训斥一顿教女无方，不会真的对她父亲不利。

苏婉之捏着手心里最后一颗雷鸣珠，思忖着要在何时用上。

便是在此时，一阵急促的马蹄声传来，接着是马儿长长的嘶鸣。

有人从街边的暗巷里策马蹿了出来，那人看见苏婉之的模样，似乎松了一口气，将折扇别到腰间，俯下腰身，长臂伸向苏婉之，语气急切："之之，快，上马！我送你出去！"

是苏慎言。

此时此刻，唯一肯帮她的人……只剩下苏慎言了。

是苦楚，是感动，抑或其他，苏婉之已经分辨不清。

她只觉心中有难以言说的热流涌上。苏婉之重重地对苏慎言点了一下头，够着他的手翻身上马。

马蹄声不绝于耳，掀起滚滚烟尘，马蹄沾地而过，宛如腾飞一般。

苏婉之靠在苏慎言的怀里，身上的疲惫感愈加明显，血色的眼睛也觉得刺痛难忍。

"哥，你怎么知道……"

苏慎言轻喘着气，回答很简短："容沂。"

城门近在咫尺，城门口的摊贩远远听见响亮的马蹄声，大都远远避开。

就在此时，一道浑厚洪亮的嗓音道："传齐王命令，关城门！"

苏婉之听出这是姬恪的护卫其徐的声音。

随着这一声，眼前的城门霍然动了起来，渐渐闭合。

苏慎言的马速丝毫未有减缓，他低声在苏婉之的耳边叮咛："靠紧我，要出城了。"

接着，他甩动马鞭，狠抽马臀。

马匹吃痛，猛然扬蹄，嘶吼后狂奔而出，硬是载着苏氏兄妹从城门的缝隙间穿了过去。

苏婉之刚松下一口气，又闻另一道声音随之而来——

"放箭。"

她难以置信地回头，只见重新开启的城门，姬恪纵马而来，单薄的身体在空中仿佛一阵风便能吹走，而他骨节分明的手中正握着一把乌黑色的长弓。

他仍旧穿着喜服，也仍旧好看得惊心动魄。

姬恪眉目清俊，气质温雅，薄薄的唇微抿，血色似乎也随着之前的那杯酒尽皆褪去。

不知何时，城墙上巡逻的护卫全都换成了满城楼的弓箭手。

"把刀给我。"苏慎言突然道。

"好。"

苏慎言从苏婉之手里接过刀，一手策马一手持刀，锃亮的刀身在他的身后飞旋，无数支箭被挥开，落到路边。

只是一瞬间，道路两旁便堆满了残破的箭。

挡剑的间隙，苏慎言语速极快地对苏婉之道："之之，你听着……你现在可以去祁山师门，说你是韩先立的弟子，那里会有人让你住下的。"

"我已经让苏星和容沂在那里等你了……"

苏慎言越说越快，声音也越来越低。

"哥，那你呢？"

"我……"

淡淡的血腥气味漫溢到鼻端，苏婉之骇然回头。

只见鲜血顺着苏慎言的衣襟一直滴落到马背上，蜿蜒而下，沿路都是点点血迹。

一支通体漆黑的长箭深深嵌进苏慎言的后背，箭翎高翘。

苏婉之慢慢睁大眼睛。

她看着苏慎言像是慢动作般，含笑从马背上跌落，尘土飞扬，发出重重的一声响。

她的脑子一瞬间蒙了。

苏婉之立刻翻身下马，揽住苏慎言，手脚慌乱地想止住苏慎言一直不停流淌的血，口中木然地重复道："哥，苏慎言，你不要吓我……别这样，起来，跟我一起走……"

然而她指缝间汩汩流淌的血液仍然湿热，灼烧着自己的手，触目惊心。

苏慎言还是笑着，但抑制不住嘴角溢出的血丝："别管我，走……"

衣饰简单的贵公子苏慎言躺在地上，衣衫发丝上都沾满了尘埃，但苏婉之从来没有一刻觉得她的哥哥像此刻这么好看过。

"起来啊，不要丢下我一个人……"

"咳咳……走，我没事……你快走……"

苏慎言流了这么多的血，怎么可能还活得了？

渐渐淡去的血色再度浮现在苏婉之的眼睛里，她霍然转眸，看到姬恪握弓坐于马背上，与她隔着数丈的距离。

那支箭是由特殊材质制成的，极其珍贵，在围猎上她见过，不会认错，只有皇室成员才有……这正说明那支箭是姬恪所射。

苏婉之的指甲陷进了手心里，她竭力控制着翻腾汹涌的杀意。

她错了，她真的从一开始就错了。

就算姬恪长得再好看，他的心都是冷的、是狠的。

她破坏了姬恪筹谋已久的婚礼，她逼着姬恪立下毒誓，姬恪怎么可能放过她？

是她太任性，是她太冲动。

她后悔了……

为什么她从来都是只有错到离谱，才知道后悔？

为什么她不能早点儿醒悟，发现这个人已经狠到了极点。

她早该听苏慎言的话，不要去喜欢他，这样的人……哪里是她能喜欢的？

苏婉之放声大笑，肝肠寸断，双眼血红，无比恐怖。

这次，她是真的……死心了。

笑声戛然而止，苏婉之抱着苏慎言嘶吼出了五个字，冰冷而凛冽，目光森然中透着肃杀："姬恪，我恨你！"

一字一顿，像是用尽了她全部的力气。

即使隔着长长的距离，姬恪依然能感受得到少女身上散发出的浓烈恨意和语气中无比的苍凉。

然而，苏婉之没有哭，从始至终，一滴眼泪也不曾落下。

那是极致的悲，已然无泪。

姬恪不由自主地握紧了手中的弓，坚硬的弓身深深地嵌进了他的掌心，几乎要硌出血来，在听见苏婉之那句话的刹那，他的心中闪过一丝窒息般的苦楚。

明明是自己的计划，为什么真的做了，却会觉得心悸？

不等他细想下去，苏婉之骤然发难，拾起掉落的刀狠狠向姬恪掷去。因为他们距离太远，所以即使苏婉之竭力投出，刀也只是落在姬恪的马前，但是追着她的护卫却因为她的这个举动，停住了脚步。

苏婉之乘机上马，扬鞭而去。

她的声音从风中横贯而来，震耳欲聋："救我哥！他若是死了，我要你偿命！"

在颠簸的马背上，苏婉之弯下腰，攥住自己的衣襟，克制住心口一阵一阵蔓延的痛，眼前是一条似乎永远走不到尽头的路。

姬恪，你为什么要这样……我恨死你了。

"不用追了。"姬恪抬手，止住随从。

他眼见苏婉之的背影渐行渐远，直到成为一抹辨不清的红影。

姬恪的眸光也随之沉了下来。

"可是……"

姬恪策马转身，再不理睬随从们的疑惑，命令道："其徐，去救苏慎言。"

他不担心，因为苏慎言不会死。

"是。"

姬恪的视线落在了掉落在地面的弯刀上。

如今，他已经做到极致了，苏婉之绝对不会再喜欢他了，他答应苏慎言的事情也已经办到了。

可是……他却没有丝毫喜悦。

——姬恪，我恨你。

以后再也不会有人在他面前天真地笑着说"姬恪，我喜欢你"，再也没有人会对他伸出双手说"你会跳吗"，再也没有人会对他无条件地信任。

其实这些都是无关紧要的东西……

只是，八年了……姬恪再度体会到久违了的心痛。

他这样伤害一个女子，是不是太过分了？

一瞬的恍惚后，他的耳畔响起了苏慎言在苏府夜色中对他说过的话："恪殿下，我可以帮助你夺权，但是你不可以动我妹妹。你会是个好皇帝，但绝不会是个好妹夫。与其让之之留在宫中整日钩心斗角，我宁可让她嫁给一个疼她的普通人。"

苏慎言的话没错，对于苏婉之来说，长痛不如短痛。

他没错，苏慎言亦没错。

姬恪抿起唇，转身骑马回城，一步一步走向烟云诡谲的明都。

这一路，他走得无比坚定，也无比艰难。

但是，他自己选择的路，再难也要走下去，为了他的母妃，也为了他自己。

此时此刻，温文尔雅的齐王殿下的脸上已不再挂着惯有的温和笑容，取而代之的是面无表情，让人看了不禁胆战心惊。

苏婉之……其实，离开未尝不是对你的一种保护。

番 外
姬恪的内心

一

"公子,方才那两个分别是王将军和苏丞相的女儿。"其徐跟在姬恪身后低声道。

姬恪轻轻嗯了一声,表示知道。

"那边坐着的是于尚书之女和厉太傅之女……"姬恪顺着其徐的话一一看过去,依然保持着温和的神情。

待记完后,姬恪才喘了两口气,微微垂下头,掩盖住眸子里锐利的光芒。

"公子,需不需要先去休息一下?"

姬恪挥手推开其徐欲上前扶他的手,淡淡地道:"余毒早就清干净了,我没事。"

"可是公子的身体仍被重创……"

"我没事。"

其徐见姬恪坚持，也不勉强，只是静等着。

不过一会儿，姬恪恢复了精神，唇边笑意柔和。

"其徐，我让你查的事情，有眉目了吗？"

其徐应道："已经有消息了，不过，还需要进一步接洽。"

"那么，另一件呢？"

"那件事已经办妥，公子无须担心……只是，不知是否需要提前？"

姬恪微笑摇头道："欲速则不达。"

关心之事已了，姬恪正要离开，其徐却又忍不住道："公子，我见陛下对您很是关心，而且……"

姬恪的笑容微停了一瞬，随即道："其徐，你太单纯了。帝王家的事，没有你想的那样简单。"

言罢，姬恪再度转身。

没等走到园中，姬恪便听见一阵混乱的骚动声。

姬恪到时，只见一身月白色长裙的女子正拽着一名青年的衣领，威胁道："你刚才说什么？再说一遍！"

周围密密地围了一圈人。

而这青年竟然面对一名女子唯唯诺诺，顾左右而言他。

再走近些，姬恪才发现一边的地上，另一名青年正躺在地上痛苦地哀号。

姬恪一眼便认出，那女子正是苏丞相的独生女儿苏婉之。

他不易察觉地皱了皱眉，早就听闻她是个奇特得根本不像女子的女子，可是，无论如何，女子如此作为，是不是有些出格了？

这样的女子，他并不喜欢。

不过，他同样知道，这个女子喜欢他。

第一次，第一面，苏婉之穿着男装看他时的目光，带着几许忐忑，几许焦灼，还有几许不知所措，都清清楚楚地汇成了思慕之情。

这样的目光他实在见得太多了，只是……

二

人潮散去。

齐王府，齐王内宅书房。

"公子，既然苏相之女钦慕您，为何不顺水推舟？若是娶到苏相之女，得到

苏相支持，只怕对公子继承大统助力不小。"

姬恪将随手抽出的书塞回书架，微微一笑道："苏相不会把女儿嫁给我的。"

其徐刚硬的脸上露出诧异的神色："这是为何？公子难道还……"

姬恪抿了抿苍白的唇，忽然问道："府上的宾客是否都走了？"

"回公子，是。"

"共来了多少人？"

"世家公子三十三人，小姐四十一人。"这些姬恪其实都知道，但其徐仍如实回答道。

"那你可知这里支持我的又有多少？"

"这个……"其徐语塞，迅速地在脑中回忆着每个公子小姐的家世。

姬恪勾起唇角道："不用数了，很少。朝中的臣子，但凡稍有见识，都能看出我继位的可能性极小。"

姬恪没有说出口的是，因为他尴尬的身份，苏相无论如何也不会将女儿嫁给他。

只是，看着姬恪用如此平淡的语气说这样的话，其徐一时觉得胸中淤塞，不知说什么宽慰公子才好。他转念一想，公子又何须他来宽慰，这些年他看着公子在危机四伏的环境下一点点转变，越发坚强，也越发思虑深重。若不是这样，公子又怎么能撑到如今。

叩门声轻轻地传来，姬恪道："进来。"

吱呀一声，青衣侍女托盘而入，小心地将盘中的药碗置于桌上，低垂着头道："王爷，这是今日的药，尚热着。"

姬恪微笑道："多谢。"

侍女的颊边泛红，低低嗯了一声便出了门。

姬恪见状，垂下眼睫，手指扣着桌沿，端起书桌上已经温热的药。浓稠的黑色汁液散发着辛辣的苦涩，姬恪似未觉出般仰头喝下，药汁顺着喉结滚动了几下涌入胃中，满口的苦涩弥漫，连着口腔一直灼烧到胃中，姬恪却连眉也未皱一下。

任谁喝了八年的药，也不会再觉得苦了。

这药也许他会喝一生，不过，那又有什么关系，他再也不会让自己失去什么了。

母妃告诉他，他体内流着这世上最尊贵的血液，他亦如此认为。

是我的，迟早都会是我的。

三

数月后。

药商车队的马车上。

"公子，总算找到您了……"

"我没事，也没有怪你的意思。"姬恪看着苏婉之远去，揉了揉疲倦的眼睛道，"我不在的时候都发生了什么？"

"围猎时，又出现了两拨刺客。陛下被刺客重伤，姬跃及时赶到救了陛下。后来，陛下又闻公子坠崖，勃然大怒，斩杀了牵扯此事的一百三十一名宫人，全城戒严。"

姬恪眼睛眨也未眨地问："还有吗？"

"两日前，姬止强抢歌女入府，那歌女不堪受辱自尽而亡，其父向御史大夫李大人当街告状。"

姬恪的唇染上几分笑意道："那明都如今风头最劲的是二皇兄燕王姬跃？"

"正是。"

"传讯给江成，让姬跃此时不要在意我的存在，姬止可不能这么早就退场。哦，还有……那株千年灵芝还在吗？替我敬献给父皇。"

其徐微讶，问道："那是夫人留给公子的，公子……"

姬恪想也没想，轻摆手道："于我无用，便是鸡肋。父皇暂时还不能死。对了，大臣们近日有什么风吹草动？"

其徐心中一凛，把几日来搜集的消息对姬恪娓娓道来。

姬恪闻言，似在沉思，并没回话。

其徐见状犹豫了良久，又道："公子，那日您被苏小姐带落悬崖后……"

"哦。"姬恪顿了顿，忽然一笑。

他的笑容很淡很浅，突如其来，仿佛是想到了什么好笑的事情。

姬恪的笑容素来温柔明媚，如春风一般柔和，倒少有这般笑得莫名其妙，完全叫人摸不着头脑的时候。

就连其徐也是一惊，难道这位苏小姐对公子做了什么，还是……

然而，只是一瞬，姬恪便语气平淡地道："之后并未发生什么，苏小姐和我只是在民居里住了几日，便一路走了回来。"似乎方才姬恪那一笑只是其徐的幻觉。

四

数日后。

齐王府。

"这便是宫中传来的新消息？"

"是。"

姬恪手指一揉，那份通过重重禁地运出的帛片便粉碎了。

姬恪看着飘摇落地的碎帛片，眸光深沉，似在思索。

身后的其徐弯腰拾起碎帛片，投进一旁燃着的瑞兽鎏金香炉中，袅袅的轻烟随着噼啪的灼烧声缓缓升起。

然而即便是千年灵芝，也救不了晟帝因滥服丹药而每况愈下的身体。

姬恪嘱托完其徐注意其中几人的动向和要筹备的另外一些事，方才靠在椅背上歇息。

其徐忽然递上来一个信封："这是王将军的拜帖。"

姬恪略扫了一眼，别视线道："我知道了，放下吧。"

姬恪闭眼，眼中是一片暗色，像是尚未点灯的宫门外隐隐约约的微光，只有轮廓而无影像。

他答应苏慎言的事必然会做到。

于他而言，娶妻亦是一步棋，要用到刀刃上。

最好的人选……姬恪未睁开眼，手指触到了王将军的拜帖，指尖一弯就够了过来。

王将军的女儿，若他未料错……也是倾慕他的。

与苏相不同，王家是世代沿袭的武将，靠的并不是帝王的宠幸，而是实实在在的战功。他们忠的不是帝王，而是这片土地。他们是锋锐的无鞘之剑，是利器，亦会自伤，只看用剑之人如何使用。若能得到他们的承认，他们定会不遗余力地辅助自己。

这才是他真正该去谋取的助力。

姬恪将七人各在脑中过了一遍——丞相苏岩和季川侯李聊与均是纯臣，他们不会支持任何一方；兵部尚书刘宇斌生性懦弱，只怕会先与三方虚与委蛇，等大局已定再做墙头草；御史大夫齐虞最是迂腐，对嫡长子继承皇位的法则倍加推崇，十之八九是支持姬止的；吏部尚书任漆是姬跃的姨夫，立场毋庸置疑……他能赢得的支持不过两份——护国上将军王如松和太尉关简。

可这两个人偏偏掌管着天下大半的兵权。

姬恪勾了勾唇，又陷入了沉思。

第二卷

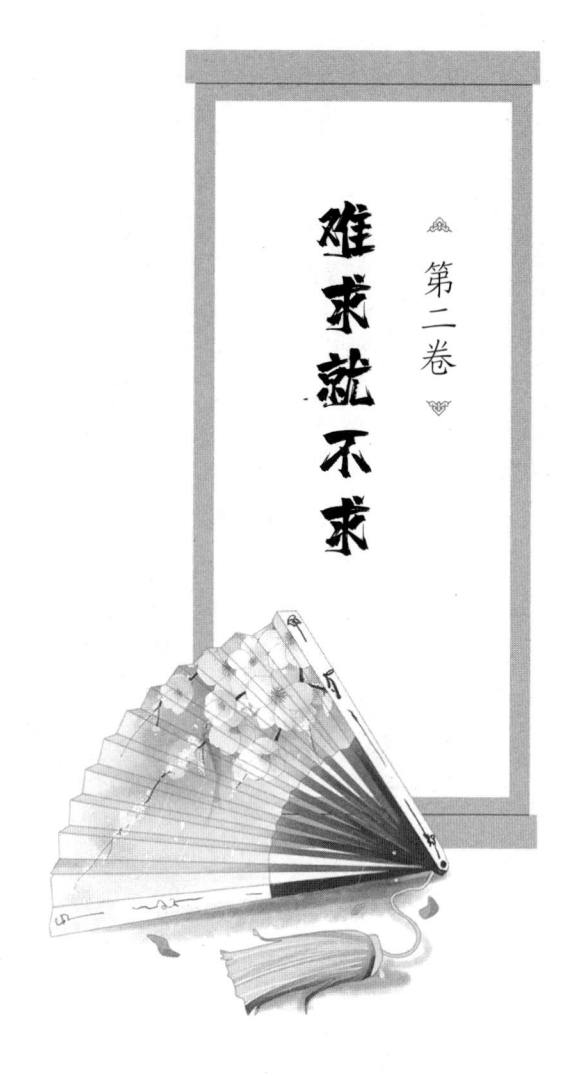

难求就不求

第九章
初上祁山殿

祁山正殿，恢宏大气的玄道圣像雕刻其中，地面铺陈着汉白玉石。石门玉柱，彩环重檐，龙盘凤绕，八十一根红楠木支在其间，上面绘有各类瑞兽，栩栩如生，极是壮观。

只是遥遥远观，便有一种正教大派的气势扑面而来，让人为之震颤。

此时殿内明亮通透，月白色的幡布轻微飘荡，映出数道长长的人影。

蓬头垢面的少女半跪半坐在地面上，姿势很不雅观。她的四周围满了祁山的教众，最前面的是祁山掌门，其余弟子按照身份衣着依次排开，十分齐整。

少女低垂着头，声音里微含着哽咽，用让人悲恸的音色讲述："他一箭射入家兄的胸后背，我无法救治家兄，只得将家兄丢在明都，自己独自离开……就是这样，我就这么上山来了。"

眼观鼻鼻观心作淡定状的祁山掌门祁浩然微微睁开眼，看了一眼因为徒手爬

上祁山而衣衫凌乱、狼狈不堪的苏丞相之女，也是他师弟韩先立的徒弟苏婉之，道："看茶。"

很快，有身着直裾深衣的小弟子端上茶来，茶色清碧，茶香馥郁。

苏婉之一点儿也不客气地捧着茶一饮而尽，在端茶小弟子目瞪口呆的眼神中扯袖擦了擦嘴，眨着无辜的大眼睛舔唇问："还有吗？"

娃娃脸小弟子的手抖了抖。

这女子怎么突然间反差这么大！

苏婉之霍然清醒，端正神情，将茶杯一放，继续一脸凄怆、双目泫然地望着祁浩然。

祁掌门温声道："苏小姐不用急，渴了便继续喝。"

苏婉之摇头，语气悲戚："祁掌门，你难道不觉得我很惨吗……喜欢的人不仅迎娶了他人，还用箭射伤了家兄，我因此有家归不得，说不定还会连累父母，兄长也生死未卜……"

祁掌门深以为然地点头："很惨。"

苏婉之低垂头，抹了抹眼睛道："祁掌门，那您是肯收留我了？"

祁掌门继续点头，对身边的执事弟子道："给苏小姐一套仆役弟子的衣装，顺便让她收拾收拾，和邓小姐住一间屋子。"

"仆、仆役弟子……"

苏婉之不自觉地重复……祁浩然有没有弄错啊？她都这么惨了，居然还让她做仆役。

祁掌门露出一副高深莫测的表情，捋了捋自己的山羊胡，对着门口扫地的弟子招招手道："来，莫忘，过来过来。"

苏婉之随即扭头看去。

叫莫忘的弟子闻言停止扫地，单手握住笤帚走了过来。

苏婉之打量了一下那名弟子，只见他面容憨厚，身材精壮，皮肤黝黑，一身弟子的深衣常服将他的粗腰束紧了几分。

他放下笤帚，走到祁浩然面前，恭敬地道："掌门，请吩咐。"

祁掌门捋胡须道："将你的事情说给这位苏小姐听听。"

莫忘露出一副极其不适合他的深沉表情，似乎经过了一番激烈的内心挣扎以后，才沉痛地道："是，掌门。"

然后他酝酿了一会儿,讲了一个无比凄惨、无比可悲的故事。

莫忘的父母都是朴实的老百姓,靠种田养家。一日,他们偶然看见一个待产少妇倒在路边,好心收留了对方。少妇难产而死,生下一个漂亮女孩,那女孩自小便作为莫忘的童养媳养在他们家。谁料女孩长大了不甘心只做莫忘的媳妇,便串通山贼杀了莫忘全家,做了山贼的压寨夫人。莫忘因为当日在外躲过了一劫,此后他便隐姓埋名上了祁山,希望能学艺报仇。这一待已经是三年了。

苏婉之听得一愣一愣的。

这会儿她不悲凄了,脑中瞬间闪过无数狗血的话本,连带着眼前黑黢黢的小弟子都仿佛高大了不少。

真是"一惨"还比"一惨"高。

跟他比起来,她那点儿伤痛算什么!

莫忘沉浸在自己的悲痛中正无法自拔,忽然感觉从边上投来的同情目光,那目光实在太强烈,他想忽略都忽略不了。

他不由自主地瞪过去,却发现对方的脸上充满了同情之色,其中还夹杂着理解惋惜之意。莫忘顿时充满无力感。

祁浩然又捋了捋胡须,把视线投向苏婉之,高声问道:"苏小姐,你还有异议吗?"

苏婉之当即摇头:"没了!"

祁掌门终于露出一丝满意的笑容,道:"带她去报到。嗯,正巧后山缺一个扫地的弟子。"

苏婉之点点头,跟着方才端茶的小弟子出门,边走边觉得哪里不对。

怎么……方才她好像被人骗了一样?

苏婉之挠了挠头。

祁山甚大,山脉连绵起伏,内里包罗万象,怪石灵泉随处可见。

而祁山门派就建在祁山之中,若不是韩先立早跟她说过入山之法,她只怕连山门都找不到。

苏婉之发现这里面大得很。

他们走出了方才的正殿,呈现在眼前的是个巨大的环形回廊,回廊边缘每隔两丈有一个柱子,柱子中间则有一个拱门。苏婉之望了望,发现拱门后都是模样

相似的院落，看来那些院落都是祁山弟子的居所。

那小弟子带她顺着回廊七拐八拐，就绕到了一间独门独院的小院落中。小弟子推开院门指了指其中一间房，语气平淡地道："喏，你就住在那儿，等会儿会有人给你送来其余的东西。你有什么不懂的就问和你同屋的邓小姐，她早你三个月来。"

苏婉之看了一眼那间房子，还是忍不住侧脸叫住那个小弟子："喂，那个，你叫什么名字？"

祁山上只有零星女子，几乎称得上是座和尚山，而苏婉之从相貌而言还属上佳，又气质洒脱胜在自然，此时小弟子侧睇看去，发现她倒也有几分风情。

小弟子瞬间脸红了。

小弟子沉默一会儿后，立刻正色道："你不要妄图诱惑我，我乃祁山最有潜力的弟子林圆，是绝不会被美色所迷的，哼哼哼……"

说着，不等苏婉之再说什么，他径直拂袖，转身走了。

哼哼哼……哼你个头啊……

不过……林圆，苏婉之回想了一下刚才小弟子的那张脸，确实挺圆的。

不过，他说她诱惑他……

苏婉之抽了抽嘴角……她有饥渴到这种程度吗？这位未免也太自作多情了吧。

念及"自作多情"四个字，刚才还浅笑着的苏婉之，神情忽然黯淡下来。

她转身迈大步走进了院子。

苏婉之推门而入，便见被围墙圈起的方寸之地竟还有一个小池塘和两株古槐树，屋前搭了个葡萄架子，架子上还爬着些藤蔓植物，但不知是否少打理，藤蔓黄黄绿绿的很是难看。

苏婉之只大致扫了一眼，便穿过院子进了房间。

房间里空无一人，靠墙脚的位置随意摆了两张床榻，其中一张床榻对面是一个精致的梳妆台，上头搁了好些饰物，再近些是一张八仙桌和两个与人同高的桃木柜子。

简单到甚至简陋的屋子里充斥着另外一个人的气息，她不再拥有只属于自己的闺房了。苏婉之迟疑了一下，不过想到以后这也是自己的屋子，便又心安理得起来。

苏婉之挑了没人睡的那张榻，掀开被褥，脱下鞋袜和脏污的外袍就躺了进去。

躺下去的瞬间，她长长地呼了一口气，同时用一只手挡住窗外投射而来的光线。

她的睫羽眨了下，遮盖住闪亮的大眼睛，表情掩在阴影中晦涩难辨，只余唇角轻轻掀起的弧度，浅淡而苦涩。

这几天她真是……累死了……

本来她从明都逃出后，万念俱灰。

但是担心被姬恪的追兵追上，她都不敢停下来休息，一路风尘仆仆地来到祁山脚下，还学着话本里写的那样昼伏夜出，白日睡觉夜里赶路，几次从马背上摔下来，其间的凄惨苦楚一言难以尽述。

因为担心连累他人，苏婉之压根没敢去找来接应她的苏星和容沂，硬是自己咬着牙历经千辛万苦爬上了祁山，到山上的时候，人已经累得只会喘了。

苏婉之到山顶上的时候，正是清晨时分，一轮朝阳在晨雾中徐徐升起。

她坐在地上，双手撑着身体，连直起身的力气都没有，大脑一片空白。

在这样的情形下，苏婉之对姬恪的恨不由自主地就被冲淡了，那些汹涌的爱也似乎随之被冲淡了。

也许是已经报复过了，等她冷静以后想想，对姬恪而言，他做的一切其实没错，只是自己不能接受现实而已。

他从来没有承诺过，无论是娶她还是其他什么事，那些旖旎的念头其实只是她的一厢情愿。

姬恪对每个女子都好，都是谦谦君子、温润如玉的模样。她早该明白，这样的人其实比苏慎言那种处处留情的人还让人生恨——因为当你知道一个人风流的时候，你会下意识地阻止自己动心，可是倘若这个人温润如玉又一直孑然一身，你便会开始希冀甚至遐想他会喜欢上你，会不会只喜欢上你，只对你有所不同。

是的，一切的一切都不过是她咎由自取。

苏婉之回忆起他们相处的那些时光，除了她一头热地接近，那个人从来……都没有喜欢过她。

现在，她只恨姬恪射进苏慎言体内的那一箭。

不知道哥哥他现在怎么样了。

人总是摔倒了才会成长。

她现在……也该成长了吧。

不知不觉，苏婉之陷入了梦乡。

苏婉之不知自己睡了多久，半梦半醒之间，她听见有人在屋外说话，一个尖锐娇嗲的女声硬生生地把她从梦境里拖了出来。

苏婉之生平最讨厌有人吵她睡觉，更讨厌这种类似王萧月的矫揉造作的声音。在脑子惺忪迷糊的时候，她想也没想，随手摸了一样东西就冲着眼前模糊的人影丢去。

砰，瓷质花瓶落地，瓶里的鲜花全部散落在地面上，水也淌了一地。

"小姐，不知计某何时惹了你，你为何要砸我？"

男声清朗优雅，微微带着一丝磁性，很好听。

苏婉之几乎是条件反射地猛然从床上坐起，目露凶光："姬？你姓姬？"

"小姐，计某姓计，不姓姬……"

祁山掌门大弟子计蒙计大师兄低头看了看沾着水渍的布衣，好心地解释道。

苏婉之睡得眼前一片模糊，尚来不及擦眼睛，便恍恍惚惚地看见眼前站着个男人。

苏婉之看不清他的样貌，但从身形依稀可辨这是个清瘦的男人。

男人！清瘦！

苏婉之根本没注意对方说的是什么，仍旧不是很清醒的脑中瞬间闪过无数个姬恪，好吧……什么不恨啊、淡了啊、忘记啊根本都是她困窘时拿来自我安慰的。

要是姬恪此时手无缚鸡之力地站在她面前，她直接上去乱刀把他削成片！

苏婉之的手下意识地顺着床榻边缘摸去，一直摸到桌面上，刀没摸着，反倒摸到了一根银簪。

银簪就银簪。

苏婉之握着凶器，恶向胆边生，在手里比画了一下，就准备朝眼前模糊的人影狠狠刺去。

没想到东西还没掷出去，又有一声脆响，随即便是哗啦啦的水声响起。

这次落地的是个茶壶。

而后响起的是一个极娇嗔的女声："啊啊啊啊……你你你……你这个不知道哪里来的女人，拿着我的银簪要做什么？"接着娇弱的声音转向另外一个人，"计师兄,我不认得她的,你帮我把她赶出去好不好?"

魔音穿耳过,苏婉之一个激灵,醒了。

苏婉之又看了看手上握着的银簪,彻底醒了……我刚才是要干吗?

苏婉之顺着银簪,看向魔音来源——她未来的室友小姐。

青丝如瀑,裙裾曳地,那一袭橘色长裙将邓小姐的身子裹成了球状,乍一看去,倒很像苏婉之爱吃的橘子。

"啊,计师兄,她还瞪我,我好害怕……"

说话间,"橘子小姐"瑟缩着向另一侧靠去,作小鸟依人状。

苏婉之目瞪口呆,明都的娇小姐她不是没见过,但还是头回见到这种奇特的类型。

不过,也是这时,苏婉之才认真地看起方才被她行凶的男子。

靛青色纱衣罩在他身上,领口和袖口都有细致的玄色纹绣,藏青丝带松松地绾着如云的乌发,眉目间是一种极致的俊朗,标准的剑眉星目,唇畔噙着淡淡的笑意,若有若无。

此时若要苏婉之列举她最讨厌的长相,那么这张脸一定位在其列——面无表情便面无表情,大笑便大笑,这种似笑非笑的表情,看似很好看,其实根本就是拒人于千里之外……根本就是欠揍好吗!

"欠揍男子"继续挂着欠揍的笑容,不着痕迹地让开半个身子,恰好躲开了"橘子小姐"的投怀送抱。而后他展颜,温文尔雅地道:"邓小姐的院落看来并无大碍,那计某便先走了。至于这位小姐,若没猜错,应该是今日上山的苏小姐。今后她也将住在这个院中,希望两位能相处和睦。计某这就先告辞了。"

言罢,"欠揍男子"也不等邓小姐再说什么,转身便退出院中。

此等行径,何等地欠揍,何等地骚包。

身边的邓小姐捧着肉嘟嘟的脸颊,眼光迷离闪烁道:"计大师兄真是太俊秀了,太完美了!"

苏婉之叹气转头。

邓小姐立即不乐意道:"哼,你叹什么气?计师兄可是祁山的支柱,不论武功、相貌、人品、能力可都是一等一,你瞧他方才说话做事,多么井井有条,多么一丝不苟……"说着,邓小姐像突然想起什么,语气一转:"我可告诉你,不管你是哪里来的,我早你三月住进来我就是主,就你这细胳膊细腿,若是敢觊觎我的

计师兄，我就……我就用笤帚把你撵出去！"

要她觊觎，至少也得她感兴趣啊！

她感兴趣的人……

苏婉之撇了撇嘴，垂下眼眸，终究什么都没说。她换上仆役青衫，折了折袖口，衣服总算显得不那么宽大了。

除此以外，祁山派发的东西里还另有一套换洗备用的衣衫、洗漱用的木盆、干净的毛巾和一本祁山山规手册，考虑到她是女子，特地多发了一个收纳盒。

苏婉之本来就不爱戴首饰，去掉耳朵上的珍珠耳环和手腕上苏夫人给的玉镯，再把头上绾发的玉簪取下来，长发只用一根系带草草束了，整个人一下子变得素净了。多亏苏夫人的遗传，苏婉之本就生得不难看，平日的妆容也都是苏星帮她打理，现在这么一打扮，倒多出了清雅的味道。

女为悦己者容，过去她总是想要打扮得漂漂亮亮地去见那个人……现在却已经没这个必要了。

苏婉之给自己打了打气，准备开始新一天的生活。

她看着手册里附送的祁山地图，用朱砂笔标出她要扫地的区域，用手指比画了一下，这个后山的区域……是不是有点儿大？

边上的邓玉瑶——此时苏婉之已经知道对方叫邓玉瑶，是个土财主家的女儿，因为在家里日日胡吃海喝导致嫁不出去……咳咳，邓玉瑶本人当然不是这么说的，又因为家里和祁山沾亲带故，所以被自己的爹送上祁山，希望能受点儿祁山弟子勤奋修行的影响，变得稍微勤俭持家、贤妻良母一点儿……

邓玉瑶见了苏婉之手里的地图，不禁哈哈大笑起来，脸上的肥肉都随之颤动，很是吓人："你是不是得罪了给你分任务的人？这么大块地，你就是扫上一年也不见得能扫完一遍。"

苏婉之卷起袖子，眯了眯眼睛道："你就这么肯定？如果我能做完呢？"

邓玉瑶凑过来，也眯起别人本来就不怎么看得清楚的小眼睛："若是你能做完，我就……我就告诉你计师兄的生辰、爱好与平日爱去的地方。"

苏婉之放下地图，干脆利落地道："不感兴趣。"

"喂，你……"邓玉瑶叉起腰，神色一转道，"那不然我就告诉你祁山的一个秘密场所，我保证会让你大吃一惊。"

苏婉之的眉毛刚抬一下，又低下去，她道："谁知道你说的是什么鬼地方。"

她看了看天色，该是晚膳的时间了，手册里说这个时候可以到祁山的公共膳房里领取膳食。她伸了个懒腰道："我先去吃饭了。"

邓玉瑶似乎还不死心，依旧在她身后道："喂，你知道我是谁吗？我娘舅的三侄子的二表叔可是掌门……的贴身侍童，我这消息可是真真实实的，全祁山不会超过五个人知道的！喂，你别走这么快啊……啊，今天有红烧肉，我的红烧肉！"

苏婉之考虑到目前自己还是个新人，处在懵懂状态，对于祁山的认知实在是少得可怜，所以她还是和邓玉瑶一起去了膳房。领取膳食的窗口前已经排了三四十米的长队，膳房中间是齐刷刷的一溜长桌和条凳，场面很是壮观。

邓玉瑶扭着胯，一摇一摆很是销魂地对苏婉之摇摇手指道："女弟子是不用排队的。"而后她走到一个排着很少人的队伍的窗口，在一众男弟子钦羡的目光中施施然托起膳食坐到一边的条凳上，条凳边的女弟子迅速四散转移位置。

邓玉瑶依然毫无压力地在那些复杂的视线下把一块肥瘦均匀的红烧肉塞进嘴里，腮帮子一动一动地对苏婉之道："祁山什么都好，就是男弟子太多，太讨厌了，每日就喜欢盯着人家看，没见过长得好看的姑娘家吗？"

世界之大，居然还有这种人！

苏婉之低下头，尽量掩藏自己的脸，早知如此，她干脆一路问人摸索过来算了，这样也比坐在邓玉瑶身边要好……

苏婉之端着饭碗，默默找了个离邓玉瑶颇远的位置坐下。虽说菜碟里只有少得可怜的几块红烧肉和一大把老白菜，但是饿得饥肠辘辘的苏婉之还是很快把碗里的菜一扫而空。

吃完饭，苏婉之擦了擦嘴，正准备回去。

忽然有人如旋风般冲进膳房，口中大喊道："快快！都别吃了！二师兄出关后又来挑战大师兄了，地点就在正殿前面的平台，大家快点儿去看啊！"

随着这一声大喊，此起彼伏的声音随之涌起——

"啊，真的假的？大师兄又要虐二师兄了啊！"

"二师兄真是我们的楷模，都输了两百八十二回了，还敢去挑战大师兄！当真勇气可嘉啊！"

"别说那些没用的！来，开盘赌了啊——这次二师兄能在大师兄手里撑几招啊？"

"十招！"

"喊，这么不给面子，我赌十五招！"

"你们这什么眼力，我押五招！"

…………

苏婉之只听见碗盘在桌面上滴溜溜转动的声音，再一看，整个膳房已经犹如大风过境般人去楼空，鸦雀无声。

独剩苏婉之一人安稳地坐在桌前，恍惚间似乎能听见膳房上空飞过哇啦哇啦尖叫的乌鸦。不过很快，偌大的膳房连最后一人都不剩了——走到一半的邓玉瑶折回来，用一只肥手拽住苏婉之的胳膊，很是理所应当地说道："你还坐在这儿干吗？还不快去看？这可是大热闹啊。"

再然后，苏婉之便被邓玉瑶拖着到了正殿门前。

邓玉瑶的动作如风，苏婉之都没来得及挣扎。

苏婉之："……"

学过武的那个人真的是她吗？

苏婉之朝正殿前的空地看去，已有两人笔直地站在前方，鹤立鸡群。

祁山之巅，正殿之前。

两袭青衫被风鼓起，颀长的身影被夕阳无限拉长。

逐渐落下的深红圆日映照在两人身后，仿佛一个巨大的帷幕，将两人的身形衬托得更加高挺出众。

祁山众弟子围在四周，安静地挤着看。

气氛剑拔弩张。

大战一触即发。

"小生，你怎么又来了？"大师兄的语气颇为无奈地问道。

"这次不一样了！在闭关中我参透了另一层境界，我一定可以一雪前耻，让你对我俯首帖耳！"

那声音继续无奈地道："是俯首称臣。"

"那个……不重要！反正，大师兄，看招吧！"

说时迟那时快，只见身形略矮的男子握紧剑，剑尖从地面直起，他的头微微低垂，有风吹过，掀起他的额发，端的是高人气势。

接着一个漂亮的起手式，身形略矮的男子挽起剑花，双臂平展，深深刺向前方。

他的整个招式都极其流畅，似乎与身体同步。

就连被邓玉瑶拉来围观的苏婉之都忍不住在心里暗叹一句：好漂亮的招式！

终于，被攻击的大师兄计蒙出手了。

人们纷纷屏住呼吸。就在所有人都期待着一场惊心动魄的打斗之时，计蒙忽然一个闪身，双指并作一指，轻轻一拂……

二师兄钟小生的动作顿时一顿。

就这么一顿，计蒙以手肘撞剑，用手掌握住钟小生的手臂，一个轻轻松松的反转擒拿，硬是把对方扭过身去，按住对方的身体。

哐当一声，钟小生的剑掉到了地上。

众人的表情纷纷变成了不可置信，下巴惊掉了一地。

计蒙的动作很随意，并没有任何花哨的成分，却让钟小生避无可避。

"结束没有？"

钟小生难以置信地回头道："不可能，不可能，你怎么会一招就赢了我？"

计蒙稍微沉吟了片刻，才开口道："你刚才准备那么半天到底是在做什么？"

"气势，气势啊！你没觉得我方才有种很强大的气势吗？"

计蒙老实回答道："没有，我只看见你刚才全身都是漏洞。"

"你难道没听过全身都是漏洞等于没有漏洞吗？"钟小生冲着计蒙怒吼。

计蒙又沉吟了更长的时间问道："你闭关三个月就领悟出了这个吗？"

钟小生挣扎了两下，发现计蒙的手臂铁钳似的令自己完全挣脱不开，不由得嚷嚷道："先放开我啊！"

计蒙笑笑，松开抓着钟小生的手。

低垂着脑袋的钟小生眼中贼光一闪，双腿向后一踢，两手从下偷袭，那姿势要多猥琐有多猥琐，要多无耻有多无耻。

刚才还挂着漫不经心的笑容的计蒙眼神一厉，长腿狠狠地踹了过去。

用三个字形容他的动作：快，准，狠。

下一刻，他的月白色云纹靴子踩在钟小生的背上，下面那个人被他踩得动弹不得。

计蒙仍是笑得风轻云淡。

"师弟，偷袭可不是好习惯。你还是再回去闭关三个月吧。"

只见计蒙领边袖口的玄色纹绣仿佛要腾起,在金色夕阳映照下,他那棱角分明的面颊上也似镀上了一层金色的微光。

毫无悬念,钟小生完败。

祁山众弟子眼看已经没有任何悬念了,那边的赌局也开始收盘了。

摆赌局的弟子乐得脸都笑开了花,因为大部分人都猜错了这场比武的结局,那钱可就流进他的口袋里了。谁想到大师兄这次这么不留情面,居然一招就搞定了二师兄。

摆赌局的弟子这边还没数完打赌赢的钱,计蒙那边淡若云烟、带着一丝矜贵的优雅嗓音已在不远处响起:"都看够了吗?明日便是教场练习,如果谁练得不合格……"

计蒙的话音未落,里三层外三层的弟子再次作鸟兽散,只留下淡淡的烟尘。

苏婉之没反应过来,站着不知该往哪儿去,再一看旁边的邓玉瑶,已不知何时消失在远处。

这……邓玉瑶身手敏捷得和体形完全不配啊。

"你……怎么还在这儿?"

苏婉之:"呃……"

计蒙略略皱眉,似乎在回忆:"你不是应该去扫后山了吗?怎么,不认识路还是忘记了?"

钟小生见计蒙的注意力去了别处,连忙使劲挣扎,白净的小脸蛋在正殿前的白玉砖上不断磨蹭。好不容易等到计蒙稍微放松,钟小生慌忙爬起,丢下一句"等我回来报仇"便连滚带爬地迅速消失了,身形快得宛如飞起。

计蒙望着钟小生远去的身影,微微扬起唇角,笑叹了一句:"死小子跑得真快。"

苏婉之趁机也想转身溜走,却听见计蒙说道:"算了,你刚来不认识路也属正常,我带你去好了。"

苏婉之:"啊?"

计蒙转身走到苏婉之身旁,一只手搭在她的肩膀上,笑道:"不用这么惊讶,怎么说我也是大师兄,照顾新人是应当做的事情。"

可是我觉得很不应当!还有你放在我肩膀上的手能不能拿掉啊?很不舒

服啊！

计蒙似乎感觉到了苏婉之的不适，搭在她肩膀上的手反而轻轻勒紧了，轻笑一声道："怎么了？是有什么不习惯的地方吗？不用害羞，尽管跟大师兄说好了。"

他是故意的！

他是觉得她不喜欢他，所以故意这么做的。

确定了这点之后，苏婉之瞬间就确认了另外一件事——果然所有姓"姬"的家伙都很讨厌！

"够了，放开我！"

计蒙的手被甩开，他一脸无辜地看向苏婉之道："怎么了？"

苏婉之皱眉，正要开口，只听一道嘹亮的声音自正殿下响起——

"师姐，我找了你好久！"

容沂从台阶下噔噔噔几步踏了上来，衣衫丝毫不乱，唯有发丝有些散开，眼眸倒是晶亮，似乎很是欣喜，还有些期盼。

但在容沂迈上台阶之后，他的表情瞬间冷了下来。

"计蒙，怎么是你？"

"哦，是容小师弟。"计蒙也敛了几分笑，问道，"为何不能是我？"

"浑蛋，你离我师姐远一点儿！"容沂快跑过来，一把推开计蒙，挡在两人之间，恶狠狠地看着计蒙，眼睛里满是敌意。

两人直直地对视，气氛立刻紧张起来，有种宿敌相见的味道。

容沂指着计蒙道："师姐，这个浑蛋欺负你了吗？我去帮你教训他！"

苏婉之安抚地拍了拍他的头，义正词严地教导道："没有，是我在欺负他呢。"

"啊？"容沂眨眨眼，一脸茫然，"师姐，你在说什么？"

苏婉之笑得毫无芥蒂："没什么，我们下去吧。"

说着，苏婉之率先离开了。

容沂连忙丢下计蒙追了上来，似乎这时他才反应过来，喋喋不休地道："师姐，你没事吧？路上没有遇到什么麻烦吧？你到这儿几天了？在祁山住得还习惯吗？有什么我能帮忙的吗？虽然我也刚到，但是我在祁山住过不少日子……"

苏婉之打断他："容沂……"

"啊？"

"明都……"停顿了一下，苏婉之忽然笑道，"没什么，挺好的。不用担心我。"

看见苏婉之的笑容，容沂却突然一怔。

明明眼前的苏婉之脸上挂着和之前没什么差别的明媚笑容，但他的心口却像是一下子被击中了一样疼……她在哭，苏婉之的心里在哭。

也是……遇到这样的剧变，她怎么还可能这样平静。

可是……

他还是必须要告诉她："师姐……"

"还有什么事？"

容沂垂下眼睫，尽量不去看苏婉之的表情，声音也压低了些许道："我……我离开的时候，苏夫人和苏大人都安然无事……"

苏婉之轻轻松了一口气道："那就好……"

"只是……"容沂闭上眼睛，一口气说道，"只是苏师兄他可能已经……"

"你说什么？"

苏婉之霍然转身，握住容沂的肩膀，平静的眸子看着他，一字一顿道："你说什么？"

第十章
情错悔亦迟

"师姐,你……"

容沂被苏婉之转瞬冷下来的声音吓到了,酝酿已久的话一时之间竟然说不出口,回想他刚知道这个消息时的心情,顿了顿,才又开口:"苏师兄他……"

突然,苏婉之出声打断容沂的话:"等一下,你先别说。"

明明是她要容沂告诉她的,但此时不敢听下去的也是她。

她害怕……害怕从容沂的口中亲耳听到那个消息,不听便可以当作不知道,不知道便不用痛,不听便可以当作一切都没有发生过,还能够自欺欺人实在再好不过了。

可是……这突然汹涌而来的情绪是什么?是什么?!

"师姐?"容沂担忧地看向苏婉之。

苏婉之深吸了一口气,语速飞快地道:"够了,我知道你要说什么了。"

容沂:"你别这样……师姐……"

苏婉之松开握着容沂肩膀的手,退后一步,身子颤抖了一下,语气冷静得近乎冷酷:"我没事,很快回来,别来追我。"

苏婉之话音未落,容沂便见她飞速跃下台阶,疾步拐进正殿下一侧的小树林,之后身影逐渐隐没进山林中。

山林后是一片草木繁盛的密林,郁郁葱葱,一眼望不到边。她一直往前急速奔跑,好像这样就能忘记所有的事情。

"笨蛋之之……喜欢的话哥哥给你买啊!"

"哼哼!我才没有喜欢呢!"

逆着阳光,那个有着魅惑桃花眼的男子轻轻挑起眉宇,指间的折扇欢快地翻转,轻快又宠溺的笑容在他的唇边绽开:"不喜欢?不喜欢你刚才半刻钟里往这家店偷瞄了十来次,还拽着我非要从这里路过?"

她撇着嘴不说话,脸慢慢红了起来。

苏慎言拿着折扇敲她的脑袋,瞧着眼前的布料成衣店哭笑不得地道:"女孩子喜欢漂亮裙装又不是什么见不得人的事情,你干吗一副觉得丢脸的样子。"

苏婉之偷瞄了一眼苏慎言,见他没有取笑自己的意思,才道:"可是……可是娘亲说女孩子天天穿裙子显得很弱啊,而且那个讨厌的王萧月也老是穿裙子,我才不想跟她一样呢……好吧,虽然我的确很想买漂亮裙子没错啦……喂喂,老哥不许笑我啊,听到没有……还笑还笑……你浑蛋……"

"哈哈哈,居然是因为这个,哈哈哈哈哈,我憋不住了……"

熙熙攘攘的人群里,苏慎言扶着墙笑得甚是没有形象。

苏婉之的脸已经红爆了:"不要笑了……"

苏慎言捶墙大笑:"是你太好笑了……"

苏婉之气得去掐苏慎言的脖子:"你去死啊浑蛋!"

事后,为了赔礼道歉,苏慎言陪苏婉之逛完了城中十几家成衣店,并且一口气替她买了六七套她喜欢的裙装。

那是苏婉之第一次拥有那么多的裙子,换上之后,对着镜子的她还有些不自信,忐忑了好一会儿,才问苏慎言:"哥……我真的适合穿这个吗?"

苏慎言双手抱臂斜倚在门廊边,挑剔地上下打量着苏婉之。

"以一个男人的眼光来看……"

苏婉之立即紧张地用力咽了咽口水。

苏慎言抿了一下唇道:"完全不合格,你太瘦了,裙子根本撑不起来,还有……嗯,曲线……"

苏婉之泄气道:"我就知道……"

"不过嘛……"苏慎言放下手臂,走近两步,挑起苏婉之的下巴,绽开温柔到足以溺毙人的笑容,"以一个哥哥的眼光来看,再没有比你更漂亮的妹妹了。"

"什么嘛……你本来就只有我这一个妹妹……"

"咦,被发现了。哈哈。"苏慎言用力揉乱苏婉之的头发,大笑道,"刚才是逗你玩的,我苏慎言的妹妹怎么可能不好看。笨蛋之之……"

她的记忆里,只剩下苏慎言那张好看的脸,和似乎一直回荡在耳边低哑的声音。

"笨蛋之之,对我来说,你永远都是最好看的。"

笨蛋之之。

你永远都是最好看的。

一字一句,直直戳进苏婉之的心窝。

她痛得无法呼吸。

再也……再也不会有人这么说她了……

再也不会有人大半夜陪她去逛明都,再也不会有人一边欺负她还一边帮她背黑锅,再也不会有人在她做错了事之后帮她求情处理烂摊子,再也不会有人像他那样维护她,再也不会有人在她穷途末路的时候对她伸出手说"之之,快,上马,我送你出去"……

当日赤血丸药效过去后,苏婉之的身体一直处于极其虚弱的状态,但因为担心被追兵追上,她一直强打着精神坚持,对身体的损耗极大,至今也没完全恢复。如今狂奔之后,苏婉之很快就觉得精疲力竭了。

苏婉之站定,手指一动,翻出藏在袖中的匕首,对着眼前的树木花草就是一通乱砍。直到累得连匕首都提不起来,她才慢慢顺着树干滑坐下来。

仿佛只有耗尽力气,苏婉之才不觉得胸口郁结的苦闷那么难受。

可她还是痛……绵延不绝的痛。

其实她也知道自己方才是在掩耳盗铃——苏慎言那日流了那么多血,怎么可能平安无事?她不去想,就不觉得难过,一旦想起,才觉得自己残忍。

哥哥为了救自己才会出事,自己怎么可能这么心安理得地活着,甚至刚才还

笑得那么开心？

苏婉之抱膝靠着树，慢慢垂下头。

姬恪……

再想起这个名字，苏婉之心里首先浮现的感觉已经不是开心和兴奋，而是痛得锥心刺骨。

姬恪就像盘桓在她心头的一块疤，不敢动，一动便痛彻心扉，然而不动，梗在心口的感觉又如影随形，挥之不去。

这是她的错，都是她的错。

苏婉之闭上眼睛，一巴掌用力打向自己的脸。

啪的一声，然而伴随着清脆的巴掌声到来的却不是她意料中的疼痛。

"为什么要打自己？"有人在苏婉之的头顶说，"你这丫头下手还真重，我帮你挡了你也不说声谢谢？"

苏婉之理也没理。

对方弯下腰，手指抬起苏婉之的下巴道："让我看看你哭了没有？"

苏婉之啪的一下打开计蒙的手，冷冷地道："别碰我，你烦不烦？！"

计蒙轻笑，似乎并不在意自己被打落的手，只道："姑娘家不该这么粗鲁的。"

"关你屁事！"

"的确不关我的事，不过你似乎还没回答我之前的问题。"

苏婉之本就心情不佳，计蒙这优哉游哉的调子更是惹怒了她，令她无法控制地迁怒于他。她冷不丁扬手一掷，刚才劈砍花草树木的匕首就这么狠狠地朝着计蒙飞去。

"你有毛病吗？我打谁不打谁关你什么事啊？你怎么这么无聊啊！"

计蒙轻而易举地躲开了匕首，脸上的笑容丝毫没有因为苏婉之粗鲁的话而改变。他笑着说："计姓不是大姓，姓这个的人据我所知还是相当稀少的。不过，'计'和'姬'音似，而姬姓是国姓，你想要刺的，是谁？"

苏婉之霍然抬眼，目光凶狠地瞪住计蒙道："大师兄，你不应该是很忙的吗？怎么现在这么有空来管我一个仆役弟子？你快去忙啊！滚啊！"

"被你看出来了？"计蒙眨了眨眼，揉了揉眉心道，"那我也不用兜圈子了，是韩师叔来信让我代他照顾你。我欠他一份人情，所以为了我还人情，苏师妹你稍微配合一点儿，至少你在祁山的这段日子，装也要装得开心点儿。"

韩先立。

苏婉之回想起记忆里总是绷着脸的师父，实在没想到计蒙是因为这个管自己。毕竟韩高人一直都是那副生人勿近的冷漠样子，居然还会记得关照她这件事……

瞬间，她记忆的闸门像是被打开了，过去她和苏慎言一起习武被调教的日子也蓦然冲进了大脑，霎时，悲伤的情绪再度来袭。

苏婉之刚想垂下头，计蒙就凑近她，微讶道："原来你方才没有哭。"

"……"

"别这样看着我，你哭吧哭吧，这次我不拦着你！"

伤感的气氛被一下子打破，苏婉之皱起眉头道："我看起来很像哭了的模样吗？"

计蒙颔首道："很像。"

苏婉之站起身，干笑了两声道："那多谢计师兄的关心了，我没有哭，也没有打算哭。"

说着，苏婉之看了看对方身上手工精细的靛青色纱衣，再看看自己身上布料粗糙的衣衫，拍了拍坐下时衣服上沾染的尘土，转身便准备走。

走了两步之后，她似想起什么，又退回来，挑挑拣拣地拾起一块木料抱进怀里，拾起掉落在地面的匕首往回走。

计蒙诧异地叫住她："你要这木头做什么？"

苏婉之脚步不停，龇牙咧嘴地回眸道："就算不开心我也会装作开心的样子，所以计大师兄就不用多操心我了。"

计蒙："我不……"

苏婉之干脆利落地道："再见！"

醉烟阁，锦岚小筑。

袅袅琴音自临水江汀上悠悠飘荡，如同曼妙的仙乐，引人沉醉。

锦岚小筑轻纱掩映，让人辨不真切，反而更加对这位名满明都的月锦小姐充满恋慕之情，同时更加妒忌能够霸占月锦小姐的这位入幕之宾。

但实际上，此时在锦岚小筑里的却是两个男人。

"殿下，你可真是忍心，美人如斯，你就让人家在外面挨冻弹曲以掩人耳目，未免也太不怜香惜玉了吧。"绑着厚厚白缎的苏慎言斜躺在榻上，悠然地说道。

明亮的宫灯下，姬恪看着手下送来的密报，头也不抬地说道："苏公子若是有怜香惜玉之心，那事成之后我就把月锦许配给你做妾，如何？"

苏慎言语塞，顿了顿，才笑着抚额摇头道："你果真无心啊，所有人都看得出月锦喜欢的是你，你若把她许配给我，可是会伤了美人的心。我可不想做这等得罪美人的事情。"

姬恪忽地停止翻阅密报，抬眸道："那你同我合谋设计，之后你还要诈死，就不怕伤了你妹妹的心？"

"之之……"苏慎言这才收敛笑容，换上了一副认真的神色，"她对你用情太深，如果不用这等重重的打击让她死心，她只怕还会傻傻地对你死心塌地，到时会做出何事我也无法预料，更何况，正好我也可以借死遁帮你查探你要的消息……我说过，只要你不动之之，我便助你继位，这不是空言。"

"她……会死心吗？你就不怕她伤得太深缓不过来？"

苏慎言扬唇笑道："我自己的妹妹我还不清楚吗？之之固然重情，但是她也同样坚韧——喜欢时真心相待，一旦决定放弃，便是真心放弃。虽然会痛会伤，但是时间久了，她迟早会忘记，就像什么也没发生过一样。

"之之的奶娘死了以后，她在奶娘的坟前跪了整整一天，接着又七日不肯开口说话，吓坏了爹娘，我们百般安慰都无济于事。不料半个月后，她自己擦干了眼泪，笑着说不会让爹娘再担心，奶娘也一定不希望她这么消沉。那之后她就再没有提过，也再没那般伤心过。并不是她忘记了，恰恰相反，每年奶娘的祭日她仍会去祭拜，她只是更加坚强罢了。之之一直如此，所以我不担心。"

姬恪垂着头，似乎是在认真翻阅密报，过了很久，才开口道："你不是个好哥哥。"

苏慎言按着伤口躺在柔软的芙蓉榻上，大笑道："我们家的家教就是如此嘛，男孩女孩都不许娇养，哪像殿下对朝阳公主那般宠溺无双，不知羡煞了多少家的女儿。"

姬恪抿抿唇，不置可否："也许吧。"

苏慎言像是突然想起什么，撑起折扇问道："殿下，您怎么突然有心思关心起之之了？"

"碰巧想起而已。"

"是这样吗？"苏慎言用手指夹起一颗葡萄，说话的尾音微扬，分辨不出喜怒。

姬恪却没有理会，只轻描淡写地嗯了一声，便低头看向手中的密报，不再出声。

苏慎言自讨没趣，喉结滑动两下咽下葡萄，便起身去听月锦姑娘的曲子了，独留姬恪一人在小筑中。

曲子是极美，幽然空寂，宛若天籁，平时姬恪最爱的便是这首曲子，静心凝神，能平复他不安的心绪。

但此刻，他却突然烦躁起来。

一切都在按照他的计划进行，都很顺利，很顺利。

太子之位，指日可待。

只是……

为什么他还是这么烦躁？

密报他都看不下去了，他根本连一个字都看不下去！整整一个时辰过去了，他连这一页都还没有翻过去！

为什么？

为什么会这样？

"姬恪，我恨你！"

姬恪按住眉心，握着笔的手缓缓在桌台上移动。良久，他松开手，只见密报的空白处被添上了再熟悉不过的字迹，原来他在反反复复地写着三个字——

苏婉之。

苏婉之拿着祁山地图，照着地图一路摸索到被分配的院落里，刚放下手里颇重的木料，苏婉之就听见房间里传来激烈的吵闹声——两个女子的争吵声。

"这是我邓玉瑶的地盘，怎么能你想怎么样就怎么样？"

"这也是我小姐的屋子，我小姐就喜欢这个被褥、这个薰香！"

"你这个恶奴！小心我把你丢出去！"

"你敢你敢！你丢我就叫人！我就哭！让掌门把你赶出去！"

苏婉之站在门前，手指触上门板，犹豫着要不要进去。

门板吱呀一响，里间的苏星一听，顿时放下死死抱在怀里的瑞金貔貅香炉，飞奔而出，狠狠地抱住苏婉之。

"小姐，小姐，苏星担心死你了！呜呜……小姐，以后你做什么都带上苏星好不好？上次围猎也是，这次也是，苏星都快被吓死了……"

扑进苏婉之怀里的苏星哭声震天，苏婉之没多久就感觉到胸前一片濡湿。

苏星哭了？

苏婉之一愣，心头有一丝暖意隐隐荡漾开来。

她摸着苏星的脑袋，一下一下地轻抚："嗯，别哭了，小姐以后不会丢下你了。"

"大少爷不在了，我好怕小姐也不在了。呜呜呜……齐王殿下，不对，姬恪是个大浑蛋！小姐那么喜欢他，可是他居然那么对老爷和夫人……"

——大少爷不在了。

咚的一声，像是有什么狠狠地撞在了苏婉之的心上。

她自己猜测是一回事，真正听到这个消息又是另外一回事。

那种痛一瞬间席卷了苏婉之的全身，如果不是苏星现在还抱着她，她甚至不知道自己应该要做什么样的反应。

苏婉之狠狠咬唇，唇上的痛混合着鲜血的滋味令她稍微清醒一些。她压下自己的情绪，因为她还有事情要问："那我爹娘有没有被牵连？"

苏星连忙摇头："没有，没有，老爷、夫人没事，只是齐……姬恪他弹劾老爷教女无方，老爷这几日都被圣上下旨禁足闭门思过。"

这和容沂说的一样，幸好幸好。

苏婉之合眸，沉声道："我知道了。没事了，别哭了。"

苏星闻声，抬起头看着苏婉之冷静的神情，忽然察觉到有什么不对，心头一慌，道："小姐……你别这样，你如果难过，就哭出来好不好……你这样苏星好害怕……小姐小姐……"

苏婉之抬手摸了摸苏星的头发，轻声笑笑，没人知道她要多费力才让自己笑出来。

"傻丫头，我是真的没事，你哭什么哭，别给你小姐我丢脸。"

你别哭了，是……没什么好哭的。

她狠狠地掐了掐自己的手心，指甲都泛起了骇人的白色。哭泣无非让亲者痛仇者快，再哭也挽回不了任何东西，她之前太幼稚了。

之前她总是因为年轻，因为自恃有父母和哥哥的照拂，所以胆子大，肆无忌惮。

可是，现在已经没有第二个苏慎言可以为她牺牲了……

入夜，苏婉之辗转反侧，半晌难以入眠，她小心地从榻上爬起。

她坐在院子里，握着匕首，把抱回来的那块木头挪到身前，对着清冽的月光一下一下地削，每一刀都很用力。

木头的碎屑飞扬，堆积在地面，汇成一片。

苏婉之没学过木雕，自然刻得一塌糊涂，很久之后才勉强成形。

从粗糙到扎手的木料来看，几乎分辨不出这是个人形，勉强能看出椭圆的头，细长的身子和胳膊腿。苏婉之拂去上面的木屑，找了一张红纸，写上之前打听到的姬恪的生辰八字，贴在木质人形的头上，然后抱起这个木雕，把它插在了院子边的一个木桩上。

接着苏婉之擦擦手，摸出苏星带来的珠宝盒里的银簪，对着那个木质的人形比画了几下。夜色里看得并不清晰，但是她果断而凶狠地一投，银簪像是有了生命一般嗖的一声直中木雕。

苏婉之又接连投了几次，次次正中红心，木雕被插得犹如刺猬一般。

苏婉之把所有的银簪全部射出，长舒一口气，把眼前丑陋粗糙还插满银簪的木雕想象成杀千刀的姬恪，总算舒服了一些。

希望……姬恪以后没有落进她手里的可能。

与此同时。

"殿下，你怎么了？"

"我没事。"

姬恪皱眉，挥开其徐的手，方才莫名其妙地觉得浑身淡淡的酸疼，但身上又没有伤痕。

他想了一会儿，仍未想通。

姬恪抬头看看阴霾的天色和似乎要压境而过的乌云，只得归结于旧疾发作。

不过……看这样子，的确是要变天了。

翌日清晨，苏婉之回笼觉还未睡足，小师弟容沂就咚咚咚地敲起了院门。

"师姐，师姐……"

苏婉之正在酣睡，被敲门声吵得翻来覆去，等了半天也不见苏星去开门，只得披上外袍，自己去开门。

门刚一开，苏婉之就听见容沂连珠炮似的说："师姐师姐，我……今天第一次去校场练习，你可以去看吗？"

苏婉之睡眼惺忪，脊背微弓，没什么精神地说道："你叫苏星陪你去吧，我没兴趣。"

"可是，师姐……"

容沂睁大了眼睛，满是委屈和哀求地道："年前都是苏师兄和那个姓计的比武，几乎平分秋色，这次轮到我了……我怕……我怕影响了师父和苏师兄的名声……"

"苏……我哥？"

容沂用力地点头道："嗯。"

苏婉之迅速用十指顺了顺凌乱的头发，轻吐了口气，又揉了揉太阳穴，掩藏住眼下的黑眼圈，道："好吧，我去。"

清晨的光线并不强烈，落在苏婉之的眼帘上，映出淡淡的光晕，却照得她的眼睛有些刺痛，几乎睁不开。

苏婉之摇了摇头，想让自己稍微清醒一些。

她用力挤出了笑容，然后拍了拍容沂的头道："可别输了。"

容沂挠挠头，又抿了抿唇，最后狠狠点头，扭头朝人群走去，并没有发现苏婉之过分苍白的脸色。

祁山的校场建在祁山中的一个峡谷，两侧是山，草木林立，校场四周摆满了兵器架。

校场上已经满是祁山弟子，黑压压一片弟子常服，蓝衫青衫不一而足，但队列极其整齐，甚至不输北周的正规军。

苏婉之站在一侧，没什么精神地席地而坐。

地面很凉，冷气从下身蔓延至大脑，却恰好让她不至于沉睡。

苏婉之抬起头，逆着光正好看见那边的景象。

站在最前面主事的是计蒙，边上站着个中年男子，看年龄大约是祁山师叔辈的，再后面便是大片大片的祁山弟子了。

在计蒙的指示下，先有一排十名弟子上前演习。

拳脚舞动，虎虎生威，苏婉之看得昏昏欲睡，眼皮也一直跳动。

一个时辰以后，全部演习终于结束，轮到弟子们单独比试。

计蒙话音一落，容沂已经出列，做了一个请的手势。

其余弟子自觉地站在了一边，中间空出一大块空地，只余下计蒙和容沂二人。

计蒙微笑着接受了容沂的挑战，从边上的兵器架上随手取下一柄长剑，同时反手把松松束起的头发系紧，腿略向一侧跨步。随着这一跨，计蒙的微笑也随之收敛，换上认真的神色。

　　反观容沂，他拿着惯用的大刀。容沂背手将刀背架在肩上，脸色一肃，扎起马步，暗自蓄力，袍角无风自舞，整个人都似一把敦厚的利刃。

　　苏婉之没想到容沂真打起来也挺有气势的。

　　她唇角勾了勾，想到若是苏慎言站在那里……

　　苏婉之按着眉心，掩盖住痛苦的神色，深深地吸了一口气，把那些翻滚的情绪压下去。

　　她不能……不能再想了，除了容沂和苏星，整座祁山都是陌生人，再痛苦也不过是让容沂和苏星担心而已，不会有父母和哥哥来安慰她了，她也不需要其他人那些毫无意义的安慰和同情。

　　苏婉之，别丢脸。

　　苏婉之再抬起头时，脸上已经看不出方才的难过和痛苦之色了，只见她唇角勾笑，仿佛和平时没什么差别。

　　校场中的打斗正式开始。

　　容沂的刀势骇人，一刀狠劈下去，一条细长的石缝顺着容沂脚下的地面直裂到计蒙的位置。校场的地面用的是千钧石墩，极其坚硬，平日别说劈裂，就是劈出一点儿伤痕都难得很，因此这一刀令众人都忍不住倒抽冷气。

　　这也是容沂的优势所在——蛮力。

　　容沂的模样虽有些瘦弱，可是运起功来，力气能达到一种很可怕的程度，这点就连苏婉之也不敢轻视。

　　只可惜，在容沂刚出刀的瞬间，计蒙已经身形一闪，避开了容沂的刀锋，反而步如疾风，握剑冲向容沂。容沂扬刀，刀锋顺势一转，计蒙腾空一跃，双足稳稳地落在容沂的身后。

　　虽然容沂的力气够大，但可惜他不够灵活，几刀下来就已经气喘吁吁，怎么也劈不到计蒙。

　　计蒙游刃有余地避开锋刃，间或举剑劈刺，容沂回护不及，身上受了多处剑伤，人也累得两颊绯红。

　　十来招之后，计蒙依然优雅地握着剑，衣衫半丝不乱。

他抬眸，淡笑起来："只有这样吗？如果只是这种程度的话，那么师弟可是要输了。"

容沂凶狠地瞪着他，扬起刀锋道："那你动手好了！谁输谁赢还不知道呢！"

一番打斗看下来，苏婉之的耳中嗡鸣，脑内也有些眩晕，隐隐有作呕的感觉。

她忍不住半扶住额头才能看得清楚，刚才计蒙并没尽全力，只看他使出的那几招，容沂确实打不过他——以力破巧本来就有极大的难度，而且跟计蒙比起来，容沂的力量显然还不够强大。

果不其然，后半场计蒙不再手下留情，也不再躲避。刀剑对击，刀锋中划出咚咚的摩擦声，两人竟不相上下。

接着，那剑光竟然一点点朝容沂压去。

剑光锋利，仿佛下一刻就要劈到容沂。

苏婉之坐不住了，她一个利落的甩袖，袖中的白绫绞住正在力拼的刀刃，稍一发力，刀锋又再度把他们拉回了势均力敌的状态，容沂立刻化险为夷。

她一个纵身跃到场中，反手用匕首支开计蒙的剑，面无表情地拱手对计蒙道："我师弟技不如人，不如我来和你比如何？"

计蒙不慌不忙地收剑，并没因为苏婉之的突然插手而惊讶。他把剑收回鞘中，又掸了掸青衫上并不存在的尘土，转头似笑非笑地看向苏婉之，吐出一句话："计某从不和女子交手。"

说罢，计蒙收剑便要退开。

她不能让他就这么走了……不能影响了哥哥的名声。

像是胸口郁结的一股气忽然不受控制，苏婉之握着白绫的手指一抖，灵活的白绫如同活物般顺着计蒙的衣角攀爬而上，最后钩住他的颈脖，死死系住。

苏婉之没什么笑意的视线落在计蒙的身上道："如果我杀了你，你也不还手吗？"

计蒙五指如刀，扯裂苏婉之的白绫，回头挑眉道："以你现在的状态，我三招就能赢你，还有什么意思？"

"我……"

"别硬撑了，脸色发青，双眼无神，血丝密布。刚才用白绫扯开我们的刀和剑，你就已经是强弩之末了吧？"

苏婉之不以为意，握紧白绫，目光灼灼地紧盯计蒙道："你试试就知道了。"

此时，围观的弟子兴奋起来。

这还是第一次有女子要挑战大师兄，瞧瞧这位姑娘长得还是不错的嘛，不知道师兄是怜香惜玉还是辣手摧花呢？

于是围观的弟子开始起哄："大师兄，你就答应人家比一场吧。"

"就是，不敢比多不像男子汉啊！"

"对啊，师兄！我们都不急的！你可以慢慢比！"

计蒙扫了一眼起哄的方向，目光冷锐，众人即刻噤声，一个个又身子挺立地站好。

计蒙再看向苏婉之，轻声道："试试也不是不行，不过我要先和你说一件事。"

"什么事？"

"很重要，是有关你哥哥的。"

苏婉之闻言一惊，随即镇定下来，道："好，你说。"

计蒙淡漠地说道："你想让所有人都知道？"

苏婉之将耳朵略凑过去。

计蒙干脆利落地并指点穴，苏婉之随即软绵绵倒下，连哼一声都没来得及。

容沂连忙在一侧扶住苏婉之，恨恨地朝计蒙看过去。但不知为何，他觉得刚才的那一幕很眼熟，好像师姐以前也经常这么对他……

"是你让她来的？"

"这同你有什么关系？"

"愚蠢。"计蒙直言道，"你没发现再过一会儿她只怕会当场晕倒吗？"

"我……"

"你送她去房间休息，我去找人给她抓药。"

"可是……"

计蒙已经走回校场，眼睛一眯，点出两个方才叫得最凶的弟子，让他们率先比试，并且不见血不能停。

那两个弟子一阵哀号，几乎要抱着计蒙的大腿求饶，计蒙露出一个大师兄惯有的笑容，道："刚才怎么没这么乖，去，给我好好比武。谁输了就练一百次祁山入门剑法。"

那边，容沂小心地架住苏婉之，冲计蒙送了两记狠狠的眼刀，才架着她回了院中。

校场演习后，计蒙回到自己的院中洗去一天的疲惫。

换好衣衫后，他想起了苏婉之。

之前听韩师叔说她是丞相之女，计蒙还以为要照顾的是个娇弱的大小姐，没想到会是这样一个女子，不仅不弱，反而透着一股说不出的凶悍，真是……很意外。

不过，他不知道她病后是什么模样。

怀着这样不良的心思，计蒙几步便走到了苏婉之的院中。

他突然想到这似乎也是邓玉瑶的院子，于是站在门口，犹豫了一下。

"啊，计大……大师兄，您是计大师兄吧？您是来看小姐的吧，快点儿进来啊。"

陌生的小姑娘端着一盆热水领着计蒙就要进屋。

计蒙只沉吟了一下，便跟着进去了。

好在邓玉瑶并不在。

计蒙不着痕迹地松了口气。

计蒙看了一眼室内，发现他之前叫人送来的药摆在床边的小桌上，没有动过的痕迹。

那小姑娘忙解释道："小姐一直昏睡到现在，药也就一直没喝。"小姑娘放下盆，又补充道，"这是准备给小姐擦汗的，小姐刚才一直睡得不安稳，现在才稍微安静下来。"

计蒙探过药碗的温度，还温着。

"药还是让她喝下去吧。"

"小姐现在昏迷，怎么……"

计蒙坐到苏婉之的身侧，修长的手指扣住碗底，一手夹住苏婉之的下颔，指尖发力轻轻一捏，苏婉之的嘴唇微微张开，药水就顺着她的喉咙迅速地被喂了进去。

不过计蒙显然没有喂别人药的经验，只喂了几口，苏婉之就痛苦地皱起眉，轻微地咳了起来，没来得及咽下的药水顺着唇角流了下来。

"把毛巾拿来，给你家小姐擦擦。"

计蒙话说到一半，突然发现刚才那个小姑娘已不知何时从屋中消失了。

计蒙哭笑不得，自己动手把木盆边缘搭着的毛巾拽下来，给苏婉之擦了擦流淌的汤药，还想继续进行刚才未完的喂药事业。

他没想到，这一口还没喂下去，自己的手腕倒是被她给抓住了。

计蒙以为苏婉之醒了，放下药碗正要说话，那边苏婉之却忽然垂下头，声音苦涩地道："哥哥，苏慎言……别丢下我，不要丢下我一个人，别丢下我……"

苏婉之的语气不再镇静，混乱得几乎语无伦次地一遍遍重复，她握着计蒙的手腕怎么也不肯放手，力气之大，让计蒙都微微觉得手腕疼，却又不忍把她的手甩开。

苏婉之沉痛的声音里带着一种几乎让人不忍心打断的乞求，尤其这样的声音还是一贯笑得灿烂无比的苏婉之发出的。

计蒙想看好戏的心情一下子散去，他任由苏婉之抓着，压低声音道："不会丢下你了，乖，没事的。"

语气是连计蒙自己都没料到的温柔。

他说了一遍又一遍，苏婉之似乎被安抚了，渐渐安静下来，只是抓着他的手仍然紧握着不肯松开，好像他是那根仅剩的浮木。

计蒙的心不知不觉沉静下来。

他刚想再去拿药碗，苏婉之忽然抬起头，双眸空洞无神，神色迷茫地转向他，仿佛陷入了梦魇般。而后在计蒙未预料到的一瞬间，她的嘴角忽然扯出了一个诡异的弧度，隐秘地一笑，道："姬恪，我咬死你！"

接着，苏婉之张口就狠狠地咬住了计蒙的手臂。

苏婉之这一口咬得又狠又准，几乎用了十成的力道。

苏婉之坚硬的牙齿咬破计蒙的皮肤，直到沁出血迹也不松口。

从发觉苏婉之神情不对到手臂剧痛不过瞬息间的工夫，计蒙再想甩开苏婉之的时候，苏婉之已经又歪着头倒下了，嘴里还含着他的半截手臂。

计蒙生平第一次被一个姑娘的言行镇住——

有未出阁的姑娘会凶悍到上口咬人的吗？那个姬恪……又是谁？

计蒙来不及多想，连忙小心翼翼地推开苏婉之，挪出自己的手臂，看着上面清晰的齿痕和溢出的血迹，又看了看睡得正酣、一脸满足的苏婉之。

我是大师兄，我是大师兄，我有涵养，我有涵养，我不生气，我不生气……

计蒙一边不断暗示自己，一边决定还是先在这个房间找点儿东西来包扎一下伤口。

房间里大约是刚收拾过，并不显得凌乱。

计蒙不是没去过女儿家的房间，没怎么费工夫就在抽屉里找到一块细白的绢

布。他撕了一点儿布，草草地包好伤口，正想往回走，意外地看见绢布旁边露出一角的红色木框。

他用手指拨弄开布绢，下面是幅装裱精致的字。按照常识来推断，人们逃难都带着的必是名家名作，计蒙取出来那个木框字画一看，却并不是意料中的名家字画，反而是一幅甚至连他的字都不如的……习作。

计蒙饶有兴致地仔细端详了片刻，字倒也不算太幼稚，不过……《关雎》，苏婉之写这个是因为……思春了？

他转头再看向闭着眼睛毫无察觉的苏婉之，只见她仰面躺着，手臂伸在被外，眼角还有微亮的泪光，实在不是什么好看的睡姿。

计蒙很怀疑……这样的姑娘有人敢要吗？

曙光熹微，照进房间。

苏婉之翻了个身，身体里的疲倦一扫而空，但大脑昏昏沉沉的。

辗转了一会儿，她终是扶着额坐起身。

房间另一头的邓玉瑶姑娘睡得正香，不时发出呼呼的轻响。

苏婉之穿戴好出门，晨曦射进眼中，她扬手挡了挡碍眼的光线，大脑开始回想：她是怎么就这么睡着的？对了，计蒙！比试！他竟然点她的穴！

苏婉之顿时怒不可遏。

她不由得磨了磨牙，顺手抄起院子里放着的柴刀，大踏步走了出去，目标——计蒙的院子。

有人手起刀落，鲜血洒落，留下满地浊红。

"喀喀喀……"姬恪不可抑制地咳出声，其徐忙上前，右手用内力助姬恪缓过气。

其徐问："公子，要不要先停止行刑，等过一会儿再开始？"

姬恪将左手握拳抵唇，摇头轻声道："继续。还有多少个？"

其徐翻过行刑的名册，道："还有三十一人。"

"我知道了。"

散发着灼热气浪的烈日正挂在空中，荫棚下的热意依然不减。

姬恪勾起唇角，唇瓣上只有一丝血色，颊边却是不正常的红晕。

他轻笑，声音低得几不可闻："我不会让他失望的。"

御史大夫齐家满门抄斩，罪名是府中藏匿御用之物，意图谋反。

监刑者，是齐王姬恪。

谋反……迂腐守礼得近乎刻板的齐夫子会谋反？满肚子君臣大义、忠君报国的齐御史会谋反？

若说齐家真正的罪孽，只是齐家养了一个十足的纨绔，欺男霸女，仗势欺人，无恶不作。也是这个纨绔，连往自己府里带皇袍之事都做得出来。被抄家的时候这个纨绔甚至还在府上和宠姬嬉笑玩乐。

不过……混迹朝野的人，获死罪的原因永远只有一个——他碍着别人了。

姬恪听着耳畔利落的人头落地声，闭眼，任由自己的意识一点点模糊，纷乱的声音一点点远去。

"啊，齐王殿下，齐王殿下怎么了？"

"快传御医！"

流言从此时开始，齐王体弱，因观刑而晕厥。

而齐家之事，也并非结束。

此后接连有大臣因事获罪，或被贬或被砍，一时间朝中人心惶惶。

大臣们每日上朝谨言慎行，有胆小的甚至在上朝前吩咐家人准备好后事，谁也不知风云变幻的朝堂之上谁又会倒霉获罪。

齐王称病罢朝多日，正殿之上立于最前端的依次是睿王姬止、燕王姬跃、静王姬音、季川侯李聊与。

齐家被诛后，坐上御史大夫位置的是御史台的一名中丞。新御史大人姓索，人如其姓，为人处世缩手缩脚，对几方前来恭贺的官员都是恭恭敬敬，料想不过又是另外一个兵部尚书——墙头草。

朝堂上出了此等事，最抑郁难平的要数睿王姬止——他自宫中的暗卫处得知晟帝属意立他为皇储，又迎娶了工部尚书之女，本是春风得意。但不知晟帝到底打的什么算盘，至今也未正式公布皇储人选，反倒顺了燕王、齐王的意，将支持自己的齐家满门抄斩。

工部——六部中最无用的便是工部。

若不是他府上还有个足智多谋的军师江成，姬止只怕现在已经坐不住了。

姬止转念又想到因病多日不出的齐王姬恪，这才稍微觉得舒心一些。

他一直摸不清这个皇弟的底细，姬恪表面上是个温文和善的皇子，但总给他一种阴沉沉的感觉，甚至比燕王姬跃更甚。然而此次……虽然姬止知道姬恪体质一向虚弱，但没想到他胆子小到如此地步，看个行刑都能吓得昏倒。姬恪这样的身体和胆色想要为帝，当真可笑。

被腹诽良多的姬恪此时安安稳稳地坐在榻上。

茶香混合着药香，黑木案台上静静地摆放着一个已经空了的药碗。

姬恪发丝未束，散乱下来的黑发随意地披散在肩头。

他的脸色远没有他人猜测得那么骇人，虽然白皙，却并不苍白，唇色也显得红润了许多。

案上摊着一张写满人名的纸，姬恪提笔在上勾画，每一笔都斟酌多次，才缓慢落下。

搁下笔，姬恪将纸推远，闭目沉吟。

寂静的房间里，一道声音宛如炸雷般响起——

"姬恪，我恨你！"

姬恪霍然睁开眼睛，眼前依旧是他的卧房，并没有任何异样。

但那声音清晰，在耳边反复回荡，就好似……有人方才说过一般。

姬恪再度合上眼，那双带着恨意的血红色眸子骤然毫无防备地出现在他漆黑的视线中，他没有再睁眼，而是慢慢等待着眼前的景象一点点消散。

他感觉心口有些钝然的闷痛，很不舒服。

起初姬恪以为这只是他所谓的同情心和良心在作祟，并没有多想。因为只有这个时候他才觉得自己像个完整的人，至少他还会对其他人心生怜悯，不至于完全迷失本性。

但这样的感觉出现次数多了，姬恪渐渐觉得不对，只是同情和良心作祟不至于如此。然而，他似乎发觉得有些迟了。

郁结在姬恪心中的结，若不解开，便如梦魇。

如同儿时，母妃的笑萦绕在他的脑海中，美丽过后便是凋零。

想到这里，姬恪忽地开口道："其徐。"

阴影里有人疾步而出，回答道："在。"

"接洽的事情如何？"

"已经基本谈妥，但需要公子出面做证。"

"瑾与呢？"

"苏公子暂时还没有消息。"

"苏小姐呢？"

其徐愣了一下，道："苏小姐已经顺利进入祁山。属下已经派人潜入祁山，不过至今还未有回信。"

"只是如此？"

其徐低垂下头，应声道："是。"

不知不觉间，其徐的额头隐隐渗出冷汗，他的确派人去了，但没有回应的原因……是他没去收消息。

姬恪并没有追问，而是沉默了一会儿，突然话锋一转，问道："其徐，你今年已经二十有三了吧。"

"是。"

姬恪似乎只是随口一提，问道："那你可曾喜欢过什么人？"

其徐不明所以，言语一滞，才语气平淡地回答道："幼时还未被夫人救回时，曾有个邻家小姑娘给我送过馒头。时日太远，我只记得她左颊边有个小酒窝，现在想来，我当时应该是喜欢她的。"

姬恪很意外地看着其徐，淡淡地微笑道："倒是很少听到你说自己的事能说这么多。那……喜欢一个人是什么感觉？"

其徐虽觉得今日的姬恪实在古怪，但他仍是绞尽脑汁地回忆："大约……大约就是看见她的笑容会觉得很开心，若有人让她不开心，我便恨不得同那个人打上一架……"

姬恪抿了抿唇，微敛笑容道："这样……是喜欢？"

"这只是属下的想法而已……"

"我知道了。"

姬恪转过头，不再问其徐，其徐默默退下。姬恪依然看着桌面，似乎仍旧在看着那些公文密报。

然而，无人知道，他的思绪已然飘远……

那个晚上，在宫阙深深的皇城前，在辽阔宁静的长道上，碧色裙裾翩然欲飞，

曾有个大胆而率直的姑娘，定定地站在他面前，认真地对他说："姬恪，我喜欢你。"

所有的记忆随风飞散，只余点点心悸，一声叹息，再不可寻。

姬恪斜靠在榻上，呼吸轻缓。

斑驳不明的光跳跃在他高挺的鼻梁上，半明半暗间透出一些不可知的怅然。

其徐微微仰首，有一瞬间的迷惑。

因为那一刹，姬恪的面容中闪过一种本不该存在于他身上的迷惘。

一直以来，公子都知道自己要走的是怎样的一条路。在齐州的八年，即使面对地方官员的不屑、腹诽，公子始终不曾退却，更不曾迷惘。惩处官员，制定赋税徭役标准，解决地方倭寇，应对刺杀……一桩桩事件一一解决，他比任何人都坚韧。

公子早就不是当年那个会在夫人的低声吟唱中恬然入梦的无忧少年，又怎么……会有迷惘？

"公子，还有件事。"

"还有什么事？"

其徐不自觉地压低声音道："公子，昨日王将军托人来问推迟的婚宴该如何办，王小姐一直缠着他问。"

似乎是才忆起这件事，姬恪不置可否地哦了一声，道："去回他，就说现在不是时候。他会明白我的意思。"

"不是时候？"其徐下意识地轻声重复。

"我现在还不适合违背血誓。"退去迷惘，姬恪眼神淡淡地扫向其徐，眸光并不锐利，其徐却感受到了莫名的压力，"其徐，我知道你同情苏婉之，但是别再试探我了。"

其徐即刻点头道："属下知道！"

姬恪的视线已经落向了别的地方："退下吧。"

其徐弯腰，慢慢退到姬恪的身后。

就在远离的那一瞬，他听见姬恪低低地轻叹："就连我自己也不知道能试探出什么呢……"

第十一章
计蒙师兄来

"你这是在试探我吗？"

大清早一出门便被人用刀拦住，计蒙倒也没怎么生气。

苏婉之握紧刀冷笑道："我说了跟你比试，就是跟你比试，谁试探了！"

计蒙仿佛没有看见那把模样凶悍的柴刀，挑挑眉，目光颇含审视的意味，上三路下三路地打量着苏婉之，勾起一抹意味深长的笑容："其实，单从外表来说，你也不算特别差。"

苏婉之被计蒙看得毛骨悚然，强撑着脸上的冷笑道："你到底什么意思？"

"转过身来看看。"

计蒙隐带着调戏的语调终于让苏婉之憋不住了，自小只有她调戏别人，哪里有别人调戏她的？她当即挥刀直戳计蒙腰眼，语气咄咄逼人道："大师兄，你怎么不转身给我看看？"

计蒙闪身躲过，用手掌握住刀背。

单论力气，苏婉之实在比不过计蒙，但是……

计蒙紧握着刀背，刚想说话，就见苏婉之连一刻也不等，狠狠抬腿，尖头的靴子直朝他的下身踢来。

刹那间，计蒙眼皮一跳，手疾眼快地松开刀，握肩把苏婉之推远。

这丫头真狠！

计蒙实在不敢想象，如果苏婉之刚才那一脚踢实了会有什么结果。他微微愠怒，脱口便道："这是谁教你的？小姑娘家的，知不知道这种举动十分有辱名声……"

苏婉之收腿，回道："苏慎……"

她只说了两个字，就戛然而止。

刚才还气势汹汹的苏婉之，现在一下子弱了下来，未经梳洗的发丝纷乱地披散着，落在她的肩头。一时间，她有种丧家犬般的落魄，像个被家人丢弃的孩子，茫然无助。

计蒙念及前晚苏婉之握着他的胳膊痛苦呢喃，心头一软。

——哥哥，苏慎言……别丢下我，不要丢下我一个人，别丢下我……

毕竟是个刚刚失去亲人的小丫头，他何必和她计较这么多。

"别想那些了，如果你想……我会帮你物色对象的。"计蒙轻抚了一下她半落下的额发，有些烦躁，有些憋屈，还有些怜惜，刚才的怒意早不知去了哪里……大师兄做久了，难道自己变成鸡婆了？

苏婉之沉默了一会儿，才抬起头，看向计蒙，语气疑惑道："物色什么对象……"

大师兄计蒙语塞了一瞬。

"这个……喀喀，虽然你是师叔的弟子，但论辈分该是我的师妹，我也算你的长辈……"

苏婉之安静地听着计蒙往下说。

"女子长到你这个年纪，是该考虑婚嫁的问题了……我瞧着你这个性格，只怕在明都里找不到匹配的男子……祁山上不乏优秀的男子，你若是看上什么人，大师兄也可以帮你……喀喀，这个我不是说你思……"那个"春"字，计蒙怎么也说不出口。

苏婉之嘴角微抽，提刀笑道："你怎么会觉得我需要这个？"

计蒙沉默了片刻，总不好说是从苏婉之房间里翻出的东西中察觉出来的，只道："我猜的……"

"莫名其妙。"

他本以为苏婉之会发怒，她却并没有露出生气的模样。

苏婉之把刀收了收，脸上还是方才的笑容："计蒙大师兄，你都二十好几了吧，还是先操心你自己吧。"

她的笑容很清淡，说不上是开心还是难过。

话音一落，苏婉之抿了抿唇，转身走了。

"苏婉之，你……"

苏婉之扬了扬柴刀，没回话。

计蒙刚才的话很荒谬，如果不是计蒙刚才的态度，苏婉之甚至以为计蒙是知道了姬恪的事情在取笑她。

但不知道为何，从计蒙说话的语气里，苏婉之忽然感觉到一种淡淡的温暖。

那是一种说不出的直觉——谁对她好，谁是真的关心，她能察觉得出来的。

对她不好，她自然不会假以辞色；对她好，即使不说出来，她心里也是知道的。

计蒙的那番话……他是真的关心她，虽然笨了点儿，也有点儿莫名其妙。

只是，她看上什么人……

苏婉之不无痛苦地想，喜欢过姬恪，她还可能去喜欢别人吗？

一想到姬恪，她的心里又痛又恨。

说到底，她还是忘不掉，曾经有多爱，现在就有多恨。

姬恪……直到他娶妻前，她还幻想着姬恪什么时候上门提亲，用八抬大轿吹吹打打地来娶她。可是，转瞬间一切都变了，红色的嫁衣没有穿在她的身上，一生一世的誓言也没有对她许下。

而后的一切，甚至她自己都来不及反应。

其实她早该察觉的——姬恪只说愿意娶她，却从未对她许誓。姬恪从没有主动找过她，姬恪从来对她只是恭谦守礼。

她又凭什么觉得姬恪对自己动了心？

以至于她落到现在这个境地，有家归不得，甚至还拖累了父母和哥哥……

想到这里，苏婉之愤恨地将刀一把甩到木桩上，刀深深地陷进木桩。

之后她慢慢蹲下身子，不自觉地以手捂面。

片刻的无言后，她吃力地站起身，恍若无事。

齐王府。

"这便是宫中传来的新消息？"

"是。"

姬恪手指一揉，那份通过重重禁地运出的帛片便落到地上。

姬恪看着飘摇落地的破碎帛片，眸光深沉，似在思索。

身后的其徐弯腰拾起那些破碎的帛片，投进一旁的瑞兽鎏金香炉中，袅袅轻烟随着噼啪的灼烧声缓缓飘起。

晟帝欲立储。

姬恪无声地想着那个衰老的男人在他面前流露出的所谓的关心——那个男人替他修葺府宅，为他举办夜宴，赏赐更是如云般涌来。

但，皇家父子之间怎可能真有关心？

晟帝深夜暗召重臣入宫，无论表现得如何喜欢他，皇位依然留给了嫡子。没料到他和姬跃都策谋了许久，晟帝仍旧选择了最不成器的大儿子。

姬恪的手指不自觉地握紧。

布帛上晟帝并非未曾提到他，只是……也提到了他的母妃——

"恪，其母，血不纯。"

单就才能而言，不说大皇子睿王姬止，二皇子燕王姬跃也未必比得上他。

香炉中暖烟浮动，暗香溢出，春日里那一点点的暖意顺着姬恪的身体融入四肢百骸，但他的心仍是冰冷的。

多年前的一幕幕在眼前重现。

九重宫阙里，他伏在母妃的膝头，不厌其烦地听着母妃一遍遍地说着：

"恪儿，你父皇是爱你的。"

"恪儿，不要管其他人怎么说。"

"恪儿，你的身上流着最高贵的血，你该骄傲地活着。"

他的母妃是这世上最美丽的女人，不仅他如此认为，凡是见过他母妃的人，无不这么认为。

美丽、高贵、温婉、贤淑——他的母妃值得所有最好的称赞。

然而，他却亲眼看着自己风华绝代、艳冠后宫的母妃为自己饮下毒酒，看着那鲜活温热的生命一点儿一点儿变得冰冷，最后失去生命的痕迹。

姬恪微微觉得头疼。

帝王家的凉薄，绝不是一句喜不喜欢、爱不爱能解释的。

他的父皇欠了他的……终归是要还的。

越沉思，姬恪漆黑如墨的眼眸就越暗，深邃如夜，闪过嗜血的锐光。

"其徐，我之前吩咐你的事都准备妥了吗？"

"是。"

晟帝连夜召进宫中的有六位大臣——丞相苏岩，护国上将军王如松，吏部尚书任漆，季川侯李聊与，兵部尚书刘宇斌，太尉关简。

清一色的老臣，在朝中的地位举足轻重。

原本还应该有御史大夫齐虞，只可惜已经被他先一步下手处理掉了。

但这六个人对晟帝的影响也颇深，若能赢得他们的支持，劝说晟帝应允他继位，那便是最好，若不能，他也只能兵行险招。

"公子，今日还是托病不上朝吗？"

姬恪喝了一口清茶，身后自有侍女上前仔细为他穿戴着装。

任由侍女穿戴完毕，姬恪略抬了抬手，才道："今日是？"

"十七日。"

姬恪顿了顿，并没有急着开口，而是朝外看了看，又屈指思忖了片刻，才对其徐道："也差不多是时候了。备轿，我要上朝。"

"公子，你的身体……"

姬恪摇头，不容分说地说道："我的身体没事，不用担心。"

他自己的身体自己清楚，在完成愿望之前，他绝对不会死。

姬恪乘轿一路到了皇城下，皇城的森森石壁，高不可攀。

轿子直到侧殿阶前才缓缓停下。

姬恪掀开轿帘，弯腰下轿。深紫近黑的朝服袖口微收，腰间革带紧束，长袍之下的他显得格外瘦削，背脊却格外挺直。他沿阶而上，行动间玉佩、绶带摇曳不止。

见到这位病了多日的齐王殿下今日居然来上朝，不少大臣都觉得十分意外，彼此交换着眼色，却无人敢上前寒暄。

姬恪并未在意，目不斜视地往向前走。

正殿之上，众人眼见姬恪入殿，表现各异：睿王姬止露出恰到好处的关怀笑容，眼底微有不屑；燕王姬跃直接大笑着上前拍着姬恪的肩膀，很有几分兄友弟恭的意味。

从这里看去，众人只觉得几位王爷关系甚是和睦，很是风平浪静。

可是其下暗潮，无人得知。

九五之尊的高座上，晟帝在内监的搀扶下颤身坐稳道："今日……有何事要奏啊……"

接着晟帝用他那昏聩涣散的目光扫过列席的臣子。

大殿里落针可闻，气氛沉闷良久。

两声疾速的脚步，朱色小团花绫罗布料摇晃，有人长揖至地道："圣上，臣有本要奏。"

这人是四品谏议大夫。

"哦……卿家何事啊？"

"今天下平顺，五谷丰登……然圣上年已……故臣提议不妨先立储，以备……"

晟帝将眸光定格在他身上，散发出无形的威严，道："你说什么，对朕再说一遍……"

试探的开始，也是争斗的锋芒展露。

姬恪无声地瞟过燕王与睿王，不着痕迹。

虽然是以他的人表态为始，但是，暂时都与他无关了。

姬恪用袖口掩藏着手掌，按住心口，轻喘一声——睿王与燕王势均力敌，针锋相对，他有信心做得利的渔夫。

那么……如果他消失一段时日，也无事吧？

无法掌控的事情，对他来说，太危险了。

时光如水流淌。

盎然的春意褪去树木的青涩，遍地是繁茂枝叶，花团锦簇，蝉鸣不绝。

已是入夏时节了，苏婉之的长袍换成了薄衫，人却依然被灼灼热浪弄得热汗淋漓。即便祁山地势高峻，也抵挡不住酷暑的湿热，整座山中都弥漫着无言的燥热。

苏府内的地窖有自存的冰块可以抵抗暑意，还有苏夫人搜集的各式冰枕、冰毯、冰榻。可是苏婉之来得匆忙，苏星能携带的东西也有限，现下自然是通通没有了。

在这种情形下，苏婉之实在不想出门。不提祁大掌门给她布置的后山扫地任务，单容沂就让她不得不出门——自从那日输给计蒙之后，小师弟容沂便痛下决心，一定要赢过计蒙，每日无事就拖着苏婉之到校场习武。

校场露天，毫无遮阴之处。连日下来，容沂的武艺没长进多少，苏婉之倒是被晒黑了一圈，每天都汗流浃背，神色恹恹，食不知味，人也消瘦了不少。

最后还是苏星看不下去了，去找计蒙，大师兄沉吟片刻，指了一条明路。

祁山是山，有山便有水，山腰更有条清澈的小溪，溪流流经一泉，泉水清洌微寒……

计蒙又似乎无意中道出过两日是祁山的山庆节，山中弟子均会在校场内燃起篝火，届时山上各处的守卫会少很多……

计蒙暗示到这个份上，苏婉之再傻也明白这是什么意思。

于是，她当即准备好洗漱的东西，只等山庆节到来。

说起这个山庆节，不得不提到某日清晨。

苏婉之甫一起床，便见邓玉瑶坐在梳妆台前搔首弄姿，妆盒里的钗环被拨弄得泠泠作响。

苏婉之还未觉得有什么不同，出门一看，回廊间错落的院落边满是人影，到处张灯结彩，红绸宫灯交错，大红的"庆"字贴在窗棂上，边上还配着一个同样红纸剪成的小人。苏婉之认不出这是哪家的神像，只能看出那小人捋须而立，一派仙风道骨的模样，很是眼熟。

"这是……过新年？"

正在贴小人的一个圆脸小弟子不屑地看了看苏婉之一眼："连这个都不知道……啧啧，原来你是……这是我们祁山的山庆节！"

"山庆节？"

另一个年长些的弟子补充道："也就等于祁山的新年。"

她感觉记忆混乱："现在难道不是夏……"

两个弟子同时静默，第三个弟子扑哧一声笑道："苏……师妹，这是掌门定下的，他觉得我们祁山自成一派，未必要和方外的人士保持一致，这般方能凸显我们祁山的特别之处。"

苏婉之还在品味这份特别之时，计蒙单手提着厚厚一沓红纸丢到众弟子中，很正直地告诉了苏婉之真正的答案："没那么多原因，不过是因为掌门的生辰在夏季罢了。"

这可真是个简单易懂的理由。

苏婉之再去看方才那个红纸剪成的小人，怎么看怎么像祁山的掌门祁浩然。

这只老狐狸，明明就是想庆祝自己的生日……

但无论如何，至少这个节日给了苏婉之偷偷下山的机会。

祁山戒备森严，易入难出，想上山只有一条路，祁山的另一侧是万丈峭壁，

和苏婉之上次掉落的悬崖不同，这是万仞坚壁的陡壁，真的毫无攀爬之处。

苏婉之借着扫地的名义，把祁山四周的地形摸了个大概。

她用炭笔在手帕上描绘了简单的路径，便继续走。路过正殿前，她看见了低头扫地的莫忘。

莫忘仍然穿着低阶弟子的深色常服，沉默寡言。

同是拿着笤帚在炎热的天气里扫地，又同是被仇敌逼迫上山，苏婉之看见莫忘，不禁有些亲切，便叫了声："莫师兄好。"

祁山按照入山时间排位，从这点来说全祁山的人几乎都是她的师兄和师姐。

莫忘抬头，看了一眼她，神情木木地道："师妹好。"

莫忘的回应虽然简单，但并不让人觉得冷淡。

莫忘孤寂打扫的身影倒映在地上形成拉长的影子，地面上只有一两片高处落下的叶子，笤帚拂过地面时的沙沙声不绝于耳。

苏婉之想到莫忘之前说起自己的过往时平淡得毫无波澜的声音，忽然有些难过，心中一动，也不急着回去了。

她避开阳光，挑了处干净的台阶坐下。

莫忘见状，并没有管她，依然一下一下平静地扫着地上的尘土。

"莫师兄，你还恨吗？还想报仇吗？"

莫忘回答得很快，毫不犹豫地道："不恨。想。"

苏婉之有些意外地道："为什么会不恨？为什么不恨还要报仇？"

似乎是第一次有人问他这个问题，莫忘沉默了好一会儿，才回答苏婉之："起初恨，想报仇。现在不恨，但仇不能不报。"

对于莫忘的这个解释，苏婉之显然还是没明白。

莫忘又沉默了会儿，才道："她很聪明，也很能干，会帮我说话，但是她不想嫁给我。"

苏婉之过了好一会儿才反应过来，这个"她"指的是那个串通山贼杀了莫忘全家的女子。想到这儿，苏婉之禁不住朝莫忘看去，莫忘还是那个样子，并没有觉得自己说的有什么不对。

霞光依依不舍地落下，地面的光渐渐暗淡，漆黑的阴影铺散开来。

"你很喜欢她？"苏婉之问。

"喜欢，很喜欢。"莫忘的回答不假思索。

苏婉之霍然站起，惊愕地问："因为喜欢所以你可以不恨她？甚至你一家都……"

她的动作太大，连莫忘都抬头看了看她。而后莫忘摇摇头，一字一句说得很缓慢："她不想嫁给我，可我想让她嫁给我，她才会做出这样的事情。杀我父母的是山贼，不是她，她不会这么做。"

"你的意思是说会有这样的结果是因为你没有顾及她的意愿，强迫她嫁给你？"苏婉之仍是难以置信，"为什么？你怎么到这个时候还为她说话？"

"不，这是实话，她本性不坏。"莫忘继续摇头，声音黯然，"过去我不知道，现在明白了，她是不希望嫁给我的。"

她不坏。

他记得她曾经彻夜不眠地教他读书习字，是他太笨，学不会。她也曾在他被父亲痛揍勒令不许吃饭的时候偷偷给他送食物。他以为这样的生活就很好了，可是，女孩心比天高，他抓不住。

苏婉之回到自己院子的时候，夜色已漆黑如墨，星子散乱，唯有蝉鸣不绝。

"小姐，累不累？我现在去热饭，小姐你等一下哦。"苏星见苏婉之站在门口，先一步搀过苏婉之，嘘寒问暖。

苏婉之坐在自己的榻上，心不在焉。

她一心想嫁给姬恪，似乎也从来没有考虑过姬恪愿不愿意娶她。

姬恪一直在做的，都是他该做的。

说起来，除了最后那一箭，她连恨他的理由都没有。

苏婉之苦笑，她真的……很可笑。

山庆节。

爆竹声响彻山内，燥热的天气中，这一声声让人觉得格外烦躁，但祁山上欢庆的气氛没有减少一分。

邓玉瑶早就穿戴一新，赶去校场。

按照祁山的地图与手绘的路线，到了时间，苏婉之便带着苏星一路沿山路而下。

她们这般急切地赶路，更增添了热意。不多时，苏婉之的薄衫上就浸透了汗水，贴在身上。她觉得很不舒服，但想着很快就到泉眼了，便咬咬牙忍了下去。

计蒙说得并不清楚，苏婉之和苏星在山腰找了好一会儿，才根据计蒙的描述找到那个地方。

湖光山色，疏影横斜，叠影重重。

泉水清清冷冷，一汪细流自壁边潺潺而下，些许稀疏的枝叶倚着山壁舒展枝丫。

清风随明月波光徐徐而来，舒缓的凉意让苏婉之顿时觉得身上的热气被吹散了。

苏婉之反复确定四周无人之后，先解了薄衫，只着里衣泡入水中，清凉的寒意丝丝透体而来，无限舒畅。苏婉之宛如人鱼般，在水中酣畅游弋，时沉时浮，实在是舒服。

苏婉之痛痛快快地泡了好一会儿，才接过苏星递来的干布巾擦干身体，用外袍挡着，飞快地换好里衣，再换苏星下水。

在水下时，苏星同样舒服得感叹出声，苏婉之站在岸上忍不住笑出声。

夜色漆黑，此处又偏僻，只有鸟兽低鸣。苏婉之不自觉地放松下来，闭眸感受着扑面而来的清凉。

待苏星出水时，苏婉之正抬手把湿润的乌黑长发用锦缎束起。

头发刚束到一半，泉水后忽然闪过一个黑影，飞速地从苏婉之面前掠过，拾起她放在一边的包袱便跑。

那身形并不算快，但胜在猝不及防，苏婉之根本没反应过来，待她清醒后丢开束发的锦缎就去追，已经落后了对方好些距离。

想到刚才她和苏星一直因为贪凉而对四周毫无察觉，说不定下水的过程都被对方一点儿不漏地看进眼里，苏婉之怒不可遏。

第十二章
小书生谢宇

　　虽然东西是一定要追回的，但苏婉之毕竟还有顾忌——苏星还在水里泡着呢，万一是调虎离山计，苏星又不会武功，那就惨了……

　　苏婉之这么一迟疑，前面的人影已经跑得更远，再不追就来不及了。

　　此时苏婉之手上只剩下一根银簪，想也没想，她将银簪狠狠掷了出去。

　　不得不说，连日来她对着木桩练习还是有效的，银簪正朝人影射去。对方似乎发现了苏婉之投掷而来的银簪，略略侧身看了苏婉之一眼，紧接着身影一闪，便手脚灵活地钻进草木丛中。

　　不确定银簪有没有射中那人，苏婉之也跟着跃了进去。

　　没料到苏婉之一跃进去，就再也找不到人了。那人影像是一下子消失了一般，苏婉之左右看了看，又听了一会儿声音，四周还是寂静无声。她只好沮丧地得出结论——她把人追丢了。

　　好在那包里放的不过是换洗的衣物和一些碎银子而已，她就当破财消灾吧。

苏婉之叹了口气，刚迈步想回去找苏星，鼻端忽然闻到一丝淡淡的血腥味。

血液的味道让苏婉之一惊。

难道她刚才射中了那人？那个贼还在附近？

她猛然回身，只有模糊的月光，在草丛树林的掩盖下，看不清四周和脚下，血腥味依然在鼻端弥漫，虽然淡，但确实存在。

苏婉之弯腰拾起一根木棍，摸索着往前探。

她走了好一段距离，血腥气息越发浓郁，木棍也遇到了阻拦。

苏婉之小心谨慎地蹲下身，一只手探出摸了摸，另一只手则做好了随时应对袭击的准备。

忽然，她摸到了还有余温的、一根一根的东西，是……手指？

苏婉之拨开遮挡着的草丛，眼前躺着一个年轻男子。

月光映照在男子的脸上，苏婉之可以清晰地看见男子的模样——他紧闭着双眼，样貌很普通，一身儒生青袍沾染了些许污迹与血迹，边上掉落了一个背囊，几本书散落着，看样子是个书生。

谁知道是真书生还是假书生？

苏婉之为求安心，用木棍把男子的手摊开。

男子的手掌一看便知十指不沾阳春水，皮肤细白，只在指间有薄茧，能看得出来，那是长期持笔造成的。

他还真是个书生。

苏婉之松了口气，喊了两声："喂……你醒醒，醒醒……还活着吗？"

那书生没反应。

苏婉之又推了推那男子，对方还是毫无反应。

难不成他已经死了？

苏婉之将手搭上书生的脉搏，屏息了一会儿，还能感受到脉搏微弱的跳动。

那他就还活着的。

苏婉之握着书生的肩膀把人扶起，刚想再试着叫人，一转头，察觉到有血自男子的唇角蜿蜒流下。

"喂喂……你别吓我啊……"

"阿嚏……小姐，这个要怎么办？"

苏星裹着外袍，哆嗦着手指指着地上昏迷不醒的男子，一脸惊惶地问。

"我也不知道。"

"那小姐你就把他拖了过来？"

苏婉之摊手，理所应当地说："我总不能见死不救。"

苏星又打量了一下那个男子，她很不理解，自家小姐一向只对美男子心软，这个男子的长相……虽说不丑吧，但也实在平凡了些，丢到人堆里都找不着，只怕在路上遇见小姐也不会多看一眼。要说平日也罢了，现下她们是自身难保，哪还能救别人……但她还是犹豫着问："小姐，接下来该怎么办？我们在祁山上是和邓小姐同住的，断不能直接把人带回去……更何况万一他就这么死了……"

书生那惨白的脸色在月色下越发瘆人。

苏婉之望天良久，咬咬牙道："救都救了，也不能就这样弃尸荒野……"她又沉吟了一会儿，低声道，"有个地方……"

主仆二人一人抬腿一人抬头，走几步歇半天，总算在山庆节结束之前把人从疏于把守的祁山山腰抬了上去。苏婉之咬着地图，拐进了一个独门独户的院子里。她踹开房门，和苏星将人小心地轻放在床上，气喘吁吁地坐下休息。

房间里的陈设很是风雅，绛纱珠帘掩在门前，窗帘纱幔随风轻舞，墙壁上挂着好几幅一望便知是名家手笔的画作，一架绘着山河图的屏风遮挡住内间寝室，红木书案上堆了好些书。

苏婉之用指尖在书案上摸了摸，很干净。

这里看起来，就像是主人随时会回来的房间。

这是苏慎言在祁山上的院落。

容沂和苏婉之提过，苏婉之却迟迟没敢来，怕触景生情。毕竟此处她以前从未来过，虽然想起来心会痛，但不去看还能忍受。

她按着心口，大口喘息了几下，再不去看。

时间已经不早了，苏婉之快速取过书案上的纸笔，简单写了情况，提醒这位书生醒了别在祁山到处乱跑，以防被人抓住。

写完，苏婉之就带着苏星回了自己的院子。

万幸，她们刚躺倒装作睡着，邓玉瑶就满脸红晕地扭着腰进来了，丝毫没有发现什么不妥。

第二天，苏婉之清早起来就让苏星带了一笼点心，两人一同赶去了苏慎言的院子。

虽说对方并不认得她，但毕竟是自己救的人，万一出了什么错，她总要负起责任。

她们到了才发现，苏婉之之前的担心实在很多余，因为对方压根儿没醒。

他双眼紧闭，就连躺下的姿势和前晚都没什么差别。

"小姐……要不，我们先回去吧，还不知道他什么时候能醒呢。"

苏婉之想想也是，刚想走，忽然想起另一件事，扭头看向苏星，"苏星，我们就这样干晾着他是不是不大对啊……要不要去熬点儿药？总不能就这么让他硬熬下去吧？"

苏星条件反射地问："熬药？什么药？"

苏婉之想了想，拍拍苏星的肩笑道："你是丫鬟，熬什么药这种事自然是你去想。乖，去吧……"

对苏婉之这种一旦不知道如何是好便拿小姐身份压人的习惯，苏星已然习以为常。她暗自撇撇嘴，把上回计蒙在苏婉之晕倒时留下的药方又照样抓了一服，反正医药房的弟子说这是调养身体的药，想来也差不多。

苏星熬药归来，苏婉之看着碗中无比漆黑的药液，有些踌躇道："这药……不会喝死人吧？"

苏星看着苏婉之的表情，也有些犹豫，但她还是点点头道："应该……不会吧。"

苏婉之追问道："真的？"

苏星哭丧着脸："小姐……你别问了，我也不知道。"

"没事，没事。"苏婉之难得大度一回，清了两下嗓子，"反正是药三分毒，能熬过去说明我们的药对了，熬不过去……喀喀，那就是他命不好。"

有了这样的念头，苏婉之顿时安心多了。

她让苏星把人扶起，把药碗凑过去，手指压着他的腮，挤开嘴唇，把药倒了进去。

对方虽在昏迷中，倒十分配合，没费什么工夫，一碗药就被灌了下去。末了，苏婉之还好心地用帕子擦了擦对方的嘴。

两人将那人放下之后，天色已经亮了。

苏婉之来不及看对方喝完药的反应，便换上仆役弟子的衣服，带着苏星继续拿笤帚扫后山。

她扫了两个时辰，又被容沂拖去校场看他习武。

苏婉之本以为能稍微休息一下，谁知道计蒙大师兄表示，山庆节导致校场内一片狼藉，当日训练以及围观的所有弟子……一概打扫校场。

毫无遮阴之所,热浪滚滚的校场……怎一个苦字可言……

容沂一脸歉意地对苏婉之说自己并不知道计蒙会要求他们打扫校场,苏婉之狠狠地把他的脑袋按到地上,表示"没关系"。

之后,苏婉之累死累活地回到院中,念及救来的人,忽然又来了精神。

不知道苏星那药到底有用没用,那人是否被救活了。

苏星也对这事很是关心。

于是主仆二人一合计,带着晚膳去了空置的院子里。

她们没料到对方还是没醒。他和衣躺着,神情静谧,犹如已沉睡了千年。若这人换一副皮囊,苏婉之或许还有心情欣赏一下美男子酣睡的景象,但是此时,她觉得又失望又无趣。

苏婉之和苏星对坐在红木书案边。苏婉之打开食盒,里面的菜肴大多是苏星开小灶做的,几碟小炒,一碗清汤,虽然简陋,但菜色比祁山的大锅饭显然要精致不少,光是色相就叫人食指大动。

苏婉之当即不客气地大快朵颐,反正也无外人,苏婉之吃得很是畅快。

对面的苏星同样毫不客气,筷子夹得甚是豪放。

食物的香气随之四溢。房门紧闭,自外窥不见灯光,只隐约可见萤火闪烁,却又辨不清晰。若是此时有人路过,只怕就会嗅到几缕淡淡的食物香气,极勾人食欲。

就在此时,苏婉之隐约听见耳边微弱的人声,有些沙哑,很是孱弱。

苏婉之又扒拉了两口饭,那声音依然在侧,挥之不去。

苏婉之觉得脊背发凉,吃饭的动作顿了顿,慢慢地诧异回头。

床上的人还躺着未动,但声音确实是从那里传来的。

不知是不是她的错觉,那声音在耳边响起,仿佛是:"饿……"

而后,苏婉之、苏星两人都看向那个才清醒的书生。苏婉之掂量着食盒的分量,然后将一部分食物拨弄进食盒另一侧的盘中:"喏,这些给你。"

书生看了一眼盘里的菜,微低下颌,道:"多谢小姐了。"他的声音低而细弱,文质彬彬中透出些恭谨,书生气十足。

说完,书生拿起筷子,毫不客气地开始用餐,动作斯文矜持。

苏婉之瞧着盘里的饭菜,说不出地郁闷。

本来两人份的食物分成三人份,明显有些不足,而且……对方这个态度未免太自然了吧,好像丝毫不觉得有什么不妥一般。

见那书生默默无言地吃着饭，苏婉之和苏星对了对眼神，又扒了两口饭，终是按捺不住地问道："这位……呃，公子……敢问尊姓大名是？怎么会这个时候落在……"

书生并未急着回答，等口中和筷上的菜肴都吃尽，又喝了一口茶，才细声道："在下姓……谢，单名一个'宇'字，字子让。"他微垂下头，额前的发丝半垂，似乎是要掩盖眸中暗淡的情绪，"在下本打算赴明都赶考，未料路遇劫匪，与书童失散，又被贼人追至此地，多亏小姐相助，在下不胜感激。哦，对了，不知小姐是否看到我带的书籍？"

书？

苏婉之想了想，点头道："我是有看到书，就在你身边的一个背囊里……"

谢宇忙抬起头，平凡无奇的眼睛里露出希冀之意，声音里似也含着殷切："小姐，可否带我去取回？"

"取回？"苏婉之带着歉意地摇头，"这里是祁山，你的书都丢在祁山山腰，现在守卫重重，我们根本下不去。"

"那该如何是好？"

苏婉之顿了顿，才拿手指指向自己，反问："你问我该怎么办？"

谢宇颔首。

苏婉之摊手，神情无辜地说道："你问我我又问谁？我那日也是趁着山庆节才偷跑下去的。"

"在下也不知……"

谢宇忽然按住胸口，以手覆唇，剧烈地咳嗽了两声。

之后他松开手掌，几块殷红的血迹浮现于掌心，看得人触目惊心。

苏星似乎想起什么，啊了一声。

两人都看向苏星。

苏星半捂住脸，退到苏婉之身后，道："没什么，奴婢怕血。"

说话间，苏星偷偷拿手指戳了戳苏婉之。

对于自家侍女怕不怕血，苏婉之自然知道。她略一想就明白了苏星刚才的反应……这丫头只怕以为谢宇咳血是因为方才她们在谢宇昏迷时喂的那碗药。

想到这儿，苏婉之忍不住朝谢宇看去……咯咯，她们那药真的没问题吗？

谢宇蜷起手心，唇边的血迹犹在，他的脸色在昏暗的烛光下倒也看不出什么。

他歉意地一笑，道："抱歉，吓到小姐了。之前在下被追击的时候曾被劫匪一掌重伤胸口，所以可能伤及肺腑，休养些日子许就好了。"

听完谢宇的话，苏婉之和苏星都稍微心安了一点儿。虽然苏婉之心里还是难免有点儿心虚，但谢宇好歹是她救回来的人，送佛送到西，救人救到底。

苏婉之又打量了一下对方那小身板，要是他再咳出来点儿血，搞不好就真的一命呜呼了。

"算了算了……谢公子你就先待在这里吧。书什么的，这里也不少，都是我哥哥的，你可以先看着……反正你现在身体不好，又身无分文，随便下山再出什么事……等过段时间有机会我就送你下山……"

谢宇并无异议，边听边点头，最后一拱手，站起身，长揖道："那就麻烦小姐了。"

许是谢宇朴实的样貌所致，他这番举动做起来显得十分诚挚，连带着普通的容颜在苏婉之眼里也瞧着顺眼了许多。

苏婉之在回自己院子的路上，不禁感慨道："果真还是长得一般的人可靠些、谦逊些，长相稍微出挑些，人就变得傲慢无礼……"

苏星却显得有些忧心忡忡，一路上一直冲苏婉之念叨："小姐，那个谢公子吐血……真的不是因为我们的药吗？万一他真的出了事……"

苏婉之驻足，弹了弹苏星的脑袋，眉眼舒展地笑道："别杞人忧天了。"

"可是，小姐……刚才他吐血的样子真的好可怕啊……"

苏婉之转过身，歪头，视线在苏星的身上来回扫道："说起来……你怎么这么担心他？莫不是心动了？嗯，我倒是没料到，原来我家小苏星喜欢这样的……"

苏星狠狠跺脚打断苏婉之欲言又止、意味深长的话，怒道："小姐，我哪有，我喜欢的是顶天立地的男子汉，是大男子汉……小姐你才……不……我就是不喜欢这样的、这样的小白脸……"

意识到自己说错话的苏星连忙改口。

蝉鸣聒噪，热意让人烦躁。

一时间，苏星忐忑地望向苏婉之。

虽说苏婉之平日里还是会同她说说笑笑，可是一旦提及姬恪或者苏慎言，她总是能看见苏婉之的神色不自觉地黯淡下来。

那就像个伤疤，不去碰，苏婉之便可以当作它不存在，一旦碰到，就会裂开，露出遍布疮痍的伤口。

她家小姐，始终忘不了姬恪，就像始终忘不了大少爷的仇一样。

苏婉之眨了眨眼，方才调笑苏星时的笑意不知不觉退去了些许，声音染上落寞道："我是喜欢啊。"

"喜欢谁不喜欢谁又不是我能控制的……我倒也真想能控制自己……"苏婉之的掌心触上苏星不自觉低下的头，揉乱她的发丝，不禁扬唇轻笑道，"好了，傻丫头，没什么好避讳的，喜欢谁又不丢人……你要是真喜欢，我认你做干妹妹，不论身份还是相貌嫁给他都绰绰有余……"

"喂……小姐，我真的没有喜欢他……"

苏婉之仿佛没听到一般，用手指抵唇，思忖道："不过，这谢宇单从身形来看还真有点儿小白脸的气质……后面这些日子，他说不准就得靠我们提供食宿了，那……小姐我这算不算养了个小白脸？"

"小姐！"苏星高声抗议。

"哈哈哈哈。"苏婉之忍不住放声大笑起来，笑弯了腰，也笑出了眼泪。

第十三章
窝藏小书生

炎热的夏日里，即便是山上的夜晚也依然带着暑意，男子漫步至院中，方方正正的院落里有一口水井，井口极深，带着微微的寒气，边缘是一个取水用的压水阀。

他握紧把手，用力压下。

涓涓细流自竹管一头流下，清冽而沁凉。

他垂下头，把手心伸出去，手指轻搓，掌心的红色污迹一点点被洗净，手掌也再度变得冰凉。

方才他吃得太快，胃里隐隐有些不舒服。

他看着自己逐渐被洗得洁白的掌心，若有所思——血袋也许还是要继续准备的。

"公子，茶好了。"

他若有若无地嗯了一声。

身后的人走近，稳稳端着的盘中，一杯清茶置于其上。透过清澈的水波能看见舒展的叶片在杯中游动，时起时伏，宛如一叶扁舟，一缕茶香也随之逸出。

他接过茶杯，被水浸染的冰凉的手掌被茶水熨烫后，指尖的青白再度变回淡粉。

他低头抿了一口，温暖之意顺着嘴流淌进胃里，心口却始终是冰凉的。

无论怎样恶劣的环境，他都能适应，也能甘之如饴，唯独不能舍弃的只有茶。若问及缘由，他自己也记不清，只能说是……习惯而已。

茶香浮于鼻端，他继续垂首品茗，浅浅地啜了一口。

"朝中有消息传来吗？"

"有。尚无任何异动。"

他捧杯回屋，把杯子放到桌前，接着抬头看向书架上整齐堆叠的书，抬手随意取下一本，信手翻阅。

他忽然想，来这里已经几日了？

苏婉之在这里，看样子过得不错……并不是他想的那般难过。

那他究竟为了什么上祁山？微微闭目，他可以给出无数个理由，但内心最深处的缘由，连自己也想不明白。

也许他知道。也许，他只是不愿意承认。

他刚想合上书，一个薄薄的信封自书中飘然而落。

他弯腰拾起。

信封上是很幼稚的笔迹，潦草而凌乱，他分辨了好一会儿才认出信封上的字迹——"哥哥亲启"。

"亲启"两个字黏在一起，几乎令人难以分辨。

不知怎么，他失笑出声，字都写成如此了，还知道信封上要写"亲启"二字。

他从来不是君子，坐在榻上，展开信，艰难地读起来。信的内容很简单，是说师父又罚她如何如何，边抱怨边期待，最后嘱托哥哥给自己带些零嘴儿。

片刻后，他起身，又取下两本书，从中寻到另外的信。也不知哪儿来的兴致，夜色沉沉中，他竟把这些孩童的呓语，固执地看了下去。

可以看出写信者于遣词造句上的天分实在有限，信笺上的内容不只短，而且大多十分无意义，寥寥几句的内容，撒娇有之，求助有之，告状有之，谴责有之，可他不知不觉就看完了厚厚一沓。

随着写信者年纪渐长，字迹好了些，文笔却毫无进步。

然而，只从这些信中，他仿佛看到眼前有个少女生动地一点点地成长起来，自幼年到少年，少女的一颦一笑，宛然在目。

纸上少女的笑声恍惚在他耳边响起，像是要破纸而出。

虽然他的理智告诉自己这种举动十分无意义，还不如去读些国策兵法，但他控制不住自己的眼睛和手指。

夜深了，祁山的更鼓一声声敲响，显得十分缥缈。

他被唤回神，抬手想取茶，触手的茶却已经凉透了。

原来他看了太久，连茶水凉了都未曾发现。

祁山的守备实在严密，于是谢宇暂时住了下来。

三餐由苏婉之或苏星送进院中，谢宇一概来者不拒，有便吃，若是忘记送了，他也不抱怨，只安静地读书。

作为一个身无长物的书生，谢宇唯一有点儿价值的就是一肚子才学，说起话来侃侃而谈，状似随意，言辞间却显得落落大方，不知不觉就诱人听他说下去。谢宇尤其擅长说地方风物，寥寥数句，就将一地之特色尽数道来，再配上他随手所作的画，那些景色登时便仿佛现于眼前，引人入胜。

苏婉之和苏星都听得津津有味。

谢宇见状，便说无以为报，若是愿意，他可以教两位小姐作画。

琴棋书画这等雅事一向是苏婉之的软肋，更何况她还有偌大的后山要扫，有小师弟容沂要应付，哪里有时间学，于是就变成了谢宇教苏星作画。

虽说苏星也不见得有多爱作画，但至少能打发些时间，不至于在山上无事可做。

总体来说，苏婉之对自己养的这个小白脸还是很满意的——除了三餐，谢宇几乎没什么其他的要求，整日只是待在苏慎言的院子里看看书、写写字，性子比她见过的明都子弟还要沉稳些。

沉稳好啊，总比那些浮夸子弟可靠，虽说他的相貌不出众，但这不是最重要的，长得好又不能当饭吃。

苏婉之偷看过他写字，谢宇惯用左手执笔，背脊挺直，姿势很正，握笔的手指清瘦有力。他写出来的字虽说比不上名家名作，但字迹恭谨严正，一丝不苟，

想来做个账房先生也是不差的。这样的人，配她家苏星其实真的还不错啊。

苏婉之打着这个算盘，连续给谢宇送了几餐饭，边送边考察。

谢宇好脾气，任由她看也不说什么。

不知是不是因为他是自己捡来的，苏婉之越看越顺眼。本来她还担心谢宇身体不好，但那日之后也没再见他吐过血，那口血其实是胸口的瘀血也说不定。

苏婉之放下心，看着谢宇时，隐隐有种肥水不流外人田的心理。

她还不知道要在祁山这个鬼地方待多久，如果一辈子回不去，总不能让苏星陪着她一起孤独终老。

这几日，她常见苏星一脸欣喜地拿着新作的画给她看，然后对着画指指点点，告诉她哪里用了什么笔法，哪里又是如何画出来的。虽然苏婉之尚未看出画的是什么，但瞧着苏星的样子，她应该喜欢画画，自然也该是喜欢教她画画的人。

于是，苏婉之后面几次去送饭时，一直想着怎么向谢宇套话，问问他可有婚配，对娶妻方面有什么要求，觉得她家苏星如何。

却不料，第一句话是谢宇先问出："苏小姐为何总是来得这么迟？"

苏婉之下意识地接了一句："我还有后山要扫呢。"

谢宇停下握笔的手，抬眸看向苏婉之，眼神似乎有些诧异："扫后山？"

虽然苏婉之自己也隐隐觉得被分配去扫后山是件挺丢人的事，能不提就尽量不提，但既然说了，也没必要为了这点儿小事说谎。

苏婉之点点头道："是啊。"她又愤愤地道，"都是祁浩然那个老头子的错！"因为谢宇并不熟悉祁山的人，所以苏婉之不加掩饰地向他连珠炮似的抱怨起来，甚至到最后手舞足蹈，眉目间神采飞扬。

不知不觉间，谢宇搁下画笔，看着对面的女子。良久，他只是听，并不言语。

苏婉之并未注意他看向自己的目光，但他还是心虚般微垂下眼眸，视线最终落在书桌一侧的抽屉边缘——

抽屉里放着厚厚的一摞信，信里的小女孩也曾这样抱怨过。

后山。

苏婉之用布巾擦了擦顺着脸颊流淌下来的汗水，轻轻出了一口气，她懒得计较形象，撑着笤帚就坐在了地上。

刚开始，苏星倒是陪着她打扫了一些日子，但是论体质苏星比她差远了，她不忍心就硬逼着苏星先回去了。

虽然苏婉之习过武,抵抗力要强些,可眼下的天气还是很热的,火辣辣的阳光照在皮肤上让人受不了,苏婉之原本白皙的肌肤渐渐有向蜜色转变的迹象。

容沂知道后,嚷嚷着让计蒙给苏婉之换个任务,不过被苏婉之当头一个栗暴坚决驳回了。

她并没有自虐的倾向,只是一来上回偷着去泡澡已经麻烦了计蒙,她可不想欠太多人情,让人觉得她是走后门来的;二来,扫后山的活虽然累,也不是完全无法忍受,连日下来,苏婉之觉得自己的身体强健了不少;三来,就连莫忘那样资质普通的人都能勤勤恳恳地扫地,为何她就不能?

再者,这些日子不知道为什么总有些莫名其妙的人在她的院子前面晃来晃去,一副不怀好意的样子,还总说些十分欠揍的话。毕竟是在祁山的地盘,她不敢太放肆,惹不起只好躲了再说。

苏婉之叹了口气,正当她准备把布巾塞回衣袋,站起身继续扫地的时候,耳畔忽然响起了一阵沙沙的扫地声。苏婉之还以为是哪里扫地的弟子不小心扫到了自己的区域,仰起头看向对方,正想说什么,却忽然语塞了。

那个挥着笤帚一下一下左右扫着的瘦削身形,让她觉得很是眼熟。

只是对方背着光,又垂着头,苏婉之一时看不清他的长相,试探着问道:"谢宇?谢公子?"

对方仰首,映入苏婉之眸中的依然是那张平凡无奇的脸,他的身上套着苏婉之给他的那套祁山弟子常服,墨绿近黑的色泽,逆光看去,辨别不出颜色,倒像是一件黑袍。若是他往阴影里一站,只怕都没人能找到他。

"苏小姐。"谢宇应声,不卑不亢的口吻。

苏婉之确认是谢宇后,更惊讶地问道:"你怎么跑出来了?你现在……不是该教苏星画画吗?"

"小苏小姐正在书房里临摹画作,暂时不需要我。"谢宇并没有停下扫地的动作,慢慢说道,"苏小姐救我一命,还为我提供膳食与住所,我怎能任由小姐一人辛劳?"顿了顿,他又道,"后山人迹罕至,并没有人看到我走过来,小姐不用担心。"

谢宇还是满口酸儒的味道,但好在他做事够细心。

苏婉之笑了,心里默默觉得自己果然没有看走眼,嘴上还是说:"你又不会

武功，一个病弱书生能有什么用？赶快回去吧，莫不是一会儿你晒晕了还要我扛你回去？"她说话的态度很是随性。

谢宇不自觉地握紧了手里的笤帚，苏婉之的口气让他很不舒服，但他没有说，只是摇头道："在下不会那么容易晕倒的。"

苏婉之等了一会儿，见他还是站在那里不紧不慢地扫着，顿觉无奈，只好站起身，走到谢宇面前，循循善诱道："小书生，你就别给我添乱了。你回去好好陪着苏星画画，我就很感谢你了。"

谢宇漆黑的瞳仁霍然映到苏婉之的眼睛里，莫名地让苏婉之眼皮一跳，那一瞬她竟然对他生出了几分敬畏的感觉。

"若在下就想在这儿扫地呢？"

温文细弱的声音在苏婉之耳边响起，她猛然清醒。

她再看过去，小书生还是小书生，平凡无奇，面貌寻常，只是言语间不知为何带着些赌气般的感觉。

苏婉之笑自己想太多，念及谢宇的话，又觉得啼笑皆非，终是摊手道："你想便想，我又不能绑着你回去。"说完，苏婉之提着自己的笤帚走到另一侧，刚扫了一下，又似乎想起什么，对着谢宇道，"顺便说一句，你以前没扫过地吧？你这个扫地的姿势很容易扬尘，最好是用笤帚面压着朝一个方向扫，才不容易让尘土飞起，也更容易将灰尘扫到一起。"

谢宇扫地的动作一滞，稍作停顿后，按着苏婉之说的方法扫了起来。

也许是错觉，苏婉之仿佛看见谢宇的颊边泛起一些红晕——他莫不是觉得不好意思了？

苏婉之握着笤帚，咧嘴笑着摇了摇头。

苏婉之本以为谢宇坚持不了两天就会放弃，但没料到他这一扫就是十来天。

每日谢宇都在同一时间陪着她扫地，等到太阳落山后才走回去。苏婉之不说，他便一直这样，固执得像个孩子。

虽然谢宇的脸上并没有汗水流下，但是看着他的小身板，苏婉之总有种谢宇随时会晕倒的感觉。只是苏婉之每每如此想的时候，谢宇又总是比她想的更能坚持。

数次下来，苏婉之的兴趣干脆转变成看谢宇什么时候会倒下。

虽然这个想法似乎有点儿对不起苏星，但是……苏婉之想，如果谢宇倒下了，正好苏星可以在床边照顾，人在病中最是柔弱了，来个乘虚而入，还能不把这个小书生拿下？

不过，在她准备帮苏星拿下谢宇之时，也有个人在讨论拿下之事。

"就这么点儿小事你都拿不下？"计蒙挑起眉。

对方很是尴尬地撩了撩自己的头发，挤出一个笑容道："这个……大师兄，这一个姑娘，你让我照顾她，还给她献殷勤，是不是有点儿困难啊？"

"怎么了？你不是号称'万花丛中过，片叶不沾身'的吗？"

常年负责下山采买的三师兄骆南很腼腆地掩唇笑道："片叶不沾身嘛……所以，我就什么都没碰过的嘛……再说，苏家那个小姐是普通的文弱官家小姐吗？她总是不待在自己房里，难得让我遇上一次，想示好，哪知道我不过说了句'苏小姐你真美'，就被她用柴刀刀背狠狠敲了十来下，现在还疼着呢……山下那些姑娘家哪个不是待字闺中，大门不出二门不迈，说话细声细气，行动弱柳扶风的，哪有她这样的……"

"喀喀，是这样吗？"计蒙摸着下巴，沉吟道。

骆南谄媚地搓手笑道："大师兄啊，其实，与其找个师弟去照顾她，还不如你自己照顾呢，俗话说兔子也吃窝边草……"

骆南的话没说完，忽然感觉到一阵危险的气息袭来。

等他再看去，计蒙跷着一条腿，似笑非笑地看着他。计蒙那皮笑肉不笑的模样让骆南顿觉危机四伏。

"大师兄，我这是给你出主意啊，你别这样嘛……喂，大师兄大师兄，我胡说的，你别过来啊……"

苏婉之等了一日又一日，谢宇始终还是摇摇欲坠的样子。

苏婉之实在等得不耐烦，甚至都想试试用手指推推谢宇，看他会不会被这么一推就倒在地上。

但想归想，苏婉之还是不会真这么做的……万一他真出了事，谁负责？

即便她自己不大想承认，但是有个人陪着她，怎么说也比一个人好。

谢宇说话慢条斯理，仿佛怕惊扰了什么一般，他的声音很轻，落进耳中有种涤尘般的效果。烦躁的天气下，听到这样的声音倒让苏婉之觉得心里清凉了不少。

久而久之，苏婉之无事也喜欢找谢宇搭话。

"谢宇，你家是哪儿的啊？"

"在下家乡在祁山以北。"

"以北……那不是齐州？你是齐州人？"

谢宇顿了顿，还是点头。

苏婉之停下扫地的动作，对谢宇勾了勾手指道："先别扫了，过来过来。"

谢宇握着笤帚，似乎犹豫了一下。下一刻，他连人带笤帚已经被苏婉之拽了过来。苏婉之指了指自己边上的位置，说："坐。"

谢宇看了一眼浮尘未拭的地面，撩起袍角坐了下去。

"你是齐州人，那肯定知道齐王吧？"苏婉之低着头，声音不大，也没有期待之意，似乎只是随口问问。

不知道苏婉之是什么意思，但谢宇还是应声道："自然是知道的。苏小姐想问什么？"

"齐王在齐州，他……"苏婉之的神情里有一丝茫然，转瞬即逝，像是对谢宇说的又像是自言自语，"算了，你不过是个小书生，能知道什么呢？"而后，她笑了笑准备站起身。

身边坐着的谢宇突然道："苏小姐想问什么问便是了，谢宇虽然是个书生，但也不是两耳不闻窗外事的书呆子。"

"齐王在齐州是不是声望很高？是不是很受齐州百姓爱戴？"

谢宇闻言，似是斟酌了一下，才道："这么说也是可以的。"

苏婉之根本没注意谢宇的措辞，又问："那……你见过齐王吗？"

她转头看向谢宇，眼眸中带着迷惘的神色。

谢宇缓缓摇头："我不过是个平民百姓，怎么会有机会见到齐王殿下，若说见过，最多只是庆典节日遥遥看上一眼，只怕也看不清楚。"

"这样啊……也对。"苏婉之低笑。

"苏小姐，你笑什么？"

苏婉之的唇动了动，却没出声，反复开合多次，才轻声道："其实……我见过齐王。"

"哦……哦？"谢宇做出惊讶的神色。

等了一会儿，苏婉之却没说下去，站起身似乎要准备扫地。

谢宇见状，却少有地追问下去："苏小姐，你见过齐王？"

"是啊。"苏婉之的声音有些怅然，"我见过，现在回想起来，也不算是什么好的见面吧……我喜欢吃肘子，就以为他也喜欢，还非要看着他吃完，其实他也不见得喜欢，是我一厢情愿而已……"

她说得很乱，本来也不指望谢宇能听懂。

苏婉之握起扫把扫了一下地面，谢宇的声音才传来："不管他喜不喜欢，至少对方能感受到你的这份心意。"

苏婉之回眸，看见谢宇认真的神色，忍不住笑了出来："你知道什么，一知半解还来安慰我。"苏婉之忽然想起今晚似乎邓玉瑶说了会很晚才回来，就又对谢宇道，"对了，今晚苏星做了好吃的，你要不要来？"

谢宇把若有所思的视线从地上移起，轻轻点了点头。

苏星根本没料到谢宇会来，叫了一声"谢公子好"，就手忙脚乱起来。

苏婉之指节叩了叩桌面，轻轻笑着。

进来之后，谢宇显然也意识到这是女儿家的闺房，很规矩地坐在外间的八仙桌边，目不斜视地盯着桌面的纹路。

苏星端菜的时候，苏婉之绕到一侧的梳妆台边，从下面的柜子里找到苏星这几日的画作，一幅幅慢慢欣赏，看到一半才被苏星发现。苏星跺了跺脚，从苏婉之手里抢过画纸，垂着头道："小姐，我画得很难看的，你就别看了嘛。"

"不会啊，进步很大嘛，比你之前画的强多了。"

苏星却正色道："小姐，你就别逗我了。你要是看过谢公子的画，就知道我画的这个简直连入门都算不上！"

虽说苏星只是个小侍女，但就连苏慎言也没被她这么夸过。

苏婉之想起之前想给苏星牵线的事情，顿时把目光转向谢宇，眉开眼笑地说："谢公子，我家苏星这个徒弟还不错吧？"

谢宇眉目微微抬起，淡笑道："苏星小姐很聪明。"但他也仅仅如此回答而已，并没有暧昧的地方。

苏婉之只当他们害羞，苏星把菜端上来之后，三人围坐一桌，谁也不客气地吃了起来。

桌上有鱼有肉，还有汤，换作以前苏婉之根本不会在意，毕竟都只是寻常菜色，

现在却觉得很是满足——祁山采买是有限额的，如果不是计蒙特别交代，根本轮不到她买到鱼肉。

苏婉之心情愉悦，特地夹了一筷子鱼给苏星，想了想，又夹了一筷子给谢宇。

谢宇刚想谢过，苏星忽然转头看向苏婉之，小声道："小姐，那个……"

苏婉之投以疑问的目光。

苏星只好继续小声解释："上次画鱼的时候谢公子说过，他不吃鱼子的……"

苏星的话还未说完，只见谢宇夹起鱼子塞进口中，喉咙动了几下，将将咽下，而后轻声道："没关系的。毕竟是苏小姐的一片心意。"

此子甚是上道！

苏婉之感慨完，正想继续吃饭，忽然院中传来了敲门声。

糟糕！邓玉瑶不是说很晚才会回来吗？！

苏婉之和苏星来不及说话，二人迅速交换了个眼色，苏婉之拉起谢宇就朝里面走去。听见敲门声，谢宇显然也明白了是怎么回事，没有推阻，任由苏婉之拉着他。

苏婉之打开衣柜，里面堆满了衣物，不够大。

她再看床底，一地的灰尘，而且高度也不够。

苏婉之几番权衡，一把将谢宇塞进被子中，叮嘱他千万不要出来。她刚说完，那边就有人进了房间。

"苏……婉之……"

苏婉之霍然看去，顿觉讶异，进来的不是邓玉瑶，而是计蒙计大师兄。

虽说计蒙算不得日理万机，但是平日没事她还真的很少见到他，毕竟是分管事务的大师兄，计蒙每天的事务可一点儿也不少。

"大师兄……有事吗？"

计蒙咳了两声，递过一个篮子道："今日早上掌门吃了六个红鸡蛋，觉得十分吉利，所以给山上每个弟子都发了一个红鸡蛋。还有，你骆南三师兄刚从山下回来，说是为了给你赔礼，带了些糕点，都在里面了。"

苏婉之将信将疑地接过篮子。

虽然她知道计蒙人其实还不错，但是他有这么好心？还亲自给她送东西？

苏婉之掀开篮子上的布，里面确实端端正正地摆着两个红鸡蛋和两碟糕点——桂花糕、如意饼，还冒着丝丝热气，看来是刚热过的。

苏婉之更诧异了:"大师兄,还有什么事情吗?"

计蒙同样觉得无语,送糕点这种小事根本用不着他出面,怎么想着想着就自己送过来了?

当然,他绝对不承认自己是被骆南那个笨蛋怂恿的……

"苏……婉之,这些日子在祁山上过得可好?可有什么地方需要提意见?"

苏婉之才意识到计蒙并非像往常那样连名带姓地一起叫,当即用更怀疑的目光看着计蒙——无事献殷勤,非奸即盗!

"没什么,我过得挺好的,劳烦大师兄操心了。"

计蒙忽然明白骆南的心情了,看着苏婉之,他确实觉得……自己没什么好说的,难道要聊聊今天的天气如何?今日的菜色如何?

苏婉之似乎是看出计蒙的苦恼,瞅了一眼点心,难得良心发现一次:"大师兄,上次的事情多谢你了。"

"什么事情?"计蒙下意识地反问。

"就是……那次下山……多谢师兄指点啦。"

"那件事?不用客气。"计蒙语气轻快起来,似乎在为终于找到话题而愉悦。

这一轻松起来,饭菜的香气就飘进了计蒙的鼻子中,他问苏婉之:"你们在吃饭?怎么这么香?"

"嗯。"苏婉之如实交代道,"是苏星做的。"

"难怪……"

说着,计蒙走到桌前:"咦,这里怎么有三副碗筷?"

苏婉之这才发现桌子上谢宇的碗筷还没有来得及收下去,多亏谢宇吃饭慢,碗中的饭还没有少多少,便灵机一动道:"这本来是给玉瑶准备的,不过她有事出去了。"

计蒙点点头,表示理解。接着,他很理所应当地拿起那副多余的碗筷,挑眉笑道:"我还没吃晚饭,不介意加我一个吧?"

苏婉之想拒绝,但想着对方都帮自己好几次了,还给自己送东西,就这么把他赶出去似乎不大好。

矛盾之下,苏婉之看向苏星,苏星这次也是一副进退两难的模样。

最终,还是三个人围在一桌吃饭,只是原本谢宇的位置此时坐着计蒙。

而谢宇……苏婉之只敢在计蒙低头的时候悄悄朝后看看,希望谢宇没有在被

子里被闷死……要是被别人发现了，那惨的可就不只谢宇一个人了！

"苏星的手艺不错嘛。"

苏星僵着脸笑道："多谢大师兄夸奖。"

苏婉之和苏星一顿饭都吃得忐忑不安，反倒是计蒙吃得很是愉悦。

饭罢，计蒙还指了指篮子，微笑着问苏婉之："你不尝尝糕点吗？"

苏婉之只想着早点儿送走这尊大神，听到计蒙的话，二话不说拿了一个桂花糕塞进嘴里。桂花糕的清甜滋味在唇舌中漾开，来不及品味，苏婉之便道："很好吃。计大师兄还有别的事情吗？"

计蒙目光转了几下，直到视线瞄到角落里的笤帚，才像忽然想起什么般道："对了，我和掌门说了，扫地之事实在不适合女子来做，自明日开始，将你调到膳房。不知你意下如何？"

你知道女子不适合扫地还让我扫了这么久！

苏婉之不由得斜了计蒙一眼。

计蒙的模样很是光风霁月，丝毫未有愧疚之感。

"婉之，你为何这般瞪着我？"

苏婉之忍了忍，咬牙切齿地道："知道了，那计大师兄你可以走了吧？"

她的这番模样，倒让计蒙想起了一件事。计蒙抬起一只手，高高扬起，墨黑色的衣袖顺着手臂滑下，露出一截精瘦的手臂，可隐约窥见一个不大却很深的牙印。

苏婉之不明所以地望着计蒙。

计蒙低笑，指着手臂上的牙印问："知道这是谁弄的吗？"

计蒙的笑容实在是给了苏婉之不怎么好的暗示，她试探着问："不可能……是我吧？"

计蒙含笑颔首。

计蒙似乎怕她不信，还把手臂稍稍向苏婉之凑近，道："你若不信，可以用牙比对一下。"

牙印两边各有一处略深些，正好和苏婉之两边的虎牙对应——难不成真的是自己咬的？苏婉之搜刮记忆，怎么也找不出这么一段来，只好把求救的目光投向苏星，苏星拼命摇头表示自己也不清楚。

苏婉之头疼，用戒备的眼神看着计蒙说道："是我咬的又怎么样？你打算咬回来吗？"说着她把手臂朝自己身后缩了缩。

计蒙看苏婉之被逗实在很有趣，骨子里的劣根性便发作了，不由自主地开口，脸上却仍是寻常的模样："你真的不记得你那时昏迷，紧紧抓着我的手臂说了什么？"

苏婉之立刻拼命回忆，还是记不得有这么回事……昏迷……上次似乎她是昏迷过一次……然后呢……

苏婉之正想着，计蒙忽然站起身，她未曾预料，吓得她猛然朝后仰去，差点儿从椅子上摔下。

计蒙低头，看见苏婉之惊疑的神情，她大大的眼睛里满是戒备和不解，还有些许的懊恼。计蒙忍不住笑笑，抬手摸了摸苏婉之的头，道："同你开个玩笑而已，这么经不起逗。"

苏婉之挥手拍掉脑袋上的爪子，瞬间面无表情，从椅子上站起身，指着外面道："吃饱了吧！那好走，不送。"

她明明比计蒙矮半个头，气势却半点儿不差。

"喀喀……"两声极轻的咳嗽声自房间里飘出，声音并不大，甚至不仔细听都无法分辨。

但此时实在太安静，计蒙又是习武之人，当即敏锐地发现了。

"谁？"

"喀喀喀……"苏星咳了几声，弱弱举手道，"大师兄，是我。"

计蒙的视线却一直朝房间里看，淡淡地道："连声音从哪里发出来的我都分辨不出来吗？"说着他就想往里走。

"不许去。"

苏婉之张开双臂，拦在计蒙身前，只觉得头皮开始发麻。

计蒙低头看了一眼苏婉之，声音平静却带着些许胁迫的意味："里面是什么？"

苏婉之强迫自己抬起眼，忽感心虚，道："里面什么也没有，我的房间，不让你进去不行吗？"

"我分管祁山的事务，你若随便带什么不该带的上山，难道不关我的事？"计蒙眯起眼，扬唇笑道，"你让不让？"

"大师兄，真的没什么。"

计蒙脚下一转，就准备从苏婉之身侧绕过去。

幸亏苏婉之一直紧紧盯着计蒙，计蒙刚一动她就跟着一转，此时她还是牢牢

地挡在计蒙身前。

两人正在剑拔弩张时，忽然苏星叫道："邓小姐回来了。"

计蒙眼皮挑了挑，又见苏婉之还是坚定地站着不动，低叹了一口气，道："那算了，我先走了。"

说罢，计蒙袖口一扬，竟溜了。

苏婉之见计蒙真的走了，才松下一口气，对苏星竖起了拇指，笑道："真聪明。"

苏星却没笑，低声道："小姐，邓小姐是真的回来了……"

苏星话音未落，邓玉瑶哼着小曲，扭臀摆胯地从狭窄的门中挤了进来。

邓玉瑶瞧见苏婉之，露出一个妩媚的笑容："挡在这里做什么啊，哎哟，真是的……"

而后，苏婉之就眼睁睁地看着她躺在了床上，从枕下取出一本才子佳人的浪情话本，津津有味地看了起来，邓玉瑶还两腿一翘，把谢宇从里间出来的路堵上了。

苏婉之很想仰天长啸，她到底是哪根筋不对，为什么要叫谢宇过来吃饭啊啊啊！

可惜事已至此，她再说什么都来不及了……

洗漱后，苏星上了床，苏婉之坐在桌前迟迟不肯上床。

邓玉瑶放下话本，瞟了一眼苏婉之："怎么，今晚不睡啊？"

苏婉之握了握桌上的茶杯，刚想说今晚她准备和苏星一起睡，就看见邓玉瑶很是喜悦地道："你若是不睡的话，你的床能不能今晚借给我？你那个被褥看起来似乎很软的样子，嗯，还有那个熏香炉……"

苏婉之哀怨地看了一眼苏星特地从苏府带来的捻金银线滑丝锦被，连绵起伏的被子簇成一团，也看不出有人无人。

她哀声道："我睡。"

苏婉之掀开被子一角，和衣躺了进去。

一躺下，她就觉得浑身不舒服——天气炎热，其实苏婉之的被子只盖到了腹部的位置，她也并没有接触到被子里的人，但只要一想到自己和一个不算熟悉的男人躺在一张床上，她就觉得很怪异。

苏婉之躺了一会儿，才想起一件事，手指戳了戳被子。

天气这么热，谢宇还一直躲在被子里……都一两个时辰过去了，他会热死吧？

隔了一会儿,谢宇才有一点点回应。

灯已经熄了,碍于邓玉瑶的床在不远处,苏婉之不敢开口,又没耐心一直等着,想了想,干脆动手掀开边上的被子。

紧接着,她就听见了谢宇近在咫尺的呼吸声。

她小心地转头看去,眼睛好一会儿才完全适应了黑暗,谢宇的轮廓在黑夜里显得很不清晰。

苏婉之想再伸手指戳戳谢宇,但又看不清楚,只好顺着谢宇的头摸了下去。她先触到的是一片微微湿润的发丝,向下终于触到了肌肤,似乎是额头的部分,还带着薄汗,再向下摸到了高挺的鼻梁。

苏婉之不由得想,虽然谢宇长得不怎么样,但摸起来倒还不错,肌肤细腻,触手光洁,鼻梁也比预想的要高。

苏婉之刚想再向下摸,忽然手掌被另一只温热的手捉住。那只手掌也有薄汗,苏婉之微凉的手被包裹在其中,温热的体温很快透过相接的肌肤传过来。

苏婉之一惊,就想抽手,那手已经先一步握紧,把她的手掌摊开,用手指轻轻在上面写着,掌心顿时感觉到一阵酥痒。

苏婉之忍耐着抽手的冲动,努力分辨谢宇在她手心写的字。

这个游戏她从前也和苏慎言玩过,于是静下心来,一一辨认:抱歉,我何时走?

谢宇的手指停下来,苏婉之也学着在他的手心写:等她睡着。

苏婉之想了想,又补充了两个字:打呼。

谢宇明白了,不再写字。

两人再度安静下来,苏婉之忽然感觉鼻端飘进一缕淡淡的茶香,很熟悉。起初她以为是自己方才泡茶沾上的,仔细嗅了嗅,才发现似乎是谢宇身上的。

苏婉之想反正闲着也是闲着,于是又伸手过去。

这次她只摸到头发,还没触到谢宇的额头,谢宇就先一步握住了她的手,虽然他没有表示,但不知为何苏婉之觉得被子里的谢宇对她的举动有些无奈。

她在他的掌心写:你身上有茶香?

谢宇回她:不知道。

苏婉之又问:你也爱喝茶?

谢宇停了停,才回她:是。

那缕茶香意外地好闻,就像谢宇的手握起来意外地舒服,莫名地让苏婉之觉

得安心。

苏婉之不知不觉又在谢宇的手心写了起来：刚才你没闷坏吧？

谢宇回：没有。

苏婉之刚想再写，谢宇却先问了：刚才那个男子是你的大师兄？

这没什么好隐瞒的，苏婉之回：是啊。

苏婉之想想方才计蒙的态度似乎不怎么好，于是补充：他人不坏，很照顾我。

谢宇久久没回苏婉之的话。

苏婉之以为他对这个话题不感兴趣，想再找个话题，手心又感觉到谢宇的手指在写：你喜欢他？

苏婉之没料到看起来只对看书和画画感兴趣的谢宇会这么八卦，尤其联想起谢宇平时那张总是神色木讷的老实人脸，这种反差顿时让苏婉之啼笑皆非。

苏婉之怀着逗逗他的心思，回：你猜。

谢宇答：猜不中。

苏婉之忙问：你想知道？

谢宇的手指在苏婉之的掌心画圈，似乎迟疑了很久，才写下一个字：是。

苏婉之想到谢宇现在或许是木木的又很头疼的样子，都快笑出了声。

正在这时，旁边的床上终于传来邓玉瑶渐起的鼾声，呼……

苏婉之拍了拍谢宇，示意他起来。

谢宇起身屈膝正要从床上下来，忽然听见邓玉瑶大叫一声："啊，不要！大师兄……"

谢宇被那声音一吓，以为邓玉瑶醒了，忙俯下身，不想正好撞上苏婉之半起的身体，一撞之下失去平衡，径直倒在了苏婉之身上。

苏婉之同样没想到会是这样，连叫也没来得及叫一声，就被压了个结实。

而她的唇也似乎被什么柔软的东西覆盖住了……

第十四章
师兄很生气

夜晚很静。

几声寂寥的蝉鸣在夜空里显得很是缥缈，仿佛从另外一个世界传过来，丝毫不真实，近在她耳边的似乎只有温热而轻缓的呼吸声。

这样的寂静持续了几秒。

苏婉之的大脑一片空白——她的确胆子很大，也从苏慎言那里知道了不少男女之事，可那都是纸上谈兵。这是她第一次和一个男子有这么亲密的接触，即便和姬恪……也不过是靠得近点儿罢了。

此刻，她被谢宇的身体压住，扑面而来的便是那股清淡的茶香，接着是男子身上特有的麝香气息，充斥了整个感官。

然而，最让她无法忽视的是唇上的触感，柔软还带着点儿濡湿。

四目相接，两人均是愕然。

那个位置……只怕是嘴唇。

苏婉之的心在一瞬间几乎不受控制地狂跳了起来，她也因此回神，忙抬手推开谢宇。苏婉之往后挪，抵着床架，两颊的温度上升，像是烧起来一样滚烫。她都不敢看谢宇，慌忙别开头。

她想说什么，又意识到房间里还有邓玉瑶，忙捂住自己的嘴。

由于动作太大，被子都差点儿被她推下床。

谢宇任由她推开，就势下了床，在此期间一直低着头，似乎也不知道该对苏婉之说什么。

旁边床上的邓玉瑶鼾声如故，刚才突如其来的梦话好像只是他们的错觉一般。

但眼下两人显然都没心情再去想。

片刻的沉默后，谢宇从房间里走出。他的脚步很轻也很稳，不疾不徐，走得并不快，但苏婉之再抬起头时，谢宇的身影已经从房间里消失。

苏婉之斜坐在榻上，没有盖被子，垂头沉思了好一会儿，心里还是烦躁，又想起谢宇未必记得回去的路，下床追了出去。

谢宇并没有走远，他脑中也很混乱，只是惯常的冷静让他没有做出什么失礼的举动。

谢宇无法否认的是，刚才那一瞬间，他的脑中像炸开了一般。

幼时因身体不好，而且又不在明都，所以他并未像其他皇子那样在十三四岁就有侍女侍寝，也从未纳过侍妾，毕竟光是齐州之事就够让他殚精竭虑了，根本没有风花雪月的心思。

所以，他同苏婉之一样，方才也是第一次与一个女子有亲密的接触。

虽然他也曾在跌落山崖时抱过苏婉之，但那时的他筋疲力尽，只想尽快休息，兴不起半点儿旖旎的念头。

然而，如今……脑中挥之不去的是女子身上乃至唇上的芬芳气息，清新如雨后还沾染着露珠的栀子花，淡雅得让人不自觉地沉醉。

他清楚地知道那个人是苏婉之，被他伤害至深的苏婉之。

他也清楚地察觉到自己无法控制的心。

池塘里的水十分清澈，几乎可以望见池底，一两朵莲花静静地盛放。

谢宇俯身，微波粼粼的水面倒映着那个让齐州大半少女沉醉的容貌，忽然想起方才少女的手曾顺着他的额摸索而下，心弦一乱，他无声地掬一抔水泼在面颊上。

微凉的池水使人清醒,也让他渐渐平静下来。

他从怀中掏出手帕拭干水珠,再取出方才因为太热而取下的面具,小心地覆盖在自己的脸上。

面具薄如蝉翼,色泽与他微白的肌肤一般无二,接缝被巧妙地藏于发下,除非有人细细摩挲,否则绝对发现不了。

再抬起头,他还是那个容貌平凡无奇的小书生谢宇。

"谢宇。"

身后有声音轻唤。

谢宇愣了一下,才反应过来,转头看向来人。

"你知道回去的路吗?"

谢宇点点头,随即露出浅浅的笑容,声音细弱地说道:"我知道。"

明明还是谢宇的模样,同样平凡的五官和惯常的书生气笑容,但苏婉之就是抑制不住自己变乱的心跳,怎么看眼前这个人都觉得别扭。

这样的情绪让苏婉之实在很不舒服,好似有什么压在她的心口。

她闭了闭眼睛,豁出去般说道:"方才那个……只是意外,你能不能当什么都没发生过?"

谢宇一怔,看向苏婉之。

苏婉之也不由自主地将目光转向谢宇,似乎现在才留意到,谢宇的睫毛很长,轻颤之下那双眸子里映着的温润的光也像是随之轻漾,有种让人心动的温柔,衬托得那张平凡的脸忽然变得好看起来。

她又动了动唇,似乎还想说什么。

谢宇淡淡地看了她一眼,已经先开口道:"苏小姐,你忘记了便是。"

他的口气平静,一如寻常。

但不知为何,苏婉之总觉得他似乎……不是很开心。

苏婉之低下头,想解释什么,比如她并不是想划清关系什么的,只是……想了想,她沮丧地发现自己心里的确是想和谢宇划清关系。

想要撮合谢宇和苏星还是其次,主要是她从来没想过自己和谢宇之间会发生什么。

谢宇见她一直欲言又止,看着自己却不说话,不由得心思儿转,终笑了笑道:"苏小姐不用担心,在下并不是无耻纠缠之人。我知小姐对我无意,能救我我已

然感激不尽，更不敢有其他念头。"

谢宇话都说到这个份上了，苏婉之也算松了口气。

"夜里的路比白天可能还要难认。谢宇，反正我嫌热，晚上估计也睡不着了，我带你回去，就当是散步吧。"

苏婉之基本每日都给谢宇送饭食，自然比他要熟悉这段路。

谢宇见苏婉之并无勉强之意，便答应了。

谢宇刚转身想走，忽然留意到堆在院子一角柴火中的一样事物。

那是一块不大的木雕，插在一个木桩上，粗糙的外形在朦胧的夜色下显得很恐怖，从木雕上可以分辨出大约是个人形，上面贴着一张红纸，正中的位置插满了各式银簪。

苏婉之察觉到谢宇的视线，倒也没觉得不好意思，上前将银簪一一拔出，收到一边，道："忘记收好了。"

"这是……"

苏婉之并没有多提，随口答道："只是个靶子而已，我心情不好时就朝上面投掷簪子。"

谢宇走近一步，看见红纸上用黑墨写着大大的两个字——姬恪。他顿时觉得喉咙微噎，像是哽住了。他再看那个粗糙的木雕，丑得简直不堪入目，上面还密密麻麻地堆积着无数被扎的小洞。

他身上也像是忽然被人扎了一般，泛起一种怪异的痛。

苏婉之毫无所觉，指着那个木雕道："如果你心情不好，也可以拿这个扎它。"

谢宇张口，迟疑了好一会儿才试探地问道："这个靶子……上面刻的似乎是人的生辰八字，是你讨厌的人？"

苏婉之停下动作，语气忽然变淡地回道："不是。"

"那……"

"是我恨的人。"

苏婉之的声音平静，并没有起伏，平静至冷酷，但就是这种淡淡的口吻，越发令人心惊。

谢宇心口微震，耳畔恍惚有声音响起。

苏婉之把东西都放好，扯了扯谢宇的衣袖往外走，轻笑道："我不想说，你也别问了。我没本事报仇，只能这样，聊以自慰。"

"抱歉。"谢宇在苏婉之身后轻声道。

苏婉之回眸笑道:"你道什么歉啊,你又不是那个浑蛋。走了啦。"

夜里的祁山非常静谧,所有的院落都熄了灯光,一路无灯,看不清前方的路。

谢宇跟在苏婉之身后不紧不慢地走着,夜风吹拂,吹散了热意。

苏慎言的院子已经依稀可见。

谢宇叫住苏婉之说道:"我已经认得了,苏小姐回去吧!"

苏婉之点了点头,看着谢宇推门入院,对着院落外木牌上写着的"苏慎言"三个字发了一会儿呆,转身准备回去。

忽然,一个人在她身侧不远的地方道:"苏婉之,能给我解释一下,刚才进去的那个男人是谁吗?"

苏婉之猛然侧头,就看见这个时辰本该在自己房间熟睡的计蒙正站在不远处。他靠着廊柱,斜斜地抱臂歪头看着她,神情似笑非笑。

苏婉之意识到同刚才不一样,这次她可是真的被抓了。

苏婉之顿觉后悔,早知道这个狐狸大师兄居然会在门外守株待兔,她干脆让谢宇在她的房间里待一晚算了。

她讪讪地笑道:"计蒙大师兄……"

计蒙斜睨着她:"别叫得这么好听,方才骗我不是骗得挺开心吗?你知道偷偷带人上山该是什么罪过吗?"

"大师兄……"苏婉之上前两步,走到计蒙面前。

事情紧要,看来她还是……

苏婉之轻轻抬手,迅速扯住计蒙的衣袖,不胜娇羞地垂头,声音好似含着蜜般说道:"大师兄,你在说什么啊,我听不懂……"

计蒙也不甩开苏婉之的手,低头看了她一眼,用同样柔情蜜意的声音道:"苏师妹,你不懂就好。我现在就进去把里面那个人拖出来丢到山下。他好像不会武功吧,那就更好办了……"

说着,计蒙朝院门的方向走了一步。

当他再想走第二步的时候,去路已经被苏婉之的腿挡住了。

"大师兄……你不是真的……"

"真的。"笑容诚恳,计蒙作势又要走。

"喂喂……好吧，我告诉你……"苏婉之耷拉下脑袋道，"我也不是有意带他上来的，是那日……"

苏婉之想着既然计蒙是私下来找她，那估计事情还有转圜余地，苏婉之也就没有再隐瞒。

除了她和谢宇同睡一张床上的事，苏婉之把事情一五一十地都告诉了计蒙。

计蒙安静地听她说完，没有急着告诉他他对谢宇的安排，而是沉吟了一下，问她："那你打算如何？"

"我只是想有机会就送他下山。"

"就是如此？没有其他的想法？"

苏婉之不明所以，疑惑地问道："我还该有什么想法吗？"

计蒙绽开笑容，抬手摸了摸苏婉之的脑袋，笑得很是明媚："没什么。那你以后就不用管他了，送饭也不用了。"计蒙看着苏婉之狐疑的目光，补充道，"等你三师兄半月后再下山的时候，我让他把这位谢公子带下山。你不用担心。"

"可是……"

"还有什么事情吗？"

苏婉之一时也想不出什么，只是直觉上认为计蒙这个人有点儿靠不住，谢宇那个柔柔弱弱的小白脸落到计蒙手里……而且，不可否认的是，这些日子谢宇的陪伴也让她隐约有些不舍……

咚咚咚。

客气的三声叩门声后，计蒙径直推门而入。

吱呀一声，几点尘土落到地上，映入计蒙眼中的院子有些荒芜，而后便是从屋内走出的男子，相貌极普通，神情格外平静。

"你知道我要来？站在这里等我？"

对方颔首，镇静地回答："我并不知道你会来。"

计蒙向四周看了看，颇有些玩味地勾唇："这里只有你一个人？"

"是……"

计蒙走上前，拉起对方的衣袖，柔软的布料极其顺滑，隐隐泛着光泽，他冷笑道："这样的布料，不是祁山上的吧。"

谢宇抽回自己的袖口，仍是那般惹人厌的冷淡模样，淡淡地道："那又如何？"

话未说完，他的衣领已经骤然被计蒙提了起来。

计蒙微微眯起眼睛，一丝黑色的光芒在他的眼瞳中一闪而逝，唇角勾起的笑容很是危险："如不如何那是你的事！我懒得管你潜入祁山接近苏婉之到底是什么原因，但是我警告你，如果你敢做出什么不该做的事情，我会让你死得很惨。"

衣领勒住颈脖，谢宇转瞬呼吸不畅，脸色也憋得通红。

计蒙未曾发现，他身后有一个鬼魅般的身影正欲接近。谢宇闭眸，手指在身侧摇了摇，黑影见状，不甘不愿地退后。

计蒙狠狠地松开手，目光依旧紧锁谢宇。

谢宇跟跄了两步，靠着房柱才勉强站稳。谢宇一手撑着房柱，一手按住胸口，剧烈地咳嗽起来。

计蒙冷眼看着谢宇，直到对方停止咳嗽才冷冷地道："你现在跟我去杂役房，我会找人看着你，你最好老老实实地在那儿待半个月，半个月后自会有人押着你下山。"

计蒙转身走了两步，发现谢宇并没有跟上，刚想怒喝，便听见谢宇开口道："为什么要我下山？"他的声音清冷低哑，很是悦耳，和那普通的长相实在不配。

计蒙斜睨着谢宇，毫不犹豫地回答："我不会把任何一个不知背景、不知目的的危险人士留在祁山，不论你是谁。"

谢宇明明是弱势的一方，却丝毫没有被计蒙压制住的感觉，背脊挺直，口气仍是不卑不亢："如果我说我不会做任何有害祁山的事情呢？"

"那你留在祁山到底是何目的？"计蒙脱口而出，忽然他灵光一闪，语气里带着几分不可置信，"你莫不是……为了苏婉之？"

谢宇闻言，方才还自若的神情一变，他垂下眼睫，轻叹了一口气，嘴唇微抿，回答道："或许……算是吧。"

计蒙刚想笑，脑中突闪过一个画面，上前一步，逼近谢宇，语气古怪地道："你难道叫……姬恪？"

谢宇眸光一变，一瞬间涌起了杀意。

计蒙压根没来得及从姬姓联想到北周皇室，他先想起的是那晚少女恍惚的神情和那句咬牙切齿几乎用尽全力吼出的话。

倘若眼前之人是姬恪，那么他必然狠狠伤害过苏婉之，若非如此，苏婉之也

不会对他恨之入骨——那一口咬得的确是锥心刺骨。

念头一动，计蒙再次拎起谢宇的领口，挑眉恶狠狠地道："如果你叫姬恪，我就更不会让你接近苏婉之。"

"你……知道？"

谢宇的神情霎时茫然，落在计蒙眼中，却是万分可恶。

你让人家姑娘在睡梦里都难以忘却对你的恨意，自己还敢是这种茫然的神情！计蒙对苏婉之的那点儿心疼骤然被放大。他想都没想，一拳挥下去，砸在了谢宇的胸口。

"这当是给你的教训。"

对方不会丝毫武功，计蒙到底还是手下留情，最多只用了六成力。

但他没料到，那一拳下去，谢宇只来得及闷哼了一声，就直接被砸得跌坐在地上，深深弯着腰，半晌直不起身，看模样似乎极痛。

计蒙不知教训过多少次不听话的弟子，分寸还是有的，正常成年男子被这么打一拳，最多觉得胸口闷疼一下就过去了，怎么会夸张到这种程度。

他只当谢宇是在装模作样，抱胸冷冷地看了谢宇一会儿，发现谢宇还是那个模样，一动不动。

他走近一步，用手推了推谢宇。谢宇被推得身子侧向一边，计蒙才乍然看见谢宇唇畔溢出的血丝和深深咬唇、紧皱眉头的面容。

他不像是装的。

计蒙二话不说，手指搭上谢宇的脉，眉头轻拧。

这家伙的身体怎么这么虚，看苏婉之方才还挺担心他的模样，要是他被这一拳打出什么事，自己会不会很难交代……这样碍手碍脚地做事，真令人头疼……

膳房的活显然比在后山扫地轻松，苏婉之的工作起初就是坐在一边洗洗菜，准备准备做饭的材料。半天后，膳房的管事师兄发现了苏婉之的另外一项天赋——杀鸡。

祁山是个相对简单的世界，人们的心思都比较单纯，像大师兄计蒙那样的是少数……因此从山下买来的小鸡仔如今养大了要宰杀，膳房里养鸡的一干厨娘等都有些不忍心，但鸡养大了总不能放在那里等它寿终正寝，于是，杀鸡就变成了一项艰巨的任务。往常每日都能瞧见身上带血、叫声凄厉的肥鸡和抄着菜刀漫山遍野追着鸡跑的厨娘。

苏婉之却没有这个概念，她跟着苏慎言从小混到大，什么恶心的东西没见过。她夺过菜刀，握住鸡脖子，手起刀落，干净利落。

顿时，苏婉之就上升到了膳房救星的地位。

苏婉之整天啥也不用做，待在一边，抓两个鸡脖子咔嚓咔嚓，就结束了所有的任务。

这任务简单是简单，一开始苏婉之还能把杀鸡当作发泄。久了之后，苏婉之看着那些呆呆举爪到处乱跑的小鸡，也觉得自己罪孽深重，简直就是个刽子手。

说起来也是，空闲时间一多，人就容易胡思乱想。

苏婉之结束一天的工作后，禁不住想起了谢宇。苏婉之和苏星听了计蒙的话，这几天都没有再去看谢宇，也不知道谢宇现在吃住情况如何。

晚饭的时候，苏星一边端饭一边问苏婉之："小姐，大师兄不让我们去送饭，那我还能去学画吗？"

"我也不知道。"撮合苏星和谢宇的念头又浮现在苏婉之的脑袋里，她忍不住问苏星，"苏星，你老实回答小姐，你对那个谢宇到底有没有其他的心思？"

苏星抽了抽嘴角道："小姐，我上回都说了，我不喜欢这样的男子……"说到这里，苏星念头一转，忽然道，"小姐，你三番五次问我这个问题，不会是你自己动心了不好意思说，想借着我给你自己找个理由吧……"

苏婉之拍桌道："小姐我是这么无耻的人吗？"

苏星默默扭过头，继续摆盘子。

小姐，你本来就是这么无耻的人啊……

无论如何，苏婉之总有些惴惴不安。

她踌躇了两日，最后还是去找了计蒙。

计蒙听到她的问话，眼也不眨地回答得很快："他很好，衣食我都不会短了他的，你不用担心，也不用去看了。"

苏婉之怀疑地看了计蒙一眼，反问道："真的？"

"真的。"计蒙眼神真诚，眼眸都未曾移开一下。

苏婉之一把推开计蒙，朝苏慎言的院子走去。计蒙身形一动，拦住苏婉之，他揉了揉眉心，语气放柔道："都说了不让你去，为什么不听话？"

"计蒙大师兄，你没发现你每次说谎的时候表情都格外诚恳吗……"苏婉之很不给面子地说道。

计蒙颇为尴尬地捋了一下头发，问道："有这么明显？"

"好了，现在可以让我去看了吗？你不会饿了他好几天才不敢让我知道吧。"

"等等……"

"嗯？"苏婉之转头看向计蒙。

计蒙深深叹了一口气，道："他不在那个院子里……"

"那在哪儿？"

"呃……在祁山的医馆里……"

祁山医馆。

苏婉之赶到的时候谢宇还在沉睡，身上覆着薄裘，双眸紧闭，静静地平躺着。不知是不是错觉，苏婉之觉得他的脸色更苍白了。

她刚想说话，就被在一旁看护的冯大夫喝止："这位公子喝了药刚睡，别吵醒他。"

苏婉之又看了谢宇一眼，示意冯大夫出来，同时拖着计蒙的衣服出了房间。

方才还神色平静的冯大夫见状，不禁大为骇然——他在祁山待了也有好些年了，还是第一次看见有人对这位管事的大师兄计蒙如此不客气，而计蒙居然也不生气，只是无奈地笑笑，任由苏婉之把他拖出去。

他们出了房间，苏婉之迫不及待地问大夫："冯大夫，他怎么样了？有没有什么事？"

说这话的时候，苏婉之的手还扯着计蒙的衣服。

冯大夫强迫自己的视线从苏婉之的手上移开，正色道："看样子，这位公子很可能是有宿疾在身，虽无大碍，但是调养不利，他自己本身又不怎么爱惜身体，难免弱了些。此次受伤牵动旧疾，看起来十分严重，不过，只要好好养着，不过分操劳，调养个两三年也就能与常人差不多了。但是，如果再这么费心操劳下去，只怕会折了寿命。"

他刻意弱化了谢宇受伤的事，苏婉之却一下子抓住了关键词："受伤？"

计蒙转眸，递了一个眼神过去。

冯大夫从善如流地摸了两撇山羊胡，道："喀喀……小伤小伤，过些日子就好了。

呃……我还有个病人，就先走了。"

说着，冯大夫立刻脚底抹油，溜了。

苏婉之面无表情地瞥向计蒙，语气淡淡地道："大师兄，你对一个手无缚鸡之力的书生动手了？"

计蒙默默地扭头道："我只是……很轻很轻地打了他一拳而已。"

"为什么打他？你看他不顺眼就可以动手打人？更何况他还是不会武功之人！"苏婉之抬手怒指计蒙。

计蒙苦笑，有种有口难言的感觉。

他解释说是因为她，她只怕未必会信。而且，不论理智还是情感上，计蒙都不想让苏婉之知道那个躺着的书生谢宇可能正是她惦记的某个人，权衡之下，还不如干脆不解释。

苏婉之的手指几乎指上计蒙的鼻梁，又蓦然收回了手。

刚才的怒气似乎被她自己一点点敛起，她转身朝医馆走去，再也不看计蒙，只轻飘飘地丢下一句："计蒙，我很失望。"他说会照顾谢宇，可是他食言了。

但只这一句轻飘飘的话，像是哽在计蒙喉头的刺，噎得他有说不出的抑郁。

我是为你好！里面躺着的那个人才是浑蛋！谁知道他弱成那样！

计蒙上前一步，拖住苏婉之的胳膊，豁出去地想，他干吗要为了别人的事情委屈自己？向来只有他冤枉人把人整得嗷嗷叫，何曾有人敢冤枉他？

"那个谢……"

计蒙的话还未说完，前面的苏婉之反手就狠狠给了他一拳，用了十成十的力，毫无保留地直击他的腹部。

计蒙捂着疼痛的腹部，一滴冷汗顺着额角滴下，连话都说不出来了。

那一拳完全是苏婉之条件反射做出的举动，她明明正在气头上，计蒙居然还来抓她的手。

打完后，她也有些心虚，但一进屋，看见依然沉睡着的谢宇，那点儿愧疚之情顿时烟消云散，取而代之的是对谢宇隐约不明的愧疚和心疼。

毕竟谢宇怎么也算是她捡回来的，自己辛辛苦苦地把他救活，却被计蒙这一拳又揍到床上去了。

只是想想，苏婉之就怒火中烧。

苏婉之在谢宇的榻边坐了半个时辰，正想回去，改日再来看谢宇，床上的谢

宇闪动着睫毛逐渐醒转，低哼了一声。

苏婉之脚步一转，停在谢宇的榻边，她问道："醒了？还有没有哪里不舒服？"

她的语气里有不加掩饰的关切。

谢宇一怔，继而摇摇头，用手臂支撑着身体坐起。

他起得很慢，苏婉之有心帮他一把，他推拒苏婉之搀扶的动作却很坚决。

苏婉之只当是谢宇还在因为计蒙的事生气，于是收回手，斟酌道："那个……计大师兄他不是故意的，他可能只是……只是……"言语至此，忽地一顿，大约她也觉得实在很难替计蒙解释。

谢宇微露诧异之色，随即用手触了触额，合上眼，掩住自己的神色。

原来……苏婉之还不知道……

他该庆幸吗？

其实方才他就已经醒了，只是他不知如何面对苏婉之，便一直躺着，直到发现苏婉之要离开，他才忍不住睁开眼。

苏婉之见谢宇没反应，半弯下腰去看他的表情，试探着问："谢宇，你生气了？"

谢宇抬眸，还是那木木的表情，正对上苏婉之投来的视线，他不自觉地移开眼睛，道："你是在替他向我解释吗？"

"那你究竟生气了没？"苏婉之一个转身，坐在了一旁的椅子上，直截了当地说，"谢宇，你若是生气了，那你就直接冲我发火呗……可你这副样子，别人看了也不知道你在想什么。"

谢宇见她说得理所应当，略略怔了一下道："你为何总是能把事情想得这么简单？"

苏婉之反问道："你难道喜欢把简单的事情想得复杂吗？"

谢宇瞬间哑口无言。

"他打你哪里了？"

谢宇顿了一下才老实回答："胸口。"

"还痛吗？"

他摇头。

"那你快看看有没有瘀青，要不要上药？"苏婉之嘀咕道，"刚才那个冯大夫也没交代……"

　　谢宇的手放在衣带上，他也不知计蒙那一拳打得有多重，初时确实极痛，现在倒只有些闷痛，正欲解开衣服，忽然发现苏婉之竟还盯着自己。

　　"你怎么还不，呃……"

　　谢宇把眼睛瞟向苏婉之，不言不语，苏婉之恍然大悟，脸颊微烧，背过身去闭上眼。

　　身后是衣物窸窸窣窣的声音，她的听力不差，距离又如此近，苏婉之自然听得清清楚楚。

　　她的脑中不由得回想起那晚手指触碰到的肌肤，细腻而微凉，触感宛如丝绸般光洁，她根本没想到谢宇长相那么平凡，身体却……

　　苏婉之正想着，就听谢宇急促地痛呼了一声。

　　苏婉之下意识地回头看去，一瞬间就僵住了。

　　谢宇的衣衫半褪挂在臂弯，大半个身子连着胸膛都明晃晃地暴露在苏婉之眼前，白皙如玉的肌肤毫无瑕疵，因为长期不见日光显得有些苍白，但也不过分瘦弱，薄被半掩，腰线收得恰到好处，引人遐思……

　　那场景实在太震撼，以至于苏婉之甚至没留意谢宇胸口有一处浅浅的瘀青。

　　他到底比苏婉之要早些反应过来，双手迅速将敞开的衣服合拢，手指飞快地系上腰带，咳了两声。

　　苏婉之也回过神，用手掩着嘴唇，脸颊发烧，尽量让自己的声音显得平静："我不是故意的……"

　　谢宇转过脸，飞快地回答："没事。"

　　一时之间，两人脸上都有些尴尬，苏婉之更不知道该怎么去接谢宇的话。

　　她真的不是故意的，也真的没想到会看到这么刺激的一幕，不过……谢宇的身子实在比他的脸有诱惑力……

　　苏婉之嗫嚅了半晌，启唇低声问："你胸口可有瘀青？有的话，我去给你拿点儿药膏，会好得快些……"

　　"那多谢了。"

　　谢宇的音色依然清冷，但尾音带着轻颤。

　　苏婉之闻言，快步走了出去，迎风拍了拍脸颊，努力让脸上的红晕散去。

　　刚才自己是怎么了？

苏婉之狠狠地拧着眉头想，为色所惑的老毛病又犯了吗？可是……也不对啊，谢宇那张脸根本算不上好看，就连计蒙都比他好看得多……但是……这家伙的身体为什么这么引人犯罪啊……

可恶可恶可恶……别再想这些有的没的了，苏婉之！

苏婉之去得快，回来得也快。

她把药递给谢宇的时候，神色已经恢复了平静。

"你好好休息几日，到时候我再来看你，呃……给你带点儿苏星做的点心。"这时苏婉之才想起另一件事，"对了，苏星让我问你，她还能学画吗？"

"当然可以。"

谢宇接过药，唇角不受控制地轻扬，半勾起微笑的弧度，轻轻浅浅，却显得很温暖。

那个几乎不算笑容的笑容让苏婉之的心也跟着暖了起来，不知是不是她看久了的缘故，谢宇平凡的容颜落进她的眼里，反倒让她觉得既亲切又舒服。

苏婉之想着想着，脑海中忽然闪过那张最清俊也让她最为憎恨的容颜，她退出屋外，冷冷地想，容颜再美又如何？心是黑的，还是一样要不得，有时候倒不如普普通通的平常人。

第十五章
师兄暴怒中

苏婉之轻逸的脚步声渐渐远去，直到谢宇再也听不见。

"她已经走远了？"

"是。"

谢宇又解开衣襟，手指蘸着清凉的药膏，涂抹在伤处。

其徐静静地等姬恪给自己上完药，才垂头问道："公子，打算何时回明都？"

"不急。"

"可是……"

姬恪打断其徐的话，神色淡淡地将衣服重穿好说："我知道。如今朝堂如何？"

"已经为立储之事吵得不可开交。"

姬恪轻笑一声，放低声音，似是同其徐说，又似是自言自语："父皇还是属意姬止？"不等其徐回答，姬恪又问，"谨与将那件事查得如何了？"

"已有眉目。"

姬恪沉吟片刻，道："云妃牵线来的那些族人只怕并不会乖乖听话，你可以引着他们先做些小的举动，先从明都郡守开始，那是姬止的人，记得手脚干净些，不要留下证据。还有，我来之前已和太尉关简商榷过，他虽未应，但已有意助我，必要时可让子让出手胁迫制住他，毕竟他还有把柄在我手中。但在那之前，让子让谨言慎行，万不可让五年之功功亏一篑。"他顿了顿，又道，"我故意露出纰漏，几次试探之后，江成此时即使未成姬止的左膀右臂，应该也已取得姬止的信任，让他此时只管放手辅佐姬止，其余暂不用理会，姬跃只怕也不好应对……"

其徐一项一项地听姬恪交代完，并默默记下。

待姬恪话音落下，其徐忽然道："公子，王将军传话说王小姐想见你……"

姬恪漫不经心地应道："我不是让你对外称病……"

"王小姐说虽未礼成，但到底也是八抬大轿抬进来的，她十分关心公子的病情。"

虽然其徐语气平静毫无起伏，但姬恪还是从中听出了王萧月的不满。

不满……的确，那日成亲之事被苏婉之搅黄了以后，他便再没见过王萧月，之前是王萧月受惊过度在家养病，之后却是他称病不出。

王将军手里的兵说多不多说少不少，但这一分的助力在谋取皇位上可能是至关重要的，他从未想过放弃……因此，之前对他而言无关紧要的娶妻之事，忽然间变得棘手起来。

姬恪手指叩着桌面，沉默地盯着某处，良久，启唇道："其徐，我今日的药呢？"

"属下马上去煎。"

"等等……"

其徐顿住脚步问："公子还有何事？"

"我是不是……该离开这里？"姬恪的瞳孔中有迷茫升腾而起，"也许，我该做的，是去安抚王萧月……"

姬恪迷茫的语气让其徐心头一惊，他在祁山暗中保护姬恪多日，眼见姬恪自化身谢宇以来的一切，简直……完全不像姬恪，尤其和苏婉之相处的时候，他根本分辨不出眼前这个男子是他看着长大的公子……他家的公子怎会为了一个女子每日不辞辛劳地去做最下等的仆役工作，怎会那般安静地画画写字，怎会任由他人欺凌也毫不反抗，又怎会……

若其徐不是亲眼所见，他根本不敢相信眼前这个人是那个清冷又无心的姬恪。

无数的怎会，让其徐有了大胆的猜测——姬恪对苏婉之动心了。

若是这样，那一切就都有了解释。

可无论其徐再怎么同情怜惜那个深爱姬恪的女子，对他来说，最重要的始终都是姬恪，而姬恪……会因为那个女子受伤吗？

他看得出来，那个女子并没有认出姬恪，她对谢宇的感情仍没有对姬恪的深。更重要的是，她对姬恪恨之入骨，若是知道谢宇便是姬恪，那么……后果不堪设想。

姬恪并不知其徐所想，他只是在静静地沉思——其实最初，他只是想来看看苏婉之而已，看看她过得如何，是否仍然那样恨他。最重要的是，他想知道自己对苏婉之那份怪异的心情到底是什么。

可是一切都和他想象的不同。

苏婉之没有消沉下去，她依然是那副没心没肺的样子，依然会笑，依然善良得没有原则，依然……那么美好，美好得令他觉得炫目。

这是他黑暗世界里从没有过的光芒。

为什么，同样是被背叛，同样是被伤害，苏婉之仍然能这样明媚地活着？

他不懂，在他的世界里，也从没有过这样的人。

苏婉之的出现让他既惊讶又意外，同时还有隐约的羡慕和无法掩饰的不舍。

在这里的日子是绝比不上明都的，没有高床软枕和锦衣玉食，甚至连仆从也只有其徐一人，可是……在这里的日子给了他从未有过的简单和平静，即便在烈日下扫地，心中也是一片清明。他不会再在闭眼间听见苏婉之决绝的言语，不会闪过那双充满恨意与凶恶的血红色眸子，他看见的只有一个笑容明媚、偶尔恶作剧的女子……

有时候，姬恪甚至感觉自己只是单纯地听着苏婉之喋喋不休地说话，心底都会生出一种难以言说的情绪，温暖而愉悦。

这是只有在很久很久以前他陪在母妃身边才有过的感觉——久违的幸福感。

讽刺的是，这种让他几乎上瘾的情感，却是在这样的情况下，从那个被他深深伤害过的女子身上感受到的。

姬恪明知道，这种感觉不能长久，却还是不断希望能够多一点儿，再多一点儿……

这种犹如偷来般的愉悦感日渐侵蚀着他的理智，比他想象的还要强烈。

姬恪又怎么会舍得离开……

理智和情感相悖，难以取舍。姬恪垂下眼帘，终是苦笑一声。

姬恪，没想到你也有今天……

不知是不是计蒙觉得理亏，苏婉之再去看谢宇时，并无人阻拦。

还有就是……苏婉之自那天之后就没再见过计蒙，虽说计蒙一贯很忙，但平日总还是能见到一回两回的，这次计蒙却像是人间蒸发了，苏婉之不得不想到一个令她很无语的原因——她打的那一拳，让计蒙生气了……

大师兄不会这么小家子气吧？

但她思前想后，靠谱的理由，竟然只有这一条……

就在苏婉之犹豫着要不要去道歉的时候，她的身边发生了一件不大不小的暧昧事——苏婉之去膳房工作后，伙食自然是大大改善。祁山土生土长的掌勺大师傅觉得她一个小姑娘天天做杀鸡这种工作太辛苦，且误以为苏婉之是因此食不下咽才长成这副不好嫁人的竹竿样，时常偷偷塞一两个鸡腿给她。虽然苏婉之对原因有些不满，但那几个鸡腿她还是很乐意笑纳的。

然而谁也没想到，有一回大师傅顺路给苏婉之送饭时，正巧碰见了正欲出门打扮得花枝招展的邓玉瑶邓小姐。大师傅的全部心神顿时被邓玉瑶那白润的脸庞、粗壮有力的腰身和壮实的手臂吸引了，惊为天人。从此，大师傅朝思暮想，非卿不娶，连削白萝卜的时候都忍不住对着萝卜露出迷离痴望的眼神。

那之后，大师傅给苏婉之送饭送得甭提多勤快了，但他的眼睛却总朝着邓玉瑶的方向看，看一眼，便窃喜半晌。邓玉瑶见状却不胜烦恼地傲娇一哼，那神情看得苏婉之都觉得心酸。

苏婉之问大师傅到底是看上邓玉瑶哪点了。大师傅娇羞地望着手里的白萝卜，柔声道："俺娘说了，白润丰满的女子是最美好的，摸起来软软和和不说，将来生娃什么的也好……"

苏婉之表示理解。

可惜，邓玉瑶却一点儿也看不上土里土气、满身炊烟味的大师傅。

苏婉之对一片真心撞南墙这种事深有体会，因此她尽力撮合两人，而且她还很不厚道地教了大师傅一招——流言猛如虎。

果然，没多久，全祁山都知道那位恐怖的大小姐邓玉瑶也有了追求者。平日大大咧咧的邓玉瑶如今已如惊弓之鸟，一出门就提心吊胆，生怕大师傅从哪里突然钻出来递给她一个大腰花向她示爱……

苏婉之把这件事绘声绘色地告诉谢宇的时候，自己倒是先笑得前仰后合。

"谢宇，你不知道……邓玉瑶看见腰花时，脸憋得比腰花都要红，大师傅还在不停地补充，'邓姑娘啊，你看这腰花多大一块啊，俺切得可小心了，这么大块的腰花可难切了，可是俺心里想着你，俺就不觉得难切了！'"

谢宇嘴角带笑，只看着苏婉之。

苏婉之笑得肚子都痛了，忍着满脸的笑意对谢宇道："喂喂……你给点儿反应啊……"

他看得出她是真的开心，笑得花枝乱颤不说，头发都甩得乱蓬蓬一团。

谢宇失笑，修长的手指抚开遮挡在苏婉之额前的发丝，轻轻笑出声："嗯，我在笑啊。"

谢宇手指轻微的触碰，像是触动了她的心。

苏婉之的心跳蓦然快了一拍。

她的笑容慢慢消失。

谢宇收回手，有些奇怪地问："怎么了？"

苏婉之又扬起唇，掩盖住方才的失神："没什么，没什么……"

正是这时，门被推开，苏星提着食盒走进来，擦了擦额上的汗，悻悻地道："我被大师傅赶出来送饭了。"

苏婉之揭开食盒一看，尽是大鱼大肉，不由得笑起来。

饭罢，苏星从袖中取出一卷纸，递给谢宇。

谢宇展开纸来，是一幅画。

苏婉之瞅了一眼，纸上画着几株苍劲的青竹，除此以外一片空白，显然是还没有画完。

接过画，谢宇细细看过，抿唇，指尖指点了几处，问苏星："这些地方，你又用笔描了？"

"我画得不好，下笔之后总是没法做到想要的……而且，我真的不知道之后该怎么画才好……"

出乎苏婉之的意料，苏星竟然真的一副学生姿态。

"下笔如何便是如何。"谢宇的长睫随着他的抬眸而闪动，他的神情认真严肃，

189

让人不禁信服他的言辞，"作画万不可强求，意且在形上，雕琢笔墨倒不如细细观察你所要画的事物……画什么不取决于能画什么，而取决于你想画什么……"

苏婉之对画的了解仅限于苏府里挂着的几幅山水画，初时对谢宇的话只是随耳听听，听了两句后，注意力渐渐就转向了别处。

苏星手指半卷着头发，侧头认真听谢宇——分析，神色恭谨，谢宇的神情同样专注。

两人离得很近，两人间流转的气氛也很平和。从苏婉之的位置看去，桌前的两人很是般配。

一瞬间，苏婉之觉得心口莫名地发闷，说不清道不明，但就是觉得不舒服。

在两人未察觉之际，苏婉之先悄然溜出了房间。

既然想撮合苏星和谢宇，那么看到这样的场景，她不是该高兴吗？

为什么……会是这种怅然若失的感觉？

苏婉之漫无目地走着，看着一条条回廊在视线里近了又渐渐远去。直到觉得疲惫的时候，她抬首望去，方才还是暮色微沉，如今苍穹边只余一线微光，取而代之的是辽阔深邃到无法分辨的黑夜，星辰璀璨地点缀其中。

她的记忆里似乎也有这么一片夜空，繁星浩渺，几乎让人目眩神迷。

"真的很漂亮。齐州并没有这样的夜色。"

雨神会的一隅，有人侧头看着她如是说。柔和的微笑，依稀流转着温柔情意的目光，还有那连夜色都无法比拟的容颜。

那时候，他们一同站在夜空下，就好像，她是被爱着、被宠着的。

可惜，无论她的记忆有多美，都是假的。

苏婉之心中一片沉寂，忽然觉得有一丝窒息。

以后她该怎么办？

只那么一瞬间，她忽然涌起一种想落泪的冲动。

苏婉之闭上眼，大口大口地呼吸，好像这样就可以掩盖心里无法抑制的空洞。

恍惚间似有花香弥漫。

"苏婉之？"

苏婉之霍然睁眼，只能隐约辨别出高瘦的身形，他怀中抱着一个花盆，花朵繁茂，幽香阵阵。

对方轻叹了一口气，有些无奈地说道："迷路了？我带你回去。"

苏婉之却只是静静地看着他，不言不语。

计蒙放下花，走近两步，星光落在苏婉之的脸上，明暗交错，她的神情脆弱得像是一碰即碎。

虽然计蒙的腹部还有些隐痛，可是看见苏婉之这个模样，一向睚眦必报的他却没有感到快意。

到嘴边的话突然消失，他抬起手，仿佛想要触碰她，但手指停在半空，无法向前。

正在计蒙迟疑时，骤然有体温袭来。

靠过来的头颅抵着他的下颌，发丝上有浅浅的沁香，一丝一丝拂动，有微痒的触感。

"苏……"

"我没事，借我下肩膀……一会儿就好。"

计蒙愕然后，神情放缓，直直地站着，身形不动，手臂虚环。

细微的踩踏树枝声响起，计蒙猛然抬眸，眼若利刃。

不远处的树丛前，站着另一个年轻男子，他脸色微白，五官平凡无奇，看不出情绪波动，似乎只是不经意地路过。

仍在计蒙肩头俯着的苏婉之毫无所觉，一动不动。

计蒙的视线自苏婉之身上一掠而过，再移到谢宇身上，手臂蓦地收紧，圈住苏婉之，微皱着眉，用眼神示意对方离开，眯起的眼睛带着警告的意味。

对方却似乎并没有收到他的威胁，手慢慢握紧，只看了苏婉之一眼，转身便走。

不过一会儿，那个身影已经再也看不见了。

苏婉之就这么靠着计蒙靠了整整一刻钟，一刻钟后，如同靠过来时的突然一般，苏婉之骤然推开计蒙。

肩上迅速消失的体温让计蒙有刹那的不适。

苏婉之的眼角依然干涩，眨了眨眼，她咧开嘴笑了，似乎刚才的一切都不过是错觉而已："大师兄，我误会你了，你真的是个好人！之前打你那一拳是我的错，我向你道歉！"

只见苏婉之表情诚恳，大眼睛晶亮，一如寻常。

原来苏婉之不过是怕他记仇罢了，计蒙自嘲地想，他这算不算是被利用了？

计蒙抬了抬下巴，斜睨着苏婉之，嘴角的笑容实在不怎么友善，道："你刚才把我当成谁了？"

苏婉之只僵了一瞬，迅速道："大师兄怎么会如此说？大师兄便是大师兄，怎么会被当成别人，难道大师兄这么没有自信吗？"

计蒙用指节在苏婉之身侧的廊柱上敲了敲，思忖片刻，似乎想到了什么好笑的事，又恢复了似笑非笑的表情："不用装傻了……苏婉之，你心里有个难以忘怀的人那是你的事，但是三番五次拿我做替身，你就没想过我也不是好相与的吗？"

苏婉之稍稍挪了位置，讪笑道："大师兄……"

"苏婉之。"

"啊？"

"你打算在祁山上待多久？"

苏婉之语气一黯，轻声道："这个……约莫是能待多久待多久吧……"

"韩师叔让我照顾你……只怕你待多久，我就要照顾你多久，对不对？"

苏婉之疑惑地偷偷看向计蒙，虽然在祁山上，有计蒙的关照会好过很多，但是苏婉之总觉得这话绝对不能照着计蒙的引导说下去……

不等苏婉之回答，计蒙挑了挑眉，一把抓住苏婉之的手，勾唇道："如果如此的话，那不如我娶了你，如何？"

苏婉之被镇住，头一回不知道该怎么回答计蒙的话，甚至连手都忘了抽回。

计蒙说完这话，其实自己也微震了一下。

话说计蒙初想到这个，还真是不忿苏婉之这种拿他当别人的态度，但又想了想，其实此事也未尝不可——祁山弟子到了一定年龄，也是要娶妻生子的。但师门中女子甚少，往往是僧多粥少，所以下山娶妻便成了祁山弟子的一大要事。计蒙事务繁忙，几乎脱不开身，自然也没机会下山寻妻。原本他是想从祁山女弟子里随便选个瞧着顺眼的，反正不过就是传宗接代。可是如今苏婉之送上门来，倒是意外合适，毕竟比起那些在祁山长大的女弟子，从外面来的苏婉之要有趣得多，也合他的口味。

计蒙打量着苏婉之，接着用气定神闲的语气道："横竖你我都到了适婚之龄，我身边尚无适合的女子。虽然你行为举止粗鲁，姿色平平，但总算是韩师叔的弟子，武功也不算差，勉强还说得过去。更何况我若娶了他人，再照顾你，未免会落人口实，不如干脆娶了你，也好交代。"

在计蒙的一席话里，苏婉之勉强找回了自己的声音："大师兄，我真的知道错了……"

"你难道不愿意？"计蒙的声音挑高，说得理所应当，"在祁山你难道还能找到比我更好的夫婿？你有什么不满意的？"

那语调，颇有种"我都不挑你了你还有什么好挑"的意思。

苏婉之嘴角微抽——大师兄，你还可以更自恋一点儿吗？

姬恪握着杯盏的手指带着些微的颤抖，旋即稳住。然后，他用手指攥紧杯盏，一丝不颤，最后低头，轻啜了一口茶。

"他真的对苏婉之说要娶她？"他的尾音里有不可捉摸的颤抖。

"属下所说的全部属实，绝无半句虚言。"其徐低着头，不敢看姬恪的表情。

"我知道了，你下去吧。"

然而，其徐离去前，到底忍不住看了姬恪一眼。空旷的医馆内室里只有姬恪一人，此刻，他的神色异常平静，几乎同平时没有任何分别，但正是这没有任何分别的神情让其徐的心里涌起不可抑制的不安。

往常姬恪如此，其徐自然不会多想，可是现在在其徐心里，几乎已经可以肯定姬恪对苏婉之动了心，姬恪如此的表现，却是让其徐担心了。

原来待苏星走后，姬恪循着其徐所说的路线去追苏婉之，却没料到看到了那样的一幕。

姬恪即使再隐忍压抑，那一刻还是失态地握紧了拳头。

只是，在祁山上，他不是名满天下、风华无双、人人称赞、权谋在握的齐王姬恪，只是一个身体病弱、路遇劫匪的普通书生谢宇，无论身份相貌都无法同祁山大师兄相比。更何况，桎梏着他的又何尝只有身份和相貌……

其徐眼看着姬恪抿唇转身，面沉如水，眼看着他走回医馆，喝完药，看完密报，平静得好似什么都不曾看见。

直到更鼓敲响，到了就寝时间，姬恪才哑着嗓子问他后来又发生了什么。

其徐本不想说，但……倘若这能让公子死心回明都，即使公子愤怒难过也不过是一时，他终会忘记，变回原来那个不近人情的齐王殿下。虽然这样有些对不起苏小姐，但事已至此，又如何挽回？

他这么想，却没料姬恪是这样的反应，不悲不喜，但丝毫不提要回去。

其徐慢慢从屋中退出，顺手合上了门。

姬恪闭眸，一只手按着鼻梁，另一只手稳稳地将茶水放在桌上，无声地叹气。

无法否认，他嫉妒了。

看见苏婉之在别人怀中，听见别人说要娶苏婉之，这些都让他觉得压抑。就像童年时，看见姬止在父皇面前肆无忌惮却丝毫不会被责骂也不用担心被人陷害一样，他心中妒恨，抑或是羡慕。

接着，他想起了几个时辰前苏婉之刚刚想过的问题——

以后该怎么办？

该怎么办？

重刀狠力劈下，携着慑人的劲力，皲裂的纹路顺着地面延展。

容沂满意地收刀至鞘。

"师姐，你觉得我能赢过计蒙吗？"

苏婉之心不在焉地道："能。"

直到容沂紧攥着刀一个飞旋就要去找计蒙时，苏婉之才如梦初醒般道："小容沂，你去哪儿？"

"我去找计蒙挑战！"

苏婉之一把扯住容沂，直截了当地说道："你现在去是丢人。"

"可是你刚才……"

"我刚才怎么？"

容沂把袍袖理顺，撇撇嘴，还是忍不住道："师姐，为什么今天你老是走神？"

走神？

她能不走神吗？

苏婉之叹了口气，拍了拍袍角的尘土，站起身来，拉过容沂，道："回去吃饭吧，明日再来练，反正来日方长。"

计蒙同她说要娶她的事情，她只当计蒙捉弄她罢了，毕竟她实在看不出计蒙对她有什么情意。可是之后计蒙居然真的认真地同她讨论起婚宴事宜，她就再也撑不住了——计蒙那个架势，竟像是真的要娶她！

隔日，甚至还有她师娘辈的女人说是替计蒙来要她的生辰八字，虽然被她找理由糊弄走了，可是那种怪异感还是久久不退。

计蒙要娶她……

苏婉之扯嘴唇笑了笑，张灯结彩的礼堂，艳红的喜袍，一切的一切，对她而言都是不堪的记忆而已。

她真是……不想再回忆起来啊。

苏婉之吃完饭,照例迈步想出去看谢宇。

可是还未走出院子,她又转了回来——她是和容沂一起在膳房吃的饭,此时回来却并不见苏星,想来苏星是去看谢宇了。既然如此,她又干吗碍事呢!

眼前浮现出苏星和谢宇在一起的画面,苏婉之心里一时间空落落的,像是少了什么。

她收拾了会儿东西,刚想去膳房干活,就看见苏星气喘吁吁地跑进院里。

"小姐,小姐……"

苏婉之诧异地看着她,道:"我正要去膳房,出什么事了吗?"

苏星稍微缓了口气,才继续道,话语里依然带着喘气声:"我刚才听说谢公子出了医馆,就去了院子里。哪知道我看见谢公子正在收拾东西,看样子是要走了!我替你去膳房,小姐,你现在快去看看吧!"

"什么?"

苏婉之到的时候,谢宇正在煮茶,咕噜噜的气泡争抢着冲上了水面,而后一个个砰然炸裂,清淡的茶香随着腾腾的雾气浅浅弥散。

桌边还有未画完的画,墨迹半干,色泽依然鲜亮。

"谢宇,你要走?"一进来,苏婉之便开口问道。

谢宇提起茶壶,灭了炉火,才略带疑惑地问:"苏小姐……为何这么问?"

苏婉之不等他说完,已经先一步道:"你现在身体才刚刚好,怎么能就这么下山?多少也要再待几天休息一下,还有……你要如何下山?计蒙说过放你下山了吗?你盘缠尽失,下山了之后你又要去哪儿?路费呢?"她说得快了,语气不自觉地带了些许焦灼。

谢宇笑着摇头道:"我的伤不重,已经无碍了。"

"你是真的要走?"

谢宇似无意般,低垂着头掀开茶壶,轻声道:"苏小姐是要嫁给计蒙师兄吗?若被人知道我是苏小姐带上山来的,只怕会被人说闲话,早些下山其实也是件好事。"

"你怎么会知道?"苏婉之问出这句话完全是下意识的,计蒙只是和她提过,

她也并没有答应，本以为只是件少有人知的小事，怎么会连谢宇都知道了？

"我只是……早上听医馆弟子说的。"谢宇似乎是在斟酌，慢了一拍，方道，"难道这并不……"

"你是听谁说的？哪个弟子？"苏婉之骤然打断谢宇的话，声音里不自觉地染上怒气。

"我不记得……"

苏婉之咬牙道："那我这就去问！"

苏婉之转身，想走，手腕却被人抓住了。

苏婉之才回过神，忙转头道："我是气急了，都忘了劝你别下山了。谣言什么的你不用在意，既然计蒙都没把你撵下山，还把你送到医馆，你就尽管待在山上，没有人会说你的。"

谢宇平静地看着她，握紧的手没有松开，漆黑如墨的眼睛里似乎涌起了难解的情绪，如同漫无边际的夜空，深邃浩渺。

"苏小姐……"

谢宇的声音很沉，他慢慢开口，话语像是从他的口中碾磨而出。

尽管慢，苏婉之还是等着他说下去。

可是，等了好一会儿，谢宇也没有再说什么，似乎难以启齿，抿紧的唇被咬得几无血色。

苏婉之摇了摇手腕，抓着她的手却没有松开。

这样被抓着手，苏婉之有些不耐烦："你想说什么直说便是，不用抓着我的手了……"

谢宇抿着唇，却还是一副不知如何开口的模样。

苏婉之的耐心被耗尽，比起手无缚鸡之力的谢宇，她的力气到底还是大一些的。于是她用力一拽，甩掉了谢宇抓着她的手。

失去了手掌中的温度，谢宇收回手，手在身侧握紧，到底还是说出了口："苏婉之，你可以不嫁给计蒙吗？"

话一出口，谢宇便不敢再看苏婉之。

别人或许不会如此，但对他而言，顺从自己的心去说话，是件何其困难的事情。

只是他没想到，等来的第一个回应，却是苏婉之的笑声。

"你莫不是也说你打算凑合着娶我吧，小书生，你就别凑这个热闹了……"

苏婉之想了想，笑得有些无奈道，"我自己什么样我自己清楚，过去的十来年压根没有哪家的公子敢说喜欢我，怎么今日一朝翻身了？窈窕淑女，君子好逑，我既不是淑女也谈不上窈窕，你……不会是因为那日我见你宽衣了就觉得要娶我吧？这完全没有任何必要啊，你不用勉强自己……"

"不是……我不是……"

谢宇别开脸，难得显得有些狼狈。

苏婉之见他如此，忍不住想逗逗他，刚想开口，忽然想起什么，敛了敛笑，道："而且我们也并没有多少接触。说起喜欢，你喜欢的该是苏星吧，如果她对你也有意，我可以让她和你一起下山……"

"不是的，是你！"

谢宇骤然截住苏婉之即将说下去的话，再次拉住了苏婉之的手。

对他而言，能说出刚才的话是多么不易的事情，却还被一直误解，谢宇不自觉地涌起了挫败感。是的，他完全可以顺着苏婉之的话，说他不过是碍于礼节或者是其他，可是……那些话已经在理智之前脱口而出了。如果他这次真的就这么无疾而终，以后……还会不会再有机会？

倘若苏婉之嫁给了计蒙……

他忽然觉得窒息，当那个女子嫁为人妇，从此遵守三从四德，他们便再无瓜葛。那个会为他不惜生命的女子，那个大胆而放肆、热烈而天真的女子，那个即使在生死关头也不放下他的女子……是不是会永远消失？

他不愿意……

苏婉之，你让我今生今世除了你不能再娶他人，你又如何能嫁给别人？

谢宇拽住苏婉之，在她没有防备时，把她径直拉进自己的怀里。

淡淡的茶香让苏婉之一僵，她没能及时挣脱。

下一刻，贴过来的，是谢宇的唇。

所有的话语尽数被吞没，剩下的好似只有谢宇身上特有的气息，清浅而静谧。

苏婉之能很清楚地感觉到鼻息间温热的呼吸，清冽干净，茶的香气浸染在唇上，却也有茶的微涩，百味交杂。辗转厮磨间她看不清谢宇的面容，但绵长的气息拂过，即使在亲吻，那股气息也带着说不出的压抑情绪。她能清晰地感受到纠缠着的那具身体里藏匿着决然和一丝若有似无的柔软，莫名地让人放不开。

唇齿缠绵间，气息渐渐变得轻微。

谢宇闭着眼，一只手揽住苏婉之的腰，一只手扣住苏婉之的后脑，温柔地含着苏婉之的唇亲吻，似乎是怕她退开——

他并没有发现苏婉之软化下来的态度。

闭上眼睛，谢宇脑中一片空白，然而内心却无比平静安逸，似乎这一刻可以一直持续到天长地久。

但好像只是一眨眼的工夫，利刃破空而来的声响打破了这片安静的旖旎。

苏婉之像是这时才清醒，猛然推开谢宇。

她几乎用了全力，谢宇被她推得老远，直到靠到墙才得以站稳。

而他刚才所站的地方，一柄锋利的剑正横在当中，若再迟一步，只怕那柄剑会穿胸而过。

苏婉之刚刚松下一口气，没料到那柄失了准头的剑尖一转，向谢宇再度刺去。

计蒙冷冷地盯着他，眼睛里毫无温度。

而那柄携带着冲天杀气的剑直直而来，锁住谢宇所在的那方天地，无论谢宇如何动，那剑尖竟都是指着他的。

一时间，谢宇避无可避。

第十六章
谢宇真身份

"计蒙！"

比计蒙的剑更快的是苏婉之的低吼，计蒙的剑术她很清楚，这一剑下去谢宇即使不死，也会要了他半条命，再加上谢宇刚刚好转，肯定是凶多吉少……虽然她对谢宇刚才的举动很不满，可是也没想过要谢宇死。

然而计蒙同样觉得不爽，上次的冤枉他已经够憋屈了，这次苏婉之还要拦着他吗？

对面那个人根本不是什么普普通通的小书生，处置这种身份不明的危险人物本来就是他的权力，凭什么要他背无故伤人的黑锅，苏婉之又凭什么管他？

计蒙念及此，淡淡的怒意不自觉浮起，他用剑尖抵着谢宇的胸口，恨恨地道："苏婉之，你知不知道这个谢……"

话未说完，被他制住的谢宇突然动了。

剑客对自己剑下的一切最是敏感，谢宇这一动，计蒙下意识地就用剑去拦。

只是一个条件反射的举动，他却没料到下一刻传入耳中的便是利刃入肉的钝响，而剑尖已经没入了谢宇的身体。

谢宇随即闷哼，痛苦地皱眉，鲜红的血液顺着伤口流淌过雪白的衣衫，红白分明，很是刺目。

苏婉之的心也跟着那一剑咯噔了一下。

一瞬间的晃神，她在看见谢宇伤口的那一刻，甚至都没想到应该怎么办。

计蒙也是一愣，正想上前看看谢宇的伤势，抬眼便对上谢宇的眸子。谢宇的瞳孔因为痛苦而微微收缩，但和计蒙相对的那一瞬，他那双漆黑的眼眸分明弯了一下，唇角跟着轻轻扯动，模样竟是在笑。

计蒙刚刚灭下的怒火重燃，抬手便要拔出插在谢宇胸口的剑。

直到此时，苏婉之才乍然清醒过来，猛地推开计蒙，怒斥道："现在拔剑，你要他死吗？快点儿送他去医馆……算了，我自己送！"

说着，不等计蒙反应，苏婉之一只手绕过谢宇的肩膀，另一只手穿过他的腋下，半架着他便准备出门。

"苏婉之！他是个……"

苏婉之已经扶着谢宇出了门，根本不听他说什么。

"骗子"两字就这么堵在了计蒙的喉头，像是咽不下去的刺，不仅噎得他难受，而且很痛——计蒙很清楚自己的剑势，他没有要杀谢宇的意思，方才根本不是他动的手，是谢宇自己撞到他的剑上去的！

只是，即便他现在解释……苏婉之恐怕也不会听。

祁山医馆。

从苏慎言的院子到医馆，是不近的一段路。

苏婉之本可以使轻功，但她怕扯动谢宇的伤口，只得一步步慢慢走。谢宇虽然不重，但对于身为女子的苏婉之而言也是个不小的负担。

到了医馆，苏婉之才发现谢宇捂着伤口的手已经被血浸透，下半截白色长衫染着斑驳的血痕，触目惊心。

而谢宇本人也已经因失血过多而神志不清。

冯大夫见到谢宇这么快又被抬进来，很是讶异。

看见谢宇胸前插着计蒙的佩剑，冯大夫更加讶异。

　　冯大夫小心地看了一眼一脸担忧的女子，忐忑地问了一句："苏小姐，这……谢公子的伤是……怎么弄的？"

　　苏婉之抬眼，咬牙吐出一句话："治好他。"

　　苏婉之那一眼宛如刺刀般锋利无比，冯大夫不自觉地后退一步，只觉后背微微升起寒意——她这一眼倒像是在对他说：如果治不好谢宇，那你就完蛋了。

　　冯大夫咽了口唾沫，轻道了一声"我尽量"，紧接着便让药童去准备些止血的药材碾磨成粉。

　　冯大夫在院内替谢宇拔剑治伤，苏婉之不敢添乱，只好在医馆外坐着。

　　但是她没坐一会儿，就又心神不宁了。

　　医馆里太静，苏婉之可以想象拔剑有多痛，可是从始至终里面都没有传出一声谢宇的呻吟，显然……他昏过去了，就连拔剑也没有把他弄醒。

　　这种心惊肉跳的感觉，苏婉之此生只体会过一次——明都城门外，苏慎言从马背上掉下，锋利的箭羽插进了他的身体里，生死不知。只是那时，她太过悲伤，这种忐忑反而被痛冲淡了，然而现在……苏婉之再一次体会到那种感觉。

　　她简直度日如年。

　　生命何其脆弱，一念之差，可能就是天人永隔。

　　在那之前，苏婉之从没有体会过这种亲眼看着身边人逝去的感觉，就连对苏慎言，也是后来得到消息时那一瞬间的疼痛。然而此时，她却好像被凌迟一般，一点点体会着那种无力感。

　　她甚至已经完全忘记了谢宇之前对她做的无礼举动。

　　夕阳渐渐在天边沉下来，苏星从膳房带了饭食过来。

　　都是很可口的菜肴，可是苏婉之只吃了一点儿就再也没胃口了。

　　苏星不无担心地看着苏婉之道："小姐，我知道你担心谢公子，我也担心，可是你不能不吃饭啊……这样你会饿坏的。"

　　苏婉之对苏星笑了笑，摇头道："没有，我只是没胃口而已。放这里吧，我饿了会吃的。"

　　苏星没有辩驳，又担地看了苏婉之一眼，才把东西都收好，放在了食盒里。

　　两三个时辰后，冯大夫才从房间里走出来。

冯大夫的衣服上沾了点儿血迹，神情显得有些疲惫，还没等他迈出两步，苏婉之就已经站在了他身前。

冯大夫吓得差点儿仰头摔下去，扶着廊柱站稳后才捋须道："喀喀……苏小姐不用担心，我刚才拔了剑，替他清理了伤口，还用羊肠线把伤口缝合……"

苏婉之不耐烦地打断他："然后？"

这一声又差点儿吓到冯大夫，他刚想摆出的名医架子早已荡然无存："然后……然后就好了呗。"

"好了？"苏婉之松了口气，不自觉地笑了，喃喃道，"好了就好，好了就好。"

冯大夫有些不忍心地说道："不过……"

"什么？"

在惹麻烦和医德之间，冯大夫犹豫了一下，才小心地问："苏小姐，这个谢公子以前是不是中过什么烈性的毒啊？"

"啊？"苏婉之茫然。

"谢公子的肺腑实在有些问题，较正常人要弱上许多，刚才处理伤口的时候他的心肺差点儿停止跳动，我花了好一会儿才让他恢复……啊，不过，我仔细检查了一下，这并不是因为受过外伤，而是脏腑曾有毒素肆虐……"他顿了顿，继续道，"他这个样子，实在不是长寿之相啊，即便内腑不再受伤，只怕也是……"

"是什么？"

冯大夫反复咽了咽口水，才吐出两个字："短命……"

床上躺着的谢宇仍然没有清醒。

想来也是，又是拔剑又是缝合伤口，即便他醒着也得硬生生给痛晕了。

但总归人还是活着的，苏婉之心里的焦急也渐渐退去，这才忽然想起谢宇在被计蒙所伤之前对她做过的事，他……算是强吻了她吧。

也许苏婉之曾为此勃然大怒，但是现在对着床上面色苍白一动不动的谢宇，怒气不自觉地就消散了。

苏婉之不仅气不起来，反而想起了更多。

谢宇吻她的时候，她其实……并没有很排斥。

也许是在那之前，苏婉之对谢宇也有那么一点点好感——他虽然相貌不出众，但是他安静，他沉稳，他会陪着她顶着烈日扫后山，他会温柔地在她的手心写字……如果不是这样，她也不会在看到他和苏星相处的时候觉得烦闷，在知道他要走时那么急切地想挽留他。

那么，谢宇应该也是喜欢她的吧。

不是北周丞相之女苏婉之，只是单纯地住在祁山上的小弟子苏婉之。

想到这儿，苏婉之突然有个很冲动的念头——谢宇喜欢她，她也不讨厌谢宇，为什么他们不能在一起试试？

她忘不掉姬恪是她的劫难，可是这样一直沉湎于过去，她只怕一辈子都忘不掉姬恪……那么，如果她试着去喜欢另外一个人，是不是就可以渐渐忘掉姬恪？忘掉那个人带来的痛、带来的伤，以及带来的感情……

苏婉之慢慢合上双眼，想起谢宇红着脸语气近乎急切地对她说："不是的，是你！"

苏婉之不由得笑了起来。

坐在谢宇的床边，苏婉之忽然觉得无比安心。她仔细地帮谢宇披了披被角，打了一个哈欠，精神紧绷了一整天，她自己也累得够呛，先回去睡一觉，明天再来看谢宇吧。

至于短命……冯大夫的话在她耳边响起："他这个症状难治，很难治，这毒素都不知在他的体内潜伏多久了。呃……其实也不是没有办法，若说有能力试一试，恐怕只有一个人，只是这个人实在不好找……"

不管多难，总归是有办法治好谢宇的身体的。

苏婉之边想边漫步回了自己的院落。

她前脚刚走，后脚便有黑影进了谢宇的屋子。

黑影蹲守在谢宇的床前，看见谢宇的模样，顿时露出担忧懊恼的神情。过了好一会儿，黑影才侧过头看向门口，眼中闪过几丝复杂难明的情绪。

"大师兄，山下运上来的果蔬已经到了。"

计蒙放下擦拭剑身的布巾，粗略点过数量，微笑着吩咐道："这些都运到库里吧，记得挑一份出来选个精致的篮子送到掌门房内。"

"是。"

计蒙刚想回转，一个身影从成堆的果蔬篮中现出身形。

计蒙先是讶异，而后淡淡地笑道："他没事了？"

苏婉之听见他轻描淡写的口吻，霍然抬头盯着他，似乎想发作，但终究压下

自己的怒意，让自己的声音听起来轻松些："暂时没事了。不过，我想带他去求医，你能让我下山吗？"

"求医？"

苏婉之便把冯大夫告诉她的一席话复述给了计蒙。

听她说完，计蒙笑了，眼睛里蒙着一层轻嘲："他告诉你的那个人的确能医好谢宇，不过……苏婉之，你告诉我你打算怎么去找？而且……你为什么要为了一个毫无干系的陌生人跑这一趟？再说谢宇又不是生命垂危，不过是可能会短命，你何必这么小题大做？"

计蒙的话里带着显而易见的凉薄。

"计蒙，人是你伤的！"

计蒙弯腰从果蔬堆里拾起一棵青菜，在手中抛起又接住，轻轻一笑道："你要出去我不拦你……不过出去了，就不要回来了。"

苏婉之看得出来，计蒙是真的生气了，可是……她不理解，人明明是计蒙伤的，他怎么可以一点儿愧疚感都没有？

"那你是不打算让他去求医？"苏婉之的语调平静下来，她已经不抱希望了，反正看样子计蒙也不会答应。

计蒙出乎意料地摇摇头道："他可以去治，但是你没必要陪着他。"

"什么意思？"

计蒙扬唇，似笑非笑道："我的意思就是，他一个人下山求医，我会让弟子送他下去并且准备好盘缠，至少暂时不会让他饿死。"

苏婉之听罢，几乎立即摇头拒绝："我怎么知道你不会趁机杀了他？"

计蒙看向苏婉之，视线中若有似无的寒意让她后背不自觉地涌起冷意。计蒙突然踏前一步，苏婉之不自觉地向后倒退，计蒙却只是把拿着的青菜塞进苏婉之的手里，眸里那层让人惊骇的冷意慢慢散去。

"青菜可以明目，你最好多吃点儿。"计蒙退回刚才的位置，歪头笑道，"我的确不能保证不会一气之下杀了他，反正一切你自己决定。"

说完，计蒙不顾苏婉之的反应，转身便要走。

"计……"

"对了，"计蒙似想起什么，突然回头道，"我之前跟你说过要娶你的话，你可以不用当真。"

苏婉之一怔，还未来得及说什么，计蒙已然离去。

苏婉之回到医馆的时候，谢宇正在喝药。

他的脸色依然白得有些吓人，气色也不怎么好，神色显得有些恹恹的。看见苏婉之进来，谢宇放下手里药碗，安静地冲她微笑。

谢宇的笑容里有些安抚人心的意味。

苏婉之方才有些动摇的心忽然安定下来，计蒙刚才的态度总让她觉得有哪里不对，可是……无论如何，她总不能就这样让谢宇一个人下山。

她转头一看，药碗里的药还剩下大半，便问道："怎么不喝了？"

"有点儿烫，正要喝。"谢宇重又端起碗，姿势斯文又好看。

苏婉之探指试了试温度，确实很烫。

"你等一下。"

苏婉之拐进隔壁取了一个空碗，将药来回倒几次，再递给谢宇时，药已是温的。

谢宇对她感谢地一笑，便仰脖将苦涩的药汁一口气喝下。苏婉之坐在床边，神色有些复杂。

待谢宇将碗再度放下，苏婉之似下定决心般道："谢宇，你的身体并没有全好……大夫说如果不及时医治，可能不会长寿……"

谢宇愣了一下，垂下眸，低声道："是吗？"

"但是大夫告诉我有人能彻底治好你的病。"苏婉之顿了顿，说道，"所以我想……"

谢宇没有说话，只是静静地等着她说完。

"你一个人下山不安全，我陪你吧……"

即便苏婉之大胆，说完这番话也是有些忐忑。

她想过和谢宇在一起，但毕竟两人目前的关系说到底也不过尔尔，越雷池尚早。

谢宇仍是垂眸，苏婉之看不见他的神情，越加忐忑。

然而，还未等苏婉之这阵忐忑退去，谢宇忽地抬头，一双沉静如夜色的眼睛望进苏婉之的眸里，有欣喜，也有莫名的怅然："你……不打算嫁给计蒙了？"

苏婉之啼笑皆非地说："我从来也没打算嫁给他，以讹传讹，都是假的。"

"是……这样？"

"嗯。"苏婉之把碗收起，道，"你不反对的话，等你身体稍微好一点儿我

们就动身。"

谢宇定定地看了一眼苏婉之，道："好。"

说话间，他又低垂下头，苏婉之只当他是羞涩，说了声"好好休息"，就拿着碗出去了。

那一个"好"字后他没说出口的疑问是，苏婉之你为何要陪我下山？又为何要陪我一同求医？

一时间，谢宇不知是该喜还是该悲。

谢宇养伤的日子过得很快，灼热的夏意褪去了些许，轻薄的夏衣外也开始罩上了秋衫。

苏婉之借着在膳房工作之便，让苏星做了不少好东西给谢宇，谢宇的脸色总算不那么苍白了。

苏婉之也去祁山的书库查了不少典籍，据冯大夫说能治好谢宇的人姓沈，此人医术极其精湛，久居回春谷，可是回春谷的位置却少有人知道。典籍里记载了好几例江湖人士去回春谷求医的事情，可惜只写了沈神医的医术如何了得，却只字未提回春谷的位置。

苏婉之不禁有些沮丧，想去问计蒙，但是想起上次的不欢而散，苏婉之脸皮再厚也知道计蒙恐怕是真动怒了，至少这些日子她再没有见过计蒙，就算她勉强堵着去问，他也不见得会告诉她回春谷的位置。

唯一让她感到安慰的是，大师傅对邓玉瑶的追求终于有了点儿突破——为了躲避大师傅的殷勤，惯常喜欢睡到日上三竿的邓玉瑶每日一大早就躲出去，生怕被大师傅抓到。不料出去乱逛的结果是在后山迷了路，邓玉瑶走得久了又不小心扭了脚，简直叫天天不应叫地地不灵。便在此时，大师傅提着食盒犹如天神下凡，硬是凭着硬朗的身板背着偌大的佳人走出了后山。

不论是英雄还是狗熊，救了美人之后总会让美人心里的排斥淡一些。虽然大师傅一脸憨笑献殷勤的样子还是让邓玉瑶嗤之以鼻，但总算不会对方一来她就躲出去，连个冷面也不给。

苏婉之哀叹着走到医馆，发现谢宇正靠在枕上读书。

金灿灿的阳光自薄薄的窗帘流泻而下，镀在谢宇的发梢和手指上，干净的侧脸和半垂下的额发间是一片朦胧的微光，就连被褥也被映照得熠熠生辉。谢宇整个人笼在这片光晕里，显得十分美好。

不知是不是错觉，苏婉之总觉得谢宇比初见的时候要好看很多。

他没有姬恪那般令人惊艳的容貌，平平淡淡间却有种让人安心的温暖。

苏婉之脚步很轻，谢宇并没有发现，依然专注地看书。

他看书的目光很是温柔，隐隐有缱绻之意，感觉到苏婉之坐在床边，温柔的目光便直接从书上落到了苏婉之的身上。

"来了？"谢宇的这句话脱口而出，几乎是习惯般。

苏婉之笑望着他道："嗯，你身上的伤怎么样了？"

谢宇笑着摇头："无碍了。"

想着谢宇养伤已经有一段时日，苏婉之沉吟一下道："那我们准备下山吧。"

"什么时候？"

"大概明后天吧。"

谢宇没有问她为什么这么快，也没有问她是否有把握，只是微笑着说道："好。"

苏婉之隐隐有些愧疚。

她还是没有找到回春谷的具体位置，只能从书中记载的只言片语中猜出大致的方位，她不一定能救得了他。

苏婉之这么一想，就有说不出的沮丧："谢宇……"

"什么？"谢宇温柔地问她。

苏婉之别开视线："没什么，你继续看书吧，不用管我了。"

谢宇略带疑惑地看向苏婉之，但见苏婉之似乎真的没什么，才又去看书。

苏婉之支着下颌，不再说话。

之前想要和谢宇在一起不过是苏婉之的一时冲动，她自己知道，无论忘记一个人还是爱上另一个人，哪有这么容易……更何况，她对姬恪的恨还夹杂着苏慎言的死，怎么可能随随便便忘记……

可是，眼前的谢宇，恍惚间显得那么美好。

大好的阳光下，静谧的房间里，苏婉之忽然有了些倦意。

她不知不觉地趴在被褥上昏沉入眠。

书在谢宇的手中放了良久，也不见他翻页。

苏婉之沉睡后，他才慢慢放下书，看向苏婉之的睡颜。她睡得很沉，并没有察觉到他的动作。

连日来，苏婉之都在照顾他。

在明都城门外的那一幕发生以后，他从未想象过有一日会和苏婉之这么温情地相处。不，准确点儿说，自从他去了齐州以后，就从未想过有一日会和一个女子纠缠至此，论及原因，竟还是自己主动的。

他该回去了，却又十分留恋这样的日子。

眼中的温柔逐渐被理智的锐芒取代，他终究不是书生谢宇，他是北周的齐王殿下姬恪。

下山……也该是他与苏婉之分别之际了……

姬恪不是没想过告诉苏婉之他的真实身份，带着她回明都，可是……就连他自己都觉得这个念头实在可笑——院中的木雕还满身疮痍，苏婉之虽然没说，可是他很清楚她有多恨他。如果说出口了，只怕等着他的会是苏婉之毫无保留的痛恨——他又骗了她。

以后……他记得苏婉之说过，她要的是"愿得一心人，白首不相离"。

他的结局，要么赢了，后宫佳丽三千；要么输了，毒酒一杯，哪里还有以后？

他缓缓伸出修长的手指，似乎想要触碰她，在即将接近那沉睡的面容时，又似乎迟疑着想要收回，指节弯曲着停在空中，不敢再靠近。

良久，他弯下腰，在苏婉之的额上印下一个清淡得几乎察觉不到的吻。

暖意融融的房间里，这一幕唯美得似一幅画卷。

第三日清晨，苏婉之让苏星收拾好行装，带着轻便的行李去找谢宇，准备下山。

她到时，谢宇已经等在了院外，孑然一身，影子被阳光拉长。

他来的时候身无长物，就连身上穿的衣袍也是祁山上的，现在又哪里来的行李。

苏婉之想到这儿，不禁有些心疼。

谢宇看过来，浅浅地笑着，无限温柔。而后他一步步朝苏婉之走近，逆着光遥遥走过去，像是跨过了千山万水。

苏婉之离开祁山的那点儿不舍被逐渐冲淡，她扬起笑脸，用尽量轻松的语气道："走吧。"

谢宇嗯了一声，便跟在她身边。

清晨的祁山很安静，早起的弟子已经去校场做早课了。

踏入曲折的回廊，清新的气息扑面而来，有一两声极清脆的翠鸟鸣啼声。安静的环境里，他们的脚步声显得格外清晰。

直到他们走到祁山的正门口，圆脸的弟子正不情不愿地等在那里，边上放着一辆普普通通的马车，拉车的马轻轻抬蹄，打了两个响鼻，另有一个熟悉的弟子正在一下一下地拍着马背。

"林圆，莫忘，你们怎么在这儿？"

林圆把马鞭和一封信塞进苏婉之的手里，哼了一声，转身就走。

莫忘还在摸着马背，语气平淡地道："掌门让我陪你们下山。"

苏婉之狐疑地拆开信，里面放着一张五十两的银票和一张简易的地图，地图的正中用红笔圈了一个圈，备注了三个小字——"回春谷"，其余的位置也有简单的标注。

这正是她久寻不到的回春谷地址！握着地图，苏婉之欣喜起来。

只是……知道她下山去找回春谷的只有计蒙一人……这地图，是计蒙给的？

苏婉之的心头说不上什么滋味，重新看起了地图。

苏婉之看过的地理志实在不多，怎么看这张地图都无法准确找到回春谷的位置。

迟疑间，她忽然抬头问谢宇："谢宇，你看过多少地理志？"

谢宇虽然疑惑，还是如实回答："不少。"

苏婉之将纸递给谢宇，问："你认识这个地方吗？"

"哪里？"话音一落，谢宇盯着地图的眼中忽然泛起淡淡的光，似乎若有所悟，良久，他断言道，"我认得。"

苏婉之一喜，忙追问道："回春谷在哪里？"

"齐州。"

此言一出，苏婉之霎时静了下来。

齐州，齐州……听到齐州她怎么会不想起齐王呢？

她咬咬唇，告诉自己齐王现在还在明都内筹划，去齐州是不可能遇到他的。苏婉之继续问："那这里离齐州有多远？"

"坐马车日夜兼程赶路的话，也许要十日。"

苏婉之并没有发现谢宇口气里的怅然若失，略算了算，道："那便去齐州吧。"

莫忘赶车，一路颠簸下了祁山，几人在山下的小镇客栈中投宿，苏婉之和苏星一间房，莫忘和谢宇一间房。

入夜，谢宇起夜，走出客栈门，其徐如影随形地跟在谢宇身后。

他取下面具，用清水净颊，清凉的感觉自肌肤蔓延。

其徐略显沉闷的声音响起："公子准备何时离开？"

"你问了很多次了。"姬恪淡淡地道，"替代的人是否找好了？"

"已经妥当，只是不知公子为何多此一举。"

姬恪轻声答道："计蒙或许猜出了我的身份，若我不辞而别，苏婉之定然回去找计蒙，只怕她就会知道我是谁。"

其徐暗想，既然你都要离开了，又为何还要担心苏婉之是否知道？

然而，他到底没有问出口，有些问题的答案，不知道反而比知道要好。

姬恪用布巾将脸擦净，又道："朝中如何？"

"陛下已立睿王姬止为储。"

"哦？"这在他的意料之中。

"不过，因民间对姬止强抢民女并杀之的怨愤甚重，又加上姬止在府中迁怒处死了数名家仆，死状可怖，近日陛下也对姬止颇有微词。"

姬恪笑了笑，虽然多年来他一直在齐州，但是江成潜伏于姬止身边多年，自然清楚姬止性格中最大的缺点——刚愎自用、暴躁、多疑、易迁怒。

这都算不得大错，但有时候这些缺点足以置人于死地。

"姬跃恐怕会让他不太好受吧。"

"是，姬跃向陛下献了一名道长，据说法术高深，可助人延年益寿，陛下大悦。姬止闻之，当场以掌劈死了三个家仆，连吃斋念佛的许皇后都专门宣他进宫责骂。"

"吃斋念佛？"姬恪半抬起头，对着夜空无声地笑了。

即便青灯古佛也赎不了那个女人的罪，她做的事，终有一天是要还的。

"谨与回来了没有？"

"苏公子已于前日回到明都，这是他刚传来的消息……"其徐递上用蜡封的小笺，忍不住补充道，"公子久不在明都，再过些日子，只怕苏公子会起疑。而且万一朝中发生变故，只怕也会来不及回去。"

姬恪默默地看完，将小笺揉成一团，轻声道："我知道。"

话音未落，一个女声骤然响起。

"啊！你是……"

姬恪蓦然回头，其徐身形一动捂住女子的嘴。

苏星惊恐地望着姬恪的脸，明明是俊美到毫无瑕疵的容颜，却让她宛如见了一般。她忍不住拼命挣扎，可是身上禁锢的力量太过强大，无论她怎么挣扎都无法挣脱。

苏星灵机一动，张口对着捂住自己嘴巴的手掌咬去，但是还未咬到肉已经被其徐察觉了，他死死地按住她的腮部。

"公子，这个女子……怎么处理？"

姬恪漫步走到苏星面前，眉头皱了皱，似乎也觉得很棘手。

他半低下头，用那张清俊绝伦的脸对着苏星，弯眸微笑道："苏星，你不要叫，我让其徐松开你的嘴好不好？"

和谢宇一样温柔微笑的表情，换了一张脸后杀伤力何止增加十倍。

到底仆似主人，苏星呆呆地看了姬恪好一会儿，最后还是心不甘情不愿地点了点头。

被松开嘴后，苏星脑中涌现出了一大堆的疑惑和质问，一时间竟不知先问哪个。姬恪并不急，安静地等着她问，纤长的睫羽微合，似乎有些疲倦。

苏星咽了口口水，才问："你是谢宇？"

姬恪点头道："我是。"

姬恪没有再掩饰声音。尽管是同样的声线，但是谢宇的低弱迂腐，怎么听都只是个弱书生。而姬恪本身的声音则更清冷矜贵，带着丝丝缕缕的奢华，以至于相处了这么久，她们甚至都没听出是同一个人。

苏星懊恼又急切地问道："那你为什么要乔装打扮接近小姐？"

姬恪扬唇笑了笑，只是脸上的笑容苏星看不懂："若我说是为了你家小姐，你信吗？"

苏星急促道："不可能！之前是你负了我家小姐，我家小姐一直等着你八抬大轿把她娶进门，可你非要娶那个什么王小姐，还杀……等等，方才你们说的苏公子是……"

姬恪仍旧点头，微笑道："你猜得不错，苏慎言没死。"

他这么一说，苏星的脑袋更乱了。

"等等，大公子没死？那他为什么要骗小姐说他死了……你又是怎么知道的……这到底是怎么一回事！"

姬恪并未解释，只是淡淡地道："你不需要知道这些，我不想杀你，所以你

最好不要告诉苏婉之谢宇就是姬恪，这样对我对她都好。"

姬恪这种态度让苏星一瞬间怒了。

"什么叫对小姐好！"苏星也顾不上对方的身份了，急促地道，"齐王你知不知道小姐有多喜欢你，你又知不知道你伤小姐有多深？小姐表面上开心，可是只要提到你的事情她就一下子变得失魂落魄，你居然还说是对她好！"

"那又如何？"姬恪语气仍是淡淡的，"她现在还不是陪着一个陌生的谢宇长途跋涉去求医？"

"可是谢宇不是你吗？"

"她不知道。"

苏星扭头就要走："我现在就去告诉小姐！"

"我马上要走了。"

姬恪只用一句话就让苏星停下了脚步。

"你去告诉她又如何？无非是让她知道之后更加恨我罢了，除此以外，没有任何意义。"

苏星霍然回头，直直地看着姬恪。

她不明白，这真的是谢宇吗？那个温柔地教她作画，那个每日无论风吹日晒都陪着小姐在后山扫地，那个恭敬、斯文、书生气浓浓却又总是温柔微笑，性格温暾谦和的谢宇？

她甚至能感觉到谢宇对苏婉之的感情，她还为此庆幸小姐终于可以忘掉姬恪了，可是……

为什么只是一个转身，这个人就变成现在这样冷酷无情的样子？

就好像谢宇和姬恪是完全不同的两个人。

她到底还是忍不住问道："齐王殿下，那你究竟喜不喜欢我家小姐？如果你喜欢她，为什么要一而再再而三地伤害小姐？如果你不喜欢小姐，又为什么在这个时候跑来招惹我家小姐？你不觉得……这么做太残忍了吗？"

那一刹那，姬恪的眼里流露出淡淡的悲哀和歉疚。

那不是属于齐王姬恪的神情，那只是一个普普通通小书生谢宇的神情，简单而毫无掩饰。

然而，姬恪就是姬恪，谢宇的身份终究无法长久。

下一刻，那种脆弱的神色已经从姬恪的眸中彻底淡去，再也寻不见痕迹。他的眸里剩下的只有深不见底的夜色迷雾，昏暗无垠。

"我明日便离开了。你可以选择告诉苏婉之，让她受伤，也可以选择让她一无所知。"

姬恪以再平静不过的口吻，说出再冷酷不过的话。

苏婉之早起后，准备在客栈用早膳。

晨间客栈里人少，只坐了稀稀拉拉的几桌人。小二忙碌着将蒸好的笼屉摆上柜台，客人们三三两两地叫着早点，一切看起来都是那么平常。

苏婉之点了一笼蒸包和一碗绿豆稀饭，伸了个懒腰就坐在桌边等着上菜。

新出笼的蒸包上还冒着腾腾的热气，刚出锅的绿豆稀饭散发着淡淡的清香，苏婉之嗅了一口，顿时食欲大振——今天依然要赶路，她总得吃饱饭再走。

苏婉之夹了一个蒸包含在嘴里，滚滚热气透过蒸包冲进口中，咬下去后，鲜肉的滋味弥漫。

她满足地叹了口气，夹了一个蒸包塞进苏星的嘴里，道："快点儿，去叫谢宇下来吃饭吧。"

苏星似乎是昨晚没睡好，精神有些萎靡，眼睛下面一圈乌黑。

苏星含着包子慢慢咽下去，又嗫嚅了一会儿，才挪着步子迟钝地道："是，小姐。"

蒸包的味道实在不错，苏婉之又抬手帮谢宇叫了一份。

不一会儿，谢宇便走了下来，依然是书生的儒衫，平凡的面容，他微笑着缓缓走来。

但不知为何，苏婉之今天看他却没有什么特别的感觉。

他们走的一直是大道，莫忘驾车，苏星、苏婉之和谢宇坐在马车里。只坐了一会儿，苏星就一副如坐针毡的样子，寻了个觉得拥挤的理由，和莫忘一起坐到马车前。

他们赶了半晌路，苏婉之觉得有点儿饿，从包袱里取出两张烧饼，咬了一口。虽然烧饼有点儿凉但还是软的，她想了一下，递给谢宇一张。

"你吃吗？"

谢宇接过烧饼，温和有礼地微笑道："谢谢。"

而后，苏婉之便一言不发地一口口吃了起来。

明明是独处，两人之间气氛却平平静静，毫无旖旎暧昧。谢宇还是那副容颜，

苏婉之却有一瞬间的疑惑。

两人一路无言，直到午间在驿馆歇脚。

计蒙给的银两不少，苏婉之开了间房午休，睡了一会儿，总觉得心里莫名地慌乱。

辗转反侧之下，苏婉之起身下楼向小二叫了一壶茶。

茶水压下了奔波的疲累和惶然，苏婉之记得谢宇似乎喜欢喝茶，于是又让小二给谢宇送去了一壶。

半个时辰后，四人继续上路。

苏婉之刚坐上马车，突然记起似乎有个发簪忘在了楼上，同苏星打了个招呼就上去取，回来时经过谢宇方才休息的房间，一眼瞧见刚才的茶壶还摆在那里。

鬼使神差地，苏婉之提了提茶壶，满满一壶茶，一点儿也没有少。

她心头的疑惑越来越大。

苏婉之上了马车后，似无意般问谢宇："我觉得这家驿馆的茶还不错，中午还让小二给你送上去一壶，你觉得怎么样？"

谢宇顿了下，继续微笑道："多谢。确实不错。"

至此，苏婉之已经肯定了谢宇在撒谎。

可是……喝茶这种小事为什么要骗人，他直说不想喝不就行了……

苏婉之在直接问还是不动声色地查探中犹豫，甚至都没有发现自家侍女不在的状态。

马车行了一日，已经彻底走出了祁山的范围。

苏婉之忍不住旁敲侧击："谢宇，治好了病之后你如何打算？"

谢宇闻言，似乎想了想才道："此事……还是等治好了之后再议吧。"

"你今日怎么不看书了？"

"马车颠簸，对眼睛伤害极大，不宜看书。"

苏婉之手指叩击车壁，像是没话找话："谢宇，我们相识已有约莫半年了吧。"

谢宇回答得很快："尚不到半年，至多三月。"

苏婉之轻笑道："那你还记得我们第一次见面时说的话吗？"

谢宇流露出一丝疑惑，疑惑地问道："不是苏小姐把我救来的吗？我那时神志不清，又何谈第一次见面说的话。"

谢宇的回答几乎无懈可击。

但苏婉之脑中的疑虑不减反增——谢宇回答得太快，初相识时的那些细节就连她自己也回忆了好一会儿才忆起。她再回想起白天的细节，那些明明很随意的事谢宇反而要思虑。

这实在……不正常。

这种不正常的感觉在晚上到了顶点。

苏婉之点了一份鱼子烧茄子，他们围坐一桌吃饭时，苏婉之舀了很大一勺褐色的鱼子夹杂着茄子放到谢宇的碗里。鱼子染着酱汁，因为并没有和鱼放在一起，乍一看倒也不会认出。谢宇谢过苏婉之，就着饭将鱼子尽数吞下，没有任何不适。

谢宇是不吃鱼子的，上回他艰难咽下鱼子的情节苏婉之还记得，那眼前这家伙……到底是谁？

她一向不是能忍耐的人，之所以忍着，完全是因为不想和谢宇交恶。

可是，如果眼前这个人不是谢宇，那就另当别论了。

她压着情绪，佯装无事道："谢宇，我有点儿事想和你说，你能不能和我出去一下？"

"谢宇"看了一眼吃到一半的饭，犹豫一下，道："好。"

"谢宇"跟着苏婉之走到客栈外的院子里，驻足等着苏婉之开口。

苏婉之冲他莞尔一笑，扬唇的刹那袖中的白绫飞速蹿出，缚住"谢宇"的手脚。看似纤细的白绫充满韧性，苏婉之抬手一勒，白绫收紧，"谢宇"便毫无抵抗力地被拖了过来。

"你是谁？"

被勒住手脚，"谢宇"顿时神情慌乱，下一刻看向苏婉之，似是不解："我是谢宇啊。"

苏婉之根本不等他解释，就扣住了"谢宇"的手腕。

即使不懂医术，苏婉之也能感觉到对方强劲的脉搏充满勃勃生机，同谢宇和缓到有些迟滞的脉象截然不同。

不等对方反应过来，苏婉之的手就在"谢宇"的脸上摩挲起来，"谢宇"无法挣扎，只得任苏婉之在发丝间摸索。苏婉之摸到了一条极细的接缝，顺着接缝

小心地撕开，露出的却是一张完全陌生的脸。

她又重复了一遍问话："你是谁？谢宇在哪里？"

对方只是缄默不言。

苏婉之又勒紧了几分，白绫深深勒进只穿了单薄儒衫的身体里："说！不说信不信我杀了你？"

对方毫不动容，开口道："苏小姐杀了我吧。"

威胁无用，他根本不怕死！

沮丧与焦急同时涌上，苏婉之不自觉地垂下手，声音低哑中带着恳求道："你是谁派来的都跟我没有关系，我只想知道你们把谢宇带到哪去了，你告诉我，我现在就放你走，行不行？"

对方动了动唇，还是道："对不起，苏小姐。"

话音一落，苏婉之的心也跟着沉了下去："你们是不是杀了他？"

对方尚未回答，身后有人叫道："小姐，小姐……"

"苏星？"苏婉之微微转身，轻声道，"你出来干什么，回去！"

轻描淡写的语气，苏婉之显得过于平静，深深了解自家小姐的苏星一听便觉得不对。

再一看眼前那个穿着谢宇衣服却面容陌生的男子，苏星心头顿时茫然失措，纠缠了自己一天的忧虑也跟着浮上心头。苏星顾不上多想就跑向苏婉之，低头迭声道："小姐，对不起，对不起。"

苏婉之摸了摸苏星的头："你跟我道什么歉，和你一点儿关系也没有。"

苏婉之转头看向那个冒牌货，问他："你到底怎样才肯说？"

对方只是道："苏小姐，对不起。"

下一刻，有紫色的污血从对方的口中流出。苏婉之一惊，忙松开手里的白绫，已经来不及。只见他软绵绵倒下，苏婉之再探对方鼻息，气息全无。

苏婉之大骇，反复推着对方，他却毫无反应。

她的心也跟着沉到谷底，眼看着鲜活的生命在她的眼前消逝，苏婉之的感觉只剩悲凉。

这个人死了，那一切的线索都断了，她甚至不知道谢宇是什么时候被换掉的，而且……能用一条命来掩盖的秘密，必然不是小事。谢宇一个手无缚鸡之力的文弱书生牵扯进这样的事情里，只怕此时已经性命难保。

即将入秋的时节夜间已经有些微凉，低低呜咽的夜风拂过，苏婉之没来由地打了一个寒噤。

苏婉之双手抱臂，一点儿凄惶蓦然袭上她的心头。

苏星还在地上摇着那具尸体，苏婉之抬眸望着远处的灯火，若有所思地呢喃，不知是说给苏星听的，还是说给自己听的："我找不到谢宇了，那还去什么回春谷，我们回祁山……不对，计蒙说了下山了就不要再回去了……那我们去哪儿呢……"

苏婉之还沉浸在眼睁睁看着人死去的惊骇中，苏星抬头看见苏婉之的模样，更是吓得不轻——姬恪说让她选择让小姐受伤还是装作一无所知，可是……小姐再受伤又怎么能比得了现在！至少，告诉小姐，她不会以为谢宇已经死了……至少，就算恨他也比现在这个样子好！

"小姐，谢宇没有死！我知道他在哪儿！"

苏婉之木然地转动眸子看向苏星，带点儿期待又带点儿狐疑，最终凄然一笑："你怎么可能知道？别哄我了。"

苏婉之的笑容实在太可怕了！

她的两只眼睛空洞无光，宛若死了一般漆黑一片，就连笑容也像是牵动肌肉才硬生生挤出来的。

"小姐，你别吓我啊……"苏星急得快要哭出来了。

苏婉之用没有起伏的声音慢慢道："我没事啊，我很好，就是不知道怎么办了而已……"

"我真的知道啊小姐！"苏星咬咬牙，站直了身子，绕到苏婉之身前。

苏婉之被她挡住去路，只得歪着脖子看着她："你知道？那你告诉我好了。"

苏星嗫嚅了良久，却又开不了口。

苏婉之等了半晌，也不见苏星继续说，咧嘴笑了笑，只当苏星是在哄她，拍拍苏星的肩，便继续朝前走。

"小姐！"

苏星见状，终于鼓起勇气，又一次拦住苏婉之，闭着眼睛，深吸一大口气，低吼道："谢宇他真的没事！因为谢宇他……他就是齐王姬恪啊！"

齐王府，书房。

其徐无声地掠进姬恪的院中，低声向姬恪汇报朝中的消息，姬恪安然地听着，末了，其徐忽然道："公子，那个替身已死。"

姬恪握笔的手抖了一下，继续书写："这么快？"

"那公子……以后该如何？"

姬恪没回答，只是继续写。

他抖抖纸张，待墨迹半干，将纸折起，放入信封中，递给其徐，道："你务必将这封信交给太尉关简，定要他本人亲启。"

姬恪只字未提苏婉之。

其徐前脚刚走，便有人手摇折扇晃悠进来。

只见来人丢下厚厚一沓文书，兀自寻了姬恪书房中一处铺着软垫的榻坐上，眸光一抬，尽是风流："齐王殿下，我这次可是为你出生入死了一回，你要的东西我都找齐了。"

姬恪拿过文书，草草翻阅，微微点头道："我要的的确是这个，你是如何找到的？"

"钱、权、威逼利诱。不过十九年前的案卷还真的不大好找，大理寺库房都被我翻了个底朝天。"苏慎言悠然摇扇，俊逸的眉微挑，很是自得，"除了这个，应该还有不少你想要的，权当是我的附赠吧。"

"谨与，多谢。"

"谢什么，你当皇帝总比你那两个不成器的哥哥强，更何况这时节，纯臣也不好做啊。"

似是有所感慨，苏慎言拍扇，道："唉，这些日子都没去醉烟阁，也不知那些姑娘是否还记得我苏某人……对了，殿下，我家不成器的妹子呢？你可有她的消息？"

番外
姬恪的过去

雨夜无眠。

姬恪从齐王府的阁台眺望,透过淅沥的雨帘,尚能看见宫城的一角,翘起的檐角重叠而起,烟雨朦胧。

就连眼帘似乎也被滂沱的水汽浸染,模糊不清。

恍惚间,姬恪想起了自己的童年,纷乱的记忆似乎缠结在一起,穿越过层层意念,铺泻而下……

十多年前。

金碧辉煌的宫殿,成片蜿蜒耸立的建筑,深幽的回廊里悄无声息。宫人们恭敬地沿着宽阔的广道循矩而行,只余下裙裾自地面拂过的沙沙声。

骄阳下,奢华的一切是那样华丽诱人,却又隐藏着一缕说不出的凄哀。

那是姬恪最初的记忆。

他生在宫中，长在宫中，十一岁以前，他的一切都被北周皇宫烙下深深的印记。

他记得从母妃居住的霜华殿到父皇的寝宫一共要走一百二十七级台阶，路过三座宫殿，绕过七个回廊。就算是跑，这么一长段路他也要花上半个时辰。而父皇却时常来看母妃，会赏赐母妃漂亮的衣裳和精致的首饰，也会指点他的功课。

那么远的路，父皇走过来一定很辛苦，如此不辞辛劳，父皇一定是很爱母妃的。

小时候的姬恪这么认为。

然而他不知道，父皇是帝王，即便在宫中也是乘着龙辇的。

而且，如果父皇真的那么爱母妃，又怎么会让母妃住在后宫中最偏远的宫殿，让母妃常年锁居深宫，整日对着的只有奢靡的家什和高阔的宫墙。

母妃是真正才貌双全的女子，在那一方冷寂的空间里，手握书卷，捧杯香茶，安静地生活着。她教会他如何念书，从书上的每一个简单的字教起，一笔一画，一个音节一个音节，温柔而慈爱。

他永远记得那个温婉的音调，和着那样的声音，伴他在霜华殿度过了一个又一个日夜。

那个不大的宫殿，有他，有母妃，还有云姨。曾经姬恪的所有也不过如此，他满足于简单的生活，从未想过离开，从未想过那更辽阔更遥远的山河。

江山予谁，又与他何干？

但有些事偏偏非人所能预料。

七岁，他进了蒙学。

太傅讲学，底下坐着一排排的皇子公主，身边皆是名臣子弟做伴读。

他孤零零地走进学堂，又孤零零地等着云姨带他回霜华殿。耳畔是其他皇子公主的嬉闹声，他曾试图加入他们，但最终未去——母妃说过，人生在世，别人如何不是最重要的，最重要的是你自己要挺直脊梁做人，问心无愧便好。

然而，不知何时，以大皇兄为首的孩子们开始以捉弄他为乐。

他们最常问的问题是："你是哪家的野种？"

他的身体里流着一半前朝的血，这是禁忌，不能说，亦不能解释。

唯一不会奚落嘲弄他的是苏相家的公子。苏相是朝中的中流砥柱，没人会去得罪，看似吊儿郎当的苏公子曾向他提议要做他的伴读，最终被他拒绝——朝中乱如浑水，他不想节外生枝。

他不过是被羞辱而已，又能如何？

但他们之间的差异又何止如此，父皇去太学查看，单独考查大皇子姬止的学业，夸完奖赏如云。二皇子姬跃不甘，向父皇抱怨，父皇笑着给他补了一份赏赐。姬恪站在末尾，父皇却似从未见过他，视而不见般掠过。

隔些时日，父皇再去看母妃的时候，对他又是一副慈父模样。

他终是明白，父皇的宠爱只在这霜华殿，出了这座宫殿，他便只是父亲众多无望继承皇位的皇子之一。

他愤愤地将自己的发现告诉母妃，委屈涌上心间，母妃却只是温柔地揽着他，低声道：

"恪儿，你父皇是爱你的。"

"恪儿，不要管其他人怎么说。"

"恪儿，你的身上流着最高贵的血，你该骄傲地活着。"

她一遍又一遍，不厌其烦地重复。

母妃的话，他信，只是不甘。

他认真学习四书五经、经策典论，读遍百家诗，一遍记不住便记第二遍、第三遍，直到记住为止，遇到不会的内容便反复思索推敲，实在不会再去问太傅。

他被传成神童，七岁作诗，八岁熟读四书五经，九岁便敢与教习的大儒争辩。

所有的授课师傅都夸他聪慧过人，可堪大用。

那时的他，尚不会收敛锋芒，亦不会韬光养晦，他只是在等着父皇如同夸赞大皇兄般夸赞自己。

然而，在那之前，先找上他的却是他名义上的母后——许皇后。

美丽雍容的许皇后请他吃点心，一整盘的酥饼，做得精致诱人。

即便再迟钝，他也知道，这点心不能吃。

他打翻食碟，不肯吃。许皇后脸色一沉，极怒地让他跪在阶前，自日中到日落，何时承认自己冲撞了皇后的罪过何时才能起身。

他倔强地咬着唇，一言不发地跪着，跪得腹中饥饿，疲累交加。

夜色下,他恍惚看见一个女子抱住他,跪在他的身侧。

那是他第一次看见母妃走出霜华殿,却是为了他。

他们母子俩跪了一夜,母妃病了,他也病了。父皇来看他们,却没了平日那样的慈善,只叫了太医,甚至没有多看他们几眼,就匆匆走了。

他开始怨愤。

母妃的话却还是在他耳边回荡:"恪儿,你父皇是爱你的,不要恨你父皇。"

他渐渐懂了,即便他再努力,也不会得到父皇的夸奖,不在于学识,而在于身份——无论母妃再美,无论他再优秀,他们身体里的血液无法抽干,他的母妃是前朝公主,所以他永远没有资格继承皇位。

轰隆隆,响彻云霄的炸雷声随着一道耀眼的闪电迂回地扫过明都的每个角落,打破了沉静的夜空,狂暴的雨密密麻麻地落下。

雨大了,狂风卷积,呼啸苍穹,到处雨帘纷飞。

其徐上前,双手递上一件斗篷:"公子,雨大。"

姬恪裹紧斗篷,寒风依然钻进斗篷中,寒意袭来,但他只是站着,不避不躲。

多年前的那个雨夜,他一辈子也无法忘却。

那一夜,他开始懂得什么是诬陷,什么是百口莫辩。

他第一次在霜华殿中见到那么多的人,银光粼粼的铠甲,如同刀剑般锋锐,他们将霜华殿从里至外翻过,搜出几封书信与一个人偶,写着父皇名字的人偶。

一切都有合理的解释——前朝公主被迫嫁给当今圣上,不知感激圣恩,一心伺机报仇复国,人赃俱获。

没有任何辩驳的机会,母妃就这样被敲定了罪行。

等待着他和母妃的只有毒酒,他的父皇一直都知道……

父皇的皇位来得很悬,他不是嫡子,有个比他更名正言顺的继承人,父皇所仗的无非是下手快。朝内朝外不服的人甚多,那时的他需要靠许家的实力来维持这个平衡。

所以无论许皇后做了什么,他都不会管,即便她要杀了他的妃嫔与幼子。

姬恪永远记得那个高傲的女人仰着下颌,眼中带着尖锐的快意,看着他的母妃一口喝完杯中的毒酒。

窗外的雨水几乎将整个霜华殿笼罩。

他端起杯子，也喝了两口，许皇后见状，满意地微微侧身，朝后面望了一眼。电光石火间，他的母妃抢过他手中的毒酒，一饮而尽，再将杯子递到他的手中。

而那个懦弱的帝王，只敢在许皇后走后，来看垂死的他们。

母妃已经毒发，面颊上红润的血色迅速褪去，扯着男子的袖子，艰难地张嘴：
"求求你，恪儿……他是你的儿子……送他去齐州的回……回……"

他跪在母妃的榻前，腹中绞痛，却死死咬着牙，眼睁睁地看着生命一点点地从母妃虚弱的身体里消失。

即使在最后一刻，母妃依旧那么温柔。

他没有哭，一滴眼泪也没有流，他知道母妃一定不愿看见他伤心流泪，他也知道如果想为母妃报仇，此后再也不能懦弱胆怯。

也是从那一刻，他就再也放不下心中的仇恨了。

他恨许皇后，也恨他的父皇。

可是，他只是个普通的不受宠的皇子，要报仇谈何容易……

唯一的办法，就是坐上那个至高无上的位置，只有那样，他才能报复当初所有伤害过他母妃的人。

他像是脱了缰的马，只能一直走下去，不论最后的结局会是怎样。

所以他从启程去齐州时便开始谋划，整整八年，他终于回到了埋葬了他一切的明都。

在齐州的八年里，他以为自己的心已经磨砺得足够坚韧，无论发生什么都不能再影响到他。

可惜……世上最难把握的便是人心……

世事难料，姬恪闭上双眸。

雨越下越大，雷越打越响，天空中一片阴霾。

他未曾想过，自己注定凄凉的一生中，会遇上一个苏婉之。

下册

公子难求

维和粽子 著

青岛出版社
QINGDAO PUBLISHING HOUSE

第三卷 还是拿下吧

第十七章
牢狱山寨行

狭小的空间被石板墙围着，只余高处一块通风处，微微潮湿的地面铺着草垫，铁质围栏将空间隔开，昏暗的灯光落在草垫上，带着些许阴冷与幽暗。

窗外无星无月，枯黄的落叶悄无声息地飞入窗子。

"喏，这是你们的。"

放进来的破碗里是已经凉掉的菜肴，泛黄的米饭硬得像小石子。

苏星敲敲栏杆，问道："狱头，能不能给我们一点儿水？"

光头的狱卒横了她一眼，啐道："还当自己是大小姐呢，这里是大狱！不饿死你们就算不错了，还敢要求这么多！"

苏星抿着唇，怏怏地退回去，将饭菜推到苏婉之面前，低声道："小姐……差是差了些，但不吃会没有力气的，你先将就一下……"

说完，她抬起头，却发现苏婉之根本没有理会她在说什么，只是抱着膝盖紧抿着唇一言不发地盯着地面，眼神平静得骇人，但越是这样，站在苏婉之身边的

苏星就越能感受到她身上传出来的令人毛骨悚然的阴森气息。

苏星担忧地看了苏婉之一眼，又看了看在一旁静坐的莫忘。

莫忘正往嘴里扒着饭菜，他垂着眼睛，神情稀松平常，似乎并不在意自己吃进嘴里的是怎样糟糕的食物，似乎周围发生的一切也都与他无关。

苏星叹了口气，也跟着坐了下来，咀嚼起难吃的饭菜。

谁知这里的治安如此清明，姬恪替身的尸体被人找到，有人做证说他跟他们是一道的，谋财害命、蓄意杀人之类的嫌疑接踵而来，三人就这么被押进了牢房。

苏星用力咽下嘴里的饭菜，忍不住又朝苏婉之看了一眼。

最让她担心的不是他们被关进狱中，而是苏婉之听到那个消息的反应。

苏星根本食之无味，她放下碗，轻轻用手推了推苏婉之："小姐……"

良久后，苏婉之木然地转头，一双黑漆漆的眸子就这么直直地望过来，像是激射而来的利箭，重重地戳进苏星的心口。

苏星被苏婉之的模样吓到，不自觉地朝后退了一步，回过神来才急切地道："小姐，你不要这样吓我啊！我、我真的不是故意瞒着你的，这件事我也是才知道，不是我不想告诉你，是怕你……"

"怕我什么？"

苏婉之的声音犹如暗夜里的低吟。

"小姐……"

回想起她刚说出口的时候，苏婉之那种仿佛世界在眼前崩裂的神情，苏星实在忍不住，扑进苏婉之怀里，哭泣道："小姐，你要是难过就哭出来吧。要么干脆打我好了，不要这样，这样……小姐，我好害怕……"

她是真的害怕。

小姐第一次大闹姬恪婚宴的事情光是听就吓得她一身冷汗，几乎不敢去想如果小姐没有逃掉，如果小姐也被箭射中了会怎样……

一路找到祁山的时候她就一直祈祷小姐千万不要发生什么事情，因为她知道姬恪对小姐来说有多么重要。

苏星是从什么时候起第一次听见小姐提到那个人的名字呢？

十岁？九岁？或者是更早？

连苏星都发现自己似乎已经记不清楚了，作为从小就养在苏家的丫鬟，她其实很少有机会去留意那些王子皇孙，只是不知从哪天起开始听苏婉之念叨着"姬恪"两个字。

"姬恪实在是太好看了，没想到这个世界上还真的有比苏慎言还好看的男人啊！"

"啊，姬恪好厉害！那么难背的经文他居然当众背出来了。"

"看到没有，看到没有，这是姬恪写的诗啊！好字好诗好文采。喂喂，你干吗用这种眼神看着你家小姐我啊，我有说错什么吗？"

…………

直到有一天，姬恪离开了明都去往齐州。

姬恪离开那日，苏婉之带着她偷跑出去，隔着重重人潮和厚厚的帷幕，苏婉之趴在墙头望着远去的马车，默默地咬紧了嘴唇。那一天姬恪没有露面，她们甚至不知道姬恪坐的是哪辆马车，两个人就这样呆呆地蹲在那里。日薄西山后，天慢慢下起雨来，苏婉之才抱着头带着苏星狂奔回了苏府。

那时，一边洗着湿漉漉的头发一边噘着嘴的苏婉之就立下了一个在当时看来无比荒谬的誓言："我要嫁给姬恪。"

她这么说着，苏星也就这么听着。

姬恪一去不知要多久才能回来，就算回来，名满明都的神童皇子也未必会看上她家活泼得过分的小姐。苏星只当这句"要嫁给姬恪"是苏婉之一时的头脑发热才说的，过不了多久便会被抛之脑后。

一年，两年……时间慢慢地过去，小姐虽然不再提那个名字，但那个人的存在感却越发强烈起来。小姐偷偷跑到姬恪的旧宅，偷回了姬恪过去练笔的书法，偷偷在纸上画着姬恪的画像……每每听说明都又出了什么有名的公子之后，小姐总是第一个冲过去，却在看见对方时忍不住与姬恪对比，然后怏怏而归……

等到姬恪回来的时候，小姐对他的感情非但没有半点儿减弱，反而越发强烈。

她家小姐向来不是长情的人，喜欢什么就想方设法弄到手，但是往往玩了不久就很快丢掉，却唯独在喜欢姬恪这一点上，格外死心眼。

苏星也曾为小姐开心过——那么多年的等待，这下总算守得云开见月明，哪怕不能成事，至少小姐固执的痴恋也算有个了结。只是没料到姬恪根本不是小姐想象中那般的温柔善良，不，是完全相反，他的心机城府简直到了可怕的程度，不然又怎么会如此伤害小姐……

苏星重重地闭上眼睛。

她跟着小姐来到祁山，遇上计蒙师兄，遇上谢宇，本以为小姐总算可以过上平静的日子了，但没想到姬恪竟然还不放过小姐……

在看到姬恪的那一刻，苏星就已经预料到倘若小姐得知真相后会是怎样的劫难。她亲口说出真相之后，那一瞬间她心头的负罪感浓得藏都藏不住。

一直喜怒形于色的小姐，在听她说完整件事情后，整整呆愣了一刻钟，才扯动嘴唇道："我知道了。"

然后小姐滑坐在地上，双手抱着膝盖，头埋进怀中，再也没有动过，哪怕被捕头直接整个人抬回大牢也没有动一下，也因为这个，他们连逃走的时间都没有了。

"傻丫头。"

苏婉之的声音蓦然响起。

苏星抬起头，正对上苏婉之的眸子——比夜色更深沉，比雾气更浓郁，倒映不出一丝星光，纯然的黯黑，似乎已经死去。

苏婉之扯开嘴角，摸着苏星的头道："让你担心了。"

苏星看着苏婉之，喃喃道："小姐……"

苏婉之闭了一下眼睛，手狠狠地捶在墙上，接着用力抓住苏星的肩膀摇晃，语调一下上扬了几个调子："我只是……只是不甘心而已！有没有搞错啊，我被那个浑蛋骗了一次也就算了，居然被他骗了两次！两次都是他，两次都是！你知道我有多痛心吗！我恨不得杀了那个浑蛋！千刀万剐都难泄我的心头之恨！浑蛋！浑蛋！浑蛋！"

苏星被苏婉之摇得头晕眼花，待苏婉之放开手，她才勉强找回方向感。

"小姐……"

她呆呆地望着苏婉之。发泄过之后，苏婉之又抱住膝盖，合起双眸，仍喃喃地道："浑蛋浑蛋……"

苏星看得心疼，握住苏婉之的手道："小姐，对不起……"但她总算放下了心，这才是她认识的小姐……比起那个会把什么情绪都藏在心里的小姐，她还是更喜欢这个把什么愤怒都发泄出来的小姐。

苏婉之见苏星如此，默默地在心中叹了一口气，视线转向窗外。脸上的情绪不多时就退去了，只留下一脸的木然，就像方才那些激烈的话语从不曾出口。

这不是苏星的错，不该让苏星为她担心。

苏婉之死死地咬住嘴唇，直到鲜血从唇缝间流淌至口中——咸腥的味道，却抵不上心口万分之一的伤痛。

她早该发现，谢宇身上那股淡淡的茶香，那挥之不去的香气弥漫——若他只是个普通书生，怎么会有那么静而弥久的茶香……普通人家是喝不起好茶的，而普通的茶，根本不可能带着那种她熟悉的味道。

更何况，在谢宇身边时的那种时而宁静、时而忐忑的心情，她该警觉才对。

只是，她不肯承认……

自己摔倒一次没什么，但是在同一个地方摔倒两次……这种事情……

苏婉之轻轻扯起嘴角，扯出一个无比讥诮的笑容。

根本是她在心里反复地告诉自己：姬恪那种人不可能做出这种事情，谢宇不可能是姬恪，眼前这个人只是谢宇，是可以让她放纵感情、可以让她寻找安慰的谢宇……于是她自欺欺人地不去多想，以为可以这样一直过下去。

她到底是太天真了。

蠢的是她，还妄图相信他的也是她。

然而……最让她无法释怀的是，即便事情到了这个地步，她在愤怒过后，心口最深处居然还会有一丝莫名的窃喜——

她的身上已经没有什么值得姬恪图谋的东西了，那么姬恪为什么还要假扮谢宇来接近她？

他是为了什么接近她的？

在百味杂陈的情绪中，哪怕只是一丝这样的心绪，也让苏婉之打心里感觉到无力。

苏婉之，你这个蠢货，你到底……什么时候才能彻底清醒？！

狱卒又一次送来了饭菜，顺便告诉他们明日提审苏婉之。

饭菜都已凉透，散发着一股淡淡的馊味，只有冷馒头还能够下咽。

苏婉之吃了两口，就已经口舌干涩，却还艰难地一口口咽下去。

她还不能死……得逃出去！她逃出去之后呢……

苏婉之没有想，也暂时不想去想。

入夜，微寒的温度让苏婉之有些受不了，抱着手臂半梦半醒地睡着，突然被一阵吵闹声惊醒。

她连忙推了推靠在她身边的苏星。另一侧莫忘已经醒了，目光灼灼地盯着狱外。

大群蒙面人握着大刀冲进狱中，直接砍翻了守卫的狱卒，冲进里间。末尾一个身着文衫的蒙面人扬声道："我是黑风寨的二当家，今日来解救我寨被无辜牵

扯入狱的兄弟，各位有志之士若愿意跟我入寨，以后便都是兄弟。"

接着，蒙面人指示其中一个握刀的下属，摸到狱卒的钥匙，打开牢房。

苏婉之拉着苏星跑出去，也有一些人留在牢中，但多数人选择逃了出来。

月色凄暗，夜色缭绕。

跟着人群走了一段，苏婉之发觉，大半的犯人都跟在刚才那名文士后面，过了一刻苏婉之才恍然大悟——逃出了牢狱，这些人的罪名是洗不清了，再想谋生怕是不易，倒不如跟着他们拼命。

虽然她现在没有去处，但也没必要跟着他们去山贼窝。苏婉之想着，准备拉苏星回转，她转了个身，竟然不见苏星的身影，再朝前看去，苏星跟在莫忘身后，已经离她有一段距离了。

苏婉之一急，挤着人群想去拉两人，却为时已晚，苏星已经跟着莫忘上了山贼带来的简易马车。苏婉之忙追上去，刚一跃上马车，还没来得及拉苏星下车，马车就已经缓缓朝前驶去。

马车上坐着十来个人，有男有女，都灰头土脸的，神情麻木，各自缩坐在一隅。

苏婉之压低声音问道："苏星，你怎么上了车？"

苏星茫然道："我刚才没找到小姐，见莫忘师兄一直朝前走，就以为小姐你也在前面。"

另一侧坐着的莫忘转头看向她们，黝黑的脸上看不出什么表情，他沉声道："两位小姐，我可能不能再保护你们了。若要走，就弃车。"

一路上莫忘表现得像是个透明人，苏婉之没料他第一次主动开口便是要分别。

"可是，掌门让你跟着我们，你一个人要做什么……"苏星刚想问下去，却被苏婉之抬手拦住。

山寨、土匪和莫忘意外的表现，让苏婉之联想到一件事。

她顿了顿，才开口道："莫忘师兄，这个寨子不会就是……"杀害你全家的土匪窝？

虽然她未说完，但是莫忘显然已经明白了苏婉之想要问什么，只迟疑了一瞬，便点点头，憨厚的面容挂着少有的凝重，语气也沉了些许，道："你们还是快走，不然我会连累你们。"

苏婉之愣了好一会儿，才领会了莫忘的意思。他竟然、竟然……自己之前大闹姬恪婚礼还是靠着师父的秘药，可眼前这个其貌不扬的小弟子，竟然敢凭一己之力去挑战一个山寨……

"你……"

莫忘好心提醒道："再不走便来不及了。"

然而苏婉之不仅没动，反而低笑了一声："为什么你觉得我们会怕被牵连？"

莫忘一呆。

"我明白你的心情。"苏婉之定定地道，"你想杀之人，我又何尝不想？只是现下我无力报仇，那……能不能让我帮你报仇？"

苏婉之的语气平平静静，并不显得冲动。

这是莫忘第一次认真打量这个女子，在她的脸上他找不到一丝一毫开玩笑的意思，只是……好熟悉，苏婉之脸上的脆弱好熟悉，多年前他也曾在自己的脸上看到过这种表情，迷茫不知所措，不知道该做什么，也找不到苟延残喘的理由……

莫忘默默地低下头，手握成拳，音调极低："我要杀的只有一人。"

简陋得几乎称得上是木板的马车被马匹拖进了山寨中，显然寨子里的人对这批刚来的犯人存有戒心，男女分类登记了姓名、祖籍和从前从事何职业、因何事入罪，边登记，边将人群打散分在山寨的几处。

登记到苏婉之时，负责记录的土匪露出了几分惊艳之色，提问时毛手毛脚总想占些便宜，苏婉之一直忍着。就在她快忍不下去时，那个文士二当家看见了，教训了这个土匪几句，对方才收敛，嘴里还嘟囔道："寨里哪有这么细皮嫩肉的娘儿们，又不是寨主夫人，摸两下怎么了……"

直到苏婉之躺在床上，这一路的颠簸才算告一段落。

这几日的变故太多，又是知道谢宇是姬恪，又是入狱，如今又跟着进了土匪窝，苏婉之一时无法平静，知道谢宇便是姬恪的震惊也渐渐淡去。

她不过是又被骗了一次而已，没有什么大不了，怎么也不可能比上次更痛……是的，不可能更痛了。

她的手指揪紧胸口的衣衫，呼吸不畅，良久，苏婉之才缓过来，勾唇苦笑。

她不是没有想过报复姬恪，可怎么报复？杀了他？姑且不论她杀不杀得了他，就算杀了他又能如何，那些欺骗带来的伤害能够抚平吗？苏慎言能够回来吗？

如果是伤害姬恪呢？

可是那样的人……那个没有心的人，她真的能够伤到他吗？

她不知道。

苏婉之轻轻合上眼睛。

"小姐，你……"

她忽然听见苏星的声音。

苏婉之侧身，苏星悄悄靠过来，脸上的担忧并没有退去："小姐，你是怎么想的啊？你真的要留在这里帮莫忘师兄报仇吗？"

苏婉之轻轻地点头。

苏星的声音更轻，略显犹豫："那齐……的事情，其实……"

她刚想把苏慎言可能没死的事情告诉苏婉之，就听见苏婉之说道："不用了，我不想再知道有关他的事情了。"

"可是……"

苏婉之起身打断苏星的话："没什么可是，早点儿睡吧……"她把苏星拉回床上，又将被子盖在苏星的身上，"在祁山上，莫忘师兄对我们也算照顾颇多，反正我们并没有急事，能帮他报仇便帮……有什么不好的？"

苏星咬了咬下唇，没开口。

直到现在，苏星才确定，小姐是真的不一样了，至少和以前不一样了，这不知道是好还是坏。

苏婉之辗转反侧一夜，直到天明。

和苏婉之住同一屋的都是女子，清一色的粗布衣木簪，有昨日一起到山寨的，也有早就住这儿的。十多个女子因为彼此不熟悉，互相试探防备，却也相安无事。苏星跟着苏婉之，举动间仍是将苏婉之当小姐侍候，边上的女子嗤了一声，却没说什么。

隔了两日，午时，一个身着锦缎绣织、满身钗环叮当作响的女子娉婷而入，身后跟着数个侍候丫头，很有几分富贵人家主妇的风范。苏婉之多打量了她一眼，那女子长得很美，行动时裙摆拂动，娴静大方，只是与当下的环境有些格格不入。

"夫人好。"

比苏婉之她们早到的女子都立刻迎上前拜见这个女子。

女子笑着回应她们，又分发了一些首饰，才转头问身后的丫头："哪几个妹妹是新到的？"女子的声音亦很柔美。

丫头示意苏婉之等人往前一步，那女子一一看过，最终将视线停留在苏婉之的脸上。走近两步，歪头打量着苏婉之，半晌，她掩唇轻笑道："妹妹长得可真好，比姐姐都不差呢。不知怎么流落至此，看这样子，只怕是吃了不少苦头吧。"

平心而论，女子的声音悦耳动听，这番言辞又天真自然，寻常人或许听见这声音只会觉得亲切，但苏婉之只觉得身上鸡皮疙瘩一个个竖起来，止都止不住。

苏婉之缓慢退了一步，笑得疏离冷淡："劳烦操心，只是昨晚没睡好。"

"看来妹妹戒心很重啊，我叫青宛，你跟她们一样叫我青宛夫人就好了。进了这寨子，以后大家就是一家人了，妹妹真的不用如此防备。"女子眨着眼睛，似乎对于苏婉之的排斥十分不解。

离得近了，苏婉之敏锐地察觉到女子眼中一闪而过的冷意。

看来她也不是像外表表现出来的那样温婉善良。

"不知夫人有何事？"苏婉之随口问。

"放肆！你这是什么口气！竟敢对寨主夫人如此说话！"青宛身边的丫鬟立刻怒道。

"不要紧。"青宛低笑一声，"这位妹妹想来也是出身不低的大家小姐，一时不能习惯情有可原。"

寨主夫人？

苏婉之下意识地打量了一下眼前的女子……难道这就是让莫忘一直念念不忘的女子？

不过这般看来，青宛的确是个美人坯子，难怪有祸水的潜质。

青宛被她瞧得莫名，刚想发问，苏婉之已经打了个哈欠："不知夫人有何事？"

青宛被捧惯了，也见惯了唯唯诺诺的女子，乍一见到苏婉之的忤逆态度，心中其实很是不爽，更何况苏婉之的姿色也不比她差多少，这更让青宛厌恶。

青宛忍着不悦，仍笑道："没什么，我就是来看看你们，怕你们不适应。"

"多谢夫人关心。"

苏婉之虽是感谢的言辞，但语气里难掩淡淡的嘲讽。

"你……大胆！"

苏婉之好整以暇，一副完全不惧怕的模样。也是……她有什么可担心的，大不了逃出去。对方认定她是大家小姐，肯定没想到她会武。出其不意，她成功的可能性很大。

青宛虽满腹怒气，但到底按捺着没有发作，她也没再问其他女子，转身匆匆离去。

待青宛走后，剩下的女子都用一种看死人的眼神看着苏婉之，目光如果能翻译成话，约莫是"姑娘，你已经死了"。

身后的苏星担忧地问:"小姐,她可是寨主夫人,我们得罪了她,会不会有麻烦啊?"

苏婉之用手指点了点苏星的头,转身回床:"嗯,肯定有。"

这种小肚鸡肠、睚眦必报的女人,应该不会容忍她的所作所为,晚上会来找她的碴儿吧,嗯,八成会这样。

"喂喂!小姐那你还……"苏星简直想抚额,小姐这种"明知山有虎偏向虎山行"的习惯到底什么时候才能改改啊!

"没事啦,别担心那么多。"苏婉之口气平淡地道。

"怎么可能不担心!"苏星吼道,"小姐,你知不知道自己到底在做什么啊!"

她在做什么?

苏婉之心想,你问我,我问谁去?

如果真的做什么都有目的,那苏婉之之前的十几年也差不多等于白活了。

苏婉之又往枕头上靠了靠,仍旧轻松地说道:"总之……兵来将挡,水来土掩,车到山前必有路。乖,别想太多。"

其实说到底,苏婉之只是看这个女子不爽而已。

此女贪慕虚荣,不知感恩。

莫忘不怪她,苏婉之却看不惯。"愿得一心人,白首不相离",是多少女子的奢望,她将他人的真心践踏于地,为什么她身在福中不知福?

苏婉之一边想着,一边顺了顺苏星的头发:"嗯……乖!"

苏星:"……"她现在都想哭了好吗!

果不其然,当晚,苏婉之还未入睡,就有人来到了院中。

来的人却不是青宛,而是三四个彪形大汉。为首者用怜悯的目光看着苏婉之,道:"青宛夫人叫小姐去赴宴,小姐快准备准备,不要让我们为难。"

大汉虽然看似客气,但口气里威逼的意味非常强烈,显然来者不善。

苏婉之想了想,留下苏星,独自一人跟着对方出了门。苏星起初还想跟着,但在苏婉之向她剖析了她跟去只能拖后腿这个事实之后,苏星只得含泪作罢。

许是那四个大汉以为苏婉之只是个普通的柔弱小姐,并没有押着她,只是将她夹在当中。

还有比这更好的让她逃脱的机会吗?

山路颠簸,苏婉之一路走走停停,活脱脱一个弱柳扶风的娇贵少女,大汉倒也没有过多强迫。路走到一半,苏婉之忽然绞起衣袖,脸颊上飞起两朵小红晕,道:"那个……我、我、我有点儿内急,可、可以让我先去……去方便一下吗?"

为首的大汉沉吟了一下,道:"附近没有茅房,这个……"

苏婉之忙小声说:"随便寻一处草垛,你们只要背过去就可以了,到时有风吹草动你们也能听见,我一个弱女子跑不远的……"

她的声音很低,亦很柔,双手绞紧衣角,纤长的指节因紧张而绷得紧紧的,显出几分小女儿家的羞涩,让人心中生怜。

四人交流了一下道:"这样也成。"

当下,他们带着苏婉之到了一处草地,四个大汉依言背过身。

苏婉之一边娇滴滴地说着"你们可千万不要偷看啊……"一边突然爆发。她用脚无声无息地钩起一块巨石,接连砸在其中三个人的头上,动作流畅迅捷。那三人来不及惨叫,就已经晕厥过去,第四个人刚反应过来想要反击,不料迎面就被苏婉之一个抬腿踹翻。

苏婉之从怀里抽出匕首,卡在对方的脖子上,一扫方才的小女儿状,勾唇笑了笑,阴森森地道:"现在……告诉我吧,你们那个青宛夫人,到底找我什么事?"

齐王府。

入秋夜,无月无星,苍穹渺茫,暗沉沉的天空无一丝亮芒。

阴霾的院子里,罡风猎猎,枯黄秋叶飘零,倏忽随风入夜,声响沙沙。

其徐推门而入,语声难得有些急切:"公子。"

大门敞开,一丝冷风卷入,扑上明火烛焰。

夜,暗了。

案头上的纸被微风翻动,寂静无声的房间里响起沙沙的书页卷动声。冷风一激,姬恪难耐地掩唇咳嗽。

待其徐合上门,姬恪撒开手,用镇纸压住纸页,淡声问道:"什么事?"

"苏小姐……因替身死去之事入狱,恰遇黑风寨劫狱,现在跟着上了黑风寨。"

姬恪倏地抬眸,问道:"黑风寨,那个……很棘手的?"

"正是。"其徐不假思索地答道。

黑风寨距齐州不远,占山为寇胡作非为。本着卧榻之旁岂容他人鼾睡的念头,姬恪盯着这座山寨已有不短的时日。他迟迟未动手,一则此山寨根基深厚,想连根拔起定要耗费大力气,二则黑风寨阻隔着齐州与明都,若动手,必然是番大动作。

他尚在韬光养晦之际，不宜贸然动手。因此他虽埋伏了人手，却是隐而不发。

姬恪若有所思了片刻，貌似无意地问："那她……有事吗？"

"最新传来的消息是，苏小姐与黑风寨寨主夫人青宛交恶，却不知后头如何了。"

寨主夫人……姬恪想起了密报上的信息。

青宛，比黑风寨寨主小了足足十二岁，年轻貌美，很得寨主的宠爱。她做事极狠辣，不留情面，分管寨中一干杂事，为人笑里藏刀，睚眦必报，因而寨中上下大都对她言听计从。

"在黑风寨附近的人手有多少？"

"约七百。若紧急从齐州调派，能有两千多，再缓一日，许能调到一万以上。"

姬恪缓缓地站起，以指节叩击桌面，似在计算什么，而后问："若我赶去黑风寨，一来一回需要多久？"

黑风寨除了劫掠，也偶尔做些交易……这交易自然不是普通的钱物交易，而是最为人所不齿的贩卖女子的活计。隔些日子，他们就会将被掠上山的女子用麻袋一捆转卖给人牙子，到时候，人牙子再将这些女子卖到远些的地方。这一切神不知鬼不觉，既不会损害山寨的名声，亦能来钱，缺德是缺德了些，但到底是桩一本万利的好生意。

苏婉之听完对方的解释，一时间有些呆怔——她未料到青宛竟然想卖了她。

待对方说完，苏婉之随即并指如刀，瞬间将人劈晕。她抬腿，四周皆是相似的草垛，不知该朝哪儿去。

苏婉之正愣怔时，听到有脚步声渐渐走近。

苏婉之猛地转身，握紧白绫，敛息戒备，等待出手。

"苏小姐，没事吧？"

是莫忘的声音，紧接着草丛中钻出了那个高大木讷的身影。

苏婉之松开白绫，也松了口气，道："我没事。"

莫忘看到地上倒着的人，显然已经猜到发生了什么。他面无表情地掏出绳索，将四人死死地绑起来，道："苏小姐，此地不宜久留，快下山吧。仇是我的，我一人报便可。"

"你惦记的女子……可是叫青宛？"

莫忘霍然转头问道："你怎么知道？"他顿了顿，才道，"苏小姐你……见到她了?"

莫忘惦记的人竟然真的是她……

苏婉之不知是该遗憾还是该叹息,点点头,犹豫道:"莫忘师兄,她真的是你说的那个人吗?为何我觉得她并不如你描述的那般善良……"苏婉之咬咬牙,有些难以启齿,挑拨别人的事情她本就不擅长,更何况莫忘对青宛的感情显然不浅……

"你知不知道,今晚便是她叫我去,意图将我卖给……"

结果不等苏婉之说完,莫忘就打断了她的话。

"不可能!小宛她不是这样的人!"

莫忘急促地打断了苏婉之的话后,紧紧地盯着苏婉之,抿紧了唇,黝黑的面孔凝重而深沉,似乎在挣扎着什么。

恍惚间,苏婉之似乎看到了曾经的自己,过去那个对姬恪死心塌地相信的自己……

那时,别人哪怕只是说姬恪一句不好,她听见都会觉得很不爽,自以为了解姬恪,相信姬恪,因而下意识地驳斥别人,甚至固执到了不见棺材不掉泪的地步——

"你说什么?才不是这样!姬恪是完美的!"

"什么完美的?他都去齐州这么久了!谁知道现在是什么样的人。"私塾里尚书家的赵公子对着苏婉之做了一个鬼脸,挤眉弄眼道,"还有……苏婉之你这个没羞没臊的家伙!这么小就想男人了!还直呼人家齐王的名字!"

苏婉之怒道:"就算去了齐州他也是完美的!我才没有没羞没臊!再说我揍你了!"

赵公子也道:"丑丫头!你死心吧!也不照照镜子看你自己是什么德行,就想嫁给齐王!不过那齐王听说长得跟女人一样,哼哼,跟你配在一起……啊……"

苏婉之拳头挥下去的时候,连一丝一毫的后悔都没有。

哪怕是后来被爹关了禁闭,苏婉之心里想的全是赵公子被她揍得满头包时说的那句"丑丫头!齐王不可能看上你的!不信有本事你去齐州找齐王啊"。

夜黑风高,她背着包袱,大着胆一个人就想出城,幸亏半路上,她被苏慎言追了回去。当被问到跑出去做什么时,她死死地闭着嘴就是不肯说……

苏婉之做过的一桩桩、一件件掩耳盗铃的事情,即使是愚蠢她也从没有后悔过。

因为她是那么那么喜欢……那么那么喜欢姬恪。

苏婉之抬起头,看着近在咫尺的莫忘,想,莫忘究竟是不敢相信,还是和她

一样在自欺欺人……

她想着想着，在心里重重地叹了口气，缓缓说道："你不信我的话也没关系，那你就自己看好了。我去见她，你……在外面听着。"

莫忘沉默了一会儿，才道："好。"

莫忘认得路，带着苏婉之很容易就找到了青宛的院子。

那院子较其他的院子都显得贵气些，檐角飞扬，红木门紧闭，琉璃瓦被外头的灯火一照，光线盈盈润润，就连外头的墙面都被那荧光照得熠熠生辉。

莫忘御起轻功躲到一旁。苏婉之低垂着头，亦步亦趋，其他人只当她是青宛的侍女，倒也未多加留意。

苏婉之敲了敲门，是个丫头开的，略带疑惑地打量她。

却是青宛的声音先传了出来："外头是谁？"

"是我，不是青宛夫人叫我过来的吗？"苏婉之抬起头，眼睛里满是戏谑。

青宛扭着腰走出，见只有苏婉之一人，忍不住退了一步问："叫你来的人呢？"

灯火辉光在苏婉之的面上斑驳跳跃，让苏婉之的神情一时间显得十分诡异："叫我过来之后，他们就都走了……"

青宛眉头皱起，微微颤抖的指尖却出卖了她故作镇静的表情："这不可能！"

"没什么是不可能的，而且这并不重要。"苏婉之一步一步慢慢走近青宛，那摇曳的光晕像是有了生命，在她的脸上舞动出令人惊诧的姿态。

苏婉之的嘴角勾起笑，那笑容浅浅淡淡，没什么温度："青宛夫人，不知道你认不认得一个故人？"

刹那间，一向强势的青宛竟被苏婉之逼得不自觉地倒退了一步，警惕地问道："什么故人？"

"小村庄，待产少妇，童养媳……还有，忘恩负义。"

苏婉之说得极慢，几乎是一字一顿，嘴角的笑容带着淡淡的讥诮。

每个字落进青宛耳中，都犹如炸雷般在她的耳边轰响。

"你在胡说什么！我什么都不知道！我根本不知道你在讲什么！"青宛的心猛地一跳，她下意识地辩驳。

"我说什么……你其实都知道。"

苏婉之慢悠悠的口吻里夹杂着十二分的笃定。

不可能！

青宛压下心头的巨震，安慰自己——他们都死绝了，黑风寨寨主那个死老头明明告诉过自己已经全部处理干净了，眼前这个不知谁家的小姐是不可能知道的！

不过，就算她知道了又如何？

这是她青宛的地盘，杀一个死丫头轻而易举，她根本不用害怕！

对！她根本不用害怕！

杀了这个死丫头！只要她杀了这个死丫头就行了！

没人知道的！

这样想着，她终于觉得好受了一些。维持住平日的冷静，青宛轻扬朱唇道："就算如你所言，你知道又如何？反正今天你也要下去陪他们！"

"那就是说，他们一家的确是你叫人杀的？你为了如今的荣华富贵，勾结外人把养育自己的父母屠戮殆尽……"

尽管苏婉之早已经预料到，但在确认的那一刻，她的心头还是升起了无法形容的荒谬感。

这世上怎么会有这种人？

在做了如此伤天害理的事情之后，还可以毫无愧疚、理所应当地说出这样的话。

想到这，苏婉之几乎是咬牙切齿地道："青宛，你简直……枉为人，你难道都不会做噩梦吗？"

噩梦……

青宛有一瞬间的恍惚，噩梦，怎么可能不做噩梦？她只是不想嫁给那个没用又粗鄙的种田汉，所以被黑风寨掳去时，她选择了顺从黑风寨寨主。虽然那个死老头又丑又老，可是他可以给她一直想要的荣华富贵和锦衣玉食。

但她真的没料到那个死老头在自己的养父母找上门时，会带着兄弟血洗了那个农宅。

等她知道时，一切都已经来不及了。她不敢惹恼黑风寨寨主，只得顺从。这份顺从为她赢得了寨主夫人的位置，也让她大权在握……

她习惯了这样的生活，已经离不开了。

她只是……她只是想要过好日子而已……并没有想过伤害任何人……这有什么错？为什么眼前的女子要反复提醒她那些明明和她没有关系的事情！

青宛抽动着嘴角，对苏婉之冷笑道："什么噩梦？那些都是他们咎由自取，是他们想着绊着我的脚步阻止我飞黄腾达，更何况杀人的又不是我，这和我没有半点儿关系，你不要扯到我身上。好了，我不管你是为了什么而来，你的戏份结

束了，来……"

青宛的声音戛然而止。

不知何时，有人藏在了她的身后。

若在平日她定能发现，然而此刻她心神不宁，竟然一直未曾注意到。

此刻那人闪出，手指飞快地点在青宛的哑穴上，同时挥掌击晕侍候她的丫头。

深色常服，黝黑面颊，面无表情——正是莫忘。

从他的脸上，苏婉之看不出任何情绪浮动，只是那双漆黑的眼睛里深深透出一种叫人不忍的心碎。

莫忘看着青宛，嘴唇嚅动了几次方开口，声音低沉喑哑："小宛，真的是你做的，是你让人杀了我的父母……"

他垂下眼睛，音色里带着浓浓的悲哀，黏稠而浓郁，宛若哭泣般凄厉。

青宛被点了哑穴，自然回答不了。

而他等的也不是她的答案。

"居然真的是你，枉费我……"

莫忘看着她想笑，嗓子里却发不出笑声，声音像是哽在喉咙中。他发出难听的嘶吼声，仿佛不知究竟该笑还是该哭，只是纯粹的发泄。

这一幕，苏婉之何其眼熟。

背叛，被自己深爱的人背叛、伤害，痛彻心扉……

苏婉之于心不忍地说道："莫忘师兄……"

莫忘却似未听见，一点儿一点儿地敛起笑容，拔出刀架在青宛的脖子上。本以为无泪的眼眶红起，像是有灼热的火焰在其中燃烧，让人一望便觉灼意逼人，他冷冷地道："带我去找你的寨主！"

苏婉之未料到莫忘竟真准备一人赴险，忙道："等等，我跟你一起去。"

苏婉之刚迈出一步，身边的莫忘手指飞掠，点在她的穴道上。

莫忘微侧着头，声音冷硬到毫不留情："苏小姐，我已经通知大师兄救你下山，你就在这等着。剩下的事情你便不要管了，那是我的私事。"

说完，莫忘押着青宛，一步步朝寨中走去。

"莫忘师兄，你要做什么？"

莫忘没有回答。

苏婉之连想都不用想就知道，莫忘肯定是要去做无可挽回的傻事！

苏婉之急得大叫："莫忘师兄，你不是答应让我帮你报仇的吗？你不能这样丢下我啊！你一个人万一报不了仇怎么办！"

莫忘却始终没有回头。

夜晚的风越发凉了，吹在身上冻得人瑟瑟发抖。

苏婉之想起刚刚到祁山见到的那个呆愣木讷的莫忘师兄，用那样平淡的语调说着血海深仇，想起师兄笨拙地为自己心爱的小宛辩解，想起……想起姬恪。

此时的莫忘师兄，和曾经的自己是多么相似。

接连的惊呼和震怒声自莫忘所去的方向响起，苏婉之想青宛正在他手中，应该无人敢轻举妄动。

青宛的这座小院落无人过来，霎时空了下来。

苏婉之一直保持着方才的姿势，连眼睛都不能眨。

她不知道自己没有阻止莫忘独自犯险这件事到底对不对，她只有安慰自己，那是莫忘想做的事情，即便她想要阻止，也不见得能成功，毕竟，他等这一天，已经等得太久了。

苏婉之僵硬着身体，想，什么时候，她也能有这么一天。

无论爱恨仇怨，她都想和姬恪来一个了结。

突然间，她明白了莫忘师兄的心情，无论爱与恨，都是他和青宛之间的事情，用自己的方式解决，不希望任何人插手……

惨叫、杀戮的声响铺天盖地传来，苏婉之站在院子里，只是发呆。

她还没意识到，这样大的动静绝不是一个人能制造出来的……

她只知道，恐怕已经什么都来不及了……

不知过了多久，也许很长也许很短的时间，有人拽住她的手："苏婉之！都乱成这样了，你居然还一个人待在这！你傻了吗？快跟我走！"

苏婉之眼珠子转动，看到计蒙那张清俊的脸。

两张同样出色的脸彼此重合交错，苏婉之盯着计蒙的脸看了好一会儿，才愣愣地回过神。

"我被点了穴。"

计蒙轻而易举地帮苏婉之解开了穴道，计蒙若有所思问道："谁点了你的穴……是莫忘？"

苏婉之颔首，试着活动了下僵硬的手脚，低声道："计蒙，莫忘他……"

计蒙沉默了一会儿才回话："那是他的选择，他上祁山学武本就是为了报仇，师父让他做低等弟子做的事，也是希望他能修心，但他执念太深……已经挽回不

了了。"

"我知道了。"

苏婉之仍是低低地道。

计蒙觉得苏婉之哪里不对,却又说不上来,终是说道:"我们走吧。"

他转身后,却没听到苏婉之的动静,好一会儿才听见她的声音:"大师兄……"

"怎么了?"

"点穴时间太长,我走不大动,你等我一下……"

计蒙回头一看,果然,她只朝前迈了一步,脚下就是一个趔趄。

计蒙忙扶住苏婉之,神情无奈地说:"一点儿也走不了了?"

"也不是……啊……"

不等苏婉之说完,计蒙一只手抄起她的腿弯,一只手绕过腰扶住她,竟将苏婉之打横抱了起来。

苏婉之起初觉得这个姿势十分别扭,但手脚实在麻得动不了,也没有心情与计蒙争辩,只自暴自弃地不动了。

计蒙抱着苏婉之,朝山下走去。

大约两人各怀心思,似乎都未觉得这个姿势有多么暧昧。

他们走了一段,计蒙试探着问出最让他疑惑的问题:"苏婉之……那个姓谢的呢?你不是要送他去回春谷?怎么会在这里?"

一时之间,苏婉之也不知道该怎么回计蒙的话。

苏婉之垂头看着地面,踌躇了片刻,声音很轻地老实开口道:"大师兄,之前误会你,对你发火是我不好,我在这给你赔个礼。至于谢宇……"她缓了口气,接着道,"从来就没有谢宇。"

"你……"计蒙一怔,"已经知道了。"

苏婉之轻轻点头。

计蒙轻笑一声,摸了摸苏婉之的头:"既然你诚心诚意地道歉了,那师兄我就大人有大量,原谅你一次。不过,记住,可没下次了!"

苏婉之心虚理亏地点头,末了还补充一句:"师兄,你是好人。"

计蒙挑眉道:"你现在才知道吗?"

苏婉之连忙道:"不是!我一直都知道,大师兄是这世上最好的人!"

计蒙只轻哼了一声,没再答话,就连他自己也没注意到瞬间长舒口气时的轻松。

"公子，都清点过了，人也已经看押起来了。"

姬恪走进黑风寨寨主的院落，此时这里已经布满了焦黑的灰烬，徒留下地上的断壁残垣，土堆瓦砾埋得高如小山，一只烧得焦黑的手自瓦砾下探出。

顺着姬恪的视线，其徐继续道："方才的火势便是从这里起的，我们攻来时势如破竹，也有一点儿疑惑。我审问过后才知道，我们攻上来之前，有人挟持了寨主夫人，点了一把火与寨主、寨主夫人同归于尽……"

姬恪只静了一会儿，转头问："找到苏婉之了没有？"

其徐语塞。

"怎么了，没找到？"

"找到了。"其徐说完，又是一顿，"此时顺山路而下，应该还能追上苏小姐。"

姬恪几步走到院外，沿着已经空空荡荡的山路向下走。

不一会儿，姬恪就遥遥看见山路上两个背影。

看得出来是一人抱着另一人，他能看到男子的背影、女子微微侧过的发髻和飞扬的裙裾，整个姿势显得很是亲密。被抱着的女子的浅碧色裙裾旁是男子靛青色的纱衣，相同色调的衣衫在微风中扬起，衣角纠缠一起，看起来异常般配。

苏婉之常穿碧色衣裙，计蒙大弟子服的外纱惯来是靛青色的。

姬恪定住脚步，看着两人，心口忽然一痛，他捂住胸口大口喘息了好一会儿才缓过来。

他从明都赶马车一路奔波而来，都未好好休息，刹那间身体的疲惫感席卷而来，姬恪合上眼，使劲咽下从胸腔中涌起的甜腥之意。

第十八章
重回祁山上

　　天色渐明，山峦轮廓依稀可辨，沿山路而下能看见一线红日。苏婉之一路无言，她被计蒙抱着下山，未曾察觉黑风寨的异样。

　　苏星先头就被救下，此时已等在山下。

　　三人在山脚的客栈歇息一夜，第二日一早便回了祁山。

　　苏婉之再回祁山后，计蒙对从前谢宇之事只字不提，未再追问，以往膳房的活计也没再让苏婉之做。倒是容沂跑来找她，追问她为何一声不吭就下了祁山。

　　苏婉之答不出，亦不想答。

　　千百个念头纷至沓来，同时涌上脑海，苏婉之的脑中凌乱不已。

　　最后她仍是放不下，忘不掉——她一路行来并没有见到张榜告示，想来姬恪并没有发通缉令追捕她，那么此时她回明都应该也是安全的。那她只要堵在齐王府前，迟早能见到姬恪。到时候……无论是杀还是伤，苏慎言的仇和她被骗的仇，总能有个了结。

想来想去，她还是打算先去问计蒙。

至少，她得去向计蒙道个谢。

苏婉之走至计蒙的院子，见空阔无人，迟疑了一下，方要推门而入，却听见里面传出人声。

"蒙儿，你今年已经二十好几了吧……"

"是。"

"为师瞧你也不小了，你是不是该考虑找个媳妇，延续香火……"

苏婉之实在难以想象，这八卦兮兮的声音竟是祁山掌门祁浩然的。

"弟子尚不急，此事过两年再议吧。"

"再过两年？不不，这可太迟了……依为师看，最好便在今年内解决，迟了不只是适龄的女儿家都嫁出去了，更影响我祁山弟子娶妻——你身为大师兄不做表率，底下的师弟又怎好娶妻。"

"这个，师父……让弟子再考虑考虑。"计蒙的声音竟显得有些弱势。

祁浩然的语气听起来似乎很愉悦："那你便好好考虑吧。有了合适的人选，记得同师父说，师父可什么都给你准备好了，你可别憋在心里不说。那为师便先走了。"

听到这，苏婉之忙躲到一边。

祁浩然自计蒙屋内晃悠而出，长须微晃，道袍飘散，一副仙风道骨的模样。

走出院子时，他眼睛不着痕迹地朝后一瞄，露出几分笑意——

小计蒙，为师这姻缘线牵得到底是对还是不对呢？

计蒙不知祁浩然为何同他聊着聊着就说到了终身大事上。

虽说他也知道自己今生必然是要娶妻的，现下他却未思量清楚。祁山的正式弟子中，女弟子不足百人，在日常交往中计蒙也一一认识了，却没对当中哪个有什么特别的兴趣。

一时要他娶妻，他倒是不知道该娶谁，不免有些头疼。

而让他唯一感兴趣一点儿的那个女子……

想起苏婉之，计蒙觉得头更疼了。

计蒙正想着，有人迈步进来，礼貌地敲了敲未关紧的门。

计蒙抬眼一看，来人好巧不巧正是叫他头疼的苏婉之。

只是不知为何，他总觉得苏婉之瞧着自己的目光有些古怪，带着说不清、道不明的味道。

"苏婉之……你有什么事吗？"

等苏婉之把来意说了，计蒙思索片刻，问："你的意思是……你想现在回明都？"

苏婉之颔首。

"不行。"

她脱口问道："为什么？！"

计蒙清楚地回答："我答应韩师叔照顾你。之前去回春谷已经让你冒一次险了，不可能再让你去明都冒险，若再出了事，我不好同师叔交代。"

"我会和师父说，这事与你无关。"

计蒙勾起一侧的嘴角，歪头眯起眼笑道："你现在能找到韩师叔？"

苏婉之语塞。

就算是在明都，只要韩高人不待在苏丞相府里，她根本找不到韩高人的影子。

"找不到？那不就结了……回去好好待着，等何时韩师叔说你可以回去了，再回去。"

"可是上次……"

"别说上次，如果不是我及时赶到，你以为被点了穴道，你在那里就安全了？万一被黑风寨的哪个人看到，你只怕想逃都逃不出来……还有，我明明把回春谷的地图给了你们，你居然还能把自己折腾到黑风寨！我对你单独行动实在不放心。"

"那如果我不是单独行动呢？"

"你找谁陪你？苏星？她不会武。容沂？让他陪你，你只怕应该担心他了……你还能找到别人吗？"

计蒙批苏婉之批得滔滔不绝，言辞间毫不留情，似乎对之前她执意要下山之事极为不满。

偏偏苏婉之理亏，不好辩驳，只能生生应着。

待计蒙说完，苏婉之原本准备的道谢词也彻底憋回了肚子里。

"好了，苏婉之，你乖乖回去给我待着，别再想东想西了。"

计蒙挥挥手，如赶小狗般让苏婉之回去。

苏婉之实在憋屈得厉害，磨了磨牙，终于忍不住损了他一句："计大师兄，就你这性子……你不肯成亲不会是因为没有女子愿意要你吧？"

计蒙收住准备回转的腿："什么没人要……"似想起什么，他皱眉道，"你刚才在偷听？"

苏婉之正色道："不是偷听，是正大光明地站在门外听——掌门嗓门太大了。"

"你都听到了？"

"差不多吧……"

计蒙皱起的眉舒展开，微微向上挑起："你觉得我没人要？"

苏婉之看计蒙不生气，心反而提了起来，说话也带着几分谨慎道："我觉得……难道不是吗？"

计蒙展了展眉，又挂起那似笑非笑、不知真假的笑容，戏谑道："没错，就是。不过，苏婉之，我这次也算是救了你，既然我没人肯要，你难道不该以身相许？"

计蒙的话让苏婉之一怔。

这个话题计蒙不是第一次提，她不知对方说的是真是假，更不知怎么回答。

电光石火间，苏婉之脑中飞转，做了一个决定。

计蒙已经先一步又笑开，冲淡了方才的气氛："同你说笑而已，不用当真。"

说罢，他侧身绕过苏婉之欲走。

可是，计蒙在背过身的瞬间，听见苏婉之的话。

一句他以为是幻听的话。

"计蒙，其实也不是不可以……掌门逼得急，你又无人选的话，我可以嫁给你，不过……你可以陪我回趟明都吗？"

计蒙猛然回头，一字一顿道："苏婉之，你知道自己在说什么吗？"

"我知道。"苏婉之抬起头，眼睛直直地看向计蒙，不曾有半分偏离，"计师兄，我嫁给你吧！"

称霸一方的黑风寨在一夜间易主之事，知道的人尚且寥寥无几。

齐王手下的兵士们有条不紊地接管了寨内的事务，清理焦砾残垣，重建废墟，顺便清除藏匿的余孽。

一切看起来井然有序。

而齐王殿下本人此刻的心情却不如他的剿匪事业那么顺畅。

因为……齐王殿下病了。

姬恪的体内余毒未清，多年来一直用药压制，将毒性压到最小。他在祁山时，有时其徐供药不及时，毒性便会稍稍反噬，积少成多，点点毒素在经脉中蔓延。后来他又受了计蒙一记重创，本来便是要休养多日的。紧接着被计蒙一剑刺中，

那一剑虽然不是计蒙着意去刺的，但到底还是让他的身体雪上加霜。

他好不容易休养了些时日，又马不停蹄地赶回明都，处理完明都的事务，又因为黑风寨的事连夜赶来……

终于，在确定黑风寨已拿下，苏婉之安全离开后，姬恪的身体撑不住了。

他以为当日喉头那一口甜腥只是巧合，却未料那只是个开始。

当晚，他昏迷了数个时辰，发起低热。深夜醒来后，他躺在床上咳得肝胆俱裂、满头大汗，直到吐出大口的血，才察觉不对。其徐忙熬了药，让姬恪服下。这药他喝了八年，然而到了今日，已没那么有效了。

其徐又赶忙带人连夜去请大夫，但这跟随姬恪多年的病症又怎么是轻易能治好的？

几名大夫合计着，开了张方子，也只是勉强控制住姬恪的病情，使其不再恶化。

原本姬恪是打算处理完黑风寨的事宜就即刻赶回明都的。这个时候明都内云谲波诡，风起云涌，随时可能会有大变动。他必须要在明都做好准备，在大局已定之前，搅乱他们的布局，方能从中牟利，若是迟了，那结果就不是他想要的了。

八年筹谋，尽在此时。

他不能功亏一篑。

奈何，他的身体实在撑不住了。不只其徐，就连他带来的几个齐州的守备将领都坚决反对姬恪这种近乎自杀的行为。

他只得留在黑风寨，暂时养病。

只是，姬恪病了好几日，丝毫不见好转。

明都送来的密报还是源源不断地传到姬恪手中，上面写着朝中每一个三品以上大臣的动向、晟帝的动向以及大皇子姬止和二皇子姬跃近来的动作，他压制住脑中的昏沉，一份份看过，一字不漏。

每时每刻，他都要忍受几乎无止境的咳意和肺腑里翻搅的苦楚。

而正是在此时，姬恪接到了一份来自不同渠道的消息。

消息里只有一句话——苏婉之与计蒙将于十日后在祁山上成亲。

姬恪接到消息时，手抖了抖，忍不住又吐出一大口鲜血。鲜血滴落在地面上，再慢慢洇成一摊深红色的污迹。

他素来喜静，加上养病需要安静，凄清冷寂的院落里只有极细微的潺潺流水声。

暗卫送完消息就退了出去。

房间里只剩下姬恪一个人，最清晰的声音竟然是他的心跳声。

"对了，殿下，我家不成器的妹子呢？你可有她的消息？"

"她在祁山，过得很好。"

风流倜傥的苏大少苏慎言抚着下巴笑道："也是，祁山有计蒙那家伙照顾之之，应当不会出什么事情。"

"计蒙？"

"哦，计蒙是祁山的掌门大弟子，与我师父也有些渊源。小时候我去祁山，常和他比武，那时候还是我更胜一筹，不过这些年过去，胜负倒是难说了……"苏慎言笑得很开心，"这人不坏，而且素来爱操闲心，之之在他那儿我还算放心。"

"是吗？"

"呵呵，不说了不说了。都忘了，恪你不会感兴趣的。我们聊些别的吧……"

那时候，姬恪就已经有了预感。

那种不知名的、闷痛的情绪一直闷在他的心口，在这一刻爆发了。

他垂下眸，入眼的仍是自己吐出的鲜血，那尚未干涸的暗红色泽，让他一瞬间想起了那双如火焰般刺目的眸子。

姬恪忽然想知道，苏婉之听见他要成亲的时候是什么样的反应。

自幼时见到隔壁尚书家嫁女儿的风光场景后，苏婉之便开始遐思自己成亲时会是什么样的场面，她会穿什么样的嫁衣，会坐什么样的轿子，会有多少宾客。

苏夫人对这个话题也十分感兴趣，一边数落着苏大人当年娶她的排场不够大，一边帮着苏婉之构想。在这方面，苏夫人显然比苏婉之有经验得多，一番描述下来，苏婉之两只大眼睛夜明珠似的亮。

然而，苏婉之从未想过她的第一次或许也是最后一次婚礼，会是在这样仓促的情形下进行的。

她更未预料的是，同她成亲的那个人并不是姬恪。

这个决定她下得很快，也谈不上后不后悔。

一方面计蒙确实是个好人，反正她此生也不见得会再认真喜欢上别人，嫁谁不是嫁？另一方面，苏婉之真的憋不住了，她想回明都，她想找到姬恪，她想质问姬恪到底是以怎样的心情去扮演谢宇，是觉得玩弄她很有趣还是说……无论如何，让她安安稳稳地待在祁山上，她做不到。

此外还有一点，却是她在做决定时没有细想的——赌气也好，故意也好，一个人孤身去找姬恪怎么都显得太弱势了，凭什么只许姬恪娶妻，不许她嫁人？

只是，她终究还是在看见计蒙送来的喜服时，怅然了。

如果，她嫁的人是姬恪……

苏婉之握紧喜服的一角，无奈地苦笑。她上辈子到底是欠了姬恪多少债，才会对他这么念念不忘？

然而，姬恪终究是个浑蛋，是个大浑蛋！

祁山很大，弟子不少，大师兄要成亲这件事第一时间便传遍了整个祁山。

苏婉之很快见识到了计蒙在祁山的地位——苏婉之的院子向来门庭冷落，这消息一出，各类男弟子、女弟子纷纷跑来看苏婉之到底是何许人也。

如此一闹，苏婉之连试喜服的心情也没了，横竖也不过那么回事。

隔壁床的邓玉瑶已经在大师傅的糖衣炮弹加美食中微有沦陷的迹象，至少大师傅已经不用拐弯抹角借给苏婉之送饭之名献殷勤了，而是直接给邓玉瑶奉上各种精心烹制的美食。过去邓玉瑶还偶尔控制一下自己的食欲，如今却是放开肚皮大吃起来，一日比一日圆润，时常来探望的大师傅眼中的爱慕也是一日胜过一日。

这种情形看得苏婉之都有些嫉妒了。

为什么其他人喜欢一个人就可以这么简单，偏偏她喜欢上一个人就这么多的劫难？

掌门的动作确实很快，不过几日，祁山上下已经张灯结彩，随处可见红色的绣球与绸带，帷幄连绵，如此大的阵势，倒把苏婉之吓了一跳。后来，她才知道这一日成亲的不只计蒙，还有另外两位师兄。那两位师兄同山上两位师姐郎情妾意已久，碍着大师兄计蒙尚未成亲不敢向掌门提及，如今自然是一并办了，皆大欢喜。

说起来，祁山上唯一不大欢喜的恐怕只有容沂了。

小容沂对于苏婉之突然决定嫁给计蒙的事情十分不理解，一脸关心加气愤地追问苏婉之是否迫于计蒙的淫威才就范。苏婉之解释了许久，容沂才勉强打消了继续找计蒙决斗的念头。

只剩两日便是婚期了。

苏婉之在屋内看苏星把东西一样样地放好，之后苏星抱着盆出去收外头晒着的衣服时，计蒙推门而入。

自从答应成亲后她就没再见过计蒙，只不过这次计蒙是真忙，而并非前几次刻意躲着她。

祁山并没有未婚夫妻婚前不得见面的习俗，计蒙来得很坦然。他手里拎着一个檀木食盒，递给苏婉之，似乎有些别扭地说道："这是骆南快马几日从明都带回来的小吃，苏夫人、苏大人仍被禁足，大概是没有机会来了。你就先吃点儿，当是……"

苏婉之打开食盒，各种精致小点心都是熟悉的样子。

大约是点心刚被热过，一掀开便有热气扑面而来，直冲上苏婉之的面颊。

在食物腾起的蒸汽中，苏婉之不自觉地眼眶微微湿润，不同于悲伤，不同于喜悦，滋味难言。

计蒙抬手，帮苏婉之擦了擦眼睛，没有泪，只有一点点的湿迹，不知道是蒸汽熏的还是眼中浸润的。

"好了，苏婉之你这样，我会有种在欺负你的感觉。"

计蒙顿了顿，低头看着苏婉之，语气前所未有地认真："我最后再问你一次，苏婉之，你是当真要嫁给我？"

事实上，苏婉之刚说可以嫁给他的时候，他也问过类似的问题，会不会后悔？

如果真的嫁给他，她会不会后悔？

苏婉之的回答简单而坚定。

不会。

计蒙不知道苏婉之是事到如今没什么可后悔的才自暴自弃，还是真的决定放弃那个人。但不可否认的是，在苏婉之答应嫁给他的时候，他心里闪过的第一种情绪，是喜悦。

他不讨厌苏婉之，不，甚至可以说是喜欢。

那么不论苏婉之是因为什么要嫁给他，都没什么关系。

苏婉之夹了一块芙蓉糕放进嘴里，甜而不腻，入口即化，清香的糯米味瞬间盈满口鼻。她一点点咽下，正要回答。

忽然，外面传来了苏星极其短促的一声惊叫。

苏婉之闻声，来不及回答计蒙，立刻奔出门外。

苏星跌坐在地，木盆打翻了，两件衣衫凌乱地掉在一旁。

"怎么了？"

苏星狠狠地喘了两口气，才慢慢道："没事，没事，就是刚才撞见一只黑猫跑了过去。"

苏婉之摸了两下苏星的头以示安慰，又想去扶打翻的盆，手却一下子停住了，木盆后一支黑色的镖压着一张小字条深深地嵌进墙里。

计蒙此时也走了出来，只是注意力都在苏星身上。

不知怎么，苏婉之鬼使神差地用衣袖一掩，悄无声息地将飞镖拔出，把字条塞进袖中。

计蒙拉起苏星，苏星忙感激地笑笑。

一声更鼓声遥遥地传来，代表着即将入夜了，计蒙作为大师兄是要巡夜的。他同苏婉之又交代了两句"要小心"便走了，大概他觉得以后还有机会，之前的话题也未曾继续。

苏婉之坐在屋中，趁苏星不在屋内的时候，打开了那张字条，顿时脸色一变。

字条的内容很简单：今夜三更后山一叙，急，望务必到。

当然，这不是让苏婉之脸色变了的主要原因，让她脸色变了的是不大的字条上所印的一个私章，那印章上刻着化成了灰苏婉之都认识的两个字——姬恪。

第十九章
再闻姬恪讯

三更天,苏婉之在床上翻来覆去,无法成眠。

她手里紧紧握着那张字条,几乎要沁出汗液。她怎么也没料到,姬恪此时竟然不在明都,而在祁山附近。

那么,她是去还是不去?

她之前的确是迫切地想见姬恪,可是真要让她去见他了,又不免忐忑。她不知道已经失控的自己会做出什么事情,是干脆一剑刺死姬恪,还是痛心疾首地控诉他的欺骗?

矛盾的情绪在苏婉之的脑中交织。

最终,苏婉之蓦地从床上坐起来。

我到底在纠结些什么!管他什么事情,先见了再说。

苏婉之轻手轻脚地换好衣衫,小心关门,便朝后山走去。

后山的空地上果然有一个男子颀长的身影,但……走近了,苏婉之惊讶地发现,

那个身影，并不是姬恪——姬恪比他略高些，也略瘦些。

顿时，苏婉之警惕起来。

对方转头，苏婉之又是一惊，她未料到对方竟然是姬恪的护卫，那个向来沉默寡言的其徐。

苏婉之在松了一口气的同时，又有点儿说不出的失望。

何其矛盾。

"你叫我出来有什么事情吗？"

其徐神情严肃，沉默了一下才道："公子病了，很重。"

心猛地缩了一下，苏婉之随即轻笑道："那又与我何干？"

"大夫说，公子可能命不久矣。"

"那又与我何干？"苏婉之不耐烦地重复了一遍，别过头不再看其徐，"如果你是来告诉我这个的，那请回吧。你知道，他杀了我哥哥，骗了我两次。我恨他还来不及，你难道指望我担心他？"

"公子就在黑风寨里。"

"够了！我说了我不感兴趣，你不用告诉我了！"

苏婉之转身就要走。

"那苏小姐为何要来？"

苏婉之停下脚步，没有回头："我自然是来找机会报仇的，若今天来的是他，我肯定不会放过他……你最好看好你家公子，他在明都待得好好的，就不要到处乱跑。如果不小心被我撞到了，说不定在他病死之前，我就会忍不住一刀结果了他。"

其徐沉默着没有开口。

苏婉之几乎离开他的视线的时候，其徐才终于开口道："苏小姐，如果你说的都是真心的，那么为什么你的手还在抖？"

闻言，苏婉之下意识地握紧手。

其徐继续道："公子本来是没事的，可他执意要上黑风寨，连日奔波才……"

苏婉之立马打断其徐的话，声音不自觉地拔高："你不要告诉我，他上黑风寨是为了要救我？"

其徐仍旧沉默，但神情像是默认了这件事。

在她得知姬恪竟然为了救她不远千里赶往黑风寨的窃喜涌上来之前，先一步到来的，是一种巨大的荒谬感。

"你的意思是他要救我？那在明都外大声说着'放箭'的是谁？把箭尖指着我射出的又是谁？如果当日不是苏慎言，那支箭只怕就射进我的身体里了吧？

"你凭什么说姬恪是为了救我才奔波成疾的？再说了，黑风寨本来就距齐州不远，姬恪来剿匪难道不是因为卧榻之旁不容他人酣睡，怕万一夺嫡失败退路上遇到阻碍？"

苏婉之已经顾不上掩饰，她的话直白到近乎无理。

其徐一向不善言辞，不知道怎么跟苏婉之解释——姬恪要处理黑风寨随时可以，即便夺嫡失败，在撤退时依然可以派人轻而易举地处理掉黑风寨，而且完全不用自己亲自到场。

他更不知道怎么去安抚苏婉之明显有些激动的情绪。

他只能继续沉默，等苏婉之的火气渐渐下去，才道："公子喜欢苏小姐你。"

其徐此话一出，苏婉之几乎要气得笑出来。

"其徐，我知道你是为你家公子卖命，我不想为难你。你到底要我做什么，直说吧，不用再骗我了。"

姬恪喜欢她？

她一个字都不信。

其徐不明所以地看着苏婉之，为什么他明明说的都是实话，苏婉之就是不信。

其徐又沉默了一会儿，还是顺着苏婉之的话说了下去："苏小姐，公子的病或许只有回春谷能治，这也是夫人的遗愿，你能带他去吗？"

起初谁也不知萧妃为何要让自己的儿子到齐州这么偏远的地方，有人说是为了健体的灵泉，但灵泉对姬恪的毒实际并无多大作用，如今想来，十有八九是萧妃希望姬恪能找到回春谷，把身上的余毒彻底清除。

苏婉之忍不住地冷笑道："原来你是为了回春谷的地图。我之前是想带他去，他做了什么？他找了个替身，还害得替身为他自尽，如此视人命如草芥，我又何必为他的生死操心。这地图如今他再想要，已是不可能！"

说罢，苏婉之转身便要走。

"苏小姐！"

苏婉之头也不回地说："别叫了，没用。"

其徐的声音带着些许的不确定："苏小姐，那你能不嫁给别人吗？"

"笑话。"苏婉之霍然回首，眼睛死死地盯着其徐道，"我想嫁给谁，与姬恪何干？反正他也不想娶我。"

其徐忍不住辩驳道："公子虽未说，但内心是不愿意小姐嫁给别人的。"

那触目惊心的血迹还历历在目，那则消息传到他这里时，其徐也犹豫了许久，终是没有阻止报了进去。不料当晚姬恪的病情便恶化了，人几乎晕厥过去。他终于看不下去，自作主张地来找苏婉之，希望苏婉之能够带姬恪去求医，哪怕不行，至少有苏婉之陪在姬恪身边……姬恪的精神也会好些。

可其徐没想到苏婉之竟是这番回应。

明明苏婉之是喜欢公子的，而且应该是非常喜欢，而公子也是喜欢苏小姐的，可是为何他们会闹到这步田地……其徐想不明白。

苏婉之听完其徐的话，咬了咬唇，挤出笑容道："够了。这话你不用再说了，要说便让他自己站到我面前说。不过说实在的……"她的笑容变得十分嘲讽，"就算他站在我面前实实在在地赌咒发誓，我也已经一点儿也不敢相信了。"

苏婉之不再理会其徐，回到屋内，躺下后却更睡不着了。

姬恪不在明都，竟然就在不远的黑风寨，那她想去找姬恪，就不用跑到明都……苏婉之忽然有些茫然。

天亮时苏婉之才昏昏睡去。

祁山上，关于婚礼事宜差不多都已经筹备妥当，嫁衣也被一点点展平，摆在了苏婉之的床上。

火红的衣裙有一瞬间的刺目，让苏婉之恍惚了片刻。

苏婉之随即一笑，慢慢地换上嫁衣。

这嫁衣自然比不得那日王萧月穿的那件华贵，但手工细致，十分合身。红艳的裙裾把她衬托得面色红润，粉面娇羞，宛如一个即将要出阁的新嫁娘。

不对，没有什么宛如，她本来就是新嫁娘。

苏婉之在镜子前比了比，问苏星："好看吗？"

苏星张口想说好看，可话到嘴边，又有些说不出口。

倒是有人先一步接话道："很好看。"

计蒙不知何时又来了，脸色显得有些苍白，手臂上还缠了绷带。

"你手臂……受伤了？是谁？"苏婉之不由得惊道。

昨晚她见计蒙时他还是好好的，怎么一夜的工夫就受伤了？

"只是昨晚巡夜发现有人潜入祁山，捉人时不幸被伤了而已。无妨，没有大碍。"

昨晚，有人潜入……

苏婉之心中一顿，该不会这么巧吧……

"人捉到了？"

"嗯，就关在后山的石牢里。"

"你的伤……明天……"

计蒙摇摇头，挑眉笑道："这点儿小伤你当我会在乎？不会影响到明日婚礼的。"

计蒙望着苏婉之若有所思的神情，心里涌起疑虑……

待计蒙走后，苏婉之方换下嫁衣。

苏婉之心头却有些不安，来祁山这么久，她自然知道山上弟子犯错一向是送去惩戒室，只有被捉住的外来人才会送到后山的石牢，故而石牢内是常年无人的，看管也弱。

大约因为昨晚关进了人，苏婉之远远看见石牢原本无人看守的门口此时站了两个弟子。

苏婉之不想被人发现，深吸一口气，足下如风，身形飞快地闪过。两名弟子只觉眼前一花，随即后颈被劈，再无神志。

苏婉之推开石牢的门，摸出火折子点燃牢壁的油灯。

她一间间空牢房看过去，走到最末的位置，终于看到有人低垂着头坐着，听见响声猛然抬头。

居然真的是其徐。

他显然也受了不轻的伤，灯光照下来，地上有暗红色的血迹。

苏婉之和其徐接触不多，只知道他是姬恪的护卫，武功不弱，对姬恪忠心不二。

"苏小姐……"其徐身形晃了晃，竟然站了起来。

苏婉之略退了退，心思飞快转动，半晌，她动唇道："我可以放你出去，你带我去找姬恪。"

其徐的眼睛蓦然一亮道："苏小姐，你答应了？"

苏婉之冷哼一声，露出几分讥诮："你想太多了，我昨晚说的话你还记得吗？"

其徐沉默回思，试探道："是苏小姐想听公子亲口说？"

苏婉之用从看守弟子身上取下的钥匙打开石牢的门，头也没有回，只冷冷地丢下一句："不是那句，是'如果不小心被我撞到了，说不定在他病死之前，我就会忍不住一刀结果了他'这句。"

虽然其徐听苏婉之这么说，但他显然不相信。

昨晚的确是他大意了,他孤身一人上山,被苏婉之拒绝了,心中又惦记姬恪的身体,难免露出行迹。他本想夜深不会有人注意,未料被苏婉之的大师兄发现了。单论武力,对方不见得是他的对手,可是连日奔波,对方又人多势众,他才受伤被擒。他本想等身上的伤略好些便动武逃出去,没想到苏婉之会来救他。

苏婉之既然肯救他,那必不会眼睁睁看着公子死去。这么想着,其徐心头压着的大石也轻了几分。

苏婉之带着他,走的都是僻静小路,一路都未遇见祁山弟子。

其徐彻底放下心,一边调息一边跟着苏婉之。

突然,苏婉之顿住脚步。

其徐也随之一顿,一抬头,正对上那位祁山大师兄计蒙的眼睛。下一刻他就微微弓腰,神色戒备,目光锐利地死死盯着计蒙,蓄势待发。

计蒙却只看着苏婉之,眼睛里流露出淡淡的失望。

苏婉之不笨,一下子便明白——计蒙之前就对她有所怀疑,难怪会轻易告诉她关押人的位置,此时她身后还跟着其徐,可以说已经是坐实了罪名。

明日就是她和计蒙的婚期,被计蒙发现这样的事情,实在……

一时间,三人都没有开口。

周围寂静无声,只有风偶尔拂动枝叶的声响。

苏婉之动了动唇,终于说道:"我……"

没想到计蒙此时也开口了:"你……"

苏婉之见状,索性说道:"大师兄,你先说。"

计蒙也不推辞,神色冷峻道:"苏婉之,你其实想嫁的还是那个谢宇,而不是我。"他的声音透出几分冷意,再不似之前的柔和关切,"看在师叔的面子上,我给你最后一次机会。这人我可以放过,但你现在必须乖乖回去,我可以当作什么也没有发生,明日照旧成亲。如果你执意带此人下山,便做叛门处理,婚约作废,以后你再也不是祁山弟子,出了事,我也不会再如上次那般去救你。"

任谁看见自己的未婚妻子带着一个刚刚被捉住的陌生男子下山,都不会有好心情,计蒙没有直接发火大打出手,已经很给面子了。

其徐闻言,站不住了,忙开口道:"苏小姐……"

"闭嘴。"苏婉之蓦然断喝一声,止住了其徐的话。

她垂眸,似乎在看着什么,又似乎在想什么。良久,她看向计蒙道:"计蒙,现在让我下山,明日我一定在婚礼开始前赶回来成亲,这样可以吗?"

计蒙笑道:"我凭什么信你?现在取消婚约还来得及,等到明日,你若不回来,变成笑柄的可是我。"

苏婉之忽然上前一步,握住计蒙的手。

计蒙一惊,却甩不开苏婉之的手。苏婉之定定地看着他,那双大大的眸子里竟然满是诚恳。苏婉之的眸本就极亮,此时计蒙看在眼中更有些刺眼。

她说:"计蒙,我没有骗过你。"

她没有骗过他。

小事不论,但是人事从来没有骗过,甚至当日她要和谢宇离开,说的也完全是实话。

苏婉之又顿了顿,道:"以前没有,以后也不会。"

她不像是在撒谎。

可是,真的让她就这么离开吗……计蒙不经意地看见苏婉之握住自己手腕的手,不知怎么,就想起了那日苏婉之生病时也是这么握着他的手……

姬恪,苏婉之很在乎的那个人……

"那你告诉我,你为什么要去见他?"计蒙抬起头,看向苏婉之的眸子道,"不要说谎。"

苏婉之静默了一下,才轻声道:"我想报仇,还有……"

"什么?"

她垂下眸子,没有睡好的疲倦让她的眼睛下有淡淡的阴影,看起来很是憔悴:"有些事情我想问清楚,让自己彻底死心……"

在嫁给计蒙的前一日,她心里还在想着姬恪……她该有多对不起计蒙。

就算她杀不了他,也至少要让自己死了心才可以……

"真的……是这样?"

"是。"苏婉之轻轻点头。

苏婉之的声音低弱得都已经不像她的声音了,那样弱势,那样动人。

再一次,计蒙为自己的心软而感到无奈,带着不甘说道:"明日辰时——辰时之前,如果你没有赶回来,那我就当作你叛门。"

"多谢师兄!"

苏婉之从方才就一直面无表情的脸上终于露出了笑意,浅浅,却让人如沐春风。

计蒙下意识地别过头不再看那笑容,那笑容实在太过刺目,他怕自己在那样的笑容下会变得更加没有原则。

如果此时苏婉之告诉他自己不想成亲了，想要离开的话……

那自己……

计蒙忽然发现自己竟然没有办法拒绝。

苏婉之松开握着他的手。被放开的感觉让计蒙有一瞬的失落，不过一闪即逝，他面无表情地转身准备回去。

他很忙，他还有很多事情要做。

忽然，苏婉之快步跑到计蒙面前，张开双臂，抱了一下计蒙，又说了一遍："谢谢。"

她这一声很轻，却带了几分哽咽。

计蒙一怔，苏婉之已经放开他，快速跑远。他微微侧身，看着苏婉之远去的背影，细长的眼睛里也像是蒙了一层夜雾。

苏婉之走在前面，揉了揉眼睛。

方才那一刻，计蒙无端让她想起了苏慎言，那个总是和她吵嘴却在危急关头拼死护着她的哥哥。

一瞬间，她居然有想哭的冲动。

其徐看苏婉之还是带着他下山，自然不会多言，只是斟酌着想安慰她两句："苏小姐……"

如果不是姬恪……

连带着她看其徐也不那么顺眼。

苏婉之用手臂狠狠地抹了两下眼睛，瞪了一眼其徐："别说话，下山。"

祁山距离黑风寨不远，苏婉之在山脚下的驿站买了两匹马，丢给其徐一匹，又买了简单的绷带让其徐自行包扎，便让他带路。

马蹄急踏，几声奔浪似的铁蹄声后，二人已奔出数里。

其徐的骑术很好，在小路走亦十分平稳。苏婉之跟在他身后寸步不离。

约莫两个多时辰后，两人已经到了黑风寨下。黑风寨的猎猎黑旗尚挂在山上，远远看去一片黑影十分骇人。

苏婉之联想起自己在黑风寨的遭遇以及那个总是沉默扫地的莫忘师兄，不自觉地沉默下来。

上山的沿途都有把守的兵士，看来黑风寨已经被齐王彻底占领了。其徐从怀中取出腰牌，二人一路畅通无阻地到了寨内。

苏婉之一直无声地跟着他，不知道说什么，也根本什么都不想说。倒是其徐偶尔还说两句，只是他本来也不善言辞，往往说了一两句便冷场了，之后便不再多言。

他们走了两三刻钟，其徐指着正中的一间亮着灯的屋子，微弯腰退后，恭敬地道："公子在房间里，苏小姐可以进去了。"

他并没有入内的意思。

苏婉之有些想笑，他就真的一点儿不担心她对他家公子下手吗？

苏婉之的手触上门板，轻颤了一下，随即便不再犹豫，用力推开门。但她还没进去就已经闻到了房间里浓重的药味，混杂着不甚清晰的血腥味，让人隐隐有些不适。

苏婉之定了定心神，大踏步走了进去。

苏婉之第一眼看见的便是姬恪。

他半卧在榻上，身上覆盖着淡青色薄衾，明明天气还不算很冷，周围却燃了好几个暖炉。纵然如此，在烛灯的映照下，他被凌乱鬓发掩住半边面容，显露出的另外半边脸仍旧苍白若纸，唯独唇瓣上染了几抹不自然的血色，格外刺眼。

姬恪也看见了她，微微转过视线，暗淡无光的眸子无悲无喜，却在看见她的一刻显出几分讶色。与此同时，如瀑发丝随着他的动作倾斜，流泻至披在肩上的纯白狐裘上，另半侧的脸随之露出。莹润的光打在他的脸颊上，精致美好到无法形容。

那副容颜依旧俊美到无可挑剔，如同初见。

只一面就已足够让周围的事物为之褪色，徒留下那张无论从何角度都叫人心折的面庞，好像这世上的一切都成了那张美丽容颜的陪衬品。

苏婉之依然觉得他好看，只是，她再也不会因为那张脸而怦然心动、心跳加快了。

姬恪敛去讶色，抿了抿薄唇，眼神变得温柔。他的声音出乎她意料地羸弱和沙哑，似乎还带着些低颤："你来了？"

苏婉之已经太久没听到姬恪用这样的声音跟她说话了——

清冷矜贵，带着挥之不去的淡淡奢华。但只听声音苏婉之就知道，其徐说姬恪病重，不是假话。

也是此时，她才留意到房间里所有门窗紧闭，一点儿寒风也不曾入内。

看来姬恪是真的病重了。

过去的她大概会很担心姬恪的身体，现在却已经没了那个心情。

苏婉之从怀里掏出匕首在掌中把玩，根本不回答姬恪的话，冷淡而疏离地开口问道："谢宇是你？"

也许是预料到苏婉之会问，姬恪没有停顿，轻轻地点头承认，而后静静地看着苏婉之，如同叹息般道："是我。"

苏婉之停顿了一会儿。

接着，她握紧匕首，就在刹那间，尖锐的锋刃狠狠地指向姬恪，刺骨的寒芒冷冷一闪："姬恪，告诉我……如果有人杀了你的亲哥哥，软禁了你父母，还把你当猴耍欺骗了两次，你会怎么样？"

"大概会……"姬恪低声道，"杀了他……"

苏婉之不等姬恪说完，就说道："很好。"

几乎是话音一落，苏婉之的匕首就直直地向姬恪刺去。

极短的距离，几乎是转瞬间，那匕首已经刺到了姬恪身前，他却没有丝毫躲避的动作，只是轻启薄唇，静静地道："苏慎言没死。"

"什么？"

苏婉之一惊，手不自觉微偏，匕首没有扎在要害，却也扎中了姬恪的肩胛骨。

噗！

刀锋狠狠入肉的声音清晰得令人毛骨悚然，一股温热的鲜血顺着匕首喷涌而出，染红了姬恪的白衣，也染红了苏婉之的裙裾。

姬恪发出一声闷哼，单手撑在肩胛骨上！

垂下的发丝掩盖住他一时痛极的表情。

苏婉之的手心沾染了匕首上的血，温热的血液让她一惊。她合上唇瓣，猛地拽住姬恪的衣领，然后她听见自己的声音，那声音缥缈得几乎不像是她的："你说什么？"

"给我再说一遍。"

姬恪被她扯住衣领，脸色霎时变得更加难看。

苏婉之这才意识到自己太激动了，这么做很可能会弄死姬恪，略略松开手。

姬恪猛咳了几声，按着胸口好一会儿才缓过劲，似乎不想让她等太久，很快姬恪便咬牙回答了苏婉之的疑问："苏慎言被救活了。"

苏婉之半蹲下身，手缓缓地握住匕首。匕首滑落，她的手掌上已经浸透了姬恪的血。

她看着姬恪的眼睛，慢慢地说："姬恪，你让我怎么相信你？"

姬恪迅速闭了一下眼睛，甜腥的滋味在口中翻滚。他要花费非常大的力气压抑住身体里那股蠢蠢欲动的毒性，艰难地道："书桌下第二个抽屉。"

苏婉之松开手，起身找到姬恪说的抽屉，犹豫了一下，没有动手拿，而是找了一个钩子拉开。

当时，她破坏姬恪婚事时，姬恪的偷袭她还记得。不知何时起，她对姬恪有了防备之心。

苏婉之想着，不由得哂笑，防备……这些都是姬恪教给她的呢。

她拉开抽屉后，发现并没有机关和暗器，她取出里面的东西，是一封信。

上书四字：之之亲启。

苏婉之迟疑了一下，才动手拆开了信。苏婉之一抽出纸笺，映入眼中的是熟悉的苏慎言的字迹，只有没心没肺的一行字：安好，勿念。苏慎言。

末了是苏慎言的印章，那是苏慎言随身携带的，也是苏婉之小时候亲手为他刻的，右下角有一个很小的缺口，这种粗糙的印章暗号不可能再有别人知道了。

这是苏慎言的亲笔信没错。

她哥哥真的没死！真的还好好活着！

在那一瞬间，苏婉之像是一下子卸下了胸口的巨石。

然而狂喜后，苏婉之慢慢冷静下来。这是苏慎言写的，可是……

"为什么苏慎言对外说他死了？"她冷冷地问姬恪。

姬恪闭着眼喘息，听见苏婉之的声音，轻声回答："说来话长，但确实事出有因。"

"事出有因？什么因？"

寂静的房间里，姬恪剧烈喘息咳嗽的声音变得尤为突兀。

良久，姬恪弱声道："我便是说了，你也不会信的。"

苏婉之握着信，手里的鲜血沾染到了信纸上。她的手指攥紧，信纸差点儿被揉破。

她抬头看着姬恪。血已经染红了他的整个肩头，顺着雪白的衣衫一行行蜿蜒滴落，他原本挺直的背脊也渐渐因为痛苦弯曲。

苏婉之哆嗦了两下，强自镇定地问："你告诉我这个，是不想让我杀了你？"

姬恪想回答她，刚张口，忽然俯低身体，从床下抽出一个木盆，张口便吐出一口血。黏稠的血液鲜红欲滴，显得那么刺目。一时间，苏婉之竟然不敢去看，猛然别过头，望向窗外。

夜已是黯淡一片，清冷孤寂，唯独一轮新月当空。

苏婉之的脑中却尽是姬恪吐出鲜血的那一幕，那惊人的红莫名地似乎将整个夜空都染成了血红色。这场景在眼前浮现，激得苏婉之连思考都变得迟缓了。

吐过血后的姬恪像是好了些，他将盆推回床底下，用挂在床头的湿巾拭净唇角的血，对苏婉之虚弱地笑笑："吓到你了？"他的笑容并没有恶意，很是平淡。

苏婉之转回头，看着姬恪，心里说不上是什么滋味。

姬恪的动作依然优雅，白皙修长的手指像是从未见过日光一样，美得犹如玉石。即便他只是在那里静静地坐着，整个人也透出淡淡的矜贵气息。可在见到姬恪吐血的瞬间，她是当真被狠狠震了一下。

一照面，苏婉之就知道姬恪这次只怕病得不轻，可是没想到居然已经这么严重了……她过去也常见姬恪咳嗽，可这还是第一次看见他吐血。

苏婉之再回想起刚才看见的那条挂在床头的湿巾，一侧其实已经满是斑驳的血痕，只是姬恪将湿巾叠在一起，她才没有注意到。

"怎么了？"

姬恪抬眸看向苏婉之，漂亮的水墨色眼眸染上了如墨一般的黑色，仅仅看着她，就好似有旋涡在当中，不断诱人陷入深渊。只是这一次，已然陷入深渊的却是姬恪，此刻他的脸比刚才又白了三分，明明刚才已和纸一样白了……

苏婉之忽然觉得心口处有些疼。

心疼。

不是见到苏慎言被姬恪射中时那种无法呼吸的痛，而是淡淡的仿佛已经蕴涵在骨髓里的疼痛。

然而，想到姬恪的婚礼，想到姬恪的绝情，想到他一而再再而三的欺骗，苏婉之努力强迫自己忽略掉那种心疼，冷硬地开口。

"没有，没吓到。"

姬恪仍是笑，风轻云淡又温和如水："之前是碍于约定才不能说，现在……我都快死了，约定什么的，已经不重要了。

"所以……如果你还想杀我，就杀了我吧。"

他笑得那般平静，让苏婉之联想到他们还在明都时，那个总是温柔、体贴入微的齐王殿下。

这样的他曾经是那么美好的存在，而今却让苏婉之觉得憎恶。是的，那都是谎言，都是假的，都是欺骗！

苏婉之的手又一次摸上了染血的匕首,低低地道:"如果我杀了你,你的皇位呢?你不想要皇位了吗?你不是还为了那个位置娶了王萧月?怎么,这么轻易就放手了?"

姬恪垂眸,平静地回答:"亲没有结成,以后也不会有机会。"

"为什么?"

姬恪低笑,大约是被血液润泽,他的声音不再那么沙哑,似呢喃也似自言自语:"已经如此了,我为什么还要强迫自己去娶一个并不喜欢的女人?"

他的声音是那么轻柔。

但这不像姬恪会说出的话。

苏婉之又一次震了震,血液依然从姬恪的肩膀流淌而下,潺潺不绝,如血河般流淌,艳红而刺目,很快将姬恪周身大半染成了鲜红色。他却好像并没有发现,没有发现自己受伤了这个事实,没有发现肩膀上还在不断流血。

只见姬恪半合着眸子,甚至连声音都变得断断续续。

姬恪已经虚弱至此了吗?

至此,她才真的觉得,姬恪大概是当真不在乎生死了。

因为这样孱弱的身体,就算他撑到登基为帝,也不剩多少日子。

可是……苏婉之用舌润了润唇,往后退了一步道:姬恪,这和我都没有关系了,我只是想为自己讨个公平而已。杀不杀你,以后我们都不会有交集了。"

姬恪霍然抬头,苍白的面容衬得那双漆黑的眸子越发深沉,如浓墨渲染的黑夜,深不见底,甚至也看不见一丝光亮,仿佛那颗心早已经死去。

他问:"苏婉之,你要嫁给计蒙?"

苏婉之毫不犹豫地回答:"是的。"

姬恪又低头咳了两声,轻声问:"你可不可以不嫁给他?"

苏婉之几乎想当场笑出声——他凭什么说这句话,又怎么有脸来说这句话?!

姬恪低着头,微微移开了视线,按着胸口的手指绞紧,不知是因为疼痛,还是因为紧张或者别的。

苏婉之忽然想起这其实不是姬恪第一次说这句话,他扮作谢宇时似乎也曾经对她说过相似的话:"你可不可以不要嫁给他?"

那时她有惊讶,有淡淡的羞怯,也有些许的惊讶与惊喜。

但现在呢?

除了讽刺,还剩下什么?

风水轮流转,终于也轮到姬恪伤心了吗?

苏婉之到底没有笑出声,只是突然开口问道:"姬恪,你婚礼那天我说的第一句话你还记得吗?"

姬恪略一怔,沉吟道:"我记得。"

"我说了什么?"

过了一会儿,姬恪才缓缓开口:"你说'姬恪,你说过愿意娶我'。"

"你回了我什么?"

这次他沉默的时间更长:"我说'是,可是我并没有承诺要娶你'。"

"是啊,你什么承诺都没给我,我嫁给谁,与你何干?"苏婉之说得是那样理所应当,没有一丝的迟疑。

"我的承诺……"

姬恪坐直起身,他那总是含笑的黑眸中带着前所未有的认真和一缕或许连他自己都没发现的迷惘:"苏婉之,我发现我好像错了,我好像喜欢上你了……若是我现在肯娶你呢?"

"已经迟了。"苏婉之毫不留情,"你骗了我两次,你懂什么是肝肠寸断吗?你知道我是怎么从明都外赶到祁山的吗?只要一想起那件事我就痛苦得几乎无法呼吸。难道这些都可以当作没有发生过?"

她并不觉得自己说得过分。

比起当日姬恪带给她的痛苦,她对姬恪已经很好了!

嗤!

苏婉之被猛然一声的血液飞溅声吓到,一抬眼只见姬恪单手勉强撑着摇摇欲坠的身体,唇瓣和脸颊上都沾上了些许血点,却为那张本就倾城的脸平添了几分凄艳的色泽。

姬恪深深地呼吸了两口,才声音微弱地道:"那你就把你受过的痛苦加诸我身,直到你觉得够了。"

说完,他甚至还扯了扯唇角,竟然是在对苏婉之笑。

"你到底在想什么!"苏婉之用一种看疯子的眼神看着姬恪,"苦肉计也没有用的!"

"不是……"姬恪又低喘了两声,才开口道,"我做错的事,我自己偿还。"

苏婉之简直要大吼起来:"偿还?你这样叫什么偿还!"

姬恪将那柄匕首摇晃着递到苏婉之的面前,无论是刀柄还是刀身都已经沾满了姬恪的鲜血，看起来异常可怖。

姬恪用尽全力地抬头看她，苏婉之再一次对上了那双眼睛。

那双漆黑得仿佛已经死掉了的眼睛，却在瞳孔的最深处静静地燃起了一小团火焰。

明明还是平淡的属于姬恪的表情，苏婉之却在他的眼睛里面读到了近乎乞求的情绪，仿佛她就是溺死之人那最后一根浮木，他拼命想要抓住那根浮木，那最后的一缕光明，那最后的一份希望。

一时之间，苏婉之莫名地想起了祁山上的谢宇，那个握着扫把，固执地在烈日下帮她扫地，每次都像是要被灼烤得晕倒却又每次都硬生生扛下来的人。

苏婉之的目光渐渐转为平静，她接过姬恪手中的匕首。

小小的一把匕首已经被姬恪的鲜血染红，苏婉之静静地站着，就那么低头看着手中的匕首。

安静的氛围里，好像真的只有彼此。

只有姬恪和苏婉之。

片刻后，苏婉之道："姬恪，这是你说的。

"既然你没有杀苏慎言，那么我不会杀你。只是你骗了我两次，我刺你两刀不算多吧。方才是一刀……你还能再让我刺一刀吗？"

姬恪略向后靠了靠，张开双臂，露出前胸，被血染得斑驳的亵衣已不复方才的纯白，肩头的匕首被强行拔出，血肉外翻，十分可怖。

光是看着就让人觉得痛，他却只是拧眉笑看着苏婉之，微合了合眸："你刺吧。"

你刺吧。

空洞洞的声音里没有一分一毫的胆怯，有的只是解脱，只是纵容，只是平静，好像她是在救赎他一样。

苏婉之握着匕首，走近姬恪。

锋利的刀尖寒光熠熠，让人胆寒，锋芒从姬恪的额头滑下，姬恪闭着双眼，像是丝毫未觉。

刀尖从额头慢慢滑到鼻梁，再到下颌，极折磨人。

她像是要在每一处下刀，但最终又向别处移去。然而在这个过程中，姬恪的身体连颤动都没有，只是平静地等待着苏婉之给予的一刀，他甚至不在乎苏婉之会刺向什么位置，会伤到他哪里。

她忽然觉得无从下手，这样的人，杀了又能怎么样。

姬恪不在乎，这根本伤害不到他，或者说，被她刺中，他说不定还会觉得解脱。

那她这么做还有什么意义。

苏婉之放下刀，丢到一旁："够了，不用了，刺你也只是让你身体疼罢了。你既然不怕，我刺多少刀又有什么差别！"

姬恪睁开眼，墨色的眸子里似有温水缓缓流动。

"别这样看着我。"苏婉之冷冷地道，"我不是下不了手，只是觉得下手也没有什么意义而已。"

苏婉之用姬恪床头摆放的温水洗净手指，平静地说道："你以后好自为之，不要再来招惹我了。我知道你此时软禁我父母对他们而言未尝不是好事，我不会怪你。既然你没杀苏慎言，我的那份欺骗就当你已经还过了，那么今日以后我们就两清了。姬恪，我走了。"

苏婉之放下擦干净手指的毛巾，抬腿便要离开。

"等等……"

姬恪出声叫住她。

"还有什么事？"

"你要去哪儿？"

"自然是回祁山。"

姬恪按住肩头，身体略微前倾。只是这么个简单的动作，就让他的额上微微冒出冷汗："不要嫁给计蒙。"

苏婉之驻足，没有转头，回道："为什么不要？"

"你刚才……"

"我刚才可什么也没答应。"苏婉之回答得非常干脆。

站着的苏婉之比半躺着的姬恪要高上不少。她微侧着头，看向姬恪，竟有种俯视他的错觉。

苏婉之觉得此生她的声音从没这么平静过，平静得甚至有些冰冷残忍："是你说要把我受过的痛苦加诸你身，直到我觉得够了。但是，我并没有说我觉得够了，我就不嫁给计蒙。姬恪，这是你教我的。"

利用语言漏洞背信弃义，这可都是你教的啊。

姬恪张了张嘴，终是哑口无言。他抬手，似乎想阻拦，苏婉之已经推开门走了出去，根本不等姬恪再说什么。

屋外，夜色已沉。

漫天的夜色映入苏婉之的眼中，无边的天幕像一张沉甸甸的网，将她网住，纠缠于心，令她沉闷难安。那轮新月已经只剩稀薄的银芒，在苍茫的天穹黯淡地照着大地。

原本很快意的事情，苏婉之却忽然不觉得开心了。

姬恪说喜欢她。

他亲口说，她亲耳听，可是……为什么是在这个时候？

曾经，苏婉之喜欢姬恪喜欢得可以连命都不要：他坠崖，她就跟着跳下去，毫不犹豫，甚至还是带着喜悦的；看见姬恪受一点儿伤，她就心如刀绞，恨不得以身相代……

可是到了此时，此时……

一切怎么会变成这样呢？

她还是喜欢姬恪。

只可惜，她已经无法坦然地接受这份感情了。太累了，太累了，她爱得实在太累了，不知道什么是真的，不知道什么是谎言，她甚至不知道姬恪的目的到底是什么。

"苏小姐，苏小姐……"

其徐的声音唤醒了苏婉之的思绪，她定了定神道："我走了，你回去好好看着你家公子吧，他应该……还没死。"

苏婉之的话让其徐一惊，他忙问："怎么了？"

苏婉之恹恹地垂下眼眸："没什么，进去了你就知道了。"

其徐再无心管苏婉之，连忙推门进去。

苏婉之快步走出山寨，找到来时拴在树上的马，翻身上马，朝来路策马狂奔而去。

她连夜奔驰，马蹄飞快地踢动，耳边尽是呼啸的风声。

狂烈的风刮在她的脸上，带来生疼的滋味，也风干了眼角边或许有一点儿的湿意。她的眼角干涩到疼痛，眼皮沉沉。

为什么她还是觉得难过？还是觉得不舒服？

姬恪……真的要死了吗？

惨白的面色，暗淡的眼瞳，猩红的鲜血，方才所见的一幕幕在苏婉之的脑海

中重现，看他的样子，恐怕真的活不久了……

　　苏婉之，你为什么还要纠结这些事情？姬恪的死活又与你何干？不，你应该更想姬恪去死的，不是吗？

　　那你就大大方方、干干脆脆地离开啊，为什么要难过，为什么要挣扎，为什么要不舒服？

　　唇瓣竟被她咬破了，咸腥的血液一缕缕流入口腔。

　　为什么，那个浑蛋要在这个时候说喜欢她，说会娶她？

　　他到底是哪根筋不对劲！还是因为吃错药了？！

　　他为什么要来求她的原谅？

　　他眼里不是只有皇位，他不是根本不在乎她吗？

　　苏婉之觉得自己整个人都快疯掉了。

　　但是，此刻她正策马扬鞭，在道路上奔驰，连停下认真思考的时间都没有。

　　那她就不去想了。

　　苏婉之再次默默地咬住下唇，眼睛紧紧地盯着前方漆黑的路，告诉自己："忘掉吧。计蒙还在等着你，等着你，辰时之前，回去成亲。"

第二十章
成亲与看诊

苏婉之已经不记得自己是怎么回到祁山的，一路走来，忍受着从身到心的疲累，她近乎麻木地催促着马匹前行。在天际亮起第一缕微光时，她总算攀爬着上了祁山。

活了十来年，苏婉之从来没有觉得这么累过。

还未走到祁山山门，苏婉之就看见苏星在山门口焦灼地来回踱步。苏星一见她，脸上闪过欣喜，跑了过来："小姐，小姐，你怎么又丢下我乱跑……啊，小姐，你怎么弄得这么狼狈，这是……什么？"

循着苏星的视线，苏婉之看看自己身上的裙裾。

裙角上沾了尘土，显得风尘仆仆，裙上星星点点的血迹已经干涸凝固，像一块块难看的污渍。

那是她刺姬恪时沾到的血。

苏婉之一时失神，随后平静地道："没什么，反正一会儿也要换嫁衣。苏星，

去打点儿热水,我要沐浴。"

说罢,苏婉之便朝里走去。

苏星的声音飘在身后,她小心翼翼地问:"小姐,你真的要嫁吗?"

虽然苏星并不讨厌计蒙,也不介意计蒙做她家小姐的夫婿,可是……小姐其实心里喜欢的并不是计蒙。而且……看小姐现在的样子,哪里像是个即将出嫁的姑娘,倒像是刚给人奔丧回来,整个人神色恹恹,无精打采,没有半点儿喜悦之情。

苏婉之未曾回头,语气平淡得没有一丝起伏:"我答应了计蒙,为什么不嫁?"

"那小姐……你总要开心点儿……"

苏婉之扯了扯嘴角,勾起弧度,没好气地道:"我一整晚赶路没睡,我有力气开心吗?"

"啊?"

"准备热水去,快!"

苏婉之揉了揉眉心,看着苏星去帮她准备热水,才慢慢坐在阶前。

她的双手撑在膝盖上,无声地将脸埋进手中,眼前一片昏暗。

热水很快准备好了,苏婉之在木盆里泡着澡,温热的水波洗去她全身的疲惫。她闭眸,脑中一片空白,沉沉地泡了一刻的光景,待水转凉,才慢慢爬出。

擦净身上的水,苏婉之起身换上已经挂在屏风上的嫁衣。大红嫁衣衣角透迤于地,很是高贵华丽。

苏星为她梳好发髻,帮她戴上凤冠霞帔,又往她的脸上多拍了些胭脂,以掩盖苏婉之过分苍白的脸色。

门外响起了噼里啪啦的爆竹声,恰好此时有人走进来。

"你回来了?"

苏婉之回首,只见计蒙亦穿着喜服逆光走来,红衣似火,脸上也隐约带了些倦意。

她点了点头,环佩声在耳畔泠泠响起:"没有食言,我回来了。"

日光落到房内,浅浅的光晕稀薄到淡不可见。

此时恰是辰时。

计蒙走到苏婉之面前,能看见苏婉之眼睛里浮起的淡淡的血丝,他料到这大约是她一夜奔波未睡的缘故。

计蒙没有问别的，只是从背后拿出一碗尚温的元宵，搁在苏婉之面前的桌台上，柔声道："祁山讲究不多，仪式一向从简，不过约莫也要折腾个把时辰。你先吃点儿垫垫，等仪式结束就先睡吧。"

苏婉之端起元宵，垂头低声道："谢谢。"

"谢什么，"计蒙笑开，仿佛如释重负，"你只要别再折腾出事来，我就很感激你了。"

元宵的热度透过瓷碗传递到苏婉之的手上。她轻轻舀了一个元宵入口，圆润饱满的颗粒微烫，含在口中几乎要烫到口腔，淡淡的水汽腾上了苏婉之的眸子。

她什么也说不出口。

其实，她已经没有紧要的事需要赶去明都了，那也不用再嫁给计蒙了。

"那我先出去了。"

眼睁睁看着计蒙走出去，苏婉之捧着元宵什么也没说。

不多时，祁山的女弟子鱼贯而入，很快整个院落都热闹起来，虽有人拈酸不甘，但大部分人说的是祝福语。

最后赶来的是祁山的掌门夫人，赶走一干女眷，笑吟吟地拉着苏婉之出了院子。

院外一地爆竹烟花的碎屑，往日常见的师兄弟一个个挤眉瞪眼地抱着乐器吹拉弹唱，再远些是一顶红绸包裹的轿子。

苏星急急地跑来，给苏婉之盖上了红盖头，便搀着苏婉之上了花轿。

直到一步步踏进礼堂——也就是祁山正殿，苏婉之还有种做梦一般的感觉。她忍不住打了个哈欠，有人给她递上茶盏，她听见计蒙的声音："把茶奉上就好。"

苏婉之照做，接着便听见高亢的男声——

"新人拜堂，一拜天地——"

苏婉之握住红绸的一截，低头，微微觉得眩晕。

"二拜高堂——"

苏婉之觉得自己的头更重了。

"夫妻对拜——"

砰的一声，苏婉之一头向前栽去。计蒙手疾眼快地揽住苏婉之，苏婉之整个人瘫软在计蒙怀里，面色潮红，不省人事。

计蒙伸手一探，苏婉之的额头温度偏高，像是病了。

正殿里的其他人都有些愣怔，一时间不知发生了什么。

"她病了，我先送她回去，你们继续。"

说完，计蒙的手一抄，他抱着苏婉之，不顾众人的目光朝外走去。

踢开布置好的新房门，将苏婉之放在床上时，计蒙也微微喘起了气。

其实以他的武功，抱苏婉之绕祁山走个来回都不成问题，只是……他昨晚亦没睡。

苏婉之说会回来，他并不全信。苏婉之和那个人有什么纠葛他一概不知，唯一知道的便是那人在苏婉之心中的地位比他只怕要高得多，他不是不信苏婉之，只是……越是不知，心里就越是不安。

好在，苏婉之到底是回来了。

躺在床上，苏婉之仍睡得不安稳，口中喃喃说着什么。

计蒙替苏婉之除去凤冠霞帔，又给只着中衣的她盖上梅红锦被，接着又用手探了探她的额温，倒也并非那么高。计蒙这才放下心，他想，苏婉之大约是太累了，让她先睡一会儿也罢。

刚想出门，计蒙又忍不住凑近苏婉之唇边，听她在说什么。

含含糊糊的音节分辨不清，他只能隐约听见她说："姬恪……别死……不许死……还没有……啊……"

似乎是看见了什么极可怖的场景，苏婉之低叫一声，额上直冒冷汗，之后却渐渐平静下来，不再呢喃。

计蒙木木地直起身，心中不知是什么感觉。

他甚至不知道自己娶苏婉之的决定究竟是对是错，苏婉之的整颗心……只怕都在另一个人的身上。

帮苏婉之掖好被角，计蒙无声地退出房间。

在这场异常昏沉的睡眠里，苏婉之陷入深沉的梦境中。

所有的画面被打散，又在脑海中以各种方式上演，一梦未醒又是一梦，压抑得她几乎无法呼吸。

她梦见幼时的年华，梦见爹娘，梦见苏慎言，但梦到最多的还是姬恪。

藏于记忆里的每一段往事都被重新组合然后被塞回苏婉之的脑中，她梦见御花园里年纪尚轻、笑意纯然的姬恪，梦见在那个小村落与她共舞、笑容无奈的姬恪，也梦见了躺在床上、脸色惨白、鲜血浸染衣衫的姬恪……

姬恪目光空落，微笑地面对着她，唇角血液满溢，双眸渐渐闭合。漫天血色吞没了他，生命的迹象刹那枯萎，风华逝去，渐渐无痕，再不可追。

如此，循环往复。

终于，她骤然惊醒。

满额的冷汗浸湿了鬓角，苏婉之用手背蹭着眼眶，点点湿意灼烫了手背。

看外头天色，竟已渐渐日暮，她昏睡了多久？

苏婉之刚垂下眸子，就被满目的艳红惊骇，霎时间脑中掠过姬恪在漫天血色中凄婉微笑的模样。她脑中嗡的一声，那场景如烟云般轰然炸裂。她掀开被子，坐直身下床。待那些思绪渐渐静止，她才缓过来，恢复了清醒，也忆起了之前发生的事。

外面传来喧哗的声音，隔着屋宇院落，显得很遥远。

苏婉之换上摆在桌上的红色常服，推门而出，一直走到膳堂，这一路都未遇见人。直到她走进膳堂，远远地瞧着里面满是喜庆的人群，而计蒙站在正中，一杯杯灌着酒，看不出是否喝醉了，嘴边是惯常的笑容。

他并没有发现苏婉之。

苏婉之站在门口，不知道是否该进去。

"小姐小姐……"苏星的声音响起。

苏婉之回头，正看见苏星向她跑来，问道："我在呢，你怎么在外面？"

没有回答苏婉之的话，苏星只是欲言又止地望着苏婉之，背着手费力地眨了两下眼睛。

苏婉之轻笑道："怎么了？想说什么就直说吧。"

苏星略略退了一步，把藏在手上的东西捧给了苏婉之，那是一只白鸽。

苏婉之狐疑地接过，抓着白鸽，问道："怎么了？"

苏星咬咬牙说道："小姐，那白鸽腿上绑了一张小笺，本来不想给你的，可是……唉，还是你自己看吧……"

苏婉之取下小笺展开，字迹很陌生，但显然写得很潦草，只有简单的一行字：

公子昨日昏迷，生死不明。

想来应该是其徐写的，苏婉之记得只有他叫姬恪公子。

手指慢慢攥紧小笺，苏婉之默默低下头，沉默了片刻，问苏星："你这是哪里来的？"

"下午我看见这只白鸽一直在我们院子里低飞，就抓来看……然后看见了

这个……"

苏婉之又问："还有别人看见吗？"

"这个……应该没有了……"

苏婉之又沉默了一会儿，才轻声道："我知道了。"

梦境里姬恪的模样在脑海中飞速掠过，一幕幕闪烁。

苏婉之闭上眼，摇摇头，挥散脑中的念头。

然而，下一刻，有人夺过她手里的小笺。

苏婉之回身想抢回小笺，却看见计蒙正垂头看着那行字，嘴角勾起的笑容慢慢淡去。他看向苏婉之，问道："苏婉之，这个'公子'……是你担心的那个人？"

昨日。

姬恪颓然地放下手，肩胛处的伤口传来一阵阵痛楚。

原本苏婉之刺得并不深，但因为未及时止血又加上他逞强强行拔出伤口上的匕首，致使他肩膀上的伤愈加严重，勉力支撑住的身体也不过是强弩之末。

其徐冲进来，看到这一幕，惊得差点儿绊倒在地。

蜿蜒流下的血液染红了整只手臂，顺着指尖一点点滴落在地面，姬恪的面容惨白骇人，全无血色。

其徐连连叫道："公子，公子……"

姬恪并未应声，煞白着一张脸，脸微侧，面沉如水，一动不动地望着远处，似在沉思，又似在神游，对自己身上的淋漓鲜血浑然不觉。

昏黄的灯光勾勒出姬恪的轮廓，在虚无缥缈的光影里，姬恪好似随时会随着灯光消逝。

其徐见此，心中更是惊惧，顾不上尊卑，伸手探了探姬恪的脉。

其徐的手还未搭上姬恪的手腕，姬恪已缓缓抽出手，转头平静地看向其徐，音色空寂而孱弱，并没有任何悲喜："我没事，替我包扎吧。"

其徐忙出门去找大夫来包扎，谁知他一只脚刚踏出门，却听见身后砰的一声重响！

他骤然回过头，姬恪倒在了榻上，雪色狐裘披散开，伴随着浸染鲜血的凌乱发丝，飞舞散开。

而姬恪，已人事不省。

"公子！"

"苏婉之，告诉我，你要去吗？"

"把它还给我。"

计蒙没有阻拦，任由苏婉之将纸笺夺了回去，静静地看着她，似乎在等待着她的回答。

苏婉之将纸笺撕碎，握在手心："没事了，我走了。"

苏婉之反向走出去一步之后，又听见计蒙的声音："你是打算又背着我偷偷离开吗？"

"不是……"

"那为什么不肯回答我？"

良久的沉默后，计蒙没有逼迫苏婉之，只是默默地等着。

苏婉之的声音从不远的地方传来，声音并不大，怯弱得半点儿不像那个胆大包天、胡作非为的苏婉之："我不知道，我自己都不知道，要怎么回答你。"

她第一次出现这种迷惘的情绪。

苏婉之做事素来干脆利落，简单明快，最讨厌拖泥带水，可是真的亲身体会才明白，面对有些事情能做到不迷惘有多么不容易。

"笨蛋。"

"啊？"苏婉之抬起头，计蒙不知何时站在了她的面前。

清俊的面庞上挂着淡淡的微笑，他没有任何为难她的意思。

"知道你不可能真的放得下。"计蒙抬起手，似乎想揉揉苏婉之的头发。现在苏婉之的身上正穿着红色的常服，他还记得她一身大红嫁衣的样子，颊染云霞，美不胜收……好吧，那只是他自己的想象。

但苏婉之终究还是回来了。

她为他穿上嫁衣，同他携手行礼。

计蒙不是个大度的人，但让他满足竟是如此容易。

"那就去见他吧。"

"计蒙……"苏婉之震惊地看着计蒙。

计蒙想揉苏婉之头发的手停在半空，转而轻轻地对着苏婉之的额头弹了一下，而后微笑道："真是个笨丫头。"

笑声飘散在空中，没有他一贯似笑非笑的嘲弄。

苏婉之几乎不知道该说些什么，只觉得眼眶越来越热，越来越红。

待姬恪再有意识的时候，已经疲累得连眼皮都抬不起了。

伤口处仍然隐隐作痛，只是大约上药包扎过，不再那么难以忍受。姬恪试图坐起，才发现身体无力到竟连一根手指都抬不起。

惊诧之后，姬恪只得在心中苦笑。

这次他当真是什么也无法再争取了，无论是皇位还是……苏婉之。

他已经出来了不短的日子，明都内究竟如何，他一概不知，更别提谋划筹措，这个先机若被姬止或者姬跃抢先，那等着他的绝不会是什么好下场……

现今，他却是无能为力。

突然间，姬恪却觉得轻松了——八年了，他活得太累了。

睁不开眼，他却能感觉到微弱的火光在眼前闪烁跳跃，宛如篝火。

几乎是有些迟钝的，姬恪意识到……已经，又入夜了吗？

那么……苏婉之已经成亲了？

姬恪的眼眸前一片漆黑，看不到任何事物。长久的寂静与沉默后，一丝丝的酸涩之意从胸口蔓延而上，透过四肢百骸，渐渐涌向身体的每一处。

混合着肩膀肺腑中的疼痛，逐渐麻木了身体的痛楚，似乎永无尽头。

当他是谢宇的时候，他可以毫无顾忌地揽住苏婉之，要求她不要嫁给计蒙。

可是如今，他根本没有那个资格。

是不是所有人都是在失去后才会知道感情的珍贵？

千金易得，人心难求。

如果再给他一次机会让他回到以前，他还是会做同样的选择，谈不上后悔或悔恨，那是已经深入骨髓的趋利避害的反应。只是如今的心痛也是真的，他从未想过自己有一日会这样在乎一个女子。但当一切已成定局，连他自己也无法违背自己的心。

这种感觉是从什么时候开始的呢？

连他自己也未曾察觉，还真当自己的心是铁石做的，当一颗真心全无防备地呈现在眼前的时候，自己的心湖到底还是被搅乱了。

然而，搅乱心湖的人已经被他一手推远，投到了别人的怀抱，无法挽回。

原本已经麻木的内心在这一刻无法抑制地抽痛起来。

若不是他现在根本动弹不得，只怕得即刻按住心肺。

忍耐着漫长而持久的疼痛，姬恪在榻上不知躺了多久，忽然在耳畔响起琐碎的争执声——

"公子已经昏迷了一天一夜，不知何时会醒来，何时又会……苏小姐就不能先放下别的事情，先带公子去回春谷治病吗？"

"这与放不放下无关，我为什么要带他去治病？"

"苏小姐真的能够眼睁睁看着公子死？"

"我是不能看着他死，可我也不想救他。"

"为什么？若是苏小姐真能狠得下心，那为何此时会在这里？"

那些声音似远还近，像是从另一个世界传来的。

声音依旧在继续，对话者却仿佛转换了。

"苏婉之，既然我带你到了这里，那若你想带他治病我不拦你。"

"师兄，这次还算我叛门吗……"

"这次不算。你没有辜负我的信任，所以……我也给你一次信任，你带他去治病，治好了再回祁山。"

"可是，计蒙……万一治不好，万一我回不来呢？"

"那就当是我倒霉。"

"为什么，为什么你会答应……"

"我也想问自己这个问题，不过……算了，你就当是我突然良心发现好了。话说我答应你，你的第一反应不应该是开心吗？干吗想这些有的没的。"

"对不起……"

"好了，别抱了，擦擦眼睛，去看看他死了没。"

…………

断断续续的对话并不连贯，姬恪只能听见只言片语。

姬恪能感觉到有人在靠近他，能听见轻微的哽咽声，能闻到一股熟悉的淡淡的女子的气息，但他却怎么也睁不开眼。

衣衫摩擦，应该是紧紧拥抱的声音。

直觉告诉他，那是苏婉之和计蒙。

胸腔中的心像是又沉了沉，沉痛到再无所觉。外界的一切越发远去，他像是被隔绝在另外一个世界。

一个只有他自己的世界——

安宁，寂静，没有权谋，没有责任，没有仇恨，也没有……爱。

在那个世界里，他安静地翻阅曾经短暂的美好回忆。

和母妃待在霜华殿里的时光——母妃教他读书习字，给他念地理志上那些名山大川的名字，用笔墨描绘壮丽恢宏的山河，将一切美好铺陈在他的面前。母妃还会抱着他唱那些动人的歌谣，声音温柔婉转，歌声一遍一遍地在耳边回荡，久久不绝。

苏婉之千算万算也没有算到，自己会有再和姬恪一起上路的时候，哪怕这时候的姬恪昏迷着。

这本是不应该的，不论是谁，带姬恪去回春谷的怎么都不该是她。

苏婉之努力地为自己开脱，姬恪虽然过分，但至今所为也罪不至死，更何况，姬恪会病到如此地步，或多或少和她脱不开干系。

但真正踏上陪姬恪看病的路之后，苏婉之才清楚地知道，促使她这样做的并不是因为这些理由，真正的原因也许仅仅是看见姬恪躺在床上，虚弱得仿佛随时会被风吹散，而他却毫无知觉……

她终究还是心软了。

好在，姬恪一直昏迷，他并不知道她的所作所为。

苏婉之在心中打定主意，送姬恪到回春谷，救活姬恪之后，在姬恪清醒之前她就离开。至少那时候，她不会再为姬恪的事情忧心。姬恪回去谋取他的皇位便谋取，她老老实实地回祁山过她的小日子。从此以后，他走他的阳关道，她过她的独木桥，老死不相往来。

虽说她让姬恪发了誓，但倘若姬恪继位，这个骗子怎么会信守那样的誓言。若干年后，姬恪娶妻生子，那就真的与她再无瓜葛了。

苏婉之这么想着，却丝毫未考虑过万一姬恪救不活该怎么办。

为防姬恪重病昏迷之事泄露，他们轻装简行，上路的只有四人。

姬恪，其徐，苏星和苏婉之。

除了马车内为怕颠簸铺了厚厚的贵重绒絮，让姬恪躺得极舒适外，一路上三人都是低调行事，穿的衣饰皆是常人打扮。

回春谷在齐州，然而偌大的齐州，即便有了地图，要找到一个小谷又谈何容易。

到了齐州属地，为免将事情闹大，其徐并没有联系齐州郡守，只在城中小客栈定下两间房，将姬恪安置好，又让苏婉之、苏星看着姬恪，之后他便拿着计蒙给的地图，独自寻找回春谷的位置。

这一路，他们赶路颇为小心，生怕姬恪在路上就一命呜呼。

此时虽然姬恪还未清醒，但至少呼吸尚在，苏婉之也算放下了一颗心。她靠坐在客栈房间内的椅子上，用手臂撑着额头，神情复杂地看着躺在床上的姬恪。

苏星去张罗吃食了，房间里一时安静下来，只剩下苏婉之轻缓的呼吸声。

她抬手倒了杯八仙桌上的茶水，已经有些凉了的茶堪堪可入口，但旅途疲累，苏婉之也顾不上其他的。喝了两口茶解渴后，她又另取了杯子倒茶，握着茶杯走到床边，用手指粗鲁地掰开姬恪的嘴，将茶水灌进姬恪已经有些干裂的嘴唇中。

她明明只是想喂水，却还是不自觉地下点儿狠手。

因为这几天小心赶路，姬恪的病情没有严重，但也好不到哪里去。许是他失血过多，脸色依然惨白，也没有一点儿醒转的迹象。

苏婉之将茶杯放到一边，低头看了看姬恪。

此时，涌上她心头的第一感觉已经不再是姬恪的脸有多好看，而是……这到底是个什么样的人？

苏婉之忘不掉姬恪血染白衣向后仰倒，笑着让她刺他时的神情。

他什么都不在乎，甚至自己的生死都不在乎。

在痛恨眼前人的同时，她同样觉得心疼——到底还有什么能让他在乎？

她正想着，门外忽然传来一阵嘈杂声。

苏婉之起身出门查探，楼下客栈的大堂此时围满了官兵。

是齐州的官兵，应当算是姬恪的兵了，苏婉之倒也不畏惧。不过她也大概猜出姬恪此次是偷跑出来的，若被发现，事情闹大，并非好事。

苏婉之刚想到这里，楼下已有大嗓门的官兵拿着幅画像嚷嚷道："我们奉了齐州司马之命，前来捉拿朝廷要犯，客栈里所有人都给我出来！出来，让我们对着画像一个个检查！"

闻声，苏婉之心里一紧。姬恪现在这个样子怎么出去……她倒不担心姬恪被认出，毕竟姬恪还是皇亲贵胄，普通衙役怎么可能认得他。

苏婉之还未想出对策，目光突然胶着在那幅画像上。

画像上是位年轻公子，一身白衣，温文尔雅，面容俊美到好似天人，简直再眼熟不过了！

有没有搞错啊！

苏婉之禁不住心里一咯噔。

这……这不是姬恪吗！他自家的兵怎么把他当朝廷要犯了？！

苏婉之深吸一口气，让自己冷静下来。

苏婉之想，搞没搞错不重要，重要的是现在这帮人的确是来找姬恪的，而且绝对来者不善，她趁着楼下搜查的官兵还未到，迅速合上门。

她回头看，姬恪还是一脸苍白地躺在床上，毫无知觉。

苏婉之推开窗户，发现外面是片小池塘，她跳下去倒没什么，可是姬恪跟着下去……会死吧？

门外喧闹声已经越来越近，苏婉之快速打量了一下房间，脑中飞快地否定了几个位置，最终干脆翻身上床，拉开被子，褪去外袍只着中衣，又将姬恪往下推了推，用被褥掩住。

不一会儿，官兵就敲到了苏婉之的房间。

"请进。"

十来个官兵很快进了房间，见面前的是个小姐，为首的官兵有些猥琐地笑了笑："小姐这是在休息啊。"

苏婉之轻轻咳嗽了一声，低垂眉眼作楚楚可怜状："小女子这几日偶感风寒，侍女刚出去拿药。"

她想自己装作弱女子，只要瞒过官兵便好，对方应当不会查得那么严吧。

谁料听了苏婉之的话，那几个官兵根本没有出去的意思，为首的官兵盯着苏婉之的脸，一脸玩味："没什么，我们来找个朝廷要犯，例行搜查，希望小姐不要在意，呵呵。"说着他又道，"不知小姐是哪里人，要到哪里去？此时怎么一个人在客栈里？"

苏婉之信口胡扯，一一对答，而后继续咳嗽，装作一副体力不支的样子："那不知官爷要检查多久……"

"这个嘛，很快啦……"

说话间，官兵已经把房间内的书柜、衣柜、窗帘统统翻了个遍。

那些官兵当然不可能搜出人，为首的官兵挥手正准备让人都退出去，苏婉之松了口气。

却见那人视线一瞟，瞟到了苏婉之睡的床上，说道："这床榻我们好像还没搜呢……"

苏婉之那颗刚放下的心又提了起来，忙用低弱的声音义正词严道："官爷说什么呢，小女子尚未出阁，这床上怎么可能还有第二个人？官爷请不要毁了小女子的清誉！"

"这我们可不知道……小姐掀开被子让我们看一看嘛……"

禽兽！

苏婉之这一刻只有这一个反应！

苏婉之看着对方走近，假装惊恐地攥紧被子裹在脖颈处，手指却快速在床上摸索，只是一动就碰到了姬恪脸颊上的肌肤，姬恪离苏婉之极近，她都能感受到他浅浅的呼吸。

茶香芬芳，淡淡袭人。

姬恪的呼吸声让苏婉之心中莫名一定，手指继续摸索，很快她便摸到了藏在床上的匕首，握紧匕首柄，只等对方拉开被子，她就动手。

多亏了这个禽兽以为她只是个弱女子，将其他人都赶了出去。面对十几个人，她一个人有逃出去的胜算，若是带上根本不能动的姬恪，那就基本等于受死。

那个为首的官兵掀开帘子，轻佻地用手抬起苏婉之的下巴。

苏婉之咬住下唇，瞪大了眼睛，手却暗暗握着刀柄。

这样的人渣，她就算砍了他也不过分！

三、二……

她在心中默数。

就在"一"要说出口的瞬间，突如其来的声音打断了那个官兵的动作。

"哎哟，刚才有个人畏罪跳窗逃跑了！快追啊！"

忽然门外一阵嚷嚷，那官兵又看了一眼苏婉之，不情不愿地走出去，当机立断命令手下："快出去，追！"末了，他还不甘心地扭头对苏婉之道："小娘子叫什么名字？是哪家的姑娘？若是尚未婚配，不如就嫁给爷吧！不要觉着爷现在只是个捕快，我告诉你，我跟的可是司马大人，很快齐州就是司马大人的天下了！我保证你跟着爷，下半辈子绝对荣华富贵享之不尽！"

说完，那个为首的官兵才跟着手下一道追了出去。

苏婉之松开手，只觉得手心已经被汗湿透，头皮也有些发麻。

她把姬恪从被褥里拖出来，探了探脉。还好，他还活着，只是在被褥里闷了好一会儿，他的额上起了薄汗。

苏婉之用手帕替姬恪把汗擦干净，然后用手支着脑袋，低头看了他一会儿。

紧闭着双眸的姬恪依旧俊美如故，三千如瀑的发丝散乱在肩头，衬着那张俊

美的脸庞多了几分让人心怜的矜贵和脆弱。偏偏这时，姬恪的嘴角无意识地扬起，神色柔和温润，让人不禁遐想他若睁开眸子又该是如何模样。

苏婉之长叹一声，想着，如果姬恪一直是这样温柔无害，干净得让人连染指都不忍，那该有多好。可是为什么他的思虑要这么深？为什么他总是做着让人看不透的事情？

她回想起在祁山，姬恪假扮谢宇的时候，为了躲避计蒙，谢宇也是藏在她的被褥中。他们用手指在手心写字，幼稚却也温暖，满心都被抚慰的暖意熨烫着。

如果，如果……太多的假设，丝毫不切实际，苏婉之无奈地半闭双眼，手指不由自主地触到姬恪的手掌，慢慢将其摊开。

苏婉之细长的手指一勾一画。

姬恪，对于你，我到底算什么？

苏婉之的心口慢慢升起了说不出的滋味，或痛或伤或怅或惘，她这辈子真的是栽在了姬恪的手上，栽了一次不算，居然还栽了两次。

可是，喜欢就是喜欢，她又有什么办法。

苏婉之慢慢俯下身，在姬恪失去血色、微微干裂的唇上印上一吻，淡若烟云。

随即苏婉之爬起身，披上外袍，脸上再看不出半分刚才的缱绻。

她也只敢在姬恪昏迷的时候做这些，若姬恪醒了，她倒不知道怎么去面对他了。

苏婉之深吸一口气，下床后朝门外看了一下。也许是刚才的动静太大，这会儿大堂里没有多少人。

不过，这些人为什么要抓姬恪？

苏婉之转念想到之前那官兵对她说的话，他跟的是齐州司马大人……很快齐州就是司马大人的天下……众所周知，齐州之主自然是齐王，这个小小的齐州司马又怎么敢说这种话，难道说……

苏婉之不敢再想下去。

他们当务之急是赶快离开这里。如今，此地绝对不是久留之地，虽说现在官兵走了，但保不准对方一会儿发现逃跑的那人不是姬恪，就又回来了。

苏婉之把姬恪扶起，替他穿上鞋袜，又戴上面纱，搀扶着姬恪，背起包袱就朝外走去。

苏婉之到了楼下，正遇上欲上楼的苏星。苏星见到苏婉之忙小声急急地道："小姐，刚才那些人是来抓姬……公子的，你看到没有？"

"我知道。"苏婉之半步不停地朝外走，语速轻而快，"我们现在就走，你去和掌柜说待会儿其徐回来让他先在这等着。"

早与苏婉之默契十足的苏星连连应声，跑向柜台。

许是生病的缘故，姬恪并不太重，甚至苏婉之一用力就能透过单薄的衣衫摸到他的骨骼，有些硌人。

病痛已经让他消瘦至此了吗？

够了！现在不是想这些的时候！

压下心头的担忧，苏婉之继续朝前走。

看着人来人往的陌生街道，苏婉之顿了顿脚步。客栈是不能住了，况且她又不熟悉齐州境内的情况，接下来要去哪儿好？

苏婉之思前想后，终于想到了一个可以住宿还不会被无故盘查，并且可以打听消息的地方。

那地方虽说不怎么拿得出手，但至少那地方她熟！

夜色渐浓，芙蓉楼前脂粉香气弥散，楼内喧嚣，自是声色犬马，灯红酒绿，一片芙蓉乡的景致。

"公子，公子，怎么瞧着有些面生……您这是第一次来吧，我们芙蓉楼的姑娘可都是个儿顶个儿的大美人，包您满意……"

一身华衣，摇着金边折扇，半掩唇的年轻公子露出了颇感兴趣又很是遗憾的表情，身上挂着的玉珏璎珞随之晃动，显出几分贵气。年轻公子悠悠地说道："鸨妈妈呀，我确是头回来这里，不过今次可不是来见识您家的美人……"

"哟，公子这是为何而来啊？"

说话间，年轻公子对着自家小厮勾了勾手指，只见那矮个子的小厮抱着一个昏迷不醒的人走上前。

"妈妈瞧这姑娘如何？"年轻公子折扇一收，半挑起那人的脸。

灯光辉映，投射在那人的面容上。白皙的肌肤如玉似雪，五官毫无瑕疵，宛如天赐，唯独唇色略白，但姣好的唇形反让人觉得别有一番风情。这容貌即便在青楼的浮华喧嚣中，仍是透出几分清冷出尘的尊贵，让人不忍玷污，竟是美得不似人间该有的。

只一眼，老鸨就看呆了。

美人她见多了，还真未见过如此样貌的……真是，要是落进她的手里，她保

证能让此美人红透整个齐州！

不等她再看上两眼，那年轻公子就迅速将美人的面容掩起，看着老鸨痴痴的样子，流露出几分不满。

老鸨很快清醒过来，忙半赞半妒地道："公子，你这……姑娘，真是美！妈妈我也是头回见到这么标致的美人。"

年轻公子这才有了几分得意之色，悠悠地摇着折扇，说道："好了，你也看到了，这可是个极品，我花了大力气弄来的。不过，我这身在外地，去客栈又觉得不安全，能不能劳烦妈妈给我弄间清静些的院子……放心，这银子我是不会短了你的！"

老鸨恍然大悟，这样的事她以前也不是没遇到过，也知这样的客人虽然不点姑娘，但出手一般都比较阔绰，也不会赔本，忙不迭地应道："这容易，妈妈我马上就带你们去。"

年轻公子似无意地叹道："明都太不安生了，还是这齐州好，天高皇帝远的。"

老鸨一听这公子是自明都来的，就更高兴了："那是那是，我听其他的大人说现在明都可乱了，各家大人都闭门不出，生怕惹火烧身，改天就被人弹劾下去，据说这天子快不行了，底下几个儿子都想抢那个位置呢……"

大约老百姓都有八卦的爱好，对方只说了一句，老鸨就喋喋不休地说了起来，反正明都和齐州离得不近，她不怕有人来找她麻烦……

"就说我们这齐州吧，那是齐王殿下的属地，我虽没见过齐王，但也知道这齐王不只长得好，也是真有才干的。他来的这些年，不少商贾在他的鼓励下也跟着过来做生意，贪官也比之前少了呢……"

年轻公子若有所思地听着，忽然打断她的话，问道："对了，现在这齐州司马是……"

"公子想去拜访？"老鸨自以为看出了对方的意图，得意地一笑道，"那公子可是问对人了。这司马大人可是我们芙蓉楼的常客，最爱点我家的烟红姑娘了，隔几日就要来一次呢。过两日公子若有意，妈妈倒是可以给公子牵个线，只不过……"

老鸨搓了搓手。

年轻公子当下一笑，从小厮手里接过一锭银子放在老鸨手里，意味深长地说道："一切都麻烦妈妈了。"

苏婉之走进院中，放下折扇一拍喉咙，吐出一个喉结丸，颓然地坐在八仙桌边，随手给自己倒了杯茶，又递了一杯给苏星。

苏星把姬恪放在床上，也累得够呛，接过茶水喝了一口。

主仆二人相视一望，皆是默默无言。

良久，苏星问："小姐，你脸上的妆要不要洗掉？"

"不用了。"苏婉之摇头道，"万一等会儿有人进来也不方便。"

"小姐，你刚才演得真好。"

"我要谢谢你的夸奖吗？"

"呃……不用了。"

拜苏慎言所赐，苏婉之从小到大女扮男装跟着他出入烟花场所的次数其实也不算少。而且每次苏慎言那个坏蛋带她去，都一脸神秘地对人介绍说她是他表弟，他是带她来见见世面的！然后苏婉之就能见识到各种各样冲击她世界观、人生观的事情……

不过，这也得感谢苏慎言，若不是观摩了他这么多次，这种花花大少的姿态她也装不到这种程度，虽不是十成十的像，但也像了个六七成。再加上她刻意加深加粗的眉毛，脸上也化了妆，脖颈处的喉结和肩胛两侧的垫肩，好歹让苏婉之混了过去。

他们总算是进来了，至少暂时不用担心官兵追捕了。

而且通过刚才从老鸨那儿得来的消息，苏婉之至少知道了一点：明都还没彻底变天，那些官兵应该不是在大范围地追捕姬恪。

苏婉之闭上眼睛想，虽然她不大关心朝廷争斗，可也知道储君未立，几位皇子为了抢夺皇位明争暗斗。之前晟帝身体好时尚能维持平衡，如今晟帝随时会驾鹤西去，只怕明都里已经是暗潮汹涌了。

如今这个时候，姬恪居然不在明都……

苏婉之简直不知道他是怎么想的。

他不是想当皇帝吗？不是为了当皇帝才要娶王萧月，还为此对她赶尽杀绝？

那现在姬恪又是什么意思？

要知道一旦晟帝驾崩，又没来得及确立储君，不，哪怕是立了储君，只要有人能以最快的速度掌控住明都的局面，那么皇位就已是囊中之物了。

而姬恪现在……如果这样下去，他是绝对当不了皇帝了。如果姬恪当不了皇帝，那么他之前做的一切都白费了……

策无遗算的你也有玩输的一天吗？

想到这里，苏婉之承认，这个结果让她心情很好……

她走到床边，床上的美人姬恪还是毫无知觉的样子，苍白的面容恬然安逸，仿佛还带着几分笑意。

苏婉之摸了摸姬恪的脸，突然想起一件事。

这一路颠簸，客栈里遇险，芙蓉楼里的喧嚣竟然都没有惊醒姬恪。虽然姬恪心脏的微弱跳动证明他还活着，可是他这个样子……不会一辈子都醒不过来了吧？

这个念头猛地冒出来，苏婉之心里忽然一惊，刚才的几分得意一下荡然无存。

苏婉之正想着，门外又响起老鸨殷勤的声音："公子，公子……想着公子一路舟车劳顿，我派人给您送了些吃食。对了，您这第一次来，一定要尝尝我们这儿的招牌芙蓉酒啊。"

苏婉之赶忙吞下喉结丸，压着嗓子道："进来吧。"

坐在桌边看着一桌的美食，苏婉之才发现自己是真的饿了。

之前，她忙着逃跑，根本没来得及吃饭，此时她和苏星两人围坐在桌边，三下五除二地吃下了大半桌子的饭菜，当然姿态还是优雅的。

老鸨用略怪异的眼神看着两人。

苏婉之也懒得管，反正她现在演的是男人，没必要那么秀气。她吃完拭了拭唇，将剩下的半碗饭兑了汤搅了搅，走到床边单手扶起姬恪一勺勺小心地喂了进去。

"公子对这位美人当真是情深。"

苏婉之笑道："那是，美人嘛，总是有些特权的。"

"只是……这位美人我瞧着一时半刻也醒不过来……"老鸨的眼睛转了转，"公子不妨再多点个姑娘。我家的姑娘虽没有这位国色天香，但是都体贴乖巧，公子不妨当作前菜品一品，再品这大餐更是别有一番风味。"

这老鸨果然是来推荐姑娘的。

苏婉之又取出一两银子，放在桌上，道："这桌酒菜我谢谢妈妈了，姑娘嘛，我这人虽然也好换换口味，但此时心心念念的只有这一位，就暂时不劳烦妈妈了。当然，腻了之后，我再来妈妈这里换换清粥小菜倒也不错。"她说得落落大方，没有半点儿拘谨不安，浑然一个欢场老手。

老鸨拿了银子，不甘不愿地出去了。

苏婉之松了口气，将姬恪放平，走过去看了一眼那酒。

苏星会意，小心地用银针验了验，才对苏婉之点了点头。

出门在外，虽说运气不会这么差，不过防人之心不可无，小心驶得万年船。

他们确定那酒无毒之后，轻轻地打开那细长颈的酒壶的壶盖，馥郁的酒香自精致的酒壶中飘出。苏婉之倒出来一点儿，尝了尝，味道确实不错，浓淡正好，不辛辣也不平淡。酒味化开后是浅浅的馨香，滚过舌尖，醇香丰醴，似苦还甜，韵味绵长。

苏婉之心想，心乱成这样，能稍微麻醉一下也不错。

苏婉之又给自己倒了一杯，转身叫苏星："要不要也来点儿，味道不错。"

"我……可以吗？"

"当然啦，小姐我都叫你喝了，还有什么不行！"

苏星道："那小姐我不客气了！"

"呃……"苏婉之笑道，"你什么时候跟我客气过了。"

两人喝了一会儿酒，又坐着休息了一会儿。夜已深，两人出了客栈就没敢再回去，因此她们没有其徐的消息。苏星想着夜晚应该没有人再来搜查了，便提出要去跟其徐碰个头。

苏星走后，房间里便只剩下苏婉之和昏迷不醒的姬恪。

苏婉之想起刚才的念头，又呆坐了一会儿，自斟自饮了两杯，不自觉地望向床榻。

此刻的姬恪依然是没有反应的木头美人。

苏婉之无声一叹，望向窗外。月光皎洁，当空一轮明月。

不知是酒不醉人人自醉，还是月色太过朦胧，苏婉之的眼睛里浮现出一片朦朦胧胧的重影，眼前的一切都变得模糊不清，带着暧昧的色泽，让人心驰摇曳，意识不清。

随着酒水一杯杯入口，苏婉之莫名觉得孤寂。

为什么只有她一个人呢？

她一个人醉，多无趣……

苏婉之又倒了一杯酒，坐到姬恪的床边，端起酒杯扶着姬恪喂了进去。姬恪似乎被灌惯了东西，即使没有意识，汤汁和酒水也能轻易地灌进去。喝完之后，姬恪还是没有反应，脸色仍旧惨白，唇瓣仍旧干裂，眼皮紧闭，没有半点儿要醒来的迹象。

苏婉之无趣地撇了撇嘴，又坐回了原处。

一壶酒喝尽，苏婉之的脑袋也晕得不行了。

屋子里只有一张床，她不可能把姬恪挤下去，自己也不可能睡地下。想了想，苏婉之终究还是吹灭灯和衣躺上了床，反正姬恪现在昏迷不醒，她就当他是根木头好了。

苏婉之睡了不到一炷香的工夫，睡得迷迷糊糊的，突然觉得身体里莫名腾起了一股热意。

随即，那股热意蔓延到了四肢百骸，而她整个人都像是被泡在了温水里，浮浮沉沉，混不着地，渐渐又有一股燥热袭来。

苏婉之不耐烦地踢开被子，扯了扯衣领，露出来的肌肤被夜风一吹，舒服了许多，还是不够……还是好热……

一时间，她恨不得把身上的衣服全部扒干净……

这个念头终于引起了苏婉之的警觉，不对劲！

她口干舌燥地爬下床直接摸到八仙桌上的茶壶，咕咚咕咚对着壶嘴喝了起来，半壶凉茶下了肚，才勉强压下一点儿热意。

可是苏婉之的脸上还是烧得厉害。

她之前唯一接触过的东西就是那老鸨送来的食物和酒……等等，酒！

苏婉之联想起老鸨送酒来时那欲言又止的风骚劲和暧昧的眼神，不祥的预感越发浓重。

这酒里面……不会放了……

千算万算，她们只想到酒里会不会下毒，没想到还有这茬！

这玩意比毒还可怕啊！

苏婉之想到这里，脸立刻绿了，她僵着脸，视线转向床上的人。

刚才她喝了，苏星喝了……她还喂给了姬恪……

苏婉之不敢再想下去了，连忙点亮油灯，举起来照到姬恪身上。姬恪的脸颊此时竟然也镀上了一层奇异的红晕，衬着那副容颜，恰似雪山上的一抹倾世红莲，剔透明艳，说不出的诱人。

苏婉之："……"

她突然有点儿想对姬恪道歉是怎么回事？！虽然她很想整姬恪，可是真的没想过用这种方式……

苏婉之深深吸了两口气，推门而出。他们的屋外是一片小池塘，很是风雅。不知是否故意，这里院子与院子之间并无隔断，夜深人静时，似远似近的呻吟声不断传来，时高时低，痛苦中夹杂着愉悦。

苏婉之："……"

"啊啊啊，大爷您轻一点儿、轻一点儿，饶了小女吧……"

苏婉之转身扭头，火速回了房间。

苏婉之飞快地用房间里的木盆舀起池水，将手放进冰凉的水中努力散去热意，可惜那股子燥热还是越来越强烈，她欲哭无泪。

她想起之前听苏慎言说过的那些香艳传闻，这玩意不会是传说中的必须要……苏婉之干脆放下木盆，跑到池塘边，两眼一闭，整个人跃进池塘。

凉意瞬间冲淡了方才的燥热，苏婉之总算定下心来，那股燥热好歹还是可以压制的。待自己的身体完全冷却了，苏婉之才拖着被池水浸透的衣衫沿着池壁爬了上来，走一步衣衫上就滴下若干水渍，可怜了她刚花重金买来充门面的衣服……

苏婉之打着喷嚏进了屋，脱下浸透了水而变得沉甸甸的外袍，正准备爬上床，才发现平素呼吸缓慢的姬恪呼吸粗重了许多。

她认命地爬下床，拿来木盆，将布巾用凉水浸湿，敷在姬恪的额头上，仔细地擦着姬恪的脸颊。

她反复几次，姬恪脸上的温度仍然没有退去。穿着湿衣趴在床边的苏婉之却已经冻得瑟瑟发抖。天气虽不冷，可是夜风一吹，寒意侵袭，就算她身子骨再好也吃不消，更何况前些日子她还因为睡眠不足晕倒过。

当即，她又打了几个喷嚏。

苏婉之忍不住，把手伸进被子里摸到了姬恪的手臂，姬恪温热的身体传递着暖意，苏婉之禁不住舒服地叹气。

苏婉之做了多次心理暗示，终于下定决心，把布巾一丢，一下钻进了被子里。被窝被姬恪的体温焐得相当暖和，冻得发抖的苏婉之转眼就不再觉得冷了，身体也不由自主地朝暖和的地方靠，慢慢地，就凑到了姬恪的身边。

姬恪如同一个大暖炉，不停散发着热气。

很快，苏婉之的寒冷被驱散了，迷迷糊糊间，她展臂抱住了姬恪，睡意也在这个时候一点点席卷了她。意识散去，她毫无知觉地又往姬恪怀里钻了钻，鼻尖凑上姬恪的颈项，无意识地用唇蹭了蹭。挥之不去的淡淡茶香被热气一蒸，散得更加弥久，也更加好闻，几乎让人沉迷。

因为姬恪没有意识，所以她肆无忌惮地抱着姬恪、蹭着姬恪，内心无比安宁、无比满足。

就这样，苏婉之沉沉睡去。

苏婉之做了一个梦，一个从她出了明都以后就少有的好梦。

她梦见一套她从未见过的华贵嫁衣，五色的锦绣，缀满了东海明珠，翡翠镶金的饰物挂满衣襟，金丝流苏在胸前摇曳，手工精致得几乎无缝。她穿着那件嫁衣站在喜堂里，苏大人和苏夫人笑容满面地坐在主座，许许多多认识不认识的人都来向她庆贺。然后她看见喜堂那头同样穿着大红喜服的男子缓缓地向她转过脸来……

就在苏婉之看见男子面容的那一刻，突然，有个声音在她耳边尖叫："啊！小姐！我……我什么也没有看到！啊啊啊啊！"

接着便是噔噔噔几声脚步声。

尖锐的声音几乎要刺破耳膜，苏婉之不满地挥挥手，似乎要驱逐开这个声音，念头刚起，忽然觉得有什么不对。

她再一睁开眼，发现眼前是一张放大了很多倍的面孔。

只见那面孔肤质光滑，鼻梁俊挺，五官秀致，容貌无可挑剔，浓密的睫毛细细密密，如同随时欲飞的蝶翼，美丽地轻颤着。

苏婉之再抬抬手，触到柔滑的布料和温暖的身体，她顿时骇得半天没回过神来。

昨晚的记忆一下子涌上脑海，苏婉之转头看着苏星已经消失的背影，默默地松开抱着姬恪的手，爬起来。

她又用手指探了探姬恪的鼻息，确定他还活着，这才慢慢淡定下来，穿起外衫。

解释只会越描越黑，而且苏婉之无所谓，什么名节，什么名声，反正她早都没有了……

她不在意，她不在意，她不在意……苏婉之努力地一遍一遍给自己做着心理暗示。

苏婉之出门后，不知是心理作用还是什么，总觉得其徐和苏星看她的眼神十分怪异。

苏婉之默默忍耐到早饭后，其徐开始说正事，这种怪异的感觉才被压了下去。

其徐沿地图所示奔波了一日，总算在深山老林中寻到了回春谷的踪迹。

苏婉之松了口气，又忍不住把在客栈里发生的事情告诉了其徐。其徐沉吟后，只说此事他自会去过问，请苏婉之不必担心，不过当务之急还是先送姬恪去回春谷。

这点，苏婉之也赞同。

只是，他们在青楼住着，白日出门未免太过显眼，更何况他们之前的马车还在客栈。于是三人一合计，打算准备妥了，入夜之后再出门。

苏星跟着其徐去采买物资、准备马车等东西。也不知二人是有意还是无意，只留下苏婉之看着姬恪。

虽然姬恪躺在床上还未醒，但只剩下他们共处一室，苏婉之总觉得别扭，干脆摇着折扇在院中伸腿坐下晒太阳，刚摇了两下，听见叩门声响起。

苏婉之打门开，只见老鸨扭着腰走进来，一脸讨好之意地冲苏婉之挤眉弄眼。

"公子，不知昨夜滋味如何？"

昨夜……滋味……那酒果然有问题！

我差点儿被你害死了！不，已经被你害死了！

当然，这话苏婉之是不会说的。她低低地咳嗽两声，想想苏慎言此时该如何反应，随即以扇掩唇，笑得一脸暧昧道："此事不足为外人道也……"

老鸨顿时露出心知肚明的笑容："想来光是那小姐的容貌就足够公子……"

苏婉之不打算继续这个话题，又咳了两声，岔开话题道："今日这天亮得可真早……"

不料对方却不肯放过她，老鸨仍旧是一脸了解的表情道："那是，不过这都天光大亮了，那姑娘还未起身？可需要我找两个手脚麻利的丫头来侍候着？"

苏婉之当即摇头，嘴角噙笑："这事不用劳烦妈妈操心了……"

"公子是想……"老鸨又露出了心领神会的表情，"我懂得，懂得……"

你懂得，你懂什么啊你！

苏婉之内心无力，干脆闭嘴不言，倒了杯茶以清心，露出一脸貌似高深莫测实则无奈的笑容。

老鸨还不甘心，往苏婉之身后的屋内瞅了瞅，很是留恋："公子要是哪一日觉得腻了，我愿意出大价钱将那姑娘赎下……不知怎么，我对那姑娘一见如故，总觉得在哪里见过呢……"

苏婉之刚喝下去的一口茶差点儿喷出。

咕噜一声咽下茶，苏婉之继续用扇子遮唇，语焉不详："好说好说，等我腻了一定会跟妈妈你说的……"

老鸨似乎打定了主意要和苏婉之套近乎："对了,公子不是想结识司马大人吗？

司马大人今晚过来,要不要……引见一下?"

这个她还有点儿兴趣。

苏婉之想了想,摆手道:"引见自是要的,但是我现在身无长物,今晚太仓促,待准备好了再见吧。"

老鸨又跟她寒暄了一阵,她才送走了热情非常的老鸨。

苏婉之坐回台阶上,百无聊赖地扇着折扇望着天边浮起的云朵。

她是真的不喜欢应付这种人啊!

再聊下去,搞不好她就压制不住本性,暴露了。

不行!为了姬恪,她暂时还不能……

此时,她却不知,转眼间老鸨就把她院里藏了一个绝色佳人的消息卖了出去。

从日中到日落,苏星和其徐迟迟不归。苏婉之等得不耐烦,又不想回屋和姬恪待在一起,在院子里来回转了几圈,那老鸨竟又来了。

"公子……"

这时苏婉之已经有点儿不耐烦了,但还是耐着性子问:"何事?"

老鸨连忙殷勤地笑道:"公子,今夜芙蓉楼有异邦美人的歌舞,不知公子可有兴致去看?"

苏婉之下意识地反问:"异邦美人?"

"正是,金发碧眼,妖娆妩媚,虽比不上公子屋里那位,倒也别有一番风味,据说那歌舞更是勾人魂魄呢。"老鸨又补充道,"若是公子不喜欢,即刻回来便是。当然若是感兴趣,岂不更好?总之公子去一趟绝对不亏。"

苏婉之实在无聊,想了想,把折扇一收,温文一笑,道:"那好。"

如老鸨所言,这异邦女子身姿曼妙,体态丰腴,金色的卷发配上碧翠碧翠的眼瞳,腾挪扭转间,曲线销魂蚀骨,舞姿大胆奔放也绝不同于北周的歌舞,的确很有特色。但是苏婉之只看了一会儿,就觉得无趣了,她到底不是男人,看着衣着暴露扭动的女人,兴趣也仅止于好奇罢了。

酒水她更是不敢乱喝,她夹了两块点心吃,就起身准备回去。

不料,她刚走几步,那老鸨就急急地追来:"公子,你怎么这么快就回去了?"

苏婉之摇扇,摇头道:"没兴趣。"

"公子,这可是稀有的外邦女子啊,您就不想今晚尝尝滋味吗?"

我想尝也没那个能力，苏婉之想。

苏婉之当下继续摇头道："不用了。"

老鸨竟还挡着她，苏婉之这才觉得不对，定神一看，老鸨的神色中竟还有些慌张，一股不安的情绪弥漫上来。

苏婉之用折扇一打，挥开老鸨，当即运起轻功飞身朝她住的院子中掠去。

身后是老鸨惊叫的声音："快，来人，快拦住他！"

院外竟站着两个官兵，苏婉之见状，当下心头又是一急。苏婉之脚步不停地冲进院中，一脚踹开门板，就看见一个形容猥琐的中年男人衣冠不整、连滚带爬地从床上摔下来，结结巴巴，似乎连话都说不清楚："齐……"

苏婉之吓得整个人都要魂飞魄散了！

这是什么场面！

有没有搞错！

是不是她进房间的方式不对！不不，还是她在做梦！

不然怎么会……但不等苏婉之整理好脑内纷乱的思绪，身体已经先意识一步狠狠地踹开那名男子，快步冲到榻前。姬恪还好好地躺在那里，衣冠楚楚，安然得仿佛只是熟睡未醒。苏婉之看到平安的姬恪，总算放下心来。

只是，姬恪还是没有醒。

在有些失望的心情下，苏婉之小心地将姬恪扶起。

那个男人此时也像是清醒过来，扶着墙站起，哆嗦着手指指向苏婉之和姬恪两人，嘴上渐渐利索："你们、你们……来人，对了……来人，快点儿把这两个人抓起来！"

随着这一声惊叫，老鸨也带人冲了进来。

一帮打手、护卫带着官兵霎时冲进屋子，苏婉之却视而不见，温柔地将姬恪轻轻放下，反手掏出匕首。

"你说什么？畜生？"

"你叫谁畜生呢！你知不知道我是谁？"面对苏婉之，那个中年男子似乎硬气起来，"给我抓住他们，这两人冲撞了本大人，快把他们拿下！"

"叫你呢！畜生。"

苏婉之斜睨了说话者一眼，只是平平静静的一眼，却看得对方心头一跳。

"你该庆幸，若是他少了一根汗毛，你就是用十个头来赔也赔不起。"

一时间，竟然无人敢上前拿人。

苏婉之右手替姬恪捋开有些乱的鬓发，又替他整理了一下衣服，动作淡定，不过一直紧攥的左手却无意间暴露了她濒临爆发的情绪。

所有人静静地看着苏婉之的动作，面面相觑。

直到中年男子反应过来，怒吼道："都发什么呆？快给我抓人啊！"那些官兵才像是刚反应过来。

苏婉之叹了口气，将姬恪的双臂搭上自己的肩膀，背起了姬恪。

姬恪实在是不重……对寻常姑娘来说，这重量可能还有些吃力，不过对于从小习武的苏婉之而言，背姬恪还不成问题。

苏婉之袖口一扬，白绫嗖的一声飞出，卷住刚才那个中年男人，眨眼间就将他拽到自己的身侧。她单手握匕首抵上对方的脖子，言简意赅地威胁道："让我们走。"

中年男子明显不愿意，还想说什么。苏婉之毫不留情地一脚踢在对方的心窝，那男子立即痛得再说不出话来。

官兵们见状，立刻投鼠忌器。

"好说好说，你先放了司马大人……"

"你……你可千万别对司马大人动手……"

司马大人？苏婉之心中一动。

这就是那个想要抓姬恪，号称能让齐州成为他的天下的司马大人？

苏婉之背起姬恪，不着痕迹地打量了一眼中年男子后，便朝外走，边走边冷声道："让我别动你们大人，就乖乖给我站着别动，不然我可无法保证会不会手抖。"

这种事干了不止一次，苏婉之已然熟门熟路。

但是这次背上多了姬恪，苏婉之显然没有上次那么灵活，如今的姿势实在有些勉强。官兵们摸不清苏婉之的虚实，对视了良久，脚步却没怎么动。

苏婉之没耐心跟他们耗，踹着那男人向前走去。

司马大人在前开路，自然无人敢拦。苏婉之虽然一直心头警惕，此时也略略松了口气，不紧不慢地朝前走着。

但是，苏婉之未曾留意身后几人对视一眼，方才他们只是被苏婉之的气场吓到。在他们看来，苏婉之身形瘦弱，还背着人，能有多大的能耐，不过是强弩之末。这么多人难道还打不过一个人？更何况司马大人在不好明着动手，暗地偷袭未必不行。

当即几人握着刀，小心翼翼地向苏婉之靠近。

苏婉之实在是大意了，虽然在几人出手前就已经感到了杀气，可是身体却迟了一步。

她的白绫自袖口飞出，卷起其中一把刀，便直挥而下，堪堪挡住另外两把刀，谁知侧面又有一把刀斜砍过来。苏婉之应付得本就有些吃力，此次再抽回白绫已来不及，而且那刀会先砍到姬恪……

苏婉之在拿姬恪当挡箭牌还是硬扛之中思考，不由得瞬息苦笑。然而在思考前，她的手臂已经先一步横起将刀挡在了身后。

等待刀落的过程既短暂也漫长，苏婉之眨了下眼，疼痛却迟迟未到。

她一转眸，便看见了那骇人的一幕。

那把刀确实劈了下来，只是此刻，有一只手握住了它。

锋利的刀锋嵌入皮肉，鲜血浸染刀面沿手臂蜿蜒而下，一滴一滴地落在地面上，那声音明明是小到近乎无声，可这一刻苏婉之分明听见了那一滴滴鲜血落在地面砸出的巨响，宛若砸在她的心口，震耳欲聋。

"快走。"

有一个人说道。

姬恪用他那仿佛从梦魇中挣扎出、低弱得几不可闻的声音，又一次重复道："快走。"

姬恪还趴在她的背上，单手抓着刀刃，气息弱得像是随时会断掉。

不只苏婉之，几乎所有人都愣在当场，没人会想到这样一个病弱美人会做出这样的事情。红艳刺目的鲜血衬托着苍白病态的美人，显得极其妖艳恐怖，鲜血带来的震撼叫人一下子不知道该如何反应。

姬恪醒了？！

姬恪救了她？！

苏婉之来不及表现出任何的情绪，用白绫击飞那把刀，接着狠狠一脚踹向司马大人，背起姬恪直冲而出，连撞上了什么也顾不上。

外头正是芙蓉楼的大堂，苏婉之冲出，被冲撞的尖叫声不绝于耳，场面顿时乱作一团。

苏婉之根本顾不上多看，死死咬着牙拼命向前跑，出了芙蓉楼，外头正是花街柳巷，人头攒动，几闪之后追兵的叫喊声越发小了。苏婉之又跑了不知多久，直到远远地看见城门，蹿进一条无人的小巷，躲进其中一户院门下，才喘着气停

了下来。

身后已经看不见追兵，苏婉之的气力也已然耗尽。

苏婉之喘了两口气，用刀劈开院门上的小锁，背着姬恪跑了进去。

她的运气还没有糟透，进了院子后，苏婉之推门入屋，发现屋子里并没有人，不过屋里家徒四壁，也确实没什么看护的必要。

苏婉之跑到床边，这才小心地将姬恪从自己的背上卸下。

姬恪闭着眼睛，眉宇紧皱，脸色更难看了，手臂无力地下垂，血仍不时地从指尖滴落。

苏婉之狠狠地握紧手指，直到指甲几乎嵌进手心，想哭的情绪才被压制下去。

她在屋内翻找出一块看起来干净些的布，然后轻轻托起姬恪受伤的手掌。那一刀极深，皮肉外翻，深可见骨，惨烈得让苏婉之紧紧咬唇，才敢继续包扎。

苏婉之包扎时，听见耳边有细若蚊蝇的低哼。

她揉了揉眼睛，忙向姬恪看去：“你醒着吗？很痛？”

姬恪的眼睛微微睁开一条缝，迷离不清，口中艰难地吐出几个字：“苏……婉之？这是哪儿？”

“是我！齐州，我们在齐州，这里……是户民居。”

苏婉之说得又急又快，语焉模糊，姬恪却并没有追问，只是反应有些迟钝似的转了转眸，喃喃地问道：“你有没有受伤？”

“我没事，那刀没砍到我！我一点儿事都没有！”

姬恪慢慢扬起一侧的唇角，绽开一个淡到几乎无法分辨的笑容，轻声道：“你没事，那就好。”

话音一落，他那双眼睛再度沉沉地合上。

“姬恪、姬恪……”

任由苏婉之怎么叫，姬恪再无回应。

屋外已是月正中天，星子密布，夜色如水般倾泻而下。

透过窗子，苏婉之能看见灯光在各家宅中闪烁不定，万家灯火。而他们所在的屋内仍是一片漆黑。疲累与饥饿竞相袭来，苏婉之本想出去弄些吃的充饥，但是看到仍旧昏迷不醒的姬恪，她怎么也不敢再独自跑出去。

苏婉之坐在姬恪的床边，以手支额，压抑着身体的不适，靠在姬恪身边昏昏睡去。

苏婉之确实累了，背着姬恪跑了那么长一段路。此时她昏睡过去，却是到了将近第二日午时才醒来。

她睁开眼，便对上一双犹如水墨画般意蕴绵长的墨色瞳仁。

苏婉之当场就惊得倒退两步，跌出了床边，待她反应过来，惊讶变作惊喜，忙道："姬恪，你醒了？"

姬恪点头微笑，眸子里满是温柔的喜色："醒了。"

那么温柔的目光，温柔到就好像他们之间什么也没发生过。

然而，姬恪这样的目光让苏婉之忽然一下子冷静下来。

她还记得在姬恪昏迷前，她最后和姬恪那不甚愉快的对话。姬恪肩膀上的伤还未好透，隔着包扎的纱布还能隐约看见淡淡的血色，那是她刺的。

她原本打算在姬恪清醒前送他去回春谷治病，治好了，她也好全身而退，可是……姬恪现在就醒了。

苏婉之对于姬恪清醒的喜悦一点点冷却下来，她用平静的语气说道："我只是受人所托送你去回春谷治病罢了，你别想太多。"

姬恪的眼中掠过一丝意料中的黯然，喜色也渐渐退去，只是温柔犹在："我知道……"

"那就好。"苏婉之不再看姬恪，推开屋门看向屋外，道，"我去弄点儿吃的，一会儿我再去找苏星和其徐。对了，齐州应该是你的地盘吧，为什么会有人通缉你？"

"通缉我？"

"对，就是那个齐州司马，应该是你的下属吧。"

姬恪想了想，缓缓摇头，道："他是大皇兄的人，大约是知道我在这里吧。"

"怎么，齐州不该都是你的人吗？"

"不止。"姬恪摇摇头，并没有多谈。

苏婉之对此也没有太大兴趣，只把匕首丢给姬恪道："我出门弄吃的，你在这里别乱跑。"

姬恪苦笑道："想跑我也跑不动。"

只过了一炷香的时间，苏婉之就带着十来个包子和两碗粥回来了。

苏婉之给自己留了一半的包子和粥，另一半放在姬恪的床头，恶狠狠地道："你自己吃。吃快点儿，我们还要出门。"

姬恪笑着应下。

他被苏婉之刺伤了右肩，昨晚伤的却是左手，两手皆有不便，包子尚可以小心用右手捧起吃，粥只能侧弯着身用右手握住汤勺，慢慢递到唇边。

两下之后，姬恪就感觉右肩的伤口有些崩裂，只好把汤勺又换到左手。

苏婉之飞快地吃完饭，抱臂看着姬恪艰难的模样，心一软。她板着脸劈手夺过姬恪的勺子，舀了勺稀饭，吹也不吹就塞进姬恪嘴里。粥此时还冒着热气，温度想必不低。姬恪只在勺子被塞进嘴的瞬间皱了皱眉，随即便咽下粥，似乎毫无所觉。

苏婉之脑海中闪过姬恪近乎自虐般张开手臂让她刺的样子，心头一跳，觉得自己如此作为实在很没意思，也不再捉弄姬恪，慢慢地把一碗粥都喂给了姬恪。

喂完粥，苏婉之又拿出一瓶金创药，一声不吭地给姬恪肩膀和手掌都涂上药重新包扎。

姬恪的眉宇渐渐舒展开，自始至终不变的是眼眸里静谧安然的温柔。

苏婉之觉得十分不适应，却没有再口吐恶言。

"好了，我出去找苏星、其徐，你还是待在这里别动，听到没有？"

姬恪轻轻点头，笑容温柔无害。

第二十一章
到达回春谷

这次总算没再横生枝节，苏婉之找到苏星、其徐的过程也很顺利。马车和行装都准备妥当，他们扶着姬恪，再次踏上了去回春谷的路。

坐上马车后，苏婉之靠着马车一侧自斟了一杯热茶，才算安下心来。

回春谷就在齐州境内，所以他们也用不着再过境。

苏婉之握紧茶杯，微微侧眸，姬恪躺在被褥里沉睡已久。

其徐和苏星在外赶车，马车越走越偏僻，车外也越发寂静。

大约到了林间，车辘辘转动得有些吃力，渐渐颠簸起来。苏婉之倒没什么感觉，车身摇晃了两下，姬恪便睁开了眼睛，微皱起眉，似乎对颠簸的道路很不适，按着额，低声道："茶。"

苏婉之刚想倒茶，又停住手，没好气地道："自己倒。"

姬恪放下手，眼中的迷糊渐渐散去，看着苏婉之，又是苦笑。想着大概是自己使唤惯了人，还没有反应过来眼前坐着的这个人是苏婉之。

姬恪知道苏婉之不乐意帮他倒茶，于是他慢慢坐直身，将受伤的左手放平，右手端起放在自己身侧矮几上的茶杯。但是只这个动作就让姬恪头上直冒冷汗，稍微定了定手，他正准备要饮下杯中的残茶。

那茶不知放了多久，早凉透了。苏婉之见姬恪竟是真的要喝，忍不住用手按住杯口，道："你还嫌自己的身体不够麻烦？"她径直动手夺过茶杯，把茶水倒出马车外，换上温热的新茶，正欲递茶给姬恪，忽然带着几分狐疑问道，"姬恪，你不会是故意装成这样吧？其实你没有病得这么严重吧？"

姬恪以手握拳，撑在嘴边咳了两声，苍白的脸色染上几点儿薄红，待咳意平复下来，才笑问："你希望我病得多重呢？"

没想到苏婉之本想为难姬恪的话，反而让自己哑口无言了。

苏婉之丢下茶，扭头不再看姬恪，声音淡淡地道："病得多重都是你的事，和我有什么关系。"

"苏婉之……"

"又有什么事？"

姬恪抿了抿杯中温热的新茶，苦涩的滋味自口中蔓延而下，是他熟悉的味道。虽然对他而言，过去这样低劣的茶水他根本不可能喝，但此刻捧着这杯茶，他竟有些莫名的珍惜，百感交集，终叹道："苏婉之，你就打算一直用这样的态度对我吗？"

"怎么？我态度不好吗？你不乐意？"苏婉之的语气近乎咄咄逼人。

姬恪讶然片刻，终是一笑，道："没什么，你喜欢就好。"

他虚弱的声音里不乏委曲求全之意。

苏婉之不乐意了，霍然转头盯着姬恪，说道："你别老用这种口气说话好不好，弄得好像是我对不起你一样！明明一直被你设计欺骗的人是我，该觉得委屈的人也是我！"

温柔笑意仍挂在姬恪的脸上，似乎他一直就是这个样子，温文尔雅，谦和恭顺。

在过去，这些都是苏婉之爱慕姬恪的理由，然而此时，却让她觉得不舒服……姬恪怎么还可以用这样的态度对她？

听完苏婉之的话，姬恪露出怔怔的神色，随即笑容苦涩地道："自小母妃便是如此教育我，无论何时何地，君子需要温谦待人。"

他牢牢记着这点。这其实相当有用，无论敌友贵贱，他皆是这样一副表情，于是人人都道齐王殿下温润如玉，性子谦和有礼，为君子典范，有名士之风，哪怕是敌人也会忍不住对他多上三分好感。这样久了，这面具连他自己也剥离不开了。

"有一而再、再而三骗人的君子吗？"苏婉之不为所动，目光坚定地命令姬恪，"好了好了，快把头扭过去，我不想看见你，你也别说话了！"

姬恪："……"

他确实骗苏婉之骗得有些过分，苏婉之这个态度其实……也属正常，姬恪无奈地叹了口气，转向另一侧。

马车走了两三个时辰，才渐渐慢下来。

苏婉之撩开马车窗帘，只见不远处矗立着两块参天巨石，很是骇人，巨石上刻着偌大的三个黑字：回春谷。

其徐停下马车，对车内的苏婉之和姬恪道："到了，此处便是回春谷。"

苏婉之跳下车，好奇地四下查看："谷在哪儿？"

其徐不言，只是上前敲击巨石，声声震天。

不多时，有位白衣妙龄少女提着盏八宝琉璃灯漫步而下，笑靥如花。

"不知是哪位前来求医？"

苏婉之不客气地指着马车道："里面那人。"

少女走到马车前，掀帘一看，秀丽的面容上显出几分不出苏婉之意料的惊艳："好漂亮的公子……"那位少女惊叹后又低声嘟囔道，"我就说谷主才不可能是这世上最好看的人，哼哼，果然一山比一山高，看他以后还臭显摆不，不过这脸还真是好看得紧，不知道摸上去……"

说话间，少女探出一只手，竟像是要上去摸摸看。

立在一侧的其徐两步走到少女面前，沉声道："不知姑娘能否让我们入谷求医？"

少女讪讪地收回手，绽开大大的笑容道："能，当然能。不过他这身子从正常通道进，只怕半路就得累死，你们等着，我找人把他抬下去。"

少女话音一落，飞快地穿过两块巨石，两炷香后，她带着两个身强力壮的大汉抬着一顶竹椅过来。

"扶他上去吧，谷主现在正闲着，下去了就能看病了。"

事情似乎出乎意料地顺利，苏婉之却莫名地不放心，动手拦住两个要扶姬恪的大汉，对少女道："等等……难道回春谷就没有看病的要求？你就这么给他看

305

病了？"

"回春谷自然有回春谷的规矩。"少女抬了抬下巴，很是骄傲的样子，"你若是江湖中人，难道没听过回春谷的求医令？不得允许擅入谷内者不救，死人或一心求死者不救，恶贯满盈、罪大恶极者不救。你们又不在此列，我为什么不救？"

苏婉之还是有些忐忑："那把他治好需要什么代价？"

少女有些不耐烦地说道："还不知道他什么病呢，这些等谷主看了再说。病人都还没问，你怎么这么多问题？"

一直闭眸休息的姬恪突然开了口，声音柔若春风："这位姑娘，我们是第一次到回春谷求医，难免多些疑问，抱歉。"

"你道什么歉，又不是你问的。"少女一改方才的不耐烦，笑容明艳，"对了，有没有人说过，你不只长得好看，声音也好听。"

姬恪一愣，似想起什么，淡然一笑道："的确有人说过我好看。"

"你为什么一直盯着我？"

"你好看。"

苏婉之脑海里没来由地浮现出这两句对话，心头一跳。

两个大汉已经扶着姬恪坐上竹椅，苏星对苏婉之喊道："小姐，我们也下去吧。"

苏婉之回神，点点头，跟在少女身后自巨石间的缝隙而上。

拐弯之后，苏婉之就呆住了。

方才巨石遮掩，看不到后面，如今看去，只见那巨石掩盖的狭窄谷口下是层层石阶。石阶歪歪扭扭直通而下，不知百层还是千层，犹如悬崖峭壁，非常骇人。

正当苏婉之愣怔时，少女已经带着两个大汉步履如飞地下去了，少女的身形虚幻，几步后就已经将苏婉之甩下。

苏星拍了拍苏婉之，颤声问："小姐，怎么办啊？"

苏婉之看着已经跟着飞身而下的其徐，咬咬牙道："怎么办？爬也得爬下去啊！"

两个时辰后，苏婉之搀扶着已经完全瘫软的苏星爬下最后一个台阶。苏星一屁股坐在地上，叉腰对苏婉之挥手道："小姐，我……我不行了。"

苏婉之靠着墙，几乎要泪流满面。

但想着姬恪还在里头，苏婉之和苏星又撑着往前走了两步。先前那位白衣少女正提灯等着，看见她们如此，很是不屑："你们好慢啊，我都等了大半天了。"提灯少女说着，手指一指道，"喏，顺着这条道一直朝前走，最末一座院落便是谷主的院子。"

言罢，提灯少女又一次飘然远去。

苏婉之看着那条长长的大道，头一次体会到传说中"喉头一甜，几欲吐血"的感觉。

"小姐……"

苏星哀求地看向苏婉之。

苏婉之摸了摸苏星的头，淡定地道："没事，我一个人过去，你就先坐着休息吧。"

苏星用同情的目光看着苏婉之，双手握拳作打气状："小姐，辛苦了！"

待苏婉之"匍匐"到了最末的院落，已然日薄西山。

那修得极尽华丽的院子里，其徐正站在侧屋门口，身形笔直站定，朝里望着，见苏婉之走来，沉声道："谷主正在为公子施针，已经两个时辰了。"

苏婉之靠着墙喘气。

她还未来得及回话，门就轰然打开。

一个衣冠楚楚的男子略带疲倦之色从里走出，身后跟着三两个小童，脚步在门口顿住，侧目道："谁是刚才那人的家人？"

其徐忙上前一步答道："我是。"

男子淡淡地说道："你确定刚才那个是活人？"

苏婉之和其徐都为之一震，这次是苏婉之忍不住先道："怎么可能不是活人？"

那男子的视线从其徐滑到苏婉之身上，勾唇带了几分玩味，继而冷声道："他幼时中过毒吧，不知哪个庸医居然对这种小毒也用以毒攻毒的办法，积聚在他身上的毒素几乎侵蚀了五脏六腑，再加上那些透支生命力的行为，能撑到现在还不死他也不容易了。"

对方说得轻轻松松，苏婉之没那么担心了，她反问道："那你到底能不能治好？"

男子只道："我尽力。"

"堂堂回春谷谷主连这点儿小病都治不好吗？"苏婉之语气中带了三分不以为然。

男子转身，向苏婉之逼近一步，淡笑道："小姑娘，你这激将法倒用得不错，不过……好吧，你确实找对人了，若是别人未必治得好，可我沈天行，就没有治不好的病。你最好现在就想想，要用什么偿付我的报酬，这病要治好可要费我不

少工夫。"

苏婉之转转眸，微笑道："这点儿小病也用得着谷主花大工夫？"

男子这次却没上当："小姑娘，激将法用一次就够了，多了可就不灵了。"

男子说着，也不等苏婉之再说什么，就带着小童走进了正屋，并随口吩咐道："带病人去春香阁。"

苏婉之又撑着墙休息了一会儿，才想起去找人问，回春谷治病到底需要什么样的报酬？

计蒙给她带的银两虽不少，但也不算多，可是看这回春谷……苏婉之望了望，只见这小院内回廊曲折纵横，庭院幽深，回廊尽头连着一个水中楼阁，清泉细流自假山潺潺流下，环楼阁回绕，泠泠水声悦耳动听，似绵延不绝……这似乎不是几百两银子就能搞定的……

苏婉之提心吊胆地睡了一晚，第二天一早她便找到领他们进谷的少女问出了心中的疑问。

少女听完，掩唇一笑道："这有什么好担心的，若没有黄金万两也可以用其他东西来偿付的嘛。"

"那还有什么……"

少女想也不想便嬉笑道："比如说你最珍贵的东西啊。"

最珍贵的东西，苏婉之念叨着这个词走进春香阁的厢房里。

药香萦绕其间，姬恪靠在榻上，手中握着一卷书，洁白的书卷衬在他的指间，显得他的手指越发修长白皙。

姬恪看见苏婉之走进来，忙放下书，冲她温柔笑起，似乎又想起苏婉之的话，笑容敛了敛，略侧过脸，吐出一个简单的字："早。"

苏婉之在这一刻深切体会到什么叫作无理取闹。

好吧，这次无理取闹的其实是她自己——明明是她要姬恪把头扭过去别说话的，可是姬恪真的照办了之后，她又觉得不舒服了。

真是……别扭的心理啊，苏婉之默默在心里抓狂。

可是看着姬恪一脸温柔笑容的模样，她又克制不住想揍人的欲望。只不过她自己也知道，若真是一拳揍实了，姬恪不死也会少半条命下去，于是勉强按捺下蠢蠢欲动的拳头。

苏婉之内心种种的复杂之情一言难尽，她在屋内寻了个地方坐下，硬邦邦回了句："早。"语气里还带着压抑的火药味。

姬恪见苏婉之如此，显然是不大想理他，还是硬着头皮问："呃……用过早点没？"

"没。"

"我这还有刚送来的点心……"

"没胃口。"

他说一句，苏婉之堵一句。姬恪无奈地垂着头，又拿起书，侧身看着。

两人都不说话，房间顿时陷入了静默中。

刚从堵姬恪的话中找到乐趣的苏婉之不情不愿地瞅了瞅姬恪握着的书，那是本蓝封皮的医书。她正欲开口，门吱呀一声被推开。

"我把药端进来了。"

白衣少女不等人回答就举着托盘步入房中，径直摆在姬恪的床边。托盘里装了几个木碗，少女指着每个木碗仔细交代道："喏，这个是现在要喝的，这个要等凉了才能喝，这个是要敷在伤口上的……"

姬恪认真听着，一一记下。

少女吩咐完，又瞧见姬恪握在手里的书："你手臂上的伤还没好，最好不要乱动……你的伤口，唉，我帮你上药重新包下好了……"

说着，少女熟练地将包在姬恪手上的布带解开。

病中要谨遵医嘱，姬恪自然不会反抗，任少女纤指抹了药膏涂在伤口后重新用透气的纱布包扎上。

他倒是将坐在一侧的苏婉之忘了，苏婉之却觉着有些不是滋味。

少女一边包扎一边不断地叽叽喳喳："你这一身伤都是怎么弄的？怎么有人忍心下得去手？这么好看的人，就这么又是劈又是扎的，要是让我碰到……"

心头火起，苏婉之霍然起身，大步走到少女面前。

"你要说什么就直说！他身上的伤是我砍的，你有意见吗？"

少女挑眉，语带三分怒气，神色间没有丝毫退让："你砍的？他身体都这样了你还砍得下去？我就是有意见不行吗？"

"这关你的事吗？"

"他是我回春谷的病人，自然关我的事！这里是我回春谷的地盘，你若是不满就出去。"

苏婉之再懒得争辩，转头便要拂袖而去。

苏婉之刚走一步，衣袖便被人拉住，她不由得火起，欲要甩开，那端飘来温润好听的声音："别生气。"

那个声音又对另一侧的少女道："姑娘，我是心甘情愿的，莫要怪她。"

少女抬眼看了看苏婉之，平淡地道："那我不管，你是我领进来的病人，就由我负责，其他无关人等都与我无关。"

姬恪见苏婉之又要走，苦笑着对少女道："姑娘，你可以先出去吗？"

毕竟是姬恪开口，少女思忖了片刻，不甘不愿地带上门出去了，临走交代了姬恪一句："谷主待会儿过来为你施针，可别忘了。"

少女一走，苏婉之那莫名的火气也不自觉消散，不等姬恪开口她便道："那我也出去了。"

"婉之，我要怎么做你才能原谅我？"

苏婉之捏了捏门框，道："别问我，我现在待在这里最想干的事情只有两件——无理取闹和没事找事，你还是躲着我比较安全。还有，那个谷主说你的病能治，你不用担心会死了。"

苏婉之出门，在路上望着回春谷的美景发了会儿呆，才又想起之前那个报酬。

最珍贵的东西？

她长这么大，喜欢过不少东西。幼时瞧着剑铺里的剑漂亮，三求四告地求着苏慎言偷偷买给她，但最后到手没多久她就厌弃了。她能长长久久惦记着的，数来数去竟只有一个姬恪。

难不成让她把姬恪丢下做报酬？

苏婉之苦恼了，抓着脑袋蹲下继续思考。

她正发呆，忽然瞧见不远处的谷主大人又带着小童朝此处走来。

本是不短的距离，谷主大人竟似眨眼便至。

"你蹲在这做什么？"

苏婉之不自觉退了一步道："没什么……"

谷主大人只扫了她一眼就大步走进姬恪院内，身后的小童捧着一个精致的托盘，上头摆着几十根银光闪闪的银针，皆有指长，很是骇人。再后面的小童抱着一个及腰高的木桶，最后面的小童则各拿着大包的药囊。

后头的东西苏婉之没看明白，但那几十根银针看得清清楚楚……

呃，这些都是要刺在姬恪身上的？

苏婉之蹲在门口，既担心又忐忑还有点儿期待，内心十分复杂。

很快，屋内便传出姬恪略带压抑的闷哼，苏星不知何时跑了过来，往苏婉之身边凑了凑道："小姐不用担心，其徐说昨天也是这样的，但是施完针，姬……公子的气色真的好一些了。"

苏婉之无所谓地挥挥手道："谁说我担心了？"

"啊？"

屋内闷哼声响了约莫两炷香后，又传来哗啦啦的水声。

谷主大人这才姗姗而出，发现不只苏婉之蹲在门口，还多了个人，他当下略带诧异地道："你们怎么还在这？"

苏婉之站起身，跺了跺微麻的脚，斟酌地道："我想问下谷主你要的报酬到底是什么？"

"小蝶没告诉你？"

苏婉之念头飞转，试探着问："最珍贵的东西？"

谷主大人停下脚步，好整以暇地点了点头。

苏婉之哭丧着脸道："我没有最珍贵的东西啊。"

"你可有传家之宝？"

"那玩意都是传男不传女的……"

"你有没有什么绝不舍得与他人分享的东西？"

"太多了……爹娘、哥哥、衣服、美食、美人……"

谷主大人沉吟了一下："那你身上可有什么绝对不能丢失、一定要随身携带的东西？"

苏婉之想了想，老实答道："银子。"

谷主大人英俊的面庞抽了抽："等等，你过去些，转个圈。"

苏婉之不明所以，依言扬袖转圈。

谷主大人端详了她片刻，淡淡地道："若是都没有，你干脆以身抵债吧。"

苏婉之只觉脑中有什么哐当一声，碎了个彻底。

她眨了眨眼，低声道："小女子不卖身的……"她转念一想又道，"不对，喂喂，明明是那家伙看病，为什么要我来偿付报酬？"

谷主大人想也不想地说道："是不是你带他来求医的？"

苏婉之点头。

谷主大人继续道："回春谷规矩，一切报酬皆由求医者偿付。回春谷的常规诊费不高，只要一千两，不过他的症状比较棘手，至少需要五千两。"

五千两……苏婉之在苏丞相府中时一年的零花不过一百两……

"真黑啊……"

这么想着，苏婉之不自觉地说了出来。

一直冷着脸的谷主大人闻声，竟微微笑了起来道："谷内上千口人要吃饭，谋生不易。小姑娘如果想好了，可以去找小蝶签一份卖身契，时间不长，也就七八年罢了。你最好快些，不然过几日说不定价格还要涨。"

七八年……直到豪气干云的谷主大人远去，苏婉之愣怔的目光才慢慢收起，蹲在一旁的苏星竟还保持着呆滞状态。

苏婉之戳了戳苏星，苏星喃喃道："好强的气势啊……"

"这叫什么强！你见识得太少了！"苏婉之恶狠狠地道。

就算卖身……要卖也不是她卖。

转身她就踹开了姬恪的房门，砰的一声后，房门大敞，同样大敞的还有刚被丢进药桶里不着片缕的姬恪。

直接侵入苏婉之眼中的便是一幅美人入浴图。

姬恪的身子苏婉之也不是没见过，但那时姬恪还戴着谢宇的面具，此时衬上姬恪那张倾国倾城的脸，诱惑程度简直成倍上翻。

姬恪散在肩头如云的黑发漂浮在水面上，几缕发丝沾湿紧贴在胸口，将白皙的胸膛衬托得更加温润如玉。半遮掩的面容隐在黑发下，墨色瞳仁里水汽氤氲，一滴透明的水珠顺着姬恪的额角滑落到他的下颌、锁骨，最后淹没在胸膛下的一片水雾里。他整个人陷在黑白的色泽中，黑白分明之下是直截了当的刺激，那明晃晃的肌肤让苏婉之觉得脑中轰响。

姬恪听见门开声，眼瞳倏忽抬起。

沾湿在睫毛上几点水珠随着抬眸的动作轻轻摇晃，最终滴落在水面上，漾起清浅的涟漪，蝶翼似的睫毛也随之轻颤，竟又显出了几分脆弱。

如斯美人，如斯美景……苏婉之直直地瞪着眼睛，竟然连门也忘了关，只呆呆地站着。

姬恪并未出声，也并未遮掩，就这样大大方方地任苏婉之的视线停在他的身上。

打破平静的是身后刚爬起来的苏星的一句"小姐，我饿了"。

苏婉之闻声，当机立断，把门狠狠地带上，对苏星道："饿了就去找其徐！"

苏星挠挠头，似乎有些为难，想了一会儿才道："好吧。"

而后几道脚步声后，苏星的声音也逐渐消失。

姬恪清了清嗓子，问："有什么事吗？"

苏婉之忍住心头那股说不出的感觉，强装淡定道："我……是想问，回春谷的诊费你打算怎么办？"

"要多少？"

"五千两……"

"我没带这么多的银票，可否让其徐回明都去取？"

"那是你的事……"

"哦。"

苏婉之努力将视线挪开，却还是不由自主地朝姬恪身上看去，越看，说话越没底气，最后终于忍不住问道："姬恪，你就不能检点一点儿吗？"

"嗯？"

姬恪默默地扭了扭头，心想，我这不是在牺牲色相吗……

苏婉之现在内心十分复杂。

待着，她自己觉得别扭，总忍不住朝姬恪看，出去的话，又觉得太突兀，外加心底的那一点点为色所惑……

姬恪似乎看出苏婉之的纠结，再度清了清嗓子，低头看着木桶外挂着的雪白布巾，轻声道："能不能麻烦将我的药递给我……到时辰了。"

有了姬恪的这句话，苏婉之顿时找到了自己留下来的理由！

她快步跑到桌边端起一碗黑乎乎的药汁就要递给姬恪，没想到，没走几步她就被药碗传来的热度烫到了手，再回去已来不及。苏婉之眼尖地瞅见姬恪木桶边的小木墩，想快走两步将药碗放下，可实在太烫了，她一下没拿稳，药碗整个翻进姬恪泡着的木桶里……

浓黑的汁液在水面漾开，激起层层涟漪，瓷质的药碗也随之一翻而下。

做错事后积极补救一向是苏婉之的好习惯。

于是，苏婉之想也没想就动手去捞那个掉下去的药碗。

她发誓这个举动完全是下意识做的，根本没想到一摸就触到了刚才盯着偷瞄许久的肌肤，既光滑又细腻，还带着被热水浸染的温度，苏婉之舒服得简直不想收回手。

未料到事情会如此发展的姬恪也是一怔，视线顺着布巾滑到苏婉之按在他胸前的手上……

姬恪急急地咳嗽了两声，默默地转头，苍白的面颊浮起可疑的红晕。

苏婉之闻声，也是骇然一惊，猛然收回手，扭过脸，连手都不知道放在哪里好。她顿了顿，才握拳撑在唇边，尴尬地道："我不是有意的……"

姬恪同样神色尴尬，强自镇定道："没关系。"

"那碗……"

姬恪默默地把碗捞出来放在一边。

苏婉之犹如做贼一般，一把抢过碗："不好意思，把你的药弄洒了，我现在重新替你熬一份！"

说着，也不等姬恪回应，苏婉之便撒丫子狂奔出去了。

连跑了数百米后，苏婉之才停下脚步，左手倒拎着药碗，右手按着心口轻喘了两口气。

喘了还没两口，她忽然意识到按在自己心口的这只手似乎正是方才按在姬恪胸前的那只，顿时将手拿开，努力甩了甩，没两下，又忍不住举起手望了望。姬恪肌肤的触感仿佛还残留在她的指间，那细滑的感觉……

啊啊啊啊……苏婉之懊恼地蹲下身，抱着药碗忏悔。

那家伙是姬恪啊，再好看、再诱人也是大骗子姬恪，不能因为对方的一点儿美色诱惑就忘掉其他东西，苏婉之你有点儿骨气啊！

对了，你现在是已婚女子了！

对啊……

苏婉之几乎想扇自己一个巴掌。

计蒙师兄这么相信她，她怎么可以背叛他，被背叛的滋味她再清楚不过……更何况她也不想变成姬恪那样的人。

苏婉之这么想着，便找回了理智，定了定神，站直身找到了正在看医书的谷主大人。

对方得知苏婉之把药打翻要再替姬恪熬一碗药，沉吟了一下，道："你可知那药有多贵重？除了人参、雪莲还有许多世间难求的药，配一次的价格在一百两银子以上。"

反正有其徐取钱，苏婉之也不担心，当即说道："没事，钱财不是问题！"

"哦？"谷主大人挑眉，淡淡地道，"你已经准备好做十年工了吗？"

苏婉之愕然："刚才不还是七八年，怎么现在就十年了？"

谷主大人说得理所应当："小姑娘，刚才是刚才，现在你又要重新熬药，又打扰我看书，自然要涨一些。"

初次见面的强大神医气场在苏婉之眼里已经彻底崩溃，她看着一脸淡定的谷主大人，脑中只剩下两个字：奸商！

苏婉之好歹弄来了药材，拐进春香阁的小厨房，在炉子前按照谷主大人的盼咐把药熬好。之后她擦了擦被熏黑的脸颊，把药端给姬恪。

不论熬得是否正确，但最后这碗黑乎乎的东西与之前打翻的那碗药相似。

苏婉之虽然不是第一次熬药，仍然不禁为之得意。

姬恪对药一向来者不拒，更何况药还是苏婉之送来的，看也没看就仰头饮尽，一滴不剩。

苏婉之见姬恪如此上道，十分满意，又碍着之前的冒犯，对姬恪的态度总算缓和了一些，边收拾碗边随意地问姬恪："你还要泡多久啊？"

姬恪老实地答道："每日要泡两个时辰，如今还有一个时辰。"

苏婉之哦了一声，再没下文。

姬恪见苏婉之似乎不那么排斥他了，才小心开口道："你要在这里待多久？"

苏婉之停下收拾碗的手，转头瞪着姬恪，言之凿凿地说道："怎么，想撵我走？"

姬恪苦笑道："你明知道我不是这个意思。"

"每次说话都不清不楚的，谁知道你什么意思！"苏婉之压了压无处发泄的火气，轻描淡写地道，"反正我不会久待，等你的病有起色保证能治好，我就立马离开……我不是担心你，虽然你做的事情桩桩件件都让我想砍死你，但你没杀苏慎言，我自然不会看着你因我而死，如此而已。"

姬恪看着苏婉之用力捏了捏手里的药碗，很想问她，婉之，你就非要这样嘴硬吗？

但他也知道这话说出口无非是让苏婉之火气更大，念头百转，姬恪在心底叹了口气，最终只说了一句："婉之，如果我的病好了，你可以不走吗？"

"你知道这是不可能的。"苏婉之的回答很简单。

姬恪沉默了片刻。

在这片刻的光景里，两个人之间的气氛一下子冷凝起来。

风斜斜地拂过月白色的窗帘，鸟雀的鸣叫声传进房间里，一株不知名的白色花朵自窗外探进来，但屋内还是隐约透着丝丝缕缕的寒冷。

"每次说话都不清不楚的，谁知道你什么意思！"

苏婉之方才的话突然钻进了姬恪的脑中，须臾静谧的沉默，让他忽然升起了一种冲动，冲动到了嘴边变成了一句话："因为……苏婉之，我喜欢你。"

话一出口，姬恪也是一愣。一直以来他的思虑都在行动之前，从什么时候起，面对苏婉之，他却总是行动在思考之前。太多次的冲动，从忘不掉苏婉之在明都外最后的神情到孤身上祁山，再到昏迷中隐约感觉有人挥刀砍向苏婉之便拼死挣扎着醒来替她挡刀……这些都不像是姬恪会做的事情……可他还是做了……

过往种种，终至如今。

在开口的一瞬间，姬恪没有想起复仇，没有想起皇位，甚至……没有想起自己齐王的身份。

他只是单纯地想这么说。

就好像他只是一个普通人，一个什么身份和背负都不曾有的普通人。

他只是姬恪，而苏婉之也只是苏婉之。

苏婉之起先一怔，迷惘了一瞬，随即冷笑道："是我喜欢你就欠你什么了吗？！姬恪，你够了！之前你将我的感情弃如敝屣，现下你就想靠着两句甜言蜜语把我再哄回来吗？我不知道你到底又想做什么，你要利用我就直说，反正也不是第一次了，但是别用什么喜欢我来做借口，这样很……"苏婉之皱了皱眉，思忖着措辞，"很……很无耻。"

说着，苏婉之抄起药碗，转身就要走。

她只走出一步，手腕就被一只湿漉漉的手攥住。苏婉之回首，看到的是姬恪的面容，不知是否是错觉，姬恪的脸上竟有受伤的表情。

"你不信我？"

苏婉之想甩开姬恪的手，可他攥得实在太紧，若要大力甩开又难免会伤到他，只好忍耐住继续冷冷地道："姬恪，你骗了我一次、两次，又怎么好意思让我再信你？第一次信你是我傻，第二次信你是我没认清人，可这第三次……姬恪，换作你是我，你还敢信吗？"

语至末尾，苏婉之的语气越发凄厉。

姬恪紧攥着她手腕的手渐渐松开。

苏婉之揉了揉手腕，莫名想等着姬恪的回答。

可是这次姬恪泡在木桶里，抿着唇低垂着眉目一言不发。

说不上是失望还是什么别的情绪，苏婉之再度转身，漫步朝屋外走去。

姬恪的声音在她身后轻轻响起："对不起。"

苏婉之没有回头，反而加快了脚步，似乎一瞬也待不下去。

姬恪一直泡到水温渐低，忍不住咳了两声，才缓缓从桶中爬出来。

姬恪穿好衣服的时候，其徐正巧敲门。

"进来。"

其徐推门而入，随之入内的小童手脚麻利地将木桶和用过的药碗收拾起来，又小心替姬恪换了身上的药。姬恪恍惚地低头，兀自盘着手上的纱布。

待小童都走尽，其徐神色严肃地从怀中掏出一份文书递给姬恪。

姬恪并不问其徐是怎么将消息带进来的，只一目十行地将文书内容看完，短短的一份文书包含了近日的大量信息。

姬恪迅速看完，将文书一合，问："这些消息都是什么时候的？"

"约莫三日以前。"

姬恪没说话，只是看向窗外。

那株不知名的白色花朵成群簇拥，满目的苍白傲然而立，挂满了枝头，带着些许凄怆的味道。

晟帝比他想的要撑得久，明都的形势虽然已相当严峻，但若他此时赶回去，说不定……还来得及。

来得及又如何……忽然之间，姬恪不敢再想下去。

第二十二章
迷醉忘前尘

苏婉之走到屋外,正看见苏星在小厨房手握着一只小鸡的翅膀,举刀踌躇着从何处下手。

"我来吧。"

在苏星反应过来之前,苏婉之从她手里接过菜刀,手起刀落,而后手脚麻利地拔毛破腹,一只肥嘟嘟的小鸡瞬间被解剖了,下手之狠辣让苏星不自觉地咽了口口水。苏星退了半步问:"小姐,你又受什么刺激了?"

说着,她不由得担心地朝屋内看去:"小姐,你没有……喀喀,把姬……公子怎么样吧……"

苏婉之阴恻恻地笑道:"苏星,你打算胳膊肘往外拐吗?"

"没有,没这回事!"苏星忙摆手。

苏婉之低头神情怅然地收拾着小鸡,随口问:"这鸡是拿来做什么的?"

"是其徐买的,说是熬鸡汤给姬……公子补身的。"

"给他的?"苏婉之冷笑道,"管他呢,我们俩炖了喝,一滴也不要给他留下!"

苏星张口结舌了半晌,终道:"小姐,你现在这个样子……真的好别扭啊。"

苏婉之抬头不解地道:"什么别扭?"

"就是你明明担心那个谁,却非要恶声恶气地对他,一副怎么都看不顺眼的样子……这不是别扭是什么?"

苏婉之转头,一言不发地拽着小鸡肠子,满手鲜血淋漓地说道:"我就是别扭,啊啊……姬恪这个浑蛋!在这种时候告什么白?!什么都不做你让我怎么听、怎么信?!浑蛋!"言罢,苏婉之手指用力,哗啦啦把一整串的肠子都拖了出来。

苏星不忍地捂住眼睛,弱弱地说道:"小姐,你镇静镇静……"

苏婉之看着眼前的一片狼藉,长长地叹了一口气,怅然若失般望着远处,慢慢站起身,在一旁的水槽里洗着手上的污迹。

一旁的苏星连忙拾起地上的鸡,心惊肉跳地将鸡洗净,认真地做起了鸡汤。

苏婉之坐在小厨房里,呆呆地看着苏星忙前忙后地洗菜做饭。炖着小鸡的锅里咕噜噜冒着气泡,没多久,其徐拎着一篮子菜走进来。他看见苏婉之后露出惊讶的神色,似乎想和苏婉之说什么,但见苏婉之一点儿搭理他的意思也没有,终是没说。

天渐渐黑下来,苏星把菜端到苏婉之面前,有些忧心地道:"小姐,现在吃饭吗?"

菜碟里都是她喜欢吃的菜,苏婉之没什么胃口却不想拂了苏星的意,想了想问道:"有酒吗?"

苏星垮下脸道:"小姐,厨房里没有啊……啊,那我去别处找找。"

苏婉之食之无味,用筷子戳着盘里的菜。

不多时苏星回来了,讷讷地道:"小姐,酒肆已经关门了,我去问了,说这院里喝酒的只有谷主……"

想起奸商谷主,苏婉之脸色一黑:"那算了!"

"喀喀……小姐,刚才我听说谷主现在不在谷内……"

"这样啊。"苏婉之若有所思地点点头,扬唇笑了笑。

苏婉之蹑手蹑脚地摸进谷主大人的房间，装饰淡雅的屋子里，苏婉之一眼就瞧见了书柜下的木柜子，打开柜子果然瞧见几坛密封好的酒坛。

心头一喜，苏婉之拎了两壶就轻手轻脚地朝外走去。

苏婉之出了院子，刚松了一口气，就听见头顶冷冷淡淡的声音响起："你摸进我房间就为了这两坛酒？"

苏婉之怎么也没想到自己会这么倒霉，顿时头皮一麻，强笑道："就这两坛酒，谷主大人不会介意吧？"

谷主大人的声音依旧没什么起伏："你说呢？"

苏婉之哭丧着脸道："我赔，我赔你钱还不行吗？"

"这倒不是不能商量。"

谷主大人的心情似乎很好，在开出了天价后，很好心地邀请苏婉之共饮。

苏婉之虽然垂头丧气，但也得承认这个提议很诱人。她是第一次看到院子修得这么漂亮的地方，将飞瀑的景致修进了寻常院落，悬于水面的水榭仿佛缭绕在云雾中，很有几分仙气袅袅的味道。

苏婉之坐在水榭中，听着耳边如乐声般泠泠的水声，馥郁的酒香也像是萦绕不去，别有一番说不出的韵味。

夜色自天际一端悄然升起，月光迷离。

谷主大人慷慨地取出两个白玉琼杯，玉质细腻温润，清澈如泉的酒水倒进杯中，波纹轻漾，似乎也将此间的美景倒映进杯中，只是看就足够赏心悦目。

苏婉之显然不懂欣赏，端详了两下，就把酒倒进自己嘴里。

先是微苦，而后淡淡的醇香涌入，并不过分热辣，介于清冽与醇厚的滋味有种别样的口感，纠缠在唇齿间，弥久不散，回味悠长，饮后恍若大梦初醒。

"可好喝？"

苏婉之长长哈了一口气，连连点头，禁不住问："这是什么酒？"

"你自然会喜欢，这酒叫南柯梦，本就是给女子喝的。"谷主大人在说这话的时候，语气里隐隐含着一丝怅然。

苏婉之敏锐地察觉到可能有八卦可听，忙凑近他问："那谷主这酒本来是打算给……呃，谁的？"

谷主大人却并不回答，反而话锋一转："小姑娘，你带来求医的那人可是你的情郎？"

情郎……

苏婉之被这个词激得一哆嗦，杯中的酒差点儿都洒了，干笑道："不是。"

谷主大人道："闹别扭了？"

"不是！"

她和姬恪之间怎么能只用"闹别扭"来形容！

"那又是什么？"谷主大人的口气里多了几分八卦的意味，看不出年纪的脸上倒是不显分毫。

许是酒意微醺、景色太美，让苏婉之一时间也恍惚了心神，再加上对面坐的又是一个几乎称得上陌生人的人。苏婉之抱着酒壶，像是找到了宣泄的洞口，也不管对方听不听，边喝边把她和姬恪那点儿纠葛从头到尾细细地说了。

她足足说了一个时辰才堪堪说完，口干舌燥的苏婉之又低头抿了几口酒。

迟来的酒劲爬上苏婉之的脸，脸颊染上酡红，心口却微微抽痛起来，口舌也不大灵便："我不想原谅那个浑蛋，一点儿也不想……他骗了我那么多次，谁知道以后还会不会骗我……可是，这样我自己又觉得难受，为什么都这个时候了，我还是觉得自己喜欢那个浑蛋，看到那家伙受伤的样子，我还是觉得心疼……"

说到这，苏婉之已经不知道自己在说什么了，只觉得大脑昏沉，极想找个地方就此睡去，再不醒来。

苏婉之抱着酒壶昏昏欲睡间，忽然听见一直安然做听众的谷主大人在她耳边道："小姑娘，世事难料，现下你还有工夫别扭，待真的失去，就追悔莫及了。好好睡一觉吧。"

那声音淡淡的，在耳畔如轻烟般消散，苏婉之已沉然入梦。

梦中不再有姬恪，十六七岁的年华，她被父母押着嫁给了一个门当户对的高官之子。起初对方对她还称得上温柔体贴，但在她的冷脸外带不许对方近身下，也没了耐心，拂袖而去，又娶了几房小妾。

几年后，晟帝亡故，储位未决，几王夺嫡，最终燕王姬跃因借丈人王大将军兵权之势成功夺位。

新帝登基后，她的父亲苏相因屡屡被责，干脆自请辞官。新帝允之，而她的夫君因保嫡有功，平步青云，越发看她不顺眼，以无子嗣为名一纸休书将她休了。她心灰意冷，收拾行装带着丫鬟搬到城外别院。

路遇连绵阴雨,她们在一处破败的庙宇休息,庙后是一处墓园,她散心经过,却见最近的墓前刻着一行字:罪臣齐恪之墓。

因新帝登基,为避讳,其余几王均被改姓齐。

庙中和尚同她说,这墓中之人正是当年名声大振的齐王姬恪,因谋反获罪,自尽而亡,终葬于此。

阴冷的雨水浇灌在墓碑上,无人看顾以致四周皆是杂草。墓碑上本该鲜亮的字已被风吹日晒侵染得渐渐褪了色,就像逐渐褪色的容颜。

她的指尖触上墓碑上的字迹,心口忽然不可抑制地痛了起来,面容也瞬间悲恸难抑。

忽然她蹲下身,抱膝大哭。

梦境瞬间破碎,她猝然惊醒。

苏婉之睁着迷蒙的眼睛,看着眼前陌生又熟悉的房间,久久无法回神,一身冷汗。

刚才到底是不是梦?

夫君的冷落和父亲的苍老历历在目,她心若死灰,甚至还能回忆起片刻前缠绵阴雨落在身上微凉的触感,以及那冰冷墓碑带来的刺骨寒意。

那感觉太真实了,就像是真的。

她用手指触了触眼眶,竟然真的有未干的泪水。

可是,明明她不可能乖乖嫁给不喜欢的人,她不可能这么安分守己地待这么多年,她不可能这样自怨自艾,更不可能在陌生人的墓碑前哭泣……但,那样的真实让她觉得遍体冰寒,心头荒凉,手脚都渐渐颤抖起来。

若一切都是真的……那么……

姬恪的墓……

泪水顺着她惶恐的面颊流了下来。

她不要!

苏婉之再也坐不住,猛地从床上跳下,也不顾窗外天色还未亮,朝着姬恪的房间冲去。

时辰尚早,她冲进去的时候姬恪还在沉睡。

门板被撞得来回吱呀作响。姬恪听见声音才微微睁开眼睛,就骤然感觉自己被人狠狠抱住，用力之大就好像生怕他会突然消失一样。

待姬恪透过微弱的光线模糊看清来人，他不可置信、结结巴巴地说："苏……"他的话还没有说完，就被苏婉之狠狠地压过来亲上了。

苏婉之也知道自己的行为冲动得简直完全没有女儿家的样子，可是，如果不这么做，她根本无法抑制心头的恐惧。

一想到方才梦中的情景，她就忍不住想要抓住些什么，那种无力反抗，只能默默看着悲剧发生的感觉太糟糕了。

于是，看到姬恪面容的那一刻，她想也没想，就扑到他身上亲了起来，全无章法。与其说她是在亲吻，倒不如说是啃咬。她紧紧地趴在姬恪身上，鼻端嗅着姬恪身上淡淡的药香，好像这样才能安心。

姬恪在瞬间的愣怔后回过神来，双手推拒着想让苏婉之稍稍离开一些，但只要他推开一点儿，苏婉之立马抱得更紧。

接着一滴温热的东西落在了他的手臂上。

那是泪水。

苏婉之哭了？

姬恪的心口猛然一揪，他比谁都清楚苏婉之是个多么坚强的女孩子，在那样的伤害下，她也不过是对他说了个"恨"字，从头至尾都没有流下一滴泪。

未明的天色只在窗棂的一角投射出浅色的光晕，慵懒地浮在身前女子的头发上，宛若覆上了一片透明而细白的薄纱，朦胧晕染开，让人只觉得柔和而温暖。

而女子的两颊边，两条泪痕清晰可见。

窗外的景致已然看不真切，在晨雾中犹如梦境般。

姬恪的心变得柔软起来，且心疼得一塌糊涂，他由推为揽，圈住苏婉之的腰，唇齿温柔地撬开苏婉之的唇，引导着她亲吻，不带情欲，不带侵占，只是纯然的安抚。

日光渐渐升起，从一隅之地蔓延到整个房间。

姬恪来不及去想苏婉之此刻为什么会来找他，又为什么会主动……他只是小心地、安静地抱住苏婉之，像是生怕会打破这片安谧。

不过，姬恪显然是多虑了。

没过多久，他就见怀里的苏婉之双眸紧闭，呼吸平稳，还有轻微起伏的鼾声，竟然就这么靠在他怀里睡着了。

姬恪顿时哭笑不得，她就着唇瓣厮磨的姿势睡去，当他是死的吗？

姬恪试图将苏婉之平放在床上，未料苏婉之在睡梦中还紧紧攥着他的胳膊，尽力挣脱又难免会惊醒苏婉之，只好就着这个位置向后靠在枕头上。为了让苏婉之睡得舒服，姬恪只能微侧着身。这个姿势其实相当不舒服，手臂只能屈起，尤其他的肩胛刚受过伤，哪怕只是轻轻牵动都会痛得撕心裂肺，而现在他只是略皱了皱眉，便再没动作。

天色渐亮，其徐用木盆打了热水，轻手推门，正欲叫姬恪起床。

其徐刚一推开门，赫然看见苏婉之趴在姬恪身上，好梦酣然。

姬恪环抱着苏婉之，闻声睁眼，修长手指微抬按在唇间轻嘘了一声，眼间有波纹流转，水意氤氲，眉梢眼角俱是醉人的温柔。

尤其他容貌极盛，此番举动更叫人惊艳，任哪家的小姐看到只怕恨不能当下就以身相许，连其徐也不觉怔然了一瞬，才强压下心中的怪异与震惊合门而出。

似是前梦耗尽了苏婉之的心力，她在姬恪的怀里睡得极安稳也极沉，一夜无梦，一直睡到日上三竿。

醒来时，苏婉之甚至还舒服地喟叹了一声。

她刚抬起脸，两片唇蹭过什么，触感温润细腻。

苏婉之看着近在咫尺的面容，瞳孔骤然放大，即将出口的惊呼被她硬生生地压住——因为姬恪还没醒。

苏婉之脑中飞快地回想昨晚发生了什么。

同时苏婉之往后退开，有没有搞错，昨天她……

不对不对，一定是什么地方不对。

苏婉之再略一想，即使再迟钝，她也发觉，那酒，她从谷主大人那摸来的酒，绝对有问题！不然那梦怎么会那么真实，甚至到了牵动人心的地步，她又怎么会情难自抑地跑来把姬恪……

她就不该相信那只老狐狸啊！

苏婉之瞬间懊恼欲死。

不行，她得去找他算账！

苏婉之手撑着床刚想坐起，视线不自觉地对上姬恪紧闭的眼睛，他看上去那样安静美好，不染尘垢，一如初见。

苏婉之紧紧盯着姬恪，眼睛里不由得染上了些许复杂的情绪。

她的指腹触上姬恪被她亲得微有些红肿的唇，她还记得姬恪的唇，微凉而柔软，有清冽而干净的气息。苏婉之鬼使神差地轻轻把手指贴了上去，用指腹描绘着姬恪的唇瓣。

姬恪的唇线很美，线条完美得就像被雕琢过，勾勒的过程中柔软而美好的触感立刻通过手指传了过来，但苏婉之一想到这是姬恪，随时会清醒过来的姬恪，顿时背脊发麻，大脑中出现了刹那的空白。

苏婉之像受了惊一样，猛然退开，手脚并用地想从床上爬下去。

下一刻，苏婉之的手腕便被人攥住，耳畔响起的是姬恪清冷而略带轻喘的声音："你就打算，这样走了吗？"

姬恪沙哑的声音压低，如同羽毛撩过心尖，让人为之一颤。

姬恪发丝半垂，苏婉之看不清他的表情。

即便如此，苏婉之还是震了震，用力狠狠地掐了一下自己，定神回头，露出无所谓的笑容："齐王殿下，难不成亲你一下，你还要我负责吗？"

姬恪沉默了一瞬。

苏婉之甩开姬恪抓着她的手，欲盖弥彰似的低声道："昨晚是我喝酒喝多了，你就当作什么都没有发生好了。"

她的身上还沾染着酒味，虽然淡，但仔细闻仍能分辨出。

姬恪轻哼了一声。

苏婉之才意识到刚才自己甩开姬恪的手，只怕扯到了姬恪的伤口，心里担心，却又说不出口。

姬恪依旧沉默，苏婉之刚想下床去找药，突然觉得一阵天旋地转。大脑眩晕之下，她的手臂被姬恪拽住，紧接着，背脊贴上了柔软的床榻，整个人已经被姬恪拖回了床上。细滑乌黑的发丝自姬恪身体一侧滑落下来拂过她的脸颊，微微酥痒。

她一抬头，便瞧见姬恪的面容，他两手撑在她的身侧，面沉如水地看着她："婉之，你怪我说谎，为什么你也不肯说实话？"

说话间，他的头越来越低，额头几乎抵到了苏婉之的额头上。

苏婉之一僵，这个被压制的姿势让她觉得十分不爽。她用力挣扎未必挣扎不开，但是一旦有动作，恐怕姬恪又会受伤，她只好忍耐着怒道："姬恪，你什么意思？我怎么不说实话了，快放开我……"

"你喜欢我。"

姬恪那双墨黑色的瞳仁紧紧地盯着苏婉之，他又神情认真地重复了一遍。

"苏婉之，你喜欢我。"

苏婉之气结："那又怎么样？你快放开我啊浑蛋！"

姬恪如瀑布般垂下的青丝和苏婉之散开的黑发纠缠在一起，乌黑发丝缠绕纠结，分辨不清。

姬恪略凉的指尖抚开苏婉之额上凌乱的发丝，看着苏婉之的眸子幽深，宛如一道深不见底的深渊，漆黑而深沉，密密地将人圈起，沉到底端的情绪浓得如一摊化不开的墨。

"苏婉之，我和你不一样。"

沙哑的声音里掺杂着喑哑，平淡中带着丝丝缕缕的沉痛，苏婉之竟然无法开口打断他。

姬恪顿了顿，似乎在斟酌怎么开口。

"我从来没有体会过父爱，我的母妃在我十一岁那年便死在我面前，我自己也差点儿死掉。从那时起，我就没有资格任性撒娇，没有机会按照自己的喜好生活。我面对任何人时，第一个念头就是这个人对我有什么益处，应该如何利用，衡量取舍。这是我这些年来的生存方式，如果没有这些，我可能早就已经被不知是谁的人害死了……

"我生活的世界就是这样，想要不被欺骗，只能去欺骗其他人，实际上连我自己有时候都分辨不出自己说的是真是假……我以为每个人都是这样，即便知道你或许是真的对我有感情，但不敢去相信，也不愿意去相信……甚至宁可去欺骗你……"

姬恪边想边说，他的语速并不快，他知道这个时候如果再不说，以后只怕更没有机会说了。

这些事情藏在他心里最深的地方，十一岁至今，他从未向任何一个人说过，此时说来，往日的口才文思一概不管用，只能这样断断续续地说着。

"所以，你知道，那个时候我怎么可能对你动真心？更没想到过我会……"

苏婉之看着姬恪，听他的声音，心莫名跳动得快了起来。

"苏婉之，大概我真的没法让你相信，因为就连我自己也不相信……"

姬恪的嘴角带着一丝苦笑："你不信也没关系，但是，你喜欢我，为什么要让自己这么别扭？这些日子，我固然难受，你自己只怕也不好受吧……虽然我现在给不了你其他承诺，但是我保证，不会娶任何其他女子。血誓我并没有放在心上，但这次是真的……"

"够了，别说了！"

苏婉之一声怒喝，姬恪噤声。

"这就是你想说的？"苏婉之神情木然，让人分辨不出她的情绪。

姬恪哑口无言，只有点头。

苏婉之坐起身，转身朝屋外走去。

姬恪的眼神黯淡下来，却没有露出意外的神情。

他伤苏婉之若此，怎么可能只凭着一席话就让苏婉之原谅他？

也是，这是他自己造的孽。

"婉之，不原谅我也没有关系。"姬恪合上眼睛，"因为我已经喜欢上你了。"

苏婉之没有回答，姬恪继续无言，默默地垂下头，神情难得有些挫败。

然而就在这一刻，没有防备的姬恪突然被一只手臂将脖子拉了过去，脸对着脸，呼吸清晰可闻，两个人之间的距离瞬间缩小到几乎没有。

"婉之……"姬恪瞪大了眼睛，惊讶地看着眼前的人。

苏婉之将姬恪整个人抱住，声音不甘不愿："为什么……姬恪你不是根本不会说情话的吗？为什么突然说这个？"

"为什么你说得这么好听，为什么我还是会对你心动，忍不住想相信……"

泪痕还在脸上，苏婉之却根本懒得管。

为什么……

说到底，她还是喜欢他。

她喜欢姬恪，无论之前还是现在，她一直喜欢他。

所以，她在听见姬恪坦白自己的那一刻才会那么触动，姬恪从不愿意提起过去，不论是在她面前还是在别人面前。她还记得跟姬恪一起被困在小村寨里的时候，只要一提到皇宫他就会沉默，即便聊起来也只是说些无关紧要的事情。

他不愿意让她知道他的事情。

他不愿意告诉她他的心情，他在想什么。

姬恪的过去，对于她而言从来都是一片空白。

然而，这是第一次，第一次姬恪对她说出自己的真实想法。

她怎么可能不被触动心弦？

这些时日，姬恪的小心翼翼，还有他那日为她挡下劈过来的刀，她又不是傻子，怎么会看不出姬恪对她的那些忍让、温柔和保护。姬恪这个人……若是真想对你好，你根本无法拒绝，无法抵抗。

她挣扎过，犹豫过，踌躇过。

可是……她还是无法抵抗。

姬恪之于她，犹如罂粟，蚀骨销魂，只要沾染上一点儿，就永远不可能摆脱。

她这辈子，真是栽在了姬恪的手里。

姬恪任由苏婉之抱着，甚至没有留意到自己唇边不知何时挂起温柔的笑容，这笑容没有任何伪装，简单而美好。他静静地听着苏婉之的话，在苏婉之最后一个音节未落之际，低下头揽着苏婉之，纵情地吻了下去。

世事无常，有太多难以预料的事情。

但只这一刻，便已足够。

天地间的一切都似悄然远去，只剩下这安然的亲吻。

如斯璧人，岁月静好。

第二十三章
师兄找上门

苏婉之蹲在院子里，看着谷主大人带着浩浩荡荡的小童步入姬恪的房间，神色有些忧愁。

不知是不是错觉，为什么她总觉得从其徐到谷主大人看她的目光都有些异样……

她真的没打算就这样原谅姬恪啊……

这么简单，这么容易就心软了……苏婉之觉得自己亏了。

可是……苏婉之抱着头，谁让她喜欢姬恪……也是真的心疼姬恪……

唉，她现在板下脸继续装别扭还来不来得及啊……

苏婉之正头疼之际，忽然听见苏星急急忙忙的嚷嚷声："小姐，小姐，不好了……"

"什么事？"

"刚才，刚才，我好像看到计蒙大师兄过来了……"

"啊？"苏婉之猛地站起身，脸上所有的神情霎时退去。

计蒙来得很快，根本不给苏婉之躲闪的时间。在苏星说完话没多久，苏婉之就看见那一袭眼熟的靛青纱袍出现在视野里。

计蒙根本没有给苏婉之移动的机会，就已经站在了她的面前。

"大师兄你……怎么来了？"苏婉之的语气里不自觉带了些心虚。

计蒙直截了当地问："他呢？治好了没？"

苏婉之更加心虚，手指指了指里屋："还在治。大师兄，你有什么事吗？"

"我知道你不想让我来。"

"我没……"

"不用解释。"

计蒙扯了一边嘴角，似笑非笑道："我也不想来，不过韩师叔回来，指名说要见你。所以，收拾收拾东西，先跟我回去吧。"

他说得理所应当，苏婉之一时之间连拒绝的借口都找不到。

"可是，大师兄，我可不可以……"

计蒙截断了苏婉之的话，完全不容拒绝："我已经帮你找借口了，明日再不回去，韩师叔追问起来我只能实话实说。到时候他找上门来，我想你应该不希望他看到杀了他弟子的仇人。"

苏婉之刚想说姬恪没杀苏慎言，可是想想，就算没杀那也是重伤，二者其实差不多。

苏婉之不由得沮丧起来。

计蒙见苏婉之犹豫，又补充了一句："别收拾太长时间，天黑前我们必须得上路。"

计蒙说得毫无讨价还价的余地，可偏偏又都是实情，苏婉之拒绝不了，于是更加沮丧起来。

她也知道自己不应该犹豫，其实早就该离开了，姬恪暂时已经没事了，就算有事也不是她能解决的，她的离开并不会有丝毫影响。

可是，她私下里还存着那一点点希冀，并不希望自己离开。

好不容易和姬恪的关系缓和，如果她离开了，那么……

"大不了……过段日子你还是可以再来的。"

苏婉之微微转开脸，计蒙抬手想去揉她的头，却被苏婉之下意识躲开。

苏婉之的反应让计蒙怔了怔，他这次亲自来，除了叫苏婉之回去，也是想看看苏婉之对那人的态度……

但是现在看来，恐怕……真的如他料想一样，他们和好了。

一丝不着痕迹的不甘心滑过计蒙的眼睛，他笑了一下，掩住自己的神情道："苏婉之，你还记得你是我已经过门的娘子吗？"

苏婉之被计蒙的话一惊，定了定神，才轻轻点头道："我记得……"

是的，她怎么能忘掉呢？

苏婉之的大脑几乎是瞬间就乱成了一团，纠结得让她完全不知道该怎么思考。

"那就好。"

计蒙转身便要走，苏婉之忍不住叫住他："计……大师兄……"

计蒙驻足，并不惊讶地回望苏婉之，眸光淡淡地问道："什么事？"

"我……我……"苏婉之越想说越觉得难以启齿，她喜欢的人从始至终只有姬恪，真心想嫁的也只有他一人。那时苏婉之以为她和姬恪必然不会再有交集，更没料到会有现在这种发展，当时的任性此时变成了横亘在她和大师兄之间无言的尴尬。

这都是她的错。

她不想逃避，但也开不了口。

计蒙平静地看着她，唇角微扬等她接下来的话。

苏婉之被盯得越发没了勇气，最终垂下头泄气地道："没什么，你走吧……"

苏婉之等了一会儿，没听见预想中的脚步声。

抬眸，苏婉之看到的是计蒙熟悉的挑眉动作，只见计蒙一直显得冷峻的面容浮起了笑容："苏婉之，你现在不说，准备留到什么时候说？"

"啊？"

"你是不是想悔婚？"

被戳穿心事的苏婉之张口结舌，脸皮再厚也顷刻间红了，但她又不想违心地否认。因为自己确实……这么想过，哪怕这种行为很卑劣，也比继续欺骗计蒙好。

她的沉默被计蒙当作默认。

计蒙话锋一转道："那小白脸到底什么地方好？"

"啊？"

"他武功比我高？比我有权？有钱？还是比我长得好看？"

苏婉之自然不敢接话，只忐忑地瞅着计蒙那张也相当白的脸，大力摇头，坚定道："没有没有，哪有的事，大师兄你最优秀了！全祁山不知道有多少人暗

恋大师兄你！真的！数都数不过来！"

"那你还不是更想嫁给他？"

苏婉之顿时噤声。

计蒙顿了顿，恢复了平常的模样，淡淡地道："不用担心。虽然我们拜过堂，但是尚未入籍，这桩婚事在祁山算，下了祁山，其实什么也不是。"

"真的？！"

苏婉之意识到自己反应太过，赶紧又低下头，轻声道："真的？"

计蒙见苏婉之的反应，已然了然。

这个笨蛋丫头，连情绪都不懂得掩饰一下吗？

她在想什么，只要看一下脸就知道，真不知道她是怎么平平安安活到现在的。而聪明一世的自己居然会被这样的傻妞摆了一道，实在是……

计蒙在心中默默地叹息，面上只平静地重复了一遍："真的，所以你不用太在意。"微转视线，他又道，"快点儿去收拾东西吧，我们要准备上路了。"

苏婉之闻言，立刻一溜小跑消失了。

计蒙看着她的背影，轻嘲地勾了一下嘴角。

真是不甘心啊，不去做些什么实在难消他心头之愤。

春香阁，厢房。

氤氲的药香弥漫，热水蒸腾出的雾气在房间里如云雾般模糊了视线。

"你倒是蛮享受的嘛，还药浴……"

"谁？"

姬恪闭起的眼睛骤然睁开，看向抱臂斜倚在门框边的男子。

与此同时，计蒙也看清了姬恪的面容。前一次姬恪病重卧床，面色惨白，他根本没仔细看，如今姬恪大病渐愈，被热气蒸出淡淡粉色的面颊红润中泛着如玉的光泽，计蒙不得不承认——这张脸的确有几分叫女子痴迷的姿色。

"我想你应该认得我。我叫计蒙。"计蒙扬唇笑了笑，剑眉微挑，"是苏婉之三跪九叩的夫君。倒是我该叫你什么？是谢宇还是姬什么……"

姬恪黑沉的眸子在水雾中显得异常深邃，他并没有如计蒙预料中那般愤怒，语气是波澜不惊的淡漠，唇边还挂着恭谦有礼、无可挑剔的笑容："以前是罢了。"

计蒙双手相击，笑道："真是好涵养，既然如此，我就带着我娘子离开了。"

"什么？"

终于，计蒙在姬恪一直幽深的墨眸中看见了一丝起伏的涟漪。

计蒙心中带了快意，毫不客气地继续道："我娘子看你快死了，好心送你到回春谷看病，如今你的病也在稳步痊愈，我带着我娘子回祁山有什么不对吗？"

"苏婉之，她……答应跟你走？"

"这是自然，她已经在收拾东西了，天黑前我们就出发。"

姬恪轻轻道："这不可能。"

"有什么不可能的？你泡好了大可以出来送……"

计蒙话音未落，姬恪已经压低声音打断计蒙的话，说道："我知道了！"

尽管他竭力抑制，仍旧难掩语气中的不可置信。

看见姬恪几乎称得上失魂落魄的神情，计蒙只觉得憋在心里的一股怒气尽皆发泄出来了。

他可没忘谢宇在祁山上使苦肉计让苏婉之误会他、怪罪他的事情。姬恪不就仗着苏婉之喜欢他吗？这样的男人，计蒙越看越不顺眼。

但下一刻，姬恪忽然抬头，神情冷静下来，眸色转深，渐渐带上锋利的锐芒和淡淡的讥诮："计蒙，是你以什么事情为借口强迫她必须回去的吗？"

看样子，对方倒也不是只有张脸，至少脑袋比苏婉之管用。

计蒙哂笑道："不论什么原因，她要和我离开，丢下你一个人是事实。"

"她会回来的。"姬恪的语气称得上笃定。

计蒙放下手臂，交叠的双腿分开站直，悠悠地道："她为什么会回来？你要知道，她是我的娘子，不是你的。"

姬恪神情一滞。

若说对于计蒙之前说的话，姬恪都可以泰然处之，这一句却是他无可辩驳的。

一直以来，他都知道苏婉之喜欢他，即便苏婉之用刀狠狠扎进他的肩胛，别扭地对他恶声恶气，这个念头也从未改变过。但直到如今，他才发现，他的全部倚仗，也不过是苏婉之喜欢他。

计蒙饶有兴致地打量着姬恪，又道："那我先走了，来不来送别，你随意。"

走了两步，计蒙忽然停下道："她送你来求医单独相处的这些日子或许发生了什么，那她同我相处未必就不会发生什么，更何况我们是夫妻，比你们更名正言顺，不是吗？"

听见身后连续不断的咳嗽声，计蒙得到了难言的愉悦。

计蒙出去正撞上似乎是从门口经过的苏婉之，先一步拦住她道："不用进去了，

他还在泡药浴。"

苏婉之低头喃喃道:"我进去道个别……"

"不用了,我已经帮你道别了。"计蒙又道,"天快黑了,我们先去吃饭,我知道谷里有一家有特色的药膳,我们吃完就出发。"

计蒙拖着苏婉之,叹道:"好久没来回春谷了,我都快忘了回春谷的菜是什么味道了。"

苏婉之本来对计蒙就有些愧疚,想着反正回去应付过韩先立就赶回来,也没有强求,跟着计蒙就朝外走去。

计蒙找的店药膳做得确实不错,既滋补味道又好,老板还相当热情,苏婉之吃得心满意足。

酒足饭饱后,计蒙带着她和苏星回去取包袱。

他们出来的时候,正巧遇上谷主大人,苏婉之想了想还是准备向谷主大人道声谢。未料谷主大人只是冷冷淡淡地看了她和计蒙一眼,不等她说第二句话便快步远去,甚至连要她还钱的事都没有提。

想着那晚自己都没有因为那两坛有问题的酒找他麻烦,谷主大人反而这个态度,苏婉之有些惆怅。

更让她惆怅的是,直到临走前,她也没有看见姬恪。

苏婉之走前又在谷主那大院子外踟蹰了一会儿,后来计蒙道"再不走就来不及了",苏婉之这才准备上路。

苏婉之刚走了两步,计蒙忽然对她道:"苏婉之,我这算是被你抛弃了吗?"

苏婉之猛地咳嗽了两声:"没,是你抛弃我,抛弃我……"

计蒙笑道:"那你让我抱抱如何?"

"啊?"

不等苏婉之反应,计蒙就揽住苏婉之的腰,将她整个人拉向自己,而后紧紧拥住她抱了一下。苏婉之猝不及防,整个人撞进计蒙的怀里,甚至额头还不小心擦上了计蒙的下巴,动作极其暧昧。

苏婉之清醒过来,刚想挣扎,计蒙已经放开她,神情若无其事,好似什么也没发生过。

他们继续上路之后,苏婉之越想越觉得不对。

爬出回春谷那参天的阶梯,她忍不住喘着粗气问:"大师兄,你到底为什么刚才要……要抱一下我啊？"

"你不是也抱过我？"

苏婉之一噎。

计蒙笑得开怀："好吧，因为刚才我看见有人从那屋里走出来了，所以做给他看的，不行吗？"

"那个人是……"

"对，就是你想的那个人！"

姬恪！

"大师兄，你、你、你为什么……"

"我怎么了，他抢了我娘子，我气他一下不可以吗？"计蒙耸了耸肩，笑得一派轻松。

苏婉之："……"

回春谷。

其徐又递来一封文书，似乎有些犹豫地低声道："公子，姬止已经坐不住了，准备动手了。"

姬恪用两指翻过文书，抿唇不语。

"公子，这……"

姬恪只沉吟了一刻，便道："去问谷主，我何时能离开？"

他说得平静，其徐却有些不忍，欲要说些什么，又忍住，然后退了出去。

姬恪慢慢地在桌前坐下，手指握拳凑到唇边，咳了两声便停住了。

回春谷谷主的医术确实精妙，他已经断药了一段时日，旧疾没再发作，就连那种常年萦绕他的体虚症状也在逐渐好转。

姬恪现下才知道，母亲让他来齐州竟是有意让他到回春谷求医。

如若早几年知道，也许他就不会因为身体被拖累到这种地步。

可是，为什么，他还是无法开心？

他相信苏婉之即便和计蒙离开也不会变心，他也相信苏婉之迟早会回来。

所以计蒙的话也只是让他一瞬间有些不舒服，但到底还是不舒服了……是的，即便他相信她，可是一想到即将和苏婉之朝夕相对的是另外一个男人，不自觉地就生出一种近乎独占的情绪。

这种认知让姬恪茫然了一瞬，又随即释然。

一旦姬恪放下心防，接受自己喜欢苏婉之的事实，在乎苏婉之的事实就没那么难以承认了。

任何一个男人，都不希望自己喜欢的女人和别的男人在一起，更何况，还是个和她名义上有夫妻关系的男人……而这一切其实都是自己一手酿成的，怪也只能怪自己。

姬恪再度将文书翻开，看着那一行行墨色字体，陷入了沉思。

他该选择离开这里回到明都，还是留在这里等苏婉之回来？这个选择，对现在的他而言，实在太过艰难。

如果他不回明都，那么之前的一切部署就都成了空。

八年的筹谋，母亲的仇，他苦心孤诣多年的结果，都将成空。

可若是他回去了，那么……苏婉之呢？他们还会有结果吗？

姬恪步入屋外，他已经泡了太长时间的药浴，此刻已能看见艳阳隐约的轮廓，孤日染红云霞，略略刺目。姬恪用手背挡住光，眯起眼睛看向远处，视线由随意渐渐凝聚在某处。

计蒙揽过苏婉之的腰，紧紧地抱住她。

姬恪怔然，手指却不自觉地握紧。计蒙松开苏婉之，冲他挑衅地一笑。

他明知计蒙是做戏给他看，可是……

苏婉之没有回头，只是心急火燎地朝外走去。

姬恪就站在距离苏婉之几步远的地方，指尖几乎掐进手心里，痛楚让他冷静下来。苏婉之肯跟计蒙离开必然是有要紧事，甚至顾不上他，就算他阻拦又有什么用，而且……

只有苏婉之离开，他才敢做那个决定吧。

苏婉之如果一直在……他恐怕真的无法选择离开……

苏婉之和计蒙的身影已经消失在了远处，再看不清，他只能望见两道被夕阳晕染拉长的影子。

姬恪用手按住眼睛，渐渐苦笑出声，笑声沉闷而凄然。

刻在他骨子里的东西，怎么是这么容易动摇的……

他到底还是无法放下，无法彻底地放下属于齐王姬恪的部分……

回春谷，谷主房间。

"刚才你的下属告诉我，你打算尽快离开？"

姬恪点点头，言语中带着几分谢意："这几日劳烦谷主救治，成效颇著，不知我最快何时可以离开？"

沈天行停下翻医书的手，略带诧异地道："你的伤要想痊愈，至少要一两个月，为什么这么急着走？"

"不瞒谷主，在下有要事在身，必须尽快前往明都，等我处理完事务回来后再根治不迟。"

"不行。"沈天行敲着桌面，淡淡地道，"你是我的病人，我便要负责。我不能让我的病人在没治愈的情况下出谷，有什么事你可以等我治好了再去。"

姬恪苦笑道："现在若不回去，以后只怕也没有机会了。"

"是因为那名女子？"

姬恪一怔，随即脸上的笑容转淡，竟带着几分决绝："不是，是我的私事。还望谷主通融。"

沈天行却是一下子笑了。

姬恪莫名："我说了什么很可笑的事情吗？"

"不是,不是你的问题。"沈天行叹了一声道，"我是真的留在这谷里太久了吗？年轻人的事情一概看不明白了。"

姬恪更加不明所以，念头一转道："谷主若让我回去，改日回来我定奉上加倍的报酬。"

"这都不重要。"沈天行站起身，走过姬恪身边，拍了拍他的肩，"你要离开也并非不可，只是……年轻人，自己做的决定以后可不要后悔。"不待姬恪回话，沈天行又道，"我先给你开几服药，你按着方子抓着喝，虽然未必能治愈，但至少不会恶化。"

自己做的决定，可不要后悔。

姬恪骑在马背上，听着马蹄声，渐渐远离了回春谷，也远离了……苏婉之。

姬恪丝毫无愧。

他只是反复告诉自己，姬恪，现在的选择才是你该做的。

儿女情长终究抵不过世事无常，姬恪你要做个偏安一隅的懦夫吗？

你的筹谋、你的隐忍就这么放弃，你甘心吗？

回祁山的路上，苏婉之怎么看计蒙怎么不爽，但碍着亏欠对方，只得隐忍不发。

计蒙似乎毫无所觉，骑在马上甚至还笑得挺开心。

他们又回到了祁山。因为苏婉之已经嫁给了计蒙，她上了祁山后，行李包袱直接被送到了计蒙的院中。

休息不到半日，苏婉之便又跟着计蒙去见了韩先立。韩先立在祁山上的身份不低，自然是独门独户，还有弟子左右侍候。

苏婉之一见那张常年面无表情的脸，忍不住心头一颤。

"师父……"

"你在祁山，可有勤奋习武？"

苏婉之心头咯噔一声，哑口无言。

韩先立仿佛未曾看见苏婉之的神情，继续作面瘫状道："为师早知。即日起，你便和小师弟一道习武，我已布置下任务，若完不成，你好自为之。"

"师父……"

苏婉之还试图撒娇，想让韩先立通融一下。

可惜的是韩高人完全不被影响，苏婉之的心禁不住沉了下来。

韩先立布置的任务那都是要命的啊！

站在一旁的计蒙被苏婉之的神情勾起几分同情心，道："师叔，这个会不会太严苛……"

韩先立平静地看了计蒙一眼，计蒙顿时感觉压力陡升，陡然生出一种被狠狠压制的感觉，随即再不敢替苏婉之求情。

于是，不出意外，计蒙的新婚妻子苏婉之又陷入了宛如地狱般的日子。

跑步，练剑，跑步，练剑，继续跑步，练剑……祁山校场几乎每一寸土地都被苏婉之踩了个遍，习武的强度之大看得周围众弟子瞠目结舌，大家纷纷在苏婉之身上得到了久违的满足感。

苏婉之每日习武结束，感觉仿佛掉了一层皮，大脑空空，连根手指都不想抬起来，留在脑中的只剩下一个念头：熬过去，等韩先立一走就去回春谷。

这样的日子持续了大半个月，没等韩先立走，苏婉之先等来了一个人。

一个她怎么也想不到此时会来祁山的人。

清晨，苏婉之住着的院中，青衫风流的苏公子苏慎言优雅地挥动手中折扇，笑容十分殷勤地说道："不知近来之之可好？许久不见，可叫哥哥十分担心呢。"

苏婉之咬牙切齿地道:"苏慎言!"

苏婉之将手中握着的剑狠狠地向苏慎言掷去,苏慎言略一侧身,躲开了自家妹妹暴怒的一击:"喀喀,用不着上来就这样欢迎你哥哥我吧。"

"有你这样浑蛋的哥哥吗?!没死的话为什么不让人告诉我一声!害得我、害得我以为你……"

"以为我死了?"苏慎言收起折扇,左右晃动了两下,"不不,之之难道没听过,'好人不长命,祸害遗千年'这句话吗?我看起来像短命的模样吗?"

苏婉之失去了剑,当下也顾不上礼仪,抬腿就朝苏慎言踹去。

苏慎言忙用折扇挥挡,堪堪挡住她,那柄做工精致的竹扇却咔嚓一声断成了两截。

"这可是宝扇斋的精品啊!"苏慎言立刻心疼地道,苏婉之更加怒火冲天。

苏慎言眼见挡不住苏婉之的攻势,只好告饶:"喂喂,好了,好了,女孩子家别总是动手动脚的……哥哥错了,哥哥错了还不行吗?"

苏婉之压了压火气,没好气地问:"你是来干吗的?"

"自然是来接你回去的,难道你还真打算在这祁山上待一辈子?娘亲也想你了……对了,听说之之在这儿把自己给嫁了?不知可有此事?"

苏婉之面容一僵:"你听谁说的?"

苏慎言闻言敛了几分笑意:"之之,这事难不成竟是真的?"

"他说可以不算。"

"之之,是谁教你说话不算数的?"苏慎言面色一冷。

"我……"

"我说可以不算的。"

不知何时,计蒙走了过来,嘴角噙笑,靛青色外纱随风扬起,气势上丝毫不输苏慎言。

"计蒙?"苏慎言脑中灵光一闪,"难道你就是我妹夫?"

妹夫?

苏婉之有种被雷得无法形容的感觉。

"若说算也可以,不算……也没什么。"

苏慎言定了定眸,难得有些正色道:"若之之嫁的那个人是你,我倒没什么意见,虽然身份差点儿,样貌差点儿,脾气也不怎么样,但总体来说,你还算配得上我家妹子。如果你没意见,我去和你岳父岳母说,到时候在明都补办一场婚事宴请

宾客如何？"

计蒙："……"他的青筋一根根暴起。

你真的是在跟我商量而不是来找碴儿的吗？

"可是……"苏婉之突然插嘴道。

苏慎言凉凉地扫了苏婉之一眼，打断她的话："大人说话，小孩子别插嘴。"他转眸又看向计蒙，"至于聘书、聘礼、生辰八字你也尽快给我，我会很快办妥，相信以我的速度，最迟下月便好。"

计蒙起初还是冷眼看着，这下不自觉地眸中带上了疑惑，不知苏慎言这番话到底何意……难道，苏慎言还真的想把苏婉之嫁给他不成？

"我不愿意。"

苏慎言接下来便滔滔不绝，神情正直，义正词严，将在大理寺练出的口才发挥得淋漓尽致："终身大事，媒妁之言父母之命。之之，你背着我们办了这事本来就是你的错，现下我决定接受了，你还有什么意见？更何况，这种事是你一个人能决定的吗？听哥哥的，计蒙这个人我从小认得，也算有些了解，虽然嘴贱了一点儿，武功差了一点儿，人长得一般，家世也不怎么样，但好歹人不坏，你嫁了他，他不会待你不好的……"

计蒙听着这番话不自觉地嘴角一抽。

"苏慎言！"

苏慎言这哪里是在说服苏婉之嫁给他，就是来找碴儿的吧！

苏慎言："干吗？"

计蒙刚想开口反驳一二，苏婉之已然先道："哥哥，你知道我喜欢的是谁，你也知道我想嫁的是谁！为什么还要这么说？"

滔滔不绝的苏慎言骤然停住，不可置信地看着苏婉之，动了动唇，问："你说谁？不，不可能……他都已经那样对你了，你难道还没有死心吗？"

苏婉之耷拉下头，无精打采地应了一声："是，我没死心……"

苏慎言沉默地看着她。

"哥，你一直知道，我想嫁的人是姬恪，他现在就在回……"春谷。

苏婉之最后一句话还未说完，就听见苏慎言的话。

他的话不带偏激，也没有责骂，只是语气里带着让苏婉之心寒的笃定："不可能的。之之，你知不知道，晟帝十天前已经驾崩，我走时姬恪已经掌握了大半禁军围困明都。不然你以为我为什么敢来接你回去？"

苏婉之只觉得眼前一黑，一口血差点儿喷出来。

"这，不可能……那个……那个浑蛋！"

他又骗我！

明都，齐王府。

姬恪望着手中依照沈天行的方子熬的浓黑药汁，迟疑了一下，整整三两的黄连……沈天行真的不是故意的吗？

他随即哂笑，真的假的又如何？他已不知喝了多少碗药了。

于是，他仰头让苦涩的药汁顺喉而下。

门外传来敲门声。

"贤婿，你预备何日动手？晟帝看样子是不行了……"

王将军大步迈进屋中，神色隐隐有些担忧，他已经不再过问姬恪何日迎娶王萧月。联姻只是手段，此时两人显然已绑在一条船上，一荣俱荣，一损俱损。姬恪若是失败了，新帝登基，王家势必也会倒霉，所以他的当务之急是要辅助姬恪登基。

"将军人手可准备好了？"姬恪放下药碗，轻轻用手拂动桌面上的棋盘。

"我早已经准备好。偷调大队将士入朝，一则时间不够，二则太易被发现，所以我抽调了最精锐的七千人潜入了明都。只是，这明都禁军防卫足有两万来人，这……到时候只怕是两败俱伤。"

"不用担心，我自有安排。"

见姬恪沉着的模样，王将军也略略放了心。他虽好奇，但也不会过问，毕竟姬恪的准备越多，对他们越有利。

起初他并不看好这个早早被撵到齐州的皇子，只是碍于自家女儿喜欢，但接触后他不得不承认，此人的决断和气势隐隐有帝王之气。毕竟他流着两朝帝王的血，若论尊贵，天下怕无人比得过他。

待王将军走远，姬恪低唤一声："其徐。"

鬼魅般的身影瞬间站在姬恪面前。

"公子。"

"太尉如何说？"

"他已经答应了，说到时愿意以令符驱之。"

"我知道了。"姬恪轻合眼，道，"你下去吧。"

其徐退了半步,道:"苏小姐已经到了祁山。"

"我……知道了。"

姬恪两指并拢夹起棋子,落在棋盘上响起清脆的声音,泠泠动听。

睿王姬止意欲逼宫,事未成。晟帝未提,此事就此揭过。可是晟帝的身子也确实越来越差了……

姬恪用手指拂乱棋盘,八年的筹备、等待,终于到了掠取果实的时候。

姬恪得到宫中的密谈消息,是在五日后的清晨。

仓促写就的密文内容简单,弥留之际的晟帝下旨让齐王姬恪即刻返回齐州,并封岭南十八郡为燕王姬跃封地,即刻赴任。

只看了一眼,姬恪就明白晟帝的意思——晟帝活不长了,为了防止他们争抢帝位,所以下旨让他和姬跃离开明都,到时候天高皇帝远,就算他们再赶回来也抢不过姬止。而此时他们不去封地,又是抗旨……

姬恪冷笑,晟帝终究在最后一刻还是懦弱地选择了他的大皇子。

此时,唯一的办法……那就是让晟帝的诏书来不及颁下。

姬恪思虑之后,瞬间做出决定,烧掉了密文。

他当机立断,对其徐道:"马上叫江成封闭消息,务必不要让姬止得到消息。还有,找关简要令符,禁军是他的人,如若不给,就让子让强夺。而后通知王将军,让他带七千人稳住禁军,你点一队精锐跟我进宫。"

接着,姬恪马不停蹄地从齐王府赶往宫中。

蓝衫幕僚江成握着睿王府传讯用的信鸽,轻柔地展开。

接收信鸽的下人被捆绑后躺在地上,惊恐地看着睿王殿下最器重的幕僚扬袖用火折子点燃了那封信。

他轻笑着威胁道:"刚才这里什么信都没有,是不是?"

下人被江成的笑容骇到,向后挪了挪,仓皇道:"是、是,小人什么也没看到……"

徐子让跟在太尉关简身边已有三年。

他向来沉默寡言,沉稳内敛,是关简一手提拔上来的心腹,文韬武略无一不精。

齐王的密使自墙头翻入,对关简拱手道:"太尉大人,我家殿下让我来借令符,若大人能附上一份手谕则更妙了。"

关简微笑,抬手,一众官兵将齐王密使团团围住。

密使脸色一变道:"太尉大人这是何意?"

关简不答,只道:"来人,将他押入牢中,不得我命令,谁也不许放……"

话音未落,一把刀架在了关简的脖子上。

因为距离太近,关简甚至没有来得及防备,就被脖子上的锋刃晃到了眼睛。

徐子让笑着,语气竟有些轻佻:"太尉大人,你还是放了密使,把东西给他吧。"

关简脸色一冷,随即大笑道:"好,好,好你个姬恪!竟然在我身边埋了这么一颗钉子,还是如此深的钉子,亏得我一手将你提拔起来,没想到反被……"

"大人,谁都知道你喜欢沉默寡言的人,我可是憋了整整三年,不然哪有这么巧被您看重培养?"徐子让似乎是要发泄三年来的压抑,说话语气抑扬顿挫,眉飞色舞,"大人,你还是乖乖地把东西交出来吧,让你那些手下退出去吧。"

关简冷笑道:"可惜,已经迟了,令符我早已给了燕王殿下,只怕他现在已经进宫了,我现在放在府里的那个是假的。"

"令符没拿到?"

其徐低头道:"是,没想到关简不只中途反戈,更是早早地将令符给了姬跃。"

姬恪看着近在咫尺的宫门,飞快思虑道:"我们硬闯,姬跃不见得比我们更快。"说着他忽然一笑,"更何况,去得早,未必就是好事。"

姬跃紧握令符,宫门守卫属禁军,姬跃亮出令牌,守城之人迟疑了片刻。

"这是太尉大人的令符,但是……"

"有什么但是的,本王你难道不认得吗?"姬跃勾起一侧唇角,笑得阴恻恻的,"你知道现在是什么局势吗?若是不让我进去,以后你可不要后悔……"

姬跃尾音微颤,守卫一惊,颤巍巍扬手,到底还是放他进了宫。

宫中本不许纵马,但姬跃已然顾不上,带着手下沿着巨大的阶梯直直地冲向晟帝的寝宫。

沿路的宫女、太监均被那毫无顾忌的身影镇住,不敢上前更不敢阻拦。

姬跃翻身下马,冲到门前,推开了殿门。

他是最先来的,这个先机被他占了,不管晟帝属意谁,只有最后留在他身边的人才真正做得了主。姬跃几乎有些迫不及待,再加上他还握着掌控禁军的令符,整整两万禁军,一旦他亮出晟帝的旨意,他继承大统就是事实,那两万禁军又怎么会不听他的?

殿门吱呀一声缓缓打开。

富丽堂皇的大殿里空空荡荡的，没有一个人……

姬跃面色一变，快步进去，在整个大殿里翻找。

没有人影，没有声音！

他冲到龙床边，想掀开帘子看看。

一滴血从龙床滴落到他的靴子上。

瞬间，姬跃的脸色阴沉得可怕，不祥的预感在他的心中积聚……

晟帝咳嗽了两声，缓缓转醒，口中喃喃道："小顺子，小顺子……"

苍老的声音在空寂的大殿中回荡，阴寒的风钻进晟帝的被窝，他打了个寒战，睁开眼。

"陛下，不用担心，小人在。"面无白须的顺公公尖着嗓子道。

晟帝却没法安心，四周已不是他熟悉的寝殿，到处是破败残旧的家什，满地尘埃，蛛网纠缠，透着一股子阴森的气息。

"这，这是哪儿？"

一道温和如水的声音在晟帝身侧响起："父皇，您醒了？"

"咯咯……怎么是你？"晟帝急咳了两声，"朕怎么会在这里？"

姬恪平静地回答，微微垂下眼帘，仿佛还是那个恭顺谦良的齐王殿下："是我托顺公公送父皇你来的。"

这是他最优秀的儿子，却也是最危险的儿子。

晟帝很快意识到姬恪绝对没有表面看起来那么无害，气急攻心地道："你们，你们……张顺，枉费朕委你重任，将你视作心腹，你却如此辜负朕，你忘了朕是如何将你从一个小太监提拔起来的吗？"

姬恪穿了一身白衣，纤尘不染，倒将他的气质衬得越发清贵脱俗，只是与当下的环境有些格格不入。

姬恪微微笑了笑，声音如晓月般清冷："父皇，您的挑拨离间用错了。"

张顺也笑道："陛下，是您提拔我不错，可您不知道当初将我从皇后娘娘的杖下救出的却是萧妃娘娘。"

说着，他对姬恪行了一礼，退出殿内。

"陛下，小人先出去了。"

晟帝瞧见张顺方才对姬恪行的礼竟是帝王之礼，而且口中说的竟然是"陛下"，立刻震怒道："姬恪！你这是要篡位弑父吗？"

姬恪不答，坐在晟帝的身侧，若有所思般怅然道："父皇，你还记着这里吗？这是霜华殿，我母妃曾经在这里住过很多年。"

"你是想替你母妃报仇？"晟帝怒道，"你若是弑父，天下人都会唾骂你，你不可能继承大统的！"

"弑父？不，我当然不会。"

"那你……"

姬恪打断道："父皇，你听。"

殿外遥遥传出沉闷哀痛的钟鼓声，一声比一声悲沉哀壮。

那是国丧时才会响起的丧钟，这般的长度，这声势，只有国君驾崩才会有。

晟帝如遭雷击，面色霎时惨白。

姬恪道："父皇，很快天下人都会知道，二皇子姬跃因被下调而不满，为了谋朝篡位而冲进宫中亲手弑父，人证物证俱在，他根本无法抵赖。至于徒有勇武而无谋略的大皇兄，父皇，我相信你一定调查过，他手下最受器重的谋士叫江成，几乎睿王的举动都由这个谋士一手策划。这位谋士出身落魄书生家，五年前考中了进士，在明都做了三年教书先生，后来进睿王府做了幕僚，看起来很清白的出身是吧。

"不过……这个江成八年前就是我的人了。"

姬恪每说一个字，晟帝的脸色就更难看一点儿。

"至于报仇，我自然会做，待父皇你下葬后，我便会下旨让许皇后为您殉葬，这样您在下面也不会觉得寂寞。"

事已至此，晟帝也意识到大势已去，只凭着他残破的躯体根本无法力挽狂澜，更不用说如今他处在叫天天不灵、叫地地不应的地方。

晟帝震怒的神情渐渐消失，他忽地笑了："喀喀……好，你很好，比你父皇当年都强，为达目的不择手段，真是青出于蓝，不愧是两朝帝王的血脉……只是你为了皇位弑父祸兄，不知你母妃知道了会欣慰还是会难过。"

姬恪脸上的笑容嗖地退去，沉默了一会儿，他才一个字一个字地道："父皇，你不用拿话激我，我不打算杀你，你最好……也不要提我母妃，你不配提她！"

晟帝似乎是听见什么好笑的事情，大笑了两声，声音越发虚弱："如果朕说，朕这一生唯一爱过的只有你母妃呢？"

姬恪一怔，随即冷冷地道："父皇，你爱她，所以可以亲眼看着另外一个女

人陷害她，责骂她，随意凌辱她，甚至眼睁睁看着她死去吗？甚至到如今，你还想让那个女人的儿子为储君，继承皇位。"

"别说笑话了，这样的话，十年前我就不信了。"

晟帝的苍老在一瞬间清晰可见。

他浑浊的眼睛眯着，神情却显得有些呆滞，脸上满布了皱纹。

苍龙迟暮。

当初那个意气风发的父皇，那个会抱着他坐在膝头、指点他功课的父皇已经再也找不回来了。

晟帝合了一下眼，无声地长叹一口气。刚才的震怒愤恨一下子都消退得无影无踪，他反而突然大笑起来："真没想到，竟是你说出了这种话……"

"不，你早该料到，从我母妃死的那一刻起，你就该料到。"姬恪平静地说道。

"人之将死，其言也善，你愿意听我说些本以为会带到墓里的话吗？"

姬恪没有说话，只是静静地看着他。

无论何时何地，姬恪都是这么完美无缺，简直是最杰出的储君，有时候连晟帝都想象不到，这样的人竟然是他的儿子。

晟帝再开口，竟是没有再用那个用了二十多年的自称——

"是啊，父皇爱得懦弱，我甚至不敢再来这座宫殿，我总梦见你母妃，她说她不怪我，总是笑得那么温柔，她只让我好好待你，我也没做到……

"我承认刚才我说的话，是想让你不要杀了我，可现在……反正我也活不久了……

"一个帝王不该有弱点，也不该爱上任何女人，那时候我是这么想的……帝王怎么能爱上别人呢？帝王应该是谁也不爱……"

帝王……不该爱上一个女人吗？

姬恪闭上了眼睛，漆黑的阴影前是一张鲜活动人的脸，女子的一颦一笑都是如此生动，如此……牵动他的心。

"够了，父皇……别再说了……"

姬恪站起身，拂袖而去。张顺等在门口，见姬恪出来，忙迎上来。

姬恪露出恰到好处的笑容："顺公公放心，待我登基后，这太监总管的位置定然是你的。"

虽然母妃曾救过这个人，可是宫中世态炎凉，如此一点儿恩惠怎么会被记得深切，只有利益方是永恒。

张顺小心地问:"那……陛下呢?"

姬恪按了按眉,对另一侧的其徐道:"其徐,将父皇关进霜华殿地牢,云姨想必也等他很久了。"

接着,姬恪再不管身后,大踏步朝外走去。

他等了这么久,终于……等到了这一天,大仇得报,皇位也如囊中之物,一切都这么顺利,如同八年来他的每一次筹谋那样,他却没有喜悦,反而觉得心中似乎哪里少了一块,空荡荡的没有寄托。

婉之,你在哪儿……

我,想你了……

姬恪抬手挡住那过分明媚耀眼的光,如果他做了皇帝,苏婉之还愿意留在他身边被束缚在九重宫阙中吗?如果她不愿意,他该怎么办……

那一缕阳光透过指缝,射在姬恪的脸上。

他张开五指,想要抓住,那光却已如流水般从指缝间溜走。

第二十四章
痛恨与原谅

"之之，慢点儿……"

苏慎言在后面叫嚷的声音苏婉之已经听得不是很分明。

苏婉之骑在马上，只能听见耳边的风声，周围的景色渐渐汇聚成一条线，倏然远去。

她在愤怒之余，蔓延上心口的还有担忧……

苏慎言只道姬恪带兵围困了明都，那姬恪到底是成功登基还是失败被囚了呢？然而不论哪一种，都不是她想要的结果。

尤其是忆起梦境中，姬恪夺嫡失败，自缢葬在城外破庙中……苏婉之就没法淡定。

那个浑蛋！那个浑蛋！

他不是已经说了喜欢她吗？不是已经……怎么会？！

浑蛋！在她见到他之前，他可不能就这么死了！

这个念头如此强烈，充斥着苏婉之的脑海，让她再也没法去想其他的事情。

因为过度疲累，马匹终于承受不住，一个趔趄，前腿跪倒在地，弯折起诡异角度，连带着马上的苏婉之也差点儿摔出去。

苏慎言看着前方苏婉之的马匹摇摇欲坠，连忙夹紧马腹，用力一抽马臀。马匹飞快前行，他低俯下腰，长臂一捞，将摇摇欲坠的苏婉之拉到了自己的马上。

"苏婉之！你要不要命了！"

苏婉之却只抿着唇，死死地盯着前方道："哥哥，我看见城楼了。"

苏婉之极目远眺，巍峨的城墙蜿蜒围绕，一眼望不到边。

城楼外已经没有包围的兵士，看起来那样宁静平和。

苏婉之在明都住了十几年，明都第一次让她觉得心惊肉跳。

"你在担心齐王……是赢了还是输了……"

苏婉之涩声道："是。"

苏慎言放慢了马速，挑眉，悠悠地道："我有办法在城门口便知道，只是，你确定想知道？"

"哥，这时候你还逗我做什么？你不是都知道了……"

苏慎言顿了顿，低声道："大约你说得太不可思议了，我认识他这么多年，也自诩了解他，实在难以想象他会为了一个女子做出乔装改扮化作平民这种事情……实在是太不像姬恪的为人了……"

何止不像，简直是匪夷所思。

姬恪那家伙，自以为洞悉一切，算无遗策，善于将一切都化为自身的助力。

这种只有痴情男子才会做的事情，根本不符合姬恪的一贯风格……

不，连想都不用想，苏慎言就觉得完全不可能。

若不是苏婉之说得有凭有据，又有苏星做证，他简直怀疑是苏婉之做梦杜撰出来的。

然而，事实若真是如此……

那么，他之前是不是一直想错了，如果姬恪对苏婉之跟对王萧月的态度一样，他是打死也不会把妹妹许给姬恪的，可是……倘若姬恪对苏婉之是不一样的，是真的喜欢苏婉之，那就另当别论了……

自家妹妹对姬恪的心意自是不用说，自己这么做，是不是拆散别人的姻缘了？

从祁山回明都的那晚，苏慎言彻夜未睡，一直在思考这个问题。

第二天，神色倦怠的苏慎言从屋中走出，得出了一个令他沮丧的结论——他

辛辛苦苦和姬恪演的那出戏，甚至不惜用苦肉计，可能全是无用功。

别说没有打消掉苏婉之对姬恪的感情，反而让姬恪对苏婉之有了感情……

他在想要不要把苏婉之打个包给姬恪送过去算了……喀喀，要么把姬恪打包给苏婉之送过来，不过这个难度或许比较大……

走近城门，在做好一旦有异就跑路的准备后，苏慎言从怀中掏出临行前姬恪给他的令牌。

令牌正中刻的正是一个代表齐王的"齐"字，笔锋遒劲，入木三分。

守卫看见他掏出的令牌，先是一惊，随即诚惶诚恐地道："快、快、让道，让大人过去……"他又讨好道，"不知是哪位大人？城中这几日有些乱，我看大人风尘仆仆，又是独身一人，要不要小人叫两个兵士随从……"

话已至此，苏慎言已然知晓了城中的形势。

"不用了，你只要告诉我，明都现在的情况如何了？"

守卫一副知无不言的模样："再过几日便是齐王殿下的登基大典了，大人尽可放心，如燕王此等不忠不义之人已经被齐王殿下拿下……"

"好了，你不用说了，我知道了……"

宫中，御书房。

烛光照亮了空阔的殿堂，也让伏案批复奏章的准帝王显得越发瘦削。

"公子，今天就早些休息吧。"其徐忍不住道。

姬恪按了按眉心，道："一会儿便好，这些今晚必须看完，明日还有其他事务要处理。明都人手不够，还需再调派些人来。"姬恪推出去一份名单，"我用笔圈出的这些人，都要以最快的速度调到明都来。其他人可以再迟一些。"

"是，公子。"其徐收下名单，欲言又止，片刻后道，"公子，小苏大人在外面求见，要见吗？"

姬恪愣了一下，随即垂眸道："叫他进来吧，正好我有事情要找他。"

也许是姬恪太过疲惫，他并没有发现其徐说话时略微闪烁的眼神。

其徐应声退了出去，姬恪又开始批复奏章。

晟帝病重的那些日子，堆积了大量的奏章需要批复，现如今全部都落到了他的肩上，再加上还有姬止、姬跃等一干人需要清理，朝堂需要整顿，新帝登基需要按照功劳赏罚分明……

他已经有十几个时辰没有入睡了。

倦意袭来，姬恪打了个哈欠，又抿了一口桌边的浓茶强压下困意。身体里的旧伤在反复叫嚣着疼痛，姬恪只略皱了皱眉，就不再管了。

姬恪刚刚将茶杯放下，就听见推开殿门的声音和伴随的脚步声。

"谨与吗？你来得正好，帮我整理一下吏部还有刑部的名单，刑部你可以稍微看得仔细些，待登基大典后升你做刑部侍郎的事便会公布，你要是觉得人手不够，可以……"姬恪整理着思绪，滔滔不绝地道。

等了一会儿，却没听见苏慎言的回应，他这才察觉不对，抬起头看过去。

只看了一眼，姬恪就僵在当场，连手中的茶杯被无意间碰倒都未曾注意。

"陛下，好久不见了。"

殿门大开，浓稠的夜色铺天盖地涌进了殿堂里，犹如旋涡一般，将人拉入暗色的深渊。

而逆着夜色，站在门正中的人是那么熟悉，熟悉得让姬恪的心脏一瞬间猛地抽痛。

碧色衣裙的女子一步步朝着姬恪的方向走去。没有风，她的裙摆服帖地垂在身侧，整个人却如一柄利剑。

姬恪像是一下子卸了力，声音也没有了往日的沉稳："婉之……"

"我能说很荣幸吗，陛下？您竟然还记得我。"苏婉之垂着头，指节在桌面上轻敲，语气里的讽刺意味丝毫不曾遮掩，"我还以为你出了回春谷，就又忘了小女子是谁呢。"

那一声声敲击的声响，重重地敲在了姬恪的心上。

苏婉之果然生气了。

姬恪站起身，因为坐了太长时间，刚一起身他就觉得头晕目眩，眼睛酸涩得几乎睁不开。摇晃了一下身形，姬恪才扶着桌角站稳。

"别再装了，没有用的。"苏婉之冷冷地道，"病重什么的，是装的吧？你现在不是应该在回春谷吗？为什么会出现在这里？为什么又要登基？我真是傻，被你骗了一次两次，竟然还会被你骗第三次。"

"没有。"

额头上的冷汗顺着额角流了下来，姬恪想解释："我并没有想骗你……"

"之前你根本就是想让我带你去回春谷吧？好了，现在你被治好了，不需要我了，你可以再去娶你的王萧月！"苏婉之的语速加快，出口的话越发犀利，"她是王将军的女儿，比我有用得多，不是吗？"

"没有。"

他没想娶王萧月，过去或许有过这样的念头，但现在完全没有。

"没有？"苏婉之反问，语气渐渐地激动起来，"你能登基，王将军帮了你很多吧……你允诺了他什么？我不信你！我一点儿也不信你！一声不吭就离开，对你来说，皇位比我重要得多不是吗？倘若我现在没有来，那么下次得到你消息的时候，你是不是已经娶了王萧月？"

姬恪看着她，苍白的面颊上少有地染上焦急之色："苏婉之，你能不能冷静下来听我说？我没有骗你，我不会娶她，我要娶的只有你……"

他的声音比苏婉之低上不少，轻易就被掩盖了过去。

"那姬恪你为什么不肯告诉我？你的离开是在我走之前就决定了吧？为什么不告诉我？为什么一个字都不肯跟我提？之前明明一副不想活了的样子不是吗？"

姬恪早已料到苏婉之会有这样的反应，可是他又该怎么跟苏婉之提离开的事情？

此时解释，苏婉之根本不会听他的话。

姬恪在心中苦笑。

在决定离开的时候，他就已经做好了会被苏婉之责问的准备。可是没想到这一刻真的来了，他还是不受控制地紧张起来。

他的淡定、镇静，在这个笨丫头的面前突然不起作用了，姬恪甚至想不出来应该怎么回答才能让她不要这么生气。

姬恪肯定自己栽了。

现在的自己哪里还有半点儿完美齐王的模样。

"婉之……"他轻唤她的名字，声音温柔却也苦恼，"听我说，别走好不好？"

他站直了身，伸手想拽住苏婉之的手臂。

然而他还没触碰到苏婉之的手臂，她便道："还有什么好说的！姬恪，到此为止！我不会再信你说的任何一个字了！"苏婉之握住桌角边的砚台用力地摔向两人之间的地面。

哐当。

眼前的画面像是瞬间变慢，那一方名贵的砚台从苏婉之的手里脱落，缓缓地砸向大理石地面，在撞击的一刹那碎成无数块，碎片纷乱地溅开，硬生生地劈裂了两个人之间的距离。

"我走了，姬恪！你好自为之吧。"

说着，苏婉之转身，大踏步走出大殿。

姬恪着急想要去追，一脚踩在砚台的碎屑上，身形向后倒去，直直地撞上身后的墙面。肩胛的伤口似乎被撞开了，温热的液体顺着单衣浸染开来，一时间痛得姬恪倒抽一口冷气，完全动弹不得。

等熬过这阵痛楚，姬恪跌跌撞撞地走到殿门口，再朝外望去。苏婉之的身影已然消失，空荡荡的殿门外除了空无一物的黑暗，只有一阵又一阵冷寂而幽阴的风。

"陛下……"

"陛下……"

姬恪靠在门边，挥手屏退闻声赶来的侍卫，静静地看着空寂的夜色，止不住地咳嗽起来。

夜，好凉。

几日后，登基大典。

"陛下，可以开始了吗？"

姬恪伸开手臂，任由宫女太监替他整理复杂的礼服，面沉如水地道："开始吧。"

奉天门前。

正殿宫门垂下珠帘，晟帝的丧事即刻暂停。

姬恪降舆，升座，各级官员行礼。礼毕，官员各就各位，礼部尚书再奏请新帝继位。

一切都依照正统继位的规矩进行。

隔着十二毓的珠帘，姬恪看见眼前几乎望不到边的各品大臣。以往他站在他们之中，此时站在帝王的位置，不知不觉便开始俯视。君与臣之间隔着疏离的距离，这就是所谓高处不胜寒的感觉。

姬恪抿起唇，面容越发庄严。

钟鼓声鸣，在鸣赞官的口令下，群臣行三跪九叩礼。

其徐对他说，苏婉之回祁山了。

想来也很正常，她自然是不愿再留在明都的……而祁山上不只有她的师父，更有那个一直疼爱照顾她的师兄。

不，或者说是……

姬恪闭了一下眼。

耳边传来高声的唱和："万岁万岁万万岁。"

只剩下最后一步颁布诏书了。

曾为帝师的大学士将诏书捧出，挪步交给礼部尚书，礼部尚书捧诏书至阶下，再交给礼部司官放在绘有云纹的木托盘内，由銮仪卫的人擎执黄盖共同由中道绕殿。

诏书自然不是晟帝亲笔写的，但是上面的印鉴是真的……不过，这个时候还会有谁计较真假？

姬恪带着群臣跟在诏书后，一步步朝外走去。

突然，只听见两声巨大的震雷声在奉天门前响起，缭绕烟雾蔓延而下。

内外官员几乎都忍不住用手掩着双眼。

有幸围观了齐王殿下悲剧婚宴的官员，都不约而同地生出一个感觉……这一幕，怎么如此眼熟……

接着，所有人下意识地朝着烟雾中望去，只是……不知这次走出来的又是什么人。

烟雾渐渐散去。

呃……怎么没人？

众人再回头看向即将登基的新帝陛下，怎么也没了？

等等！

缓过神的官员们乱作一团，惊叫道：

"有刺客啊！刺客！"

"陛下被刺客带走了，陛下不见了！"

"快来人，护驾护驾！"

颠簸，非常颠簸，这是姬恪唯一的感觉——他的眼睛被遮住了，双手被束缚住，他不仅看不清，还动弹不得。

马车的内部很大，至少装下他一个成年男子后，仍显得十分宽敞。

虽然看不见，但他能感觉到马车内还坐着另外一个人。

那人对于颠簸似乎很习惯，没有发出半点儿声音，马车里只有姬恪因为颠簸而不断发出的低低的喘息声。

不知过去了多久，姬恪只觉得五脏六腑都在翻搅，自己快要到承受的极限了。

"你打算杀我吗？"

这是他开口说的第一句话，声音不大，但在安静的密闭空间里显得很突兀。

对方没有回答他。

姬恪断断续续地说道:"如果你暂时不打算杀了我的话,最好让马车稍微平稳些,还有可以给我一点儿水吗?不然的话,我恐怕会活不到目的地。"

对方仍旧没有说话,但很快就有甘凉的液体抵在姬恪的唇边,姬恪艰难地咽了两口,勉强忍着身体上的疼痛。

这时马车行驶得渐渐平缓起来。

对方没有跟他搭话的意思,姬恪也不愿贸然开口,只静静地坐着,但不过一会儿,困意就渐渐涌了上来。昨晚为了处理完最后一点儿事务,他依然是三更天后才睡的,如今困到了极点,哪怕是双手被捆着,姬恪还是靠在车壁上很快睡了过去。

在这种糟糕的姿势和状况下,姬恪却难得地睡了一个好觉。

大概是因为自己的命在别人手里,不用担心太多的事情吧……

反正以他目前的状态来看他是不可能逃脱的,索性听之任之了。

姬恪是被吵醒的。

喧嚣嘈杂,姬恪已经很少听到这么热闹的声音了。

马车停了下来,他被人戴上了一顶斗笠,接着便被拽下马车领到了某个地方。

周围都是人,看不见状况让姬恪有些不安。

对方稍微停留,又很快离开。

接下来的几日,依旧如此,到了某处,对方将他拽下马车,然后似乎再经过什么地方,又到了另外一个地方。

不清楚对方的意图,姬恪就安然地等着。

对方似乎知道他的身体不好,偶尔会给他喝一些药,行路时也会照顾他。虽然姬恪仍然被蒙着眼睛,却能感觉到微妙的变化。

前几日对方还有些担心他逃跑,后来就渐渐放下心来,见他被勒得厉害还将他手上的绳子都去掉了。再然后,对方甚至连拽都懒得拽他,却对拖着他闲逛这件事兴致勃勃。

又过了两日,姬恪终于忍不住开口,温和的声音中透着无奈:"喀喀……你到底要带我去哪里?……"

对方依旧没有回答他。

姬恪更加无奈地道："也差不多该回去了吧？"

时隔多日，姬恪第一次听到了对方的回答，声音有些怪异，像是捏着嗓子："你问这么多干什么？"

"能不能解开我眼睛上的黑布？"

依然是变调的回答："不能。"

"那什么时候能松开？"

"什么时候都不行。"

姬恪被对方的任性弄得无可奈何，轻叹了一口气道："苏婉之，我想看看你可以吗？"

对方："……"

"苏婉之，别装了。"

良久的沉默，对方的声音终于恢复正常："你什么时候知道的？"

姬恪："肯松开了吗？"

话音未落，那块蒙在姬恪眼睛上的黑布总算是被拿开了，突如其来的光线让姬恪有些不适应，过了好一会儿才看清坐在他对面的女子。

姬恪叹了口气，道："婉之，你真的不适合做绑匪。"

姬恪本以为被绑架是绝对无法逃脱的，以姬恪曾经被绑架的经验来看也确实是这样的，但是这次第一天他就找到了不下十个的逃脱机会，虽然不一定每个都能成功逃脱，但是……

苏婉之瞪着他，说道："我也想说，你能不能稍微有点儿被绑架挟持的样子啊！"

姬恪无奈地说道："气消了吗？"

苏婉之还是气鼓鼓地瞪着他："你是什么时候发现的？"

姬恪平静地回答："第一天。"

苏婉之："……"

姬恪见苏婉之面色不善，只好岔开话题："婉之，那天你来找我并不是真的生气吧？"

"怎么可能？！我就是生气！气得要死！"

"那为什么不敢看我？"姬恪平静地反问，"为什么责问我的时候不敢看着我？无论是你大闹我的婚礼，还是闯进黑风寨捅我一刀的时候，你都是直视着我不是吗？为什么这次明明同样是责问，却不肯看着我？"

苏婉之愣了一下。

姬恪一把将呆愣的苏婉之拽进怀里,动手揉乱苏婉之的长发,眼神却很温柔:"说了你根本不适合。别说绑匪,光是说谎,你就做不到。"

说到底,苏婉之还是那个一眼看过去就能完全看透的傻丫头,亏他一开始还被她骗了,后来认真想想,才发现事情有蹊跷。

就算是他瞒着她回到明都,但他并没有做任何对不起她的事情,也没有再欺骗她,她为何会如此生气?而且这莫名其妙的见面简直像事先演练好了一样,苏婉之的话都不带停顿的,再结合当时苏婉之不敢看他的表现,姬恪很快就猜了个七七八八。

"我哪里不适合了?浑蛋!都是你的错啊!谁让你这么灵敏的啊……"

姬恪顿了一下,问:"是你哥教你的,对不对?"

"啊?"苏婉之惊讶,"你怎么知道?!"

姬恪露出了恍然的表情:"果然,我就知道十有八九是他。"

苏婉之怒道:"你、你、你根本不确定!你骗供!"

姬恪举双手投降,笑着解释道:"别生气了,别生气了。我都被你骗了这些日子了,难道还不算扯平了吗?你至少告诉我,到底怎么回事吧。"

时间倒退至登基大典前几日。

登基大典……这句话传进苏婉之的耳中却又是另一番光景。

"他……要登基了……"

苏婉之呆呆地看着天花板。

"之之,你再看,天花板也不会给你看出一朵花来。"苏慎言悠悠地给自己倒了杯茶,抿了两口,不紧不慢地晃着新买的折扇,一身崭新的月白色滚银边长袍将他的身材衬得越发颀长,一副风流公子的模样。

"还有,你到底想好结果了没有?……你哥哥我都洗漱换过衣衫,逛了两回街了……"

"哥,我不敢回家,也不敢去找姬恪……"

苏婉之皱着眉,表达着她的纠结:"这皇位他等了这么久,肯定是不会放手的。如果他不愿意娶我,我肯定不开心,他要是愿意娶我,我好像也不是很开心……"

苏慎言又抿了一口茶,折扇在手心点了两下,眸光轻转道:"之之,你被他设计了这么多次,有没有想过报一下仇?"

"啊？"

对苏婉之勾勾手指，苏慎言笑得相当不怀好意："我有个主意，一个绝对能帮你报复他的主意。"

听完苏婉之的话，姬恪以手扶额轻声说道："谨与……看来我真是让你闲太久了。"

姬恪那双藏在手指下的眼睛渐渐地眯了起来。

与此同时，远处的某新上任的刑部侍郎捂着嘴打了一个大大的喷嚏，一众小吏连忙上来嘘寒问暖。

"说什么骗了你这些日子，我根本没有骗到你啊！"苏婉之那边则是完全不满足，"有没有搞错！你这样我很没有成就感啊！"

姬恪只好无奈地说道："从你哥没事找我下诏书我就预料到你肯定会闹出点儿事情，所以……大概已经有了心理准备……"

苏婉之睁大了眼睛，有点儿不可置信地说："等等，你都猜到了？那你还任我们闹？"

姬恪看着苏婉之笑得有些虚弱，虽然他一直在努力调理身体，但多少还是有些疲累，身上的伤也没有好全。他不是身体能撑住，只是精神上格外能忍耐而已："一则，既然谨与敢做这样的事情，必定是已经有了应对之策，收拾残局这种事情交给你哥再好不过了；二则，我的确是亏欠你的，如果这样能让你开心，那么我就不在意了……而且你是在往回春谷去吧，反正近期我也是要去回春谷的……"

"喂喂……我怎么有种又被你利用的感觉……"

姬恪低低咳嗽了两声，笑道："喀喀，那好吧，刚才的话就当我没说……婉之，我不在意，你喜欢就好。"

苏婉之眨着眼睛问："真的？真的只要我喜欢就好？"

"嗯。"姬恪莫名生出一种不祥的预感。

"那好。"苏婉之从姬恪怀里挣脱出来，扭过身子，直视着姬恪说道，"当初我发誓这辈子都不会嫁给你，你还记得吧？……"

"记得……"

"很好！既然如此，因为发过誓我没法嫁给你了，那只有劳烦陛下你嫁给我了！"

姬恪的面容稍微僵了一下："婉之，你不要开玩笑。"

"我可没有开玩笑,放心,你长得这么好看,我不会亏待你的……"说着,苏婉之伸手在姬恪那张完美无瑕的脸上用力摸了摸,眯起大眼睛,一副调戏良家妇女的样子,"陛下,乖,嫁给我吧。"

"好。"

"啊?"苏婉之一愣,"你说什么?"

"我说好。"笑意在姬恪的脸上一点点扩散开,不知不觉地汇集到了整张脸上。

"姬恪你傻掉了吗?喂喂……"她说这些话,明明就是故意要看姬恪尴尬的,结果他居然笑了?!有没有搞错啊!

傻掉?也许我真的傻掉了吧,姬恪想。

这一刻,看到这样的苏婉之,他忽然觉得前所未有的开心。

这个世界上是不是就是有这样一种人,无论受到什么样的打击、什么样的伤害,都依然可以简单而明媚地笑着。整个世界的冰冷都会被她的笑容所淹没,只是看着她,仿佛那些伤害都不存在了,只能感受到那份简单而纯粹的喜悦。

姬恪想起第一次见到苏婉之,那时她便是这般模样,只是那时候他的心境和现在完全不同。

他从未有一刻这么感激过这个世界,在夺走他的一切之后,把苏婉之给予了他。

他很珍惜,非常珍惜。

"婉之……"他唤着她,声音温柔得一塌糊涂。

"什么?"

他拥她入怀:"抱歉,我以后永远都不会再骗你了。"

刚才还在吵闹的苏婉之奇异地平复下来,反手抱住姬恪,用不太大却坚定的声音回答:"嗯,我信你。"

简简单单三个字,却让姬恪几乎要哭了出来。

即使被伤害,即使被欺骗,即使经历过种种事情,她依然肯再次相信他。

苏婉之,你永远不知道,我有多么感激自己能够遇到你。

第四卷

番外卷

第一章
成 亲

寒冷的冬季悄无声息地来了，雪花无声落地，融入地面再不可寻。

偌大的宫殿里，四周各挂着数个精巧的暖炉。虽然只有孤零零的两个人，却并不觉得冷，反而从烛灯中透出几丝浅浅的暖意。

刚从软榻上清醒过来的苏婉之抱着暖手炉，望向窗外。

梅树上有几枝盛开的蜡梅，点点梅红缀在树杈边，在一片素白的奇寒中透出几分艳色。

苏婉之张嘴，重重地打了一个喷嚏。

在另一侧拟定改革方案的姬恪无奈地起身，把挂在一侧的裘衣披在苏婉之身上，忍不住说道："天气冷，让你多穿点儿……"

苏婉之却抬手一把攥住姬恪的手腕，哭丧着脸道："陛下，你到底什么时候才弄完政事带我去云郡啊？"

姬恪按了按疲倦的眉心，语气放得极低极软："方案还需要再议，大概还有半月才能完成，至于弄完……至少得等改革推行下去，初见成效，我才能离开……"

苏婉之推开姬恪，揉了揉因为久睡有些眩晕的脑袋，摇摇晃晃地站起身，丢下暖炉道："算了，陛下您自己忙吧，我要出去玩了……"

苏婉之说罢就要走，却听见姬恪的声音："婉之……"

音色温和华丽中透着一丝黯然，叹息般绵长，像是极品丝绸般摩擦过心尖。

苏婉之心头忍不住一颤，就软了那么几分……

回过神来，苏婉之不禁怒道："姬恪，你够了，你还会点儿色诱以外的招数吗？！每次都来这招，你腻不腻啊……"

姬恪正色道："所谓兵不厌诈，管用便是好策。"

接着，姬恪笑看着苏婉之，笑意明媚，哪还有方才的黯然失落。

苏婉之更怒了："陪你在回春谷看病就待了好几个月。好不容易你的病治好了，又急匆匆地赶回明都，整整十天你都缩在御书房里改奏章。等你改完了，我以为你有空了，你又去弄什么改革……"汹涌的怒意让苏婉之甚是想掀翻那张堆满籍册的御案，"当初是谁在回春谷情意绵绵地说病好了就陪我去云郡的，君无戏言你知不知道啊？！当齐王的时候说谎也就算了，当了皇帝你还……"

在苏婉之飙出更高的嗓音之前，姬恪一把揽过苏婉之，拥在自己怀里，柔声道："娘子，息怒……"

苏婉之被这一声"娘子"弄得半边身子都酥了，只是不知是甜蜜的还是起鸡皮疙瘩的缘故。

姬恪见苏婉之安静下来，才继续说："这次我没说谎，云郡是一定会去的，但是总要无后顾之忧才行……上次从回春谷回来，你哥哥那样子你也见到了。每日送到殿中的奏章，我一人根本无法处理完，我必须建立一个属于我的文臣衙门，尽早提拔一些人才为我所用，同时还要建立一个对应的监察衙门，相互制约，才能防止一方权力过大，除此以外……"

姬恪也不管苏婉之到底听没听，有没有听懂，一股脑地将自己的想法都说了出来。八年前在齐州，他不敢大刀阔斧地改革是怕引起晟帝的注意，所以凡事亲力亲为。如今已无顾忌，他自己也想从烦琐的事务中抽身，好不容易让身体恢复了健康，殚精竭虑而亡实在不是他想要的结局……

"好了，就这么多了。婉之，你明白吗？"

苏婉之拍了一下桌子，语气却很平静："我只想知道你什么时候能弄完！"

姬恪苦笑道："等今年春节过了，如果没有什么特别的事情，我便陪你去。"

"啊，相公，你真好！"苏婉之捧起姬恪的脸，迅速在那张怎么看怎么好看的脸上响亮地亲了一口，接着抱着暖炉欢快地朝外跑去。

姬恪呆了一瞬，见跑了一半的苏婉之又飞速地跑了回来。

"怎么了？"

苏婉之将暖炉藏在身后，低头踌躇了一下："那个……你是不是忘了什么？"

"什么？"姬恪疑惑。

凑近两步，苏婉之眨着大眼睛提醒道："再想想，你是不是忘了什么？还有什么事情是没做的？"

姬恪还是疑惑地问道："什么？"

苏婉之又凑近一点儿，握住姬恪的衣领，阴恻恻地道："姬恪，我们俩的亲事你打算什么时候办……"

"亲事……"姬恪疑惑了一刻，笑道，"你嫁给我就是皇后了，你确定你做好了母仪天下的准备了吗？"

"母仪天下……"

姬恪见苏婉之呆怔，心情非常好，握了握她的手："所以，自然不用急……"

"哪里不急了！"苏婉之甩开姬恪的手，怒道，"什么叫名不正言不顺你懂不懂？话说，你不会还惦记着王萧月吧？上次没结成亲你觉得很遗憾吗……"

姬恪被苏婉之的联想能力吓到了，他佯装咳嗽了两声，低声道："没有这回事，王如松已经自请退婚了，朕……咳，我现在是自由身……"

苏婉之满意地拍拍姬恪的脸，微笑着说道："那不是很好嘛，男未婚女未嫁。明天就让我哥找礼部尚书商量去，陛下，你就做好成亲的准备吧！"说着，苏婉之又似想起什么，回眸一笑道，"记得是你嫁给我哦！"

不得不说，在新帝的调教下，六部办事的效率得到了显著提高。

不到半个月，整个宫中就已经忙碌地筹备起来，到处是醒目喜庆的红色，给寒冷的天气也染上了几分暖意。无论规模还是气势，这都与苏婉之之前见过的婚礼不能同日而语。毕竟前一次帝王大婚的时候苏婉之还没出生，这次围观自己的

亲事，越发兴致盎然。

苏夫人亲手操刀为女儿做了一身空前绝后的喜服。

虽说帝后大婚一切都有定制，但是规矩是人定的，于是那套怪异的层层叠叠的红纱状的喜服就在新帝和苏相的默许下成了册封皇后的礼服。

苏婉之试礼服的时候还颇觉别扭，不过爱美之心让她很快忽略了这一点。

苏夫人围着女儿看个不停，面上露出怀念的神色，喃喃地道："你娘当初结婚时也想穿这个来着，都是你祖母那个老顽固拦着。如今看到之之你穿着，也算圆了你娘我的梦……啧啧，这手工这料子，这喜服简直……"

立后大典定在正月初六，黄道吉日，宜婚嫁。

初五晚上，宫内便乱作一团，到处能听见太监和宫女的呼喝声，整个宫中早已红绸满殿，窗棂上更是贴满了烫金双喜。

整个宫中，到处都是来去匆匆的人影。

翌日，吉时已到。

姬恪身着龙袍，送凤辇出宫，待接过新娘后，经东门、中门、午门进入中庭。

瞻礼人员自明都宫门进入，宗亲、王公、遗老、官员不计其数，皆身着朝制礼服依次而立。

由新帝赐予皇后"金册""金印"，钟鼓轰鸣，器乐承响。

王公大臣三跪九叩，礼成乐止。

又经过送亲等诸礼，十六人抬新后凤辇，送入坤宁宫东暖阁帝后新房。

在进行这些步骤时，苏婉之就算再大胆也没敢胡闹，规规矩矩地遵从宫里教习嬷嬷的话，等进了新房才松了口气。

苏婉之等了良久也不见姬恪进来，干脆一把扯掉红盖头。

此时已过午时，什么也没吃的苏婉之早就饥肠辘辘了。见姬恪一时半会儿也回不来，她就换了衣服从窗户翻出去，一路循着香气摸到了御膳房。

深夜，新帝姬恪在女官引领下踩着红毡进了东暖阁，不等女官说依祖制行洞房礼节，就挥手让她先下去了。

果不其然，姬恪推开门，他的皇后娘娘已经不见了。

姬恪解下帝王那重量不轻的冠冕，正想着怎么把他的皇后找回来，就见一只还冒着热气的酱肘子摆在他的面前。

"喏，给你的。你没吃饭吧？"

姬恪一愣才接过，看向面前的如花笑靥，心中一暖。

苏婉之捧着脸，看姬恪十分优雅地吃完了整个肘子。在姬恪没反应过来之际，她把鲜红的绸子盖在了他的头上："陛下，可别忘了你是要嫁给我的！"

姬恪想取盖头的手顿住，叹了口气，妥协道："那你打算怎么娶我？"

苏婉之扶着姬恪的肩膀，把他按坐在床上。

扫了一眼摆着交杯酒和莲子等物的喜桌，她一把拿过喜秤，半挑起姬恪的红盖头。她挑了一半，又放下，在姬恪手里塞了一块红手绢，才继续挑盖头，边挑边轻声道："美人，不要害羞哦，让我来看看你的脸……"

姬恪对于苏婉之这番举动实在无语，抱着任她开心的心思，倒也没有阻止。

于是，苏婉之挑开盖头，对着姬恪的脸吃了若干豆腐后，又再接再厉，把酒满上，一杯递给姬恪，一杯握在手中。手臂穿过姬恪的臂弯，她把酒凑到嘴边。

"美人，合卺酒。"

姬恪顿了顿，喝下，问道："还有别的吗？"

苏婉之抚额想了想："洞房还有什么别的事情要做吗？"

将酒杯放下，姬恪似漫不经心地道："若你想不起来，我想起来了，可以吗？"唇畔的一抹笑却隐隐地泄露了他的心思。

苏婉之未察，下意识地说道："你想起来了？我做啊！"

姬恪闻言，只是一笑："好，你做。"身子向后一靠，接着他开始动手解起了宽大的喜服。

"你解……"苏婉之刚想问，猛然反应过来，之前从苏慎言那儿耳濡目染的不和谐知识统统涌上脑海，双颊不自觉地染上了红晕，"姬恪……你不是认真的吧……"

姬恪停下手，笑得越发温柔："当然是认真的。"

"不对……你其实根本不会吧……"

"婉之，不会的是你。"姬恪残忍地点破事实后，又温柔地补充道，"不过，我可以教你。"

"姬恪，你离我远点儿，别靠这么近……"

"不用怕，过来……"

"我……嗯……"

夜色朦胧，暗香浮动，掩住一房春色。

其徐默默地把周围监听的人都赶走，然后又默默地假装没看见趴在窗户边上的某个侍女……

第二天一早，东暖阁传来一声震耳欲聋的咆哮。

"姬恪，你这个骗子，哪里不疼了，浑蛋！"

第二章
婚 后

（上）

嫁给姬恪是苏婉之前半辈子最大的愿望，但是她发现嫁给了姬恪之后其实……也没想象中那么好。

首先，作为姬恪正正经经并且成功娶进门的妻子，苏婉之顺理成章地成了皇后，可是母仪天下、循规蹈矩的生活从各方面来说都不怎么适合她——每天一大清早，苏婉之就会被一群人折腾起床，然后穿着繁复到一定程度的衣服接受另外一群她根本不认识的人请安，接着，就会有人拿着一堆她更加不了解的事情来请她处理解决……

姬恪的母妃早逝，后宫中没有太后，最大的掌权者就是皇后，所有的事情都交给皇后来处理其实是理所应当的事情。但是当她看到那些东家长西家短，连夏

天每个人分配几块冰，冬天每个人分配几块炭，进了后宫的那几匹布该怎么分配这种事情都要交给她处理之后，苏婉之整个人陷入了一种自我厌弃和自我否定的情绪中……

原来我真的这么没用吗？

嫁给姬恪真的是一件正确的事情吗？

好在苏婉之还有个靠谱的侍女苏星。苏婉之进宫后，作为陪嫁的大丫鬟，苏星自然也跟了进来。在处理这些事情上面，苏星显然比苏婉之要擅长很多……当然对于这点苏婉之觉得非常神奇——明明苏星是跟她一起长大的，怎么会比她强这么多！

苏星淡定地回答她家小姐："因为小姐你偷懒出去玩的时候都是我在帮你做功课。"

苏婉之以袖掩唇道："别这样看着你家小姐嘛，小姐会不好意思的。"

苏星："小姐，原来你还会不好意思吗？啊，不，应该叫您娘娘了……"

苏婉之："……"我今年才十七啊，就要变成娘娘了吗？

苏星已经完全从苏婉之的脸上看出她心里在想些什么，于是非常干脆地给予一记重击："不小了，前朝李皇后十三岁进宫为后，十八岁已经生了两个皇子了。"

苏婉之泪奔："我不要，我不要生啊！"

累得完全面瘫的苏星继续攻击："顺便说一句，李皇后十八岁那年，宫中一共有三百多位女子，其中两百多位秀女，侍过寝得到封号的女子四十多位，妃位以上七人，并孕有七个皇子、五个公主……"

苏婉之咽了口口水："那个……"

苏星的笔飞快地唰唰划过纸面："娘娘是想问圣上会不会选秀女对不对？如果按照祖制，新帝登基后三个月就要选秀女。圣上去回春谷养病已经耗了好几个月，推算下来，选秀女大概也就是一个月后的事，户部好像已经开始准备了。喏，在这里……"苏星推出一沓纸，"还有，鉴于咱们圣上声名远播的玉树临风、翩翩君子、温润如玉的形象，几乎所有世家都把适龄的女儿推选进宫以填充目前空虚的后宫，因为除了皇后，目前贵淑德贤四妃都还空缺……"苏星又推出去一沓纸，"对了，王萧月也在里面，说起来她比娘娘你还名正言顺……"

苏婉之："苏星你够了啊！"

苏星抬头，看着苏婉之，神情认真而严肃地说道："娘娘，我没逗你，这是真的……"

入夜。

姬恪看完奏章已是夜深人静的时候了，整个皇宫中一片寂静。他放下笔，用力揉了揉酸涩不已的眼睛，其徐适时地端来一碗尚热着的药。

常年喝药的日子看来还是没有结束。姬恪叹了口气，将汤药一饮而尽。

眼睛再一眨，姬恪愣愣地道："婉之，你……"

苏婉之风风火火地冲进来，一下子冲到姬恪面前，大大的眼睛瞪着他："我过来问个很重要的问题！"

"什么事情回去再……"

"不！等不了了！"

姬恪迟滞了一下说："呃……你问吧。"

那个……为什么他有一种很不好的预感？

于是……

第二天早朝。

新帝颁下圣旨：因新帝初登基，不宜破费，选秀女之事暂缓；又因新帝身体不适，急需调养，后宫内暂不纳入新妃……

值得一提的是，此后每当有人提及要充盈后宫为圣上选妃之后，皇帝陛下必然重病，数日连宣太医，就连早朝都不得不暂停，一副即将撒手人寰的样子。而后没过多久，皇帝陛下又会再次病情好转，以病弱不堪的模样继续临朝……久而久之，就没人再不识趣地提及这个话题了。

"婉之，你安心了吗？"姬恪无奈地道。

苏婉之："喂喂，别说得好像我强迫你一样……"说着，苏婉之一脸怀疑地看着姬恪，"莫不是你对于不能选秀女的事情很遗憾？！果然男人都一样啊，就算外表看起来再好，内心都跟苏慎言那个花心大萝卜一样……"

看着苏婉之张牙舞爪的样子，姬恪一时兴起，笑了笑，逗她道："就算我想，

身体也不允许。有你一个就够了。"

"身体不允许？"苏婉之感受到了怒发冲冠，"这么说，如果身体允许的话，那你……"

"也不会。"姬恪摸着苏婉之的头发，努力帮她理顺，而后轻笑道，"我不会让那种事情发生的。"

他很清楚当年母妃的悲剧是怎么造成的。

帝王的权谋，后宫的平衡，以及那些需要由朝政影响的宠爱……但最终都不过是因为从朝堂蔓延到后宫永无休止的争斗。

既然无法废止也无法控制，不如干脆从源头上消灭争斗。

他不需要后宫三千，更舍不得让苏婉之受委屈，令她走上那条悲剧的路。他只需要一个皇后，一个女人，还有苏婉之生的孩子。

苏婉之在姬恪的怀里蹭了蹭："好吧，我就信你这一次，记得你说过的，不许再骗我了啊！"

"嗯，我记得。"笑意顺着姬恪的眉梢眼角蔓延开来，"我不会忘记。"

（下）

若干年后，苏婉之边喝着茶边晒着太阳，望着明都的城楼，回忆起当年自己伤心欲绝地从明都杀出去的悲痛经历，顿时气不打一处来，怒道："姬恪！"

姬恪垂首泡茶，闻声，神情是习以为常的平静，泡茶的手指丝毫不动，稳如泰山。

"什么事？"

"当年……"

姬恪出声，很是无奈："婉之，总翻旧账不是个好习惯。"

苏婉之更怒了："你听我说完！"

姬恪噤声，继续泡茶。

"当年都是你的错，你怎么就忍心……"

半个时辰过去了。

苏婉之喘了口气，姬恪以手指触杯壁，试了试温度，将茶放在苏婉之面前："渴了？"

"你怎么知道？"苏婉之接过茶就喝，喝完才察觉不对，继续怒视他，"不要以为你泡个茶我就会忘掉了……"

姬恪抬眸道："哦，你说那件事，其实……"

"其实？"

长长的睫羽掩盖住眼帘，姬恪幽然一叹，道："其实都是谨与的主意。"

苏婉之瞪大了眼睛："怎么可能？你不要推卸责任！"

姬恪定定地看向苏婉之，水墨色的眼眸闪着真诚，叫人忍不住相信他的话："你也知道当初他并不愿意你嫁给我，所以就出此下策让你死心……若说我有错，那么你哥哥才是主犯。"

苏婉之见姬恪言之凿凿，稍微放低声音，问："真的？"她的言辞中还带着怀疑。

姬恪点头继续道："自然是真的，不然他怎么会自那之后一直躲着你。"姬恪低头牵过苏婉之的手，声音温柔似水，"若不是他，我们怎么会经历诸多波折？"

姬恪的手掌温热，苏婉之又被那声音打动，顿时心一软，随口道："好像也有那么点儿道理。"

姬恪微笑，满眼柔情。

苏婉之已经彻底忘了自己刚才要说什么……

百里外的苏慎言："啊嚏……"

"大人，怎么了？"

苏慎言揉了揉鼻子，淡笑道："没什么，大概又有哪位佳人想我了吧。"

过了几日。

苏婉之又回忆起自己当年对姬恪一片痴心却被当成驴肝肺的日子，一时心潮澎湃，冲到姬恪面前。

姬恪把茶杯放下，轻轻盖上杯盖："又怎么了？"

"不公平啊，当年只有我追过你！你都没有追过我！"苏婉之不满。

姬恪叹息一声，"我从未追求过女子，你让我如何尝试？"

苏婉之："虽然你不会，但是苏慎言会，让他教你啊！"

姬恪抬眸，墨色的瞳仁中依稀荡漾着泛滥的柔波："你真的要我去学这种技能？"

苏婉之："啊，怎么？不行吗？咦，好像有什么不对……"

姬恪叹道："你已经是我的妻子了，我学这个有何用，难道要对其他女子用吗？"

"对哦。"苏婉之挠着头，想了想，"对，你绝对不能学！绝对不许去找苏慎言啊！万一被他带坏了怎么办！"

姬恪微微扬起唇角道："此事你最好去跟谨与交代一下。"

苏婉之应声，狂奔出大殿。

生活调剂结束，姬恪喝完茶，淡定地继续批改奏章。

又过了几日。

某大型宴席后，苏婉之看着席间恩爱甚笃的夫妇们，尤其是那些将自己夫人照顾得无微不至的大人，顿时羡慕嫉妒之情溢满了整颗心。

身为帝后要注意形象，公众场合不得有逾矩的举动，一举一动都要为国之表率。而且就算是私下里，忙得要命的姬恪也根本没时间陪她，更别提照顾她了！从某种程度上来说，经常把批改完奏章就趴在御案上睡去的姬恪抱回寝殿还熬汤送药的她才是照顾人的那个啊！

这么想着，苏婉之越发充满了怨念。

"姬恪！你都没有为人夫君的表现啊！"

"嗯？"姬恪略略扬起眉问道，"什么是为人夫君的表现？"

"就是，嗯，比如吃饭的时候张大人对自己的……"苏婉之把宴席上所见所闻加上自己听说的东西添油加醋地描述了一番。

"哦，是这些。"

苏婉之狂点头："对啊对啊！"

"你可知那位礼部张大人一共养了多少房小妾？"

"啊？"苏婉之疑惑。

"十一房。而你说的那位赵大人，他有私生子的事已经闹得沸沸扬扬了；许大人这位新夫人刚刚过门，不过他前一任夫人死了还不到三个月……"姬恪平静地抬头，"你现在知道那些为人夫君的表现都是因何而来的了吗？"

"啊！"苏婉之震惊。

姬恪放下笔，拉过苏婉之，在她的唇上轻轻吻了吻，声音温柔："所以，你现在知道你的夫君有多好了吧。"

苏婉之果断地抱住姬恪，在他的唇上回了一个响亮的吻，想了想，又道："你等我！我去给你煮两碗鸡汤！等我！"

姬恪抿了抿唇，不禁笑开。

身侧其徐有些忐忑地问："娘娘三天两头地往这儿跑，会不会扰了……"

何止三天两头，苏婉之简直是闲得没事就过来串串门！

姬恪笑着摇头道："其徐，你不懂。公事枯燥乏味，偶有佳人相伴，也是乐趣……"

好吧，其徐看着苏婉之智商一天比一天掉线，某个人根本就是乐在其中！

第三章
苏慎言

楔 子

夜幕初临,琉璃灯影光怪陆离,一派声色犬马。

"苏大人,别再喝了。"

苏慎言将酒壶随手扔在地上,长腿自栏杆上翻下,紫色的衣袂翩跹而落,他半眯起眼睛,似醉非醉地道:"我已经不是苏大人了。"

月光映照着他的轮廓,孤寂而冷清。

他抬手从桌上又拎起一壶美酒,咕咚咕咚两声过后,酒顺着喉咙被大口咽下,火辣的滋味顺着口腔蔓延进胃部,七分醉,三分醒。

"饮酒伤身啊!更何况小公子还在等着……"

"不是有侍女照顾他吗？！"

下属无奈地说道："而且明早是夫人下葬的日子，大人您这样……"

"我知道了，我会去的。"苏慎言擦了擦嘴角的酒渍道，"出去吧。"

"是。"

窗外的喧嚣吵闹像是隔了一个世界，根本无法传递过来。

他不知道还有几个时辰天才会亮，只知道又是难熬的一夜。

苏慎言眯起眼睛，眼前恍惚闪过一个女子的脸庞，那么干净清澈，犹如水晶般美好的容貌……

回忆像是倾斜的匣子，猛然被打开。

一

十年前。

登基大典上，新帝竟然消失了！

官员们缓缓回过神，刚刚出声高唤侍卫，便见方才新帝站的位置上忽然多了一个人。

新上任的刑部侍郎一只手握着一卷金黄色的诏书，一只手亮出了一枚灿金色的令牌。

令牌上是一个斗大的"齐"字，是皇帝陛下赐的。

"小苏大人，你是什么意思？"

身着红色官服款步而来的男子即便身处如此场合也携着一股与生俱来的风流气韵，他微微扬起下颌，笑道："我只是来宣读陛下诏书的。"

苏慎言的语气笃定，没有一丝一毫的紧张和忐忑。

听他如此一说，其他人面面相觑，一时之间都不知是否应该制止他的行为。

这位新上任的刑部侍郎虽然官位不高，可是谁都知道此人深得新帝器重，日后封侯拜相也有可能的。就以这官衔为例，其他人的敕封往往都是在登基大典之后才封的，偏偏他苏慎言一个人在登基大典之前就被新帝特批晋升。

因此，虽然在座许多官员的职位都高过苏慎言，却无一人敢露出轻慢的神情。

苏慎言缓缓地摊开诏书,开始面不改色心不跳地信口开河:"新帝因身体不适,暂去齐州养病,不日归来。今日由小臣来念陛下的诏书……特封先帝七皇子静王殿下与苏丞相为监国。"

"这简直是荒谬!谁知你的诏书是真是假,我们要见陛下!"

"正是。苏慎言,你虽得新帝宠幸,也不能如此胡闹!你若是不快点儿让陛下出现,那你就是大逆不道!"

苏慎言单手握着诏书的一侧,放在身侧,道:"诏书是真是假,众位大人一验便知。至于胡闹的人,并不是我。"他耸了耸肩,一副无辜状,"是陛下啊,这是圣上他让我做的。"

"胡说!我们明明看见陛下刚刚被带走了!"

"各位大人如果一定要为难小臣……"苏慎言托着下巴,轻轻笑起来,"那便同我耗下去吧,小臣有的是时间。"

禁卫军将整个奉天门周围团团包围起来。

为首的是刚刚上任的禁卫军统领其徐,又一个新帝心腹。他面无表情看着众位大臣,不少大臣心中已经开始动摇。

与此同时,站在一侧的新任太监总管张顺有些忐忑地轻声问:"那陛下何时归来?"

苏慎言侧眸,仍旧轻声笑道:"不用担心,反正陛下已经把大部分的事情料理好了……过几日等之……喀喀喀,等陛下的身体休养好,自会回来……"

"陛下真的会回来?"

苏慎言颔首,敛了几分笑意,伸出两根手指,信誓旦旦地说道:"两个月,若是两个月陛下仍旧没有回来,那么各位再取了在下的项上人头也不迟……"苏慎言顿了顿,表情更加认真,"若不是陛下应允,诸位真觉得仅凭我一人能只手遮天?更何况,陛下岂是那种蠢笨之人?怎会真的任由我搅乱宫廷?"

看着阶下大臣低声议论、将信将疑却又不敢再开口的样子,苏慎言知道大局已定。

他成功了。

苏慎言松了口气,垂眸慢慢卷起诏书,薄唇勾起。

"若是诸位大人担心我会畏罪潜逃,那不妨叫人看着小臣,只是小臣有个要求……"

那双璀璨勾魂、迷了半个明都女子的桃花眼倏忽抬起，即便是男子也被那瞬息之间绽开的笑意迷住："在明都醉烟阁看管在下，可否？"

那一瞬间，只怕有大半的官员想起苏慎言另外一个绰号——明都第一风流公子。

二

"小苏大人、小苏大人……"

醉烟阁的鸨妈妈一迭声地唤道。

苏慎言轻巧地迈下轿子，折扇轻轻地击在掌心问："什么事？"

鸨妈妈吓得都快哭出来了："这……不妥吧，这么多官爷来我这里，妈妈只怕会招待不周啊……"

哪有人逛窑子还带着上百禁卫军的啊！

能不能坐得下这么多人尚且不说，这些恶神在这里坐着，哪里还有客人敢上门啊！

而且……鸨妈妈心中暗想，北周有规定，官员不得在妓馆嫖宿，尤其三品以上……苏慎言这么明目张胆地来这里……难道真是上头有人好办事？

"没事。"苏慎言笑得平静，"你只要招待我一个人就够了，他们只是来看着我的而已。"

鸨妈妈："可、可是……"

"抱歉，可是我必须在这里留宿。"他抖了抖衣袖，一份文书从他的袖中抖落，展平放在鸨妈妈面前，苏慎言伸出手指指着其中一处道："看，这里可是写明了两个月内我必须寸步不离你这里的……"

鸨妈妈刚看到文书下密密麻麻的官员签名，苏慎言已经把文书收起，耸了耸肩，一派无辜道："若不然，我可是要倒霉的，妈妈你就体谅一二吧。"

说完，不等鸨妈妈反应，苏慎言已转身入了楼内。

楼内的姑娘们可不管来人多少，在阶上频频卖弄风姿，希望引得苏公子青睐。

苏慎言是这秦楼楚馆里出了名的风月老手，不仅样貌好，举止风雅，更是极为擅长讨好姑娘，且苏慎言无论对哪位姑娘都是体贴入微、柔情蜜意，出手大方又不难伺候。这样的人，无论怎么看都是客人中的上上之选，甚至有些楼里的姑娘对苏慎言大为倾慕，为引他前来，甘愿分文不取，自荐枕席。

当然，苏慎言自然不会半点儿银两不留，但这风流的名声也不知不觉地传遍了整个明都。

明都内，若说风流公子，苏慎言敢称第二，恐怕没人敢称第一。

"苏公子，今日小女新酿了一壶好酒，不知公子可有兴趣前来一尝……"

"苏公子，前些日子您为小女写的词已经谱好曲了，小女奏给您听如何……"

"苏公子，您都好些时候没来瞧莲儿了，莲儿新学了些……"

于是各式女子的声音渐渐响了起来，有娇俏的亦有火辣的。

鸨妈妈见状，眼睛一翻，差点儿晕厥。

她见过胳膊肘往外拐的，没见过胳膊肘这么往外拐的！

苏慎言一一应付，不曾怠慢哪个亦不曾厚待哪个，含笑的桃花眼含情脉脉，即便他并不是看着你，也依然能叫人心跳加快，呼吸不畅。

最终他微微一笑，道："只是不知，月锦姑娘在吗？"

锦岚小筑。

醉烟阁的头牌月锦抱着琴缓步而来，问道："苏大人因何事而来？"

月锦冰雪样的容貌没有任何笑容，语气亦显得疏离，但就是这副清冷若仙子的气质让无数男子为她趋之若鹜，不惜一掷千金来换美人一笑。

"陛下说等他登基之后就送你离开，现下有些麻烦……"苏慎言看也不看美人，就径直斜靠在软榻上，满足地伸了个懒腰道，"能先让我在这儿避避难吗？"

月锦顿了一下，急问道："陛下可好？现下在哪里？"

"这点月锦小姐就不用操心了，陛下不日便归。小姐放心，你对陛下登基出力不少，到时候陛下一定会还小姐自由之身的。"苏慎言闲闲地应道。

"这点也不劳苏公子操心！"月锦的表情依旧冷冷的。

苏慎言果然还是没法和她搞好关系，哪怕她是个美人。

他有些无奈地想，自己大约还是受了苏婉之那丫头的影响——苏婉之喜欢姬恪，月锦也是，于是他就不自觉地对月锦存了敌意。其实严格来说，月锦是在苏婉之之前认识姬恪的，那时姬恪尚在齐州，月锦也未到明都。苏慎言曾见到她抬眸望着姬恪时，那双蓊水瞳仁里浓浓的迷恋之情掩都掩不住……

说起来苏慎言也有些疑惑，姬恪放着这么一个天香国色的大美人不要，居然最后会看上他家的野丫头，真是……奇哉怪哉。

姬恪他……到底怎么想的啊？

想到这儿，苏慎言又有些唏嘘。

姬恪聪明一世，居然最后栽在了……而且恐怕还是心甘情愿的。他料想姬恪恐怕早已预料到这次的整治计划，才干脆地睁一只眼闭一只眼任由他和苏婉之胡来，连诏书都给得干干脆脆。

不过，苏慎言望向窗外，眯起眼睛，勾起了一侧的唇角。

希望苏婉之那个笨蛋能扛得久一点儿，难得有虐到姬恪的机会，可不能这么轻易浪费。

"苏大人。"

明明苏慎言已不再回话，那个素来清冷、对人不假辞色的月锦还是轻声问道："陛下的病……怎么样了……"

月锦也是个可怜的女子。

苏慎言动了动唇，正欲开口，忽然扑通一道落水声传来。

他和月锦两人同时朝小筑内的温泉看去。

苏慎言率先反应过来，推开筑内连接的木门，朝温泉走了过去。

只见温泉里明显有人非常夸张地扑腾起来，大量的水花溅起，飞散到了泉边。

这是唱的哪一出？

苏慎言挥袖掸开水珠，颇有兴致地朝水中望去。

水中那人也恰好扶着暗槽准备爬上来了，好巧不巧两人的目光就这么对上了。

"原来是你！"

"终于见到你了！"

三

数月前，明都。

"老板，请问招人吗？"

刘铁匠一抬头，就看见一个只有十多岁的俊秀少年站在面前，虽然大半的额发盖住了眼睛让人看不见容貌，但只瞧那细皮嫩肉的模样就让刘铁匠不禁想起前几日把他娘子勾引跑了的小白脸。他当下怒从中来，二话不说就将人往外推："去去，就你这小身板能做什么！快走快走，不要耽误我做生意……"

离家出走的少女沈祭月遥遥地望了一眼那散发着阵阵食物香气的一品楼酒店，摸着怀中仅剩的三枚铜钱，在心中默默咬牙：忍。

想着这个字，她克制住心里蠢蠢欲动的揍人欲望，又用殷切的口吻重复了一遍："老板，我什么都会，不信你可以试试。"

刘铁匠被这句"什么都会"逗笑了："就你还什么都会？来，说说你都会些什么！"

沈祭月老实回答："十八般兵器没有我不会的。"

"好大的口气！"刘铁匠顿时横眉倒竖，当即冷哼出声，"那你会射箭不？"

"会！"想了想，沈祭月又补充了一句，"百步穿杨。"

刘铁匠的冷哼声更重，顺手从架子上取下昨日刚刚上好弓弦的乌木弓，道："若真的会，那你就拿这弓射给我看看。"刘铁匠是存了坏心的，这是上好的沉乌木，就连他自己拿起来都有些吃力，更何况这个身板明显瘦弱的小少年。

沈祭月接过弓和箭，掂量了一下分量，略微升起一丝好奇心，转头问："老板，要朝哪里射？"

刘铁匠见她轻松地接过弓，愣了愣才道："百步以外，什么显眼你就射什么吧。"

"好！"说着沈祭月熟练地给弓上箭，左手持弓，右手拉弦，笔挺的脊背微微后仰，姿势线条优美至极，观者仿佛都能察觉到力量的积蓄与涌动。

她微微眯起眼睛，视线不由自主地瞟向了一品楼……好香……再向上，只见一品楼楼顶有一块极其招摇醒目的白板。

就这里吧。

她在心中默念了一遍宇宴告诉她的口诀：身端体直，用力平和，拈弓得法，架箭从容，前推后走，弓满式成。接着她手臂用力，只听嗖的一声，那箭犹如长眼了一般从窗口射出，笔直地朝着白板飞去。

当然，沈祭月并没有注意到，那块白板边上还站着一个与白板浑然一色的白衣公子。白衣公子此时正十分风雅地握着一支玉笛悠悠地吹奏，衣袂翩跹，风华无限，底下无数少女默默仰头，流着口水，满脸倾慕……

白板被箭镞射中，顿时断成两截。

沈祭月将弓递还给刘铁匠，神色中不禁带了几分得意。

然而，刘铁匠却只死死地盯着一品楼——天哪，名满明都的雪衣公子居然从楼顶摔了下来，还差点儿摔了个狗吃屎，难道是他眼花……

沈祭月细白的手指在刘铁匠的眼前晃了晃："老板、老板……"

刘铁匠回过神来："啊，你居然……你怎么还敢在这儿待着？你知不知道你把谁射下来了！得了得了，快走吧，快走吧……"

又一次被推搡出去的沈祭月不禁怒道："我没说谎啊，我不是做到了百步穿杨吗？！"

刘铁匠急道："你说没说谎根本不打紧！总之我也要先回去了，你、你不想惹麻烦的话，就赶快走吧！"说着，刘铁匠开始快速地收拾起东西，似乎是打算关店铺走人。

莫名其妙啊，明都的人果然都很奇怪……

算了。

此处不留爷，自有留爷处。

沈祭月摸了摸肚皮，抬腿出门准备再想办法，身后传来了刘铁匠粗犷的声音："喂，小兄弟，你的武艺要真的不错的话，不如去醉烟阁试试，那里刚贴出告示说要招打手……"

打手？

沈祭月闻声，心头一喜，转身拱手弯腰道："老板，多谢了啊！"

宇宴告诉她，遇人相助，必要记得感谢。据说明都人都很吃这套。

刘铁匠见此，心头犯了嘀咕，这不会是哪家没见过世面的武将公子吧？"他"

到底知不知道醉烟阁是什么地方啊……

"等等,你还是别去了,我这儿还有些铜板,你拿着买点儿吃的,再找点儿正经营生吧。"刘铁匠心一软,从怀中掏出十多文铜钱放到沈祭月手中。

果然!

沈祭月喜出望外,感谢什么的……明都人果然很吃这套!

她低头边掂量着铜钱边感谢,脚步却丝毫不停地朝醉烟阁的方向走去……

等等,数完铜钱的沈祭月抬起头想,刚才那个铁匠好像说了什么……

嗯,算了,反正不记得了,她还是继续去醉烟阁吧。

殊不知,沈祭月前脚刚走,后脚就有个美貌的白衣公子气急败坏地找到铁匠铺了。

沈祭月买了个包子先填了填肚子,才继续朝着醉烟阁走去。

醉烟阁外,香风阵阵,娇媚的笑声不绝于耳。

沈祭月抬头看了一眼牌匾,确认无误后皱了皱眉,实在是在男子堆里待久了,乍然看到如此多的女子,一时间竟觉得……好聒噪啊……

难道这就是宇宴曾提过的,明都小姐吗……

沈祭月只犹豫了一下,便抬腿进门。

倒比她料想的快,领头一位小姐知道她的来意后,瞬间冷着脸示意她朝里头去,于是沈祭月见到了醉烟阁分管人事的头头——王妈妈。

这次沈祭月接受教训,没等王妈妈开口,就道:"我想当这里的打手,我会武。"话音刚落,她便抬手,握住摆在桌上的一个瓷杯,轻轻一捏。只听砰一声,瓷杯在她的手中迅速碎裂成无数的小块。

接着,便是一声更加惊心动魄、震耳欲聋的尖叫:"我的彩釉五色春草纹瓷杯!你、你、你……你给老娘卖身还债!来人,看住这小子,不许放走!"

沈祭月还没弄明白怎么回事,自然不打算跑。

于是,在她愣愣地未回过神的时候,一张卖身契迅速地放在了她的面前。

"这瓷杯值五十两银子,卖了你都赔不起,让你卖身还债都是便宜你了!快点儿签!"

沈祭月对五十两银子没什么概念,对卖身契更没什么概念,她只是歪头问了一句，"签了就有东西吃了？"

"是、是！你快点儿给老娘签！"

沈祭月毫不犹豫地挽袖执笔，点墨，笔锋微顿，接着转腕写上三个大字：沈十二。

这三个字写得瘦劲有力，一笔一画均带着铮铮铁骨，虽有几分稚嫩，但已略显出三分气势。

沈祭月很满意地拿起纸，吹了吹——不愧是她练了多次的假名。

她见墨干了几分，才抹了抹额头上的汗，微笑着递给王妈妈。

王妈妈刚想接过纸，看见沈祭月的笑容，忽然一怔，因为沈祭月的动作，些许汗湿的发丝从额前被抚开，露出被遮掩的半张脸和一双清澈似水的瞳仁。

这、这容貌……

王妈妈在醉烟阁待了十多年，什么样的美人没见过，可还是第一次见到这样的容貌，澄澈若冰晶透玉，似乎一碰便会碎去。太过干净，太过纯粹，以至于只是望着那张脸便会想到这世上所有美好的存在，让人忍不住心生怜惜呵护之情……

"你、你……"

沈祭月不解地道："我什么……"

"你、你长成这样还做、做什么护卫！"王妈妈结结巴巴地道，"简直是浪费！浪费！不不，是暴殄天物！"

沈祭月挠了挠头，又摸了摸肚子，问："我肚子饿了，能吃点儿东西吗？"

沈祭月做出的本是十分粗俗的动作，但此时在王妈妈看来却是……

十多岁的少年郎面如冠玉，曲裾素衣，浅浅的笑容八分真诚两分腼腆，煞是明艳，长睫微眨，端的是面如皎月，艳如春花。

"宝！我绝对是挖到宝了！听着，你叫沈十二对不对？这个名字太土了，快给我想一个更文雅的名字，我要把你培养成醉烟阁的头牌！"

"呃……那我能吃东西吗？"

她已经好几天没吃肉了！

"吃！吃！宝贝，你想吃什么都会有的！"

四

"慢着。"

苏慎言实在看不下去了，将手中轻摇的折扇收起，缓慢地抬起头道："这位小……公子，你家人放你出来的时候，难道没告诉过你有些地方是不能随便去的吗？"

对面的沈祭月愣了一下。

倒是王妈妈先反应过来，一把拦在两人之间，谄媚地笑道："小苏大人这是要做什么？"说着她压低声音，凑到苏慎言耳边道，"大人若是感兴趣，等妈妈调教好了，最先让大人尝个鲜好了……"

"王妈妈就是这么看在下的吗？"苏慎言的脸色有些微妙，他也压低声音道，"一则，在下不好男色，虽然……喀喀，算了；二则，你真的看清楚了吗？这小家伙恐怕有些来历，不是能被你们轻易摆布的，我看你下手前最好还是调查清楚得好……"

若是寻常客人这么说也就罢了，但偏偏说话的人是苏慎言，在明都内人脉通天、阅人无数、从无错漏的大理寺少卿苏慎言，王妈妈不禁回头看向刚才的沈十二——

这看起来呆呆傻傻、智力不高的孩子难道真有碰不得的背景？

沈祭月见他们窃窃私语半天，似乎有些不耐烦，一双亮晶晶的眼睛直勾勾地盯着苏慎言。

就在此时，外面突然吵嚷起来——

"有人看见那个少年就进了这里面！"

"快把人交出来！若是不交的话，我们就只好搜了！"

"什么？你可知他伤了静王殿下！若是不让我们搜人，你们就是包庇！"

吵嚷声很快从远处传了进来，速度极快，似乎随时会到这里。

苏慎言刚勾起唇角，突然发现有人猛地拽住他的手腕，径直把他整个人拖了出去。那力气大得超乎预料，苏慎言还没来得及反应，已经被人拖着拐进了一间空房。

等苏慎言站定，低头一看还未来得及放开他手的少年，笑了："怎么了？现在知道怕了？方才你在铁匠铺射他的时候怎么不觉得怕？"

少年，不，或者说是少女闻言，奇怪地问道："什么方才射他？"

苏慎言一顿，道："就是你刚才在铁匠铺试那把乌沉木弓的时候，射了一箭，正巧把一品楼顶上的静王殿下射了下来。呃，他摔得颇惨……"

不过说实话，在看到这小丫头把姬音从一品楼上射下来的那一刻，苏慎言其实也有几分暗爽。这位静王殿下平素什么都好，也没有什么爱好怪癖，只是在自恋方面实在登峰造极，他为自己起了一个"雪衣公子"的雅号，而后每过一些时日都会站在明都最大的酒楼——一品楼上吹笛以吸引女子。好在这也不算什么伤天害理的事情，朝中上下也就睁一只眼闭一只眼了……

但苏慎言看其非常不爽——

这是公然挑衅他明都第一风流公子的名号！

"啊？我刚才有射中人吗？"

"……"苏慎言叹气道，"你若是不记得自己射中人，那你现在为何要跑？"

少女抬起头，干脆地道："我是来找你的。"

苏慎言："找我？"

少女盯着他的脸，一本正经地说着让人喷饭的话："你的脸实在合我的胃口，好漂亮，而且怎么看怎么好看！"

苏慎言："……"你认真的吗？

说话间，少女的手已经抚上了苏慎言的脸，她的眼中带着微妙的情绪，手温柔地抚摸着苏慎言的脸庞……

苏慎言的嘴角微抽着说道："那个，是不是有什么地方搞错了？"

一般情况下，这不应该是他做的事情吗？

"那个，总之……"

"真的好好看啊，明都的人都这么好看吗……"

"就算躲在这里，恐怕也很快会被……"

"也不对，我来明都好几日了，除了你也没看到什么好看的人……"

苏慎言："……"他应该觉得荣幸吗？

"搜查，搜查，都给我出来！"

苏慎言闻声，叹了口气，不再试图交流，直接把少女推进内室，道："好了，

别说话，也别动。你先躲在这里不要出来，等我叫你出来了之后你再出来。"

少女双手扒着屏风问："那你呢？"

"担心我？"苏慎言笑了笑，明明是玩世不恭的笑容，却透着让人平静的力量，"安心吧，只要是在明都，对我来说还真的没什么好担心的。乖，快些藏好吧。"

五

沈祭月长这么大，都没见过这么好看的笑容，一时呆愣在当场。不过也就过了那么一瞬，她已经被苏慎言推进了内室，而苏慎言转头出了内室。

几乎同时，外头的官兵似乎已经推门进来了。

"快开……啊啊，是苏大人！"

"有什么事情吗？"

虽然看不见苏慎言的神情，她却能从他略显慵懒玩味的口吻里猜测出他现在的表情，应当是微微挑起嘴角，薄唇勾成似笑非笑吧……

果然她只是想象就觉得他好看得不行啊！

沈祭月蹲在地上默默地捧起脸。

"没什么，啊，就是大人您有没有看到一个打扮得很可疑的少年？此人伤了静王殿下，静王殿下非常生气……"

"没有看到。"苏慎言似乎是微笑着说的，"我被你们打扰了休息，也非常生气呢……还是你觉得我有可能窝藏犯人？嗯？"

"啊，少卿大人怎么可能窝藏犯人！下官这就走、这就走……快，还不快撤！去下一间找找看！"

喧嚣声渐渐离开了房间，苏慎言的脚步声也越来越近。

"怎么了？还没藏够吗？"

修长的手指一点点推开屏风，露出苏慎言那张招惹桃花的脸，他身后的光线顺着脸颊的轮廓洒落了一地，整个人都似镀上了一层光影。

沈祭月："……"

苏慎言只好再叹气，问道："怎么了？"

沈祭月反应过来，紧紧地盯着苏慎言问道："你叫什么？"

"我姓苏，名慎言，字谨与。"

"苏慎言，苏慎言。"沈祭月默念了两遍。

"好了，你也可以起来了吧。"似乎是见她的反应还是这么迟钝，苏慎言不得已伸手将沈祭月从地上拉起来，又道，"他们已经搜查过了，暂时应该不会再回来，我带你从后门离开吧。"

沈祭月没说话，乖乖地跟着苏慎言走了出去。

月光正好，沈祭月却止不住地胡思乱想起来，甚至连苏慎言停下了脚步都没有发现。

于是砰的一声，她正巧撞上了苏慎言的脊背。

苏慎言转身一把扶住沈祭月，叹道："你走路都不看路的吗？"

"啊，抱歉。"

苏慎言倒也没在意，往沈祭月的手里放了几两碎银子后，指着后门道："从这里出去便是了，雇一辆马车或是轿子送你回去，早点儿回家。还有，记得，女孩子家今后再别随意进这种地方了。"

沈祭月点点头，又走了一步，突然道："你不跟我一起走吗？"

苏慎言笑着摇头道："不了，我们就在这里分别吧。"

他摇头的动作幅度不大，但语气却是不容置疑。

"好吧，不过……"沈祭月往回跑了一步，快速走到苏慎言面前，用力拽住他的衣领，把他的头拉了下来，毫不羞涩地在苏慎言目瞪口呆的脸上印下了一个轻若蝉翼的吻。

"记得，我叫沈祭月，我会回来找你的！"沈祭月握住碎银子，快速跑开道，"到时候要么你嫁给我，要么我娶了你！"

风月老手苏慎言一脸呆滞地抚着脸："……"

虽然她这个样子还蛮可爱的，不过她还是想体验下江湖生活的。

只不过……

已经跑开的沈祭月突然想起一件非常重要的事情，立刻转头叮嘱道："还有，别再对别人这么温柔了啊！到时候太多女子看上你，我处理起来会很头疼的！"

六

纵观苏慎言的风流人生，他这还是头一次被一个女子调戏！而且是个明显比他要小的女子……

这对苏慎言的心灵造成了很大的打击，以至于他至今也没有忘怀。

所以，他一见到这个女子立刻反应过来。

她是沈祭月。

不过，苏慎言也是真的没想到会在这个时候、这个地方再次遇到她。

一时间，他的内心十分复杂。

就在他内心纠结的时候，那名叫沈祭月的女子已然重新跌入了水池当中。等苏慎言反应过来，下水将人救起的时候，沈祭月因为吞了太多水，陷入了昏迷。

苏慎言无可奈何，抱起沈祭月，直直地朝房间走去。

房间里的月锦斜睨着他，问道："苏大人，你认识她？"

苏慎言斟酌了一下，道："算是吧。"

"苏大人的红颜知己还真是遍地都是……不过来我阁里坐上些许时候，就有女子落水以求相见……"月锦的话中不乏嘲讽。

苏慎言知道月锦不喜欢太过花心的男子，当然这也是他们不对盘的一大原因。每次逮到苏慎言欠风流债，姬恪又不在的时候，她便会不遗余力地嘲讽他。只是苏慎言的性格素来如此，即便被嘲讽也不会改变，因而月锦越发看他不顺眼。

"好了，月锦姑娘可以先替我照顾一下这位姑娘吗？"

月锦冷哼了一声，道："房间里有干净的衣衫和布巾，你自己的女人，要照顾便由你自己照顾吧，想来这位姑娘也会非常高兴的。"说完，月锦已经抱着琴闪身出去，让苏慎言连解释的机会都没有。不过就算他解释，月锦恐怕也不会信。

这就是素行不端的报应吗？苏慎言一边压着沈祭月胸口的水，一边想着。

他不经意间低头，看见沈祭月被打湿的脸。

即便见过无数美人，甚至连姬恪那种类型的他也审美疲劳了，可是他仍然不得不承认，这是一张漂亮的脸，干净、清澈、乖巧，更因为昏迷的时候没有了过多的表情，而显得格外静谧而美好，叫人忍不住心疼。

当初，苏慎言会出言救她，也是因为这个喜欢女扮男装的单纯小姑娘让他想起了自己的妹妹——苏婉之。

只是，苏慎言的思绪不自觉地飘远，不知道苏婉之和姬恪现在如何了……虽说已经安排妥当，但难免会有出纰漏的时候……苏婉之那家伙还真是无论什么时候都让他操心……

苏慎言绝对不承认是自己的护犊心理在作祟。

"喀喀……"

他正想着，床上的人突然直起身，捂着胸口咳嗽起来。

七

沈祭月醒过来的时候，还有些弄不清楚状况。

柔软的被褥上熏了细腻的香料，床帐边缘挂着好些手工精致的香囊，阵阵醉人的香气弥漫在整个闺房中，好似人间仙境。

沈祭月微一侧眼，就看见坐在身边的男子，纯白的纱衫外罩，里面是紫色锦服，银丝云纹盘踞于内边，若隐若现。而男子的脸上是有些熟悉的轻佻笑容，那笑容说不上是好是坏，仿佛只是习惯性地挂在脸上而已。

"沈姑娘怎么会在这里？"

沈祭月连自己想说的话都一时忘了，脱口而出的是："咦，你还记得我啊！"

对方回答得也很快："小姐可是曾调戏过在下，英姿不凡，怎敢忘怀！"

"记得就好！我还怕你忘了，还得重新跟你说一遍。"沈祭月干脆地拍了拍苏慎言的肩膀，完全看不出刚刚落水时的狼狈。

苏慎言愣了一下，似乎没想到她会这么接话，沉默了一下，才道："沈小姐你还没有回答在下，你怎么在这里……等等……"苏慎言仿佛想到了什么，他的脸色变得稍微有那么一些不自然，"你应该不会是来找我的……"话没说完，他就自我否定道，"不，肯定不是。"

"是的啊。"沈祭月干脆地回答，"你不知道我费了多大的工夫才解决掉那些乱七八糟的事情！我之前来的时候他们都说苏慎言已经死了！这怎么可能？我

看上的人怎么可能这么容易死！果然，你看，你现在不是活得好好的嘛！"

苏慎言又沉默了一下："那你来找我是因为……"

沈祭月抬起干净的脸庞，用纯真无邪的表情回答道："当然是让你嫁给我，或者我娶你……"

"不不，沈姑娘，你是不是弄错了什么？就算嫁，也是你嫁给我，不会是我嫁给你……"

"那种事情不重要的啦！反正都差不多……"

"不不，其实差了挺多……"

"还有，不要叫我沈姑娘。"沈祭月微微皱起了鼻子，表达着她的不满，"我有名字，我叫沈祭月。"

咚咚咚。

敲门声适时响了起来，打断了两人的对话。

白衣丫鬟端着盘子进来，盘中放着一碗泛着淡淡姜黄色的药，白衣丫鬟低垂视线，像是什么都没看到一样，道："月锦姑娘让我送来的姜汤。"说完，她从柜子中取出一套干净的衣服和毛巾放在桌上，便退了出去。

"多谢。"

苏慎言起身点了点头，端着碗至沈祭月床边，道："那些事情先放一边，你刚落水，先喝了这碗姜汤，换了干衣服之后再跟我说。"他的声音亲切温和，并没因为刚才的争执而染上一分的不耐烦。

沈祭月忙想接过碗，不料动作太猛，额头差点儿撞上床梁。她刚想揉揉额头，已经有一只手覆在她的额上。

苏慎言似无奈的轻笑声自头顶没入她的耳中。

"很疼吗？"

苏慎言的声音极其温柔，整个人如月光般皎洁。

沈祭月有些呆滞。

没想到真的有这样的人存在，无论是脸蛋还是声音甚至性格都完全与她幻想中的恋人一样……简直就像是从她脑中走出来的人！

一双漂亮含情的桃花眼，温和体贴恰到好处的温柔，需要的时候令人安心可靠的感觉……

"怎么了？"苏慎言低头看着自己，半是笑半是问，"我身上有什么奇怪的地方吗？"

"没有，我……"

苏慎言却一下笑开道："没有的话，就把姜汤喝了吧。"

能见到这个人，能听到他的声音，沈祭月突然觉得之前那几个月的辛苦都没有白费。

他的确和她长大的地方的人截然不同，那么美好，美好得令人心折。

沈祭月大口喝完姜汤，将碗递给苏慎言，定定地看着他："我可以跟着你吗？"

这一次苏慎言回答得格外快："不可以。"

"为什么？"

苏慎言将碗放回桌上，同时把干毛巾和衣服丢给沈祭月："因为我要留在这里一段日子。上次我也和你说过了，这种地方并不适合女子来，尤其是你这样的小姑娘。换好衣服便回家去吧，你这么成天跑出来，家人也会担心吧。"

"我没有家人。"

苏慎言的表情难得有些生气："不要任性。"

沈祭月想了想，还是决定告诉他实情："我是圣教……不，是魔教圣女。出生以后我就没见过我的父母了，我想他们大概已经死了。不过这不重要，教内都希望我能和这一任的教主成亲，但是我并不想和他成亲，我想和你成亲。"

苏慎言听完她的话，愣了半晌，道："你是……妄想症吗？听说的确是有这种病症……不过这就麻烦了，我还得先给你找一个大夫……"

沈祭月定定地看着苏慎言，勾起唇，露出一个淡定得让苏慎言背后发寒的微笑："是不是妄想，你会知道的。"

八

苏慎言是真的没想到会惹上这么个麻烦。

平日若是有女子如此倒贴，他倒是不介意温柔应付一二，反正明都女子都是懂分寸的，知道再如何，苏慎言也不会娶她，因而不会失了分寸。但这

位简直像他家苏婉之附体，竟然一心要嫁给他……尤其再加上她说的那个神奇的身份……

苏慎言虽然不混江湖，但是魔教的大名也是听过的。传言中那是个杀人不眨眼的地方，魔教教众也多是穷凶极恶之辈，没想到他有生之年见到的第一个魔教中人，会是这么一个漂漂亮亮的小姑娘。

而这个小姑娘竟然还一直追着他跑……

"我说，你能不能放弃啊？"苏慎言无奈地看着锲而不舍地出现在他面前的女子。

"我没地方可以去。"

沈祭月退了一步，看着苏慎言，笑得很无害，配上那副容貌，越发让人觉得怜惜，只可惜苏慎言很清楚这是个多难缠的小姑娘。

在这几天内，他试过数十种摆脱她的方式。

但是每到晚上，他都会发现沈祭月又会出现在醉烟阁，露出同样无害的笑靥。

这也算苏慎言作茧自缚，跟朝堂上下说好自囚于醉烟阁，在姬恪回来之前绝对不会离开醉烟阁……

天可怜见，为什么要让他遇到沈祭月？！

他当初到底怎么想的，怎么会闲得没事去救沈祭月！但最让苏慎言沮丧的是，他发现以他的性格，就算再来一次，那种状况十有八九他还是会出声帮忙。

"没地方去？那你之前都住在哪里？"

"离开之前都是住在教里，离开之后随便什么地方都住了。"沈祭月平静地回答，掰着手指，说道，"比如树梢、屋顶、房梁，有时候也会摸进一间没人的客房里睡一晚，住的问题不大，就是找吃的东西稍微麻烦一点儿。"

苏慎言："……"

他很想摇着沈祭月的肩膀告诉她，你是个女子！女子啊！哪有女子是这么过日子的！就连他那个野小子一样的妹妹都知道喜欢漂亮裙子，会因为睡得不好抱怨，会撒娇让他帮忙……

最终，苏慎言忍不住抚着额头道："你到底为什么对我这么执着？"

沈祭月："因为我看上你了。"

苏慎言从唇角溢出一声轻嘲："就光看脸？你怎么知道我是个什么样的人？我告诉你，其实我这个人非常糟糕！首先，你自己也看到了，我常来醉烟阁，这里大半的姑娘我都点过；其次，我这个人胸无大志，这辈子最大的乐趣就是在美人乡里醉生梦死，对努力升迁这种事情毫无兴趣……你说我这样的人怎么可能做个好夫君？你若是真嫁给我了，恐怕会后悔一辈子。"

沈祭月毫不在意："没关系，成亲以后你不来了便好，之前我不在意的。至于胸无大志就更没关系了，我对升迁也没什么兴趣，正好不参与朝堂争斗也不会无辜被牵连……"

苏慎言无奈，挑眉道："我喝醉之后会打女人的！"

沈祭月捏了捏拳头，道："没关系，我也很能打，就是宇宴都打不过我！"

苏慎言咬牙道："我经常三天不洗澡……"

沈祭月搓了搓手："没关系，我可以帮你洗……"

苏慎言："……"

半晌，他艰难地说道："不用了……"

真是天要亡他啊！他到底是造了什么孽才会遇上这个克星……

"没有了……"苏慎言沉了一下眸，"你是真的想和我在一起？"

沈祭月点头点得迅速而坚定。

"那好。"苏慎言勾了一下唇，单手握着沈祭月的一缕发丝，倾身过去。

几乎是眨眼间，两个人之间的距离就缩小到极近的距离。苏慎言轻吻了一下沈祭月的发丝，他修长的手指顺着沈祭月的脸颊抚摸而下，他的动作很缓慢，却因为脸上那玩味蛊惑的表情，而带了十足的挑逗意味。

沈祭月呆呆地站着，不自觉地咽了一口口水。

手指自她的脸颊滑到下颌，苏慎言的指尖微一用力，将沈祭月小巧的下巴扣在掌中抬起。他的视线与她的对上，唇与唇的距离迫近，呼吸声清晰可闻。

苏慎言低下头，唇就这么贴上了沈祭月的唇。

她应该完全没有经验，紧张得呼吸都停了下来。苏慎言有些想笑，不过现在显然不是笑的时候。滚烫的唇在沈祭月的唇上亲昵地磨蹭了一下，舌尖便诱惑着撬开了她的唇瓣，紧接着袭来的就是犹如骤雨疾风般的吻，娴熟的技巧可以让苏

慎言轻松地释放出摄人心魄的侵占意味和浓烈的情欲气息……

沈祭月根本没有想到会是这样，僵在当场，任由苏慎言予取予求。

她还真是个孩子，吻青涩，人也青涩。

苏慎言这么想着，突然猛地抱起沈祭月，将她整个人丢到床榻上，单手勾下床帐，遮住外面的光线，继而又压倒沈祭月吻住，唇舌吮吸得越发厉害。

苏慎言想，要想让她知难而退，不下狠药恐怕是不行的。

狭小的空间里，温度一点点攀高。

嗯，什么味道？

苏慎言只要闻一下就能轻易地判断出是不是明都流行的薰香，可此刻沈祭月身上散发出的香味却很陌生，那味道淡而天然，似莲非莲，似雾非雾，不浓烈，却异常醉人。

明明苏慎言只是想给沈祭月一个教训，自己却好像不由得有些沉迷了。

苏慎言的手指划过沈祭月的衣结，他松松拽开些许，唇顺势向下，在颈项点点触碰，延伸到白皙细腻的肌肤，而后……

他猛然拉开床帐，坐起身，低喘了一下，平复呼吸道："现在呢？你还要跟我在一起吗？"

出乎意料，沈祭月只是迷离了一下，就撑着墙面起身，道："要。"

"果然你只是……等等……"苏慎言蓦然回头，看着脸色还带着诱人薄红的沈祭月，一瞬间脸上浮现无法掩饰的惊讶，"你说什么？你明明不习惯的！而且你要知道，这并不是全部，你能接受得了吗？"

"能。"沈祭月低垂着头，被折腾散乱的长发垂在她的肩膀上，也遮住了她的视线，"你也太小看我了，虽然我没有真的做过，但魔教里什么没有……"

苏慎言："……"

过了半晌，他问："为什么是我？"

"你？"

"若你真是魔教众星捧月的圣女，为什么会看上我？据我所知，魔教圣女的地位应该甚高，你若想要，我不信没有比我更好看的男子。"

"不一样。"

苏慎言追问："什么不一样？"

沈祭月合眸，声音略压低："我不喜欢那里，很不喜欢，不喜欢那里的环境，也不喜欢那里的人……我不想回去，也不想再待在那里。"像小孩子一样任性的话，却不知是因为语调，还是因为她黯淡下来的表情，让苏慎言无端心疼了起来。

"我答应你。"

"啊？"

"不过直到我离开醉烟阁之前，我仍然会按照我的步调生活，不会迁就你一点儿的。"苏慎言看来也是无可奈何了，"到时候如果你自己想放弃，那便不是我的错了。"

"好！"沈祭月仰起脸感激地看着苏慎言，语气一下轻快起来。

干净的笑脸，纯粹的笑意，明媚得犹如午后的阳光，直直地射入人心……

苏慎言怎么可能不心软？

九

沈祭月拍了拍手心，长出一口气，看向苏慎言："咦，你怎么不开心啊？"

坐在桌边的苏慎言抽着嘴角，用一种非常难以形容的目光看着她："你……你就这么把人丢出去了……"

沈祭月："啊，怎么了？哦！放心，外面是草丛，而且我控制了力道，死不了人的。"

"一个、两个、三个……"苏慎言默默数着，"你真的打算把所有进我房间的女子都这样丢出去吗？"

沈祭月回头，看着苏慎言，笑得异常无害："怎么了？不可以吗？你说你不会迁就我，那我迁就你就好了啊！"

苏慎言："你的迁就就是指这种吗？"

沈祭月点头，理所当然地说："你按照你的步调生活，我也按照我喜欢的方式处理事情嘛！"

沈祭月见苏慎言面沉如水不说话，有些担心："那个……你生气了？大不了以后我……不当着你的面把她们丢出去就是了……"

苏慎言抑制不住地嘴角抽搐："背着我就可以了吗！"

沈祭月："呃……这个……"

苏慎言："为什么不否认？！为什么不否认啊？！"

沈祭月抬头看了苏慎言一眼，又迅速地垂下视线："那个……"

沈祭月见苏慎言真生气了，默默地走到角落里，蹲下身，手指在地面上画圈圈，仿佛有黑暗气息笼罩在沈祭月的身边，不停地环绕……

"喂……"

沈祭月低头："……"

"你……"

沈祭月噘嘴："……"

"好了好了，算我错了。"苏慎言温声哄道，"乖，起来吧，我带你去吃好吃的，怎么样？"

沈祭月蓦然起身，一双眼睛亮闪闪的，脸上根本没有半分沮丧的情绪："我们走吧！"

苏慎言："……"

半个时辰后。

"一品楼的菜肴虽好，却少了几分特色，这家店铺不大，不过论起味道，却是不输一品楼的。"苏慎言斜靠在窗边的位置，单手托着下巴侧目看着沈祭月，"而且，我很喜欢这里的布置。"

店里摆放的并不是寻常桌椅，而是接连摆起了一张张小榻，榻边洁净的雪色纱帐随微风轻扬。不远的书架上堆放着好多古本书籍，空气中有淡淡的书墨清香，细腻的木质书架同榻上精致的小几相互映衬，整个环境舒适而洁净。

沈祭月看着四周，不自觉地抿起唇笑。

这样的地方，她也喜欢。

"来了这么久，你有好好逛过明都吗？"苏慎言笑问。

沈祭月愣了一下，摇头。

她自己虽然也曾逛过明都，只是从来都是走马观花，没有留意过任何的景色建筑，即便明都再繁华奢靡，对她来说终究不过是座都城罢了。

苏慎言用筷子敲击着茶杯的边缘，说道："那我带你逛逛明都好了，正好今晚明都里有庙会，想来你应该会喜欢。"

沈祭月点了一下头，才迟疑着说："你怎么……突然对我这么好？"

苏慎言失笑道："这也算好？都答应你了，总该做些什么。"

"你不是说不会为我改变生活步调……"

"算不上改变。"菜肴上来，苏慎言夹了一筷子给沈祭月，略抿了一下唇，勾起一个浅笑，他的语气很温和，"既然答应你了，怎么说也要稍微照顾你一下。别发呆了，快吃吧，吃完去逛逛，我们还要赶在晚上之前回去呢。"

"嗯。"沈祭月重重点头。

那是沈祭月有生之年第一次来到庙会这种地方，夜色还未完全沉下来，天边是一抹深沉近黑的暗红阴影，却已经看不清人影。

碧波粼粼的护城河上，几艘画舫悠悠荡着，飞檐朱栏，灯火琉璃。

沿岸庙会的店铺里熙熙攘攘，大都挂着好几盏彩灯，彩灯随风旋转，灯火闪耀，映出五色的光斑，辉映着华灯初上的河面。

苏慎言在入口处买了两个面具，递给沈祭月一个。那是个很普通的山神面具，以青色为基色，泛着些许天蓝，沈祭月爱不释手地摸了好一会儿，才戴在脸上。

庙会人很多，苏慎言牵着她的手穿梭于庙会中。

即使很久以后回想起那一日，沈祭月也许已经忘了在哪儿买的数量众多的小玩意，也许已经忘记那一晚热闹翻天的庙会表演，也许已经忘记那些她一步步走过的店铺，却始终记得苏慎言温暖而干净的手掌和无比安心的感觉。

所看所感似乎已不仅仅是这一座城，是对她来说未知的一切。

寻常巷陌间。

"玩得开心吗？"

沈祭月点头。

苏慎言侧眸，随手取下沈祭月的面具，有些惊讶地说道："可你看起来不怎么开心的样子。"

沈祭月揉了揉眼睛，道："不是……只是太过美好，美好得让人担心……不

知道以后还有没有机会……"

"傻瓜。"苏慎言笑,"庙会每月都有,如果你喜欢,我以后多带你来几次好了。"

话音未落,沈祭月已经一把抱住他的腰。

"跟我在一起,一直在一起,好不好?"

苏慎言略停了一下,声音里有些好笑有些无奈,但最终却化作连他自己都觉得惊讶的温柔:"真是个……笨蛋啊你。"

夜凉如水。

沈祭月抱着膝盖,坐在阶前,手指在地面上无目的地画着圈,嘴角刚刚扬起来,又静静地落了下去。

"院子里有什么好看的东西吗?"

"啊?"沈祭月愕然回头。

苏慎言披着一件淡紫色长衫,长腿一伸,坐在沈祭月身边:"大晚上的坐在这里不睡觉?"

沈祭月双手撑着台阶:"只是……今天玩得太开心了,有点儿睡不着。"

"对了,你真的是那个什么魔教圣女吗?"苏慎言皱了一下眉,问出了自己的疑惑,"那你到底怎么……"

"是偷跑出来的。我和这一任的教主从小一起长大,所以关系很好。他很纵容我,知道我不喜欢魔教,也没有勉强我留下来。"沈祭月笑笑,"我可是从魔教一路逛到这里的,光是走就走了好几个月。"

"为什么不喜欢魔教?"

沈祭月低头道:"对于害死自己亲生父母的地方,没有人会喜欢吧。"

苏慎言沉默了一下,问道:"这又是怎么回事?"

"魔教的惯例。"沈祭月平静地解释,"要成为圣女,必须把一生都献给魔教,所以父母就没必要存在了……就是这么简单的事情。"

从数百人中脱颖而出的时候,她还单纯地高兴着。

在她得知真相的那一刻,仿佛天崩地裂,但已经无法改变。魔教就是这样的地方,那里的人凉薄、自私,视人命如草芥,哪怕她是圣女也无法改变。

更何况,到底什么是圣女?

坐在高座上象征圣教的尊贵女子？不不，就算再多的人尊敬她，拥有再多的权力，她只不过是一个替教主传宗接代的工具而已。

沈祭月肩膀一歪，她的脑袋就靠向了苏慎言的肩膀。

夜微微有些凉，可是这一刻，从苏慎言身上传来的温度驱散了所有的寒意，只剩下温暖的感觉顺着她的心口涌上来。

她往苏慎言的怀里缩了缩，道："不要让我回去，我想跟你在一起。"

"好。"苏慎言应声，无限温柔的声音渐渐散在夜风中。

十

苏慎言这一生中做过无数的错事，即便错了再多他也不曾后悔过。只是有时候回想起过往某些支离破碎的片段，他的心口会抽痛，无法呼吸……

"我们回去了，阿月。"

白衣男子站在沈祭月面前，语调平和却不容置喙。

那是个清冷挺拔的男人，乌发白衣，只是最简洁不过的打扮，却很少有人能穿得像他这么妥帖，仿佛这两种颜色生来就是属于他的，黑白分明的冷冽味道在他的身上体现得淋漓尽致。

苏慎言冷冷地看着他，问道："请问阁下是？"

白衣男子却根本不看他，一双黑眸定定地望着沈祭月。

"我不会回去的！"

沈祭月连看也没看他，往前跨两步，绕过男子，径直走到苏慎言身边："我要嫁给他，所以不会回去。"

"阿月……"对方微微皱着眉，说道，"不要闹别扭，长老已经生气了，你再不回去只怕就麻烦了。"

"那我也不会回去的。"

白衣男子眉宇舒展，尽量让自己的表情显得平和："我已经让你出来这么久了，不要赌气，跟我回去……"

沈祭月拉着苏慎言就准备离开。

白衣男子一个闪身再次挡在了沈祭月的面前："阿月，不要让我为难……不然我恐怕要用强了。"

　　沈祭月松开苏慎言的手，做了一个起手式，同时说道："那你就用强好了，我们看看谁能赢过谁？"

　　白衣男子似乎对沈祭月很无奈："你逃得了一时，能逃得了一辈子吗？教内不可能任由圣女离开，还是说……"他终于把视线转向苏慎言，"是因为这个男人？那我就杀了他好了。"

　　沈祭月平静地看向白衣男子回答："你若是杀了他，我就立刻自杀。我说到做到。"

　　男子深深地看了他们一眼，最终没有勉强，飘然离去。

　　苏慎言斟酌了一下，问道："他是？"

　　"魔教这一任的教主，宇宴。"

　　"你……会跟他离开吗？"

　　在这一刻，苏慎言的心无法克制地动摇起来。他知道沈祭月很麻烦，应该巴不得沈祭月快些离开的……可是他无法忽视的是心底深处的那一份不舍。

　　不舍。

　　"不会！"沈祭月紧紧地看着苏慎言，眼眸不再清澈，浓黑得宛若深渊，"除非死，否则我绝对不会留在魔教。"

　　除非死，否则我绝对不会留在魔教，一字一顿，她说得字字铿锵。

　　那时候的苏慎言不曾想到这是一句多么震撼的誓言，他们又会为此付出多么沉重的代价，沉重到他几乎承担不起。

　　倘若早知道结果，他会不会阻止？

　　毕竟活着才是最重要的事情。

　　可惜没有如果。

　　一切无法重来。

尾 声

十年后。

烈酒麻痹了苏慎言的理智,也麻痹了他的痛觉。

苏慎言眯着双眸,回忆起过去的种种,却发现自己只记得和沈祭月在一起时那些开心的过往。

天很蓝,云很白。

苏慎言身侧,侍女抱着的婴儿啼哭起来。

苏慎言弯腰,将青色的山神面具放进衣冠冢里,手指留恋地抚摸了一下,缓缓退开。

沈祭月,沈祭月……

他一遍遍地念着这个名字,就好像,她还在身边……

第四章
其徐苏星

从其徐决定跟随姬恪起,便没再想过自己的终身大事。姬恪的事情他尚且来不及处理,又怎么有心力去关心别的?即便他幼时依稀曾有倾慕的女子,后来也不曾见过。

这么一拖,便拖到了二十来岁,其徐自己尚且不曾留意,直到那一日……

"其徐,早上似乎有人来追捕你家公子,所以我和小姐换了地方。一直没见你来,所以小姐就让我来同你会合。"

其徐点点头,道:"客栈老板已经同我说过了,我去查探过,可能情况有些不妙。我们最好今早赶到回春谷,迟则恐怕生变……对了,你们现在住在何处?"

闻言,苏星低垂下蠓首,似乎有些不好意思地说道:"小姐、小姐说最危险的地方便是最安全的地方,所以我们现在……我们现在住在……"

"什么地方？"

"青楼……"

其徐："……"果然是那位小姐会做出来的事情！

"那个……你就跟着我走好了。"苏星继续低着头，说道，"我来带路。"

"麻烦苏星小姐了。"

两人走了没两步，苏星忽然按着额头，呼吸急促："等等……"

其徐以为遇敌，立刻紧张地说道："怎么了？"

却见苏星靠着墙壁，呼吸越发急促，白皙的面颊染上嫣红，犹如熟透的红苹果："好热……"

其徐呆滞了一下，联想到青楼，立刻反应过来，问道："来之前，你在青楼里吃过什么？"

苏星说话越发艰难："没、没什么……就是……就是喝了点儿酒……好热，真的好热……"

其徐当机立断抱起苏星，道："闭上眼睛，别说话了！我送你去看大夫！"

苏星的双手紧紧地攥着他的领口，芬芳而灼热的呼吸涌进其徐的脖颈，带来一阵愉快的战栗。其徐克制地低头——怀中女子轻咬着绯红的唇，面上一片动人的云霞，睫羽不时紧张而难耐地颤动，身体也不自觉地轻轻扭动……

够了！其徐，不能再想下去了！

其徐按着额头，只觉得沮丧——明明那一日他只是送苏星到了医馆，大夫开了两服清热去火的药方，哄苏星吃下，又让她睡了一觉便好了……为何自己会一直惦记，久久难忘，甚至心中不住地想念？

姬恪和苏婉之成亲那日，其徐巡逻，将周围的几个太监和宫女赶走后，便看到了趴在窗台上偷窥的苏星。

踩着两块石头的苏星显得有些笨拙，垂在身后的长发束得一丝不苟，越发显得身形苗条修长……

其徐默默地走开。

一炷香之后，其徐发现自己实在忐忑得不行，只得又绕了一圈，却在原处再一次看见苏星。她似乎有些累，踩了两下脚，又站了回去……

其徐默默地走过去，用手指小心地戳了一下苏星。

苏星被他吓了一跳，幸好紧紧地捂住了自己的嘴才没有叫出来。

其徐无声而迅速地垒起一堆石头，示意苏星坐上去。苏星立刻明白其徐的用意，带着谢意笑了笑，坐上去继续偷听。

里面不时传来暧昧的对话……

然后对话很快变成了煽情而令人脸红心跳的喘息和呻吟……

其徐觉得他不能再站在这里了，刚想转身离开，就见苏星仿佛是太紧张，脚踢到墙壁，身体一个后仰就要朝后栽去。其徐手疾眼快地伸手揽过苏星。

下一瞬间，苏星整个人已经落入了其徐的怀里。

苏星的脸很红，呼吸微微有些紊乱，恰似那一晚被他抱在怀中的时候。她不敢与其徐对视，眼神乱了一下，立刻错开，像某个受了惊的小动物。

"那个……放我下来……"苏星用很轻很轻的声音说道。

朝思暮想的人就躺在自己的怀里，还用这种可爱又暧昧的口吻说着这样的话。

二十来岁的成年男子其徐在这一刻心跳得仿佛要冲出胸腔。

"我……"

他想说点儿什么来摆脱这种窘境。

苏星更紧张，眼睛一闭，挣扎着想从其徐怀里离开。其徐反应不及，苏星已经从他怀里跳了出来。可惜苏星刚刚落地还没站稳，身体就一个趔趄朝其徐摔过去。

眼睛对着眼睛，唇贴着唇。

两个人都傻在当场。

半刻钟后，苏星猛地跳起来，一路狂奔消失，徒留下呆呆望着她背影的其徐。

之后，其徐试了好几次想接近苏星说点儿什么，可惜都没找到合适的机会，再加上他要帮姬恪处理事务、传递消息，更没机会了。

等其徐再想起来，已经过了好几日。

其徐料想这次不能再唐突，好好收拾了一下，又换了一套新衣衫，才去找苏星。谁料找了一圈，他才发现苏星并不在宫中。其徐只得叫住一个宫女，打听之下才知道苏星今日回了苏家。

宫女又想了想，说道："好像是苏姑娘她娘亲病了，好像还有什么婚约之类的事情……"

婚约！

其徐立刻悚然一惊！

他都没等宫女说完，就立马出宫追到了苏府外。

然而到了苏府外，其徐又开始犯难——虽然他是姬恪的亲信，但毕竟和苏府没有什么联系，这么贸然地进去恐怕不妥……

其徐只得悄悄地蹲在苏府外等待。

一个时辰。

两个时辰。

其徐依然不见苏星出来。

其徐左右踱步了多时，终于下定决心，瞄准苏府的侧墙，翻墙而入。

一翻进去他便愣住了……

"其徐，你怎么在这里？！"

其徐脸红心跳，紧张得完全不知道该说什么："啊……那个，我……"

苏星端着药碗，惊讶地问道："有什么事情吗？"

"也不是……"其徐笨拙地开口，"那个……你、你是要嫁人了吗？"

"啊？"苏星挑眉，"你听谁说的啊？我什么时候要嫁人了，我怎么不知道？"

"那、那个……婚约。"

苏星："哦，你说这个啊。"

果然她要嫁人了！

其徐情急之下，拽住苏星的手腕，一脸焦急地看着她，恳求道："不要嫁给别人。"

"啊？"苏星继续不明所以。

"如果你真要嫁人的话，那就嫁给我吧。"

苏星结结巴巴地说道："呃……你、你在说、说什么啊！"

其徐仿佛怕苏星不信，一把拽过她，一双真诚的眼睛紧紧地看着苏星："我是认真的！苏星，如果你真要嫁人，不要嫁给别人，嫁给我吧！我会对你好的！"

苏星的脸迅速烧了起来，她别开视线道："突、突然说这个干什么……"

我再不说你就要被别人抢走了啊！

"答应我好不好？"

苏星用力眨了眨眼睛，道："我、我、我……太突然了，你让我想想。"

"苏星……"其徐生平第一次知道自己竟然还能发出这种凄哀的声音。

"好啦好啦，我答应你就是了……你别挡着我啊，我还要给娘亲送药呢……"

"真的？"

苏星从其徐身侧退开，抿唇道："我骗你干什么……没见过你这么心急的人……"

其徐："那、那个婚约……"

苏星撇撇嘴，嘴角却不自觉地溢出一丝笑意来："你担心什么……又不是我的婚约，是我哥哥的婚期要到了，娘亲希望我能帮我哥哥主持婚宴啊笨蛋……"

其徐傻眼："啊？！"

当然，苏星和其徐的结合是所有人都喜闻乐见的事。

苏婉之特地帮苏星操办他们的婚事，虽然她操办之后，婚宴的整体效率比之前低了不少，喀喀……不过终归是苏婉之的一片心意……

有情人终成眷属才是最重要的，不是吗？

最后，值得一提的是，苏星和其徐成亲了之后生下了一个儿子其墨，温文儒雅的其墨子承父业，依然很悲惨地给姬氏家族打工……

第五章
计 蒙

计蒙没想到有生之年自己会混到如此悲惨的境地。

他想结婚,找不到妹子;好不容易成了亲,娘子又跟人跑了……

虽然是他心甘情愿牺牲自己的幸福成全苏婉之,但怨念却是一点儿也没少。

那个叫姬恪的人,他会记一辈子的。

计蒙边喝着酒边想。

"大师兄!我又出关了!"计蒙只听见仿佛从山那边传来的一声震天动地的怒吼!

"大师兄!快来再跟我比过!这次我一定赢你!"

风一般的身影迅速出现在计蒙的面前,他那位万年不赢的二师弟钟小生握着长剑,纵起轻功,缥缥缈缈地出现在他的面前。

计蒙连眼皮都懒得抬:"没兴趣。"

"怎么会没兴趣?!我告诉你,大师兄,今时不同往日,我已经不再是过去那个钟小生了。如今我涅槃重生,定然不会再输给你的!你就等着做我的手下残兵吧!"

计蒙又喝了一口酒:"是手下败将。"

"那不重要那不重要!快来跟我比武啊大师兄!"

计蒙掀了掀眼皮:"跟你比有什么好处?"

"呃……你说好了……反正我是不会输的!"

计蒙托着下巴,露出他招牌般似笑非笑的表情:"那好,你若是输了,便陪我把这一柜子的酒喝光……"计蒙指着手边的酒架。

看着数量颇多的酒壶,钟小生艰难地咽下一口口水,说道:"那个……师兄,这酒会不会太多啊……"

计蒙已然半醉,眯着眼睛笑道:"你不是很有自信能赢我吗?连这点儿赌注都不敢下吗?"

"啊?"钟小生立刻眉毛挑得老高,"敢!我怎么会不敢!来来,我们这就比过!输了别说这一柜子了,就是陪你喝光咱们祁山里所有的酒又何妨!"

计蒙撑着柜台站起来:"喝光祁山的酒就不用了,师父会非常生气的,只要喝完这些就够了……来,比吧!"

钟小生双手握剑,大叫一声:"呀!"

一盏茶后。

"大师兄,呜呜呜呜,你放过我吧……"

计蒙眨了眨迷醉的眼睛:"不行!你自己答应的赌约,输了怎么能不履行!你若是不喝,那么我以后再也不陪你比武了!"

"呜呜呜呜,大师兄,你威胁我?!"

计蒙点头,微笑道:"对,我就是在威胁你。"说着,他又往钟小生嘴里灌了一壶酒,"来,乖,快点儿喝啊。"

钟小生边喝边流泪:"大师兄,你心情不好,也不用拿我来发泄啊!"

计蒙:"嗯?谁跟你说我心情不好啊?"

钟小生握着酒壶，眼睛也已经有些发晕，舌头打着结，但内容依然是那么欠揍："大师兄，你就别瞒着我了，祁山上下都知道了，你刚娶的娘子跟人跑了……"

"都知道了？"计蒙冷冷地勾唇，道，"说！他们都传我什么了？"

钟小生拼命回忆："我出关不久……听到的大概就是什么大师兄再帅、再跩又有什么用，娘子还不是跑了……"

计蒙："……"

"还有什么大师兄真没用，连自己的女人都管不住，要我可不会这样……"

计蒙："……"

"还、还有那个……大师兄的审美有问题啊，居然会看上那种女人。那种女人有什么好的啊，要貌勉强，要才更是一塌糊涂，还一点儿也不贤良淑德……"

计蒙压低了声音："继续……"

钟小生快哭了："大师兄你别用这种眼神看着我啊，好可怕……我不敢说了……"

计蒙邪邪地一笑："不敢说？哼哼，你刚才不是说得很欢畅吗？"

钟小生："那是大师兄你让我说的啊……呜呜，我才没有很欢畅、很开心、觉得扬眉吐气什么的……"

"嗯？"

"啊啊啊，我错了我错了！大师兄你最好了！大师兄最棒了！大师兄全江湖一级棒！"钟小生连忙改口。

计蒙盯着钟小生看了几眼，这个从小跟他一起长大却一直被他欺负的小师弟还是一如既往地又蠢又呆："算了，我跟你生什么气。"

醉意涌了上来，喝了太多的酒，刚才又拔剑运动了一下，现在计蒙神情恍惚，眼前看到的一切似乎都带着重影。

他心里难过吗？

他不是不难过……但似乎也不是全因为苏婉之。

从出生起计蒙就在祁山上，掌门就像他的父亲，师弟师妹就是他的弟弟、妹妹，这么多年循规蹈矩过下来，却一不小心遇上了苏婉之这个异数。

她是来自外面的人，不属于江湖也不属于祁山，很特别，也很新奇。

当初他接近苏婉之，并且不想放开，这当中有多少是因为喜欢，有多少是因为觉得有趣，又有多少是因为觉得适合，连计蒙自己也分不清楚，大约也是因为如此，所以放手的时候才并没有那么不舍。

只是，计蒙失去了苏婉之，好像就失去了跟外界联系的那根连线。

离经叛道终归是要回到正轨上的，他们也……并不适合。

不管计蒙是冲动也好，真心也罢，苏婉之对他来说不过是一夜幻梦，初阳朝升之时，便会消散得无影无踪……

"大师兄，大师兄……"

计蒙挥挥手："什么？"

钟小生叹气道："你醉了，大师兄我还是第一次见你醉……那个女子就这么重要吗？"

计蒙想摇头，但好像已经没有控制身体的力气了。

钟小生架起计蒙，放在床上，又认命地帮计蒙脱掉鞋子和外衣，盖上被褥，嘴里嘟囔着："真是伤脑筋，我怎么就这么看不得你这个样子呢……我的大师兄才不是这样的呢！我的大师兄是将一切运筹帷幄，成天邪笑使坏，武功强到爆，而且谁也看不透的那种人啊……"

计蒙想，你还真是高看我了。

钟小生坐在计蒙的床头，熬了两碗醒酒汤，自己灌了一碗，又给计蒙灌了一碗。

"大师兄，也不用这么伤心嘛……不过是一个相处没多久的女子，凭大师兄你的条件，什么样的女子找不到！而且就算没有女子，至少还有我、我们这些师兄弟陪在你身边啊……"

你们？我要你们何用？你们能跟我结婚生孩子吗？

计蒙默默吐槽。

窗户被推开，凉风突兀地涌了进来。清风徐徐，拂在计蒙的脸上，他的身体不由得打了个冷战。

夜风中隐约有鸟儿的啼叫声和轻微振翅的声响，几点亮光散落在空中，依稀还是几颗星星,映着祁山中那残余的几点灯光,和过去计蒙经历的每一天并没有什么差别。

钟小生拧了一块干净的毛巾敷在计蒙的额头上,继续道:"好啦好啦,别想了别想了,大师兄,咱好好睡一觉,然后把那个女子什么的都忘掉!奔向新的美好生活!"

忘掉?

计蒙静静地合上眼,嗯,是该忘掉了。

这样也好,这样也好。